勇匠

邱德军◎著

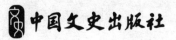
中国文史出版社

图书在版编目（CIP）数据

勇匠 / 邱德军著 . -- 北京：中国文史出版社，
2025. 1. -- ISBN 978-7-5205-4833-5

Ⅰ. I247.5

中国国家版本馆 CIP 数据核字第 20248C8A45 号

责任编辑： 牛梦岳

出版发行： 中国文史出版社
社　　址： 北京市海淀区西八里庄路 69 号院　邮编：100142
电　　话： 010-81136651　81136602　81136603（发行部）
传　　真： 010-81136655
印　　装： 北京联兴盛业印刷股份有限公司
开　　本： 787mm×1092mm　1/16
印　　张： 20.25　　　　字数：314 千字
版　　次： 2025 年 3 月第 1 版
印　　次： 2025 年 3 月第 1 次印刷
定　　价： 68.00 元

目　录

第一章

　　这一年的冬天似乎来得格外早，黑虎山山脚下麻家台子村边河沟的水面上结了一层薄薄的冰，泛着翠玉般的光泽。落光树叶的树枝像刺猬毛一样耸立着，这里一撮，那里一撮，仿佛把山村的上空也剥离得零零碎碎。山村的上空笼罩着朦胧的晨雾，此起彼伏的公鸡打鸣声，忽急忽缓、忽高忽低的狗吠声，像要冲破晨雾，却又无法冲破晨雾。远处传来沉闷的类似爆豆或打雷的声音，很快又消失了。小村依然是那样的宁静祥和，时间也是那样的和缓轻柔，像人迹罕至的深山幽谷中的山泉，默默自如地流淌。

　　被脚踩、被辘轳压实的路面，在灰蒙蒙的晨曦中，显得格外白亮，那白是灰蒙蒙的白，潮润润的白。走惯土路的山里人，即便没有月光和马灯照路，也能顺着那道白前行，踏上回家的路。土路被参差不齐的沿街土坯房屋后山墙挤得宽窄不一，弯弯曲曲。土路随着地势慢慢升高，在水旺家的后山墙边上，形成大约四十五度的陡坡。陡坡上铺了青石板，围堰也用青石垒成。陡坡南面是片空场，陡坡下有个四四方方的土台子，是村里搭戏台、开大会的场所。空场南面有座石桥，石桥下便是那条泛着翠玉光亮的河沟。沿石桥往南，是条宽阔的能跑马车的土路，是村里人进出村里，去镇上的唯一大道。农闲时，大家经常凑在围堰上，坐在路沿的青石板上晒太阳，拉闲呱儿，看路上人来人往。青石板被磨得十分光滑，泛着绿宝石一样的光泽。早晨的青石上落了一层露水，蒙了一层水汽，有些潮润湿滑。

老山叔蹲在路边突出的一块青石上，两手抄着搭在紧紧并拢的两腿膝盖上，缩着身子，眼睛直勾勾地看着通往村外的那条大路，看那姿势，很像在野地里如厕的农妇。老山叔穿着脏兮兮的黑袄，头发乱蓬蓬，像是好长时间没梳理过似的，看他的穿着，又像是一个逃荒的乞丐，只是手中少了打狗棍和要饭钵。

一条瘦得皮包骨头的大黄狗蜷缩着身子，趴在水旺家后山墙墙根边，睁着两只蓝汪汪的眼睛，也像老山叔一样出神地盯着通往村外的大路。一个驼背弓腰的老头儿，倒背着双手，牵着一头灰毛驴走过来。老头眼看着路面，天塌下来也不关其事的样子，一耸一耸、一颠一颠地走着。毛驴蹄子踩在路面上，发出嗒嗒的声响。也许是老山叔泥塑一样的影子把毛驴吓着了，它猛地停下，拴笼头的绳子倏地收紧，把老头儿闪了个趔趄。老头儿若无其事地拽拽绳子，没拽动，不得已转回身，疑惑又生气地看着毛驴。毛驴发现老山叔并不会对它构成威胁，咴咴叫了两声，顺势打了个响鼻，抖了抖身子，身上的灰尘被抖落，扬起一阵朦胧的尘雾，倏地又消散。老头摇摇头，牵了毛驴，继续向前走去，走过老山叔身边时，只是随意瞥了一眼，没言语。老山叔仍泥塑一样蹲着，也没言语。

今天是村里的小后生、傻小子栓子娶亲的大好日子。老山叔出神地望着远处，想起了自己娶亲时的风光，也想起了他爹娶他娘时的寒酸。好多年前，爹还是个棒小伙，浑身有使不完的牛力气，有一回去娘所在的刘庄走亲戚，碰巧娘受外祖母的指派，去亲戚家借卤水点豆腐。那时的娘年轻漂亮，梳着两条长辫子，脸蛋红扑扑的，特别招人喜爱。爹和娘只是互相瞅了一眼，就对上了眼，惦记上了对方。那时爹还没开油坊卖黄豆油，靠给人打短工混饭吃，家里穷得叮当响，将就完上顿，不知道下顿吃什么。当时娘家里也是同样的光景。穷人找穷人，本该没啥好讲究的，实际却不然。穷人家嫁闺女，风俗一样讲，彩礼一样要，要得还不少。彩礼不要白不要，不趁机捞一把，过了这个村可没这个店了。

为了凑彩礼，爹和爷爷奶奶没少费脑筋，能卖的东西都卖了，能想的办法都想了，巴不得从屋脊上、墙缝里、茅坑里也抠出几个铜板来。总算熬到成婚迎亲的日子，家里借了一屁股债，再也拿不出一文钱去请花轿。为这事儿，爷爷奶奶愁得整宿没睡，头发又白了不少。成亲的日子，本该是喜庆高兴的日子，爷爷奶奶脸上却始终挂着愁容，爹看了心里像针扎一样难受。爹在天井里徘徊了很久，一咬牙，一跺脚，随手在独轮木推车顶上贴了张巴掌大的四四方方的红纸，推着车子风风火火地出了门。

奶奶扭着小脚追上来，着急地问，你做啥去？

爹没好气地推着车子，木推车左扭又晃，辘轳碰在土坎上，一蹦一蹦跳跃着。爹发狠似的紧握车把，呼哧呼哧喘着粗气说，迎亲去。

奶奶用手拍了一下大腿说，就这样去？不怕丢煞个人？！

怕啥，她不愿意就拉倒，俺没闲工夫伺候她！爹说。

你，你……你等一等……拿个东西再走！奶奶扭头一颠一颠地跑进家门，很快拽了个包裹出来，囧着脸对爹说，娃啊，最起码换双新鞋，图个吉利吧？

爹愣怔一会儿，放下车子，默默地把包裹接过去，没有马上换鞋，而是把包新鞋的包裹挂在左车把上。

奶奶问，咋不换上？你穿的那双鞋都破得不成样子了！

爹说，不用急着换，到她家门前换也不晚。

也好，也好，路远又不好走，把新鞋弄脏了反倒不好，奶奶怅然若失地望着爹推着车子往前走，又若有所悟地大声叮嘱了一句：娃啊，委屈你了，都怨爹娘没能耐，不过，你现在是个大人了，得有个大人的样子，得撑起这个家，关键时候，得改改你那驴脾气，跟人家好好说话，千万别沉不住气，动不动就跟人家吹胡子瞪眼！

爹说，记住了！——哼，大不了，俺空着两手回来！爹小声嘟囔了一句，推着车子大步流星地向前走。木推车经不起颠簸，像风浪中的破船一样上蹿下跳，东摇西晃。

奶奶眼巴巴看着爹的影子消失在远处，眼角不知不觉淌下两行浑浊的泪水。奶奶叹口气说，臭小子，无论如何也得把新媳妇给俺推回来！奶奶下意识地回头，发现爷爷像木桩子一样站在她身后，因焦虑而显得分外憔悴苍老的脸上挂着迷惘的神色，眼中也忽闪着晶莹的泪花。

爹带着爷爷奶奶的牵挂和期望，推着东摇西晃、吱吱作响的独轮木推车，穿过村边的石桥，拐向东边的一条羊肠小道。爹抄小道去迎亲，一是为了节省时间，二是为了躲避熟人，少些被人追问的尴尬。小道上坡爬崖，过沟穿林，蜿蜒绵长，沿着山脚伸向远方，直至融入山花绿草丛中，融入迷蒙的山色里，融入金灿灿的阳光里。

春天的山野生机勃勃，油绿的麦苗开始拔节，各种花草争相开放。今天的天空似乎格外晴朗，几缕丝带状的白云，像轻纱一样飘浮在山峦上空，使本就蒙了一层灰白雾色的山峦像怀春的少女一样娇羞多姿。随着小道的延伸，由于走的人太少的缘故，路变得越来越窄，被疯长的野草挤得只剩下窄窄一溜。少了人的踩踏和车轮的碾压，路面变得松软，背阴的地方蒙着一层未及消散的晨雾。爹穿的破布鞋上，很快沾满了土黄色的泥土，有几块湿滑的泥块，通过鞋带的裂缝执拗地钻进鞋中。爹顾不上理会，用力推着车子往前走。露水沾湿了爹的鞋子，打湿了爹的裤脚。有了露水和湿泥的润滑，车轱辘转得格外流畅，叫声也轻柔了很多。走过杂草多的地方，能清晰地听到蛐蛐在草丛中惊恐奔逃的窸窣声。偶尔也会听到草丛中传来出溜出溜、扑棱扑棱的声响，那是被惊扰的蛇、鹌鹑、田鼠或野兔在转移阵地。

走过背阴的路段，路面又变得干爽。潮湿的车轱辘沾上干涩的泥土，变得分外沉重。爹加大推车的力度，车轱辘上沾的泥块被甩出，像饺子下锅一样，发出噼噼啪啪的声响。爹下意识地抬头望望日头，揣摩一下时辰，大约离响午还有一个小时。一只老鹰舒展着翅膀在山野上空来回盘旋。爹想，那老鹰一定发现了猎物，正调整姿势，锁定目标。爹也想变成一只自由飞翔的老鹰，把猎物牢牢地抓在手里。莫非新媳妇就是自己的猎物吗？爹脑中闪过一个奇怪的念头，脸上露出了难得的笑容。爹顺着老鹰盘旋的方向一看，发现前方不远处的路边丛生着不少野花，有星状分布的紫色、红色的牵牛花，有一簇一簇的金黄色的苦菜花，还有蒲公英、马兰、车前草、猪殃殃及其他叫不上名的花花草草。爹老远就闻到了野花野草散发出的淡淡的芳香。

爹想摘一朵野花，当作礼物送给娘。花儿插在她的发髻上，她会变得更加好看。爹跑过去，对着那些野花端详一番，挑出一枝最大最艳的苦菜花，用指甲小心地把花柄掐断，花柄断裂处渗出白色黏稠的汁液。爹双手握着花柄，把鼻子伏在花的上方，吮吸它散发出的淡淡的清香，清香中夹杂了几分若有若无的苦味。闻了一会儿，爹满足地吁口长气，刚要把花随手塞入口袋，又触电似的打了个激灵。爹双手捧着花，默默地又端详了一阵，最后把它插在车轱辘梁架上，用一根长长的狗尾巴草拴牢。爹欣喜地看到，随着车子的颠簸，花儿不停地舞蹈着，像娘在朝他微笑，朝他点头。爹像一只快乐的小鸟，早把先前的不快忘到脑后，推着车子，一溜小跑着向刘庄奔去。

爹赶到刘庄，来到娘的家门前，见门前围拢了不少看热闹的乡亲，心忽地又提到了嗓子眼儿。看他推着木推车，孤零零、急火火地走过来，没人注意到他就是前来迎亲的新郎官。一个叼着旱烟袋的老头儿，首先瞄上了爹推的车子，围着车子转来转去，发出啧啧的赞叹声。旁边的人也好奇地围拢上来，随着老头儿转来转去，看来看去。爹有些难为情，一把将插在木轮车前梁上的花扯下来，塞入裤兜中。再寻那张红纸时，却不见了踪影。也许那张红纸早被风刮跑，或被路边的野草蹭掉了。没了那张红纸，更没人注意到他就是前来迎亲的人了。

围观的乡亲没有留意爹的尴尬相，他们的注意力全在那辆木轮车上，围着车子饶有兴趣地听老头儿讲解。

这车子做得这么精细，一看就是秋家峪村的老木匠做的，咱这里有这种车子的人家不多，种麦子的耩子倒是有两顶。老头儿抽口旱烟，美美地咂巴两下嘴说，都说女人心灵手巧，其实咱们男人做起细活来，一点儿不比女人差，咱村的王裁缝就是个大老爷们儿。

喂，喂，你是做啥的？是从秋家峪来的吗？推着辆空车子胡转悠啥？一个倒背着手、瘦猴样的中年男子不小心碰到爹身上，差点儿摔个狗吃屎，瘦猴定定地看看爹，好奇地、不无气恼地问。爹低头不言语。

你是哑巴？不会说话？那人又追问了一句。爹还是闷头不言语。那人摇摇头，不再搭理爹，又同其他人研究起木轮车来。

门外的情景，被一早就守着门口、扒着破门缝观看门外动静的外祖母看了个真切。她还以为自己看花了眼，又紧扒着破门缝，瞪大眼睛瞅了半天，终于确定前来迎亲的只有女婿一个人，而且只推了一辆木轮车，打扮得像个来找活儿干的长工。外祖母头一晕，差点儿摔倒，本来她还想跟迎亲的人再谈一谈条件，追加几份彩礼，现在看怕是没指望了。外祖母又急又恼，叫苦连天：彩礼不加也就算了，怎么连花轿也省了？这不是成心让乡亲们看俺们的笑话嘛，你让俺的老脸往哪儿搁？说什么也不能轻易把闺女送出门去！外祖母让自家两个后生把住门，自己扭着小脚，急急地跑进屋里，去做娘的思想工作。

外祖母见到一身红装的娘，像没事人一样静静地端坐在铺有红被褥的炕沿上，心头又涌上一股酸涩的滋味。该不该把不好的消息告诉闺女，外祖母有些犹豫。

外祖母眼中闪着泪花，长吁短叹一番，突然一把拉住娘的手，说，闺女，听娘的话，这亲咱不结了！

娘吓了一跳，说，咋，为啥？闺女马上要出嫁了，您咋说出这么不吉利的话？您老是舍不得闺女离开身边吧？

外祖母摇摇头说，不是俺反悔，是，是那小子太不像话，太不识趣！

外祖母把情况一说，娘也吃惊不小，她曾一遍遍想象坐花轿、入洞房的样子，一遍遍在脑中勾勒成亲时的热闹场面，没承想……先前美好的幻影像肥皂泡一样倏地消散了。娘开始闷头不语。外祖母怕娘想不开，也怕她不听劝阻偷跑出去，寸步不离地守在她身边。

日头已经偏西，迎亲的吉时已过，仍不见迎亲的花轿出现，看热闹的人猜想男方家里一定出了什么变故，今天这亲怕是结不成了。看热闹的人唏嘘感叹一番，恋恋不舍地陆续散去。爹把木轮车停在路边，不时偷眼看看那栋紧闭着的贴有红纸的破旧门楼和门缝里面隐约晃动的人影，知道自己一时半会儿进不去门，索性蹲下身，背靠着木推车，晒起了太阳。一条瘦骨嶙峋的黑狗，嘴巴贴着地面，嗅着味儿跑过来。他使劲跺下脚，吓得黑狗一蹦三尺高。受了惊吓的黑狗没有惊慌逃走，而是在离他不远处趴了下来，同病相怜似的，陪他晒起了太阳。暖洋洋的太阳光照在身上，让人昏昏欲睡。起初他还强打精神，支棱着耳朵，不动声色地悄悄关注着周围的动静，后来支撑不住，迷瞪着两眼打起了盹儿。

恍惚中，爹肩头被人狠狠拍了一下，爹打了个激灵，抬头一看，见头顶飘着一片红云，红云中晃动着一个漂亮女人的脸蛋。爹揉揉眼，仔细一看，乐了，站在他眼前的原来是他朝思暮想的穿一身红衣裳的娘。

娘有些慌张，小声催促他说，快走，别让人看见。爹马上明白了是怎么回事儿，蹦起身，推了车子就走，娘像一片红云一样，紧跟着他。

两人像惊飞的鸟儿，沿着崎岖的村中小道，扑扇着翅膀，跌跌撞撞地向村外飞去。两人刚飞出村口，就见外祖母扭着小脚跟跟跄跄地跑出门，一屁股蹲坐在地上，用手扑打着地面大声叫喊：不好了，闺女跑了，爬墙跑了。

爹和娘跑出老远，才停住脚歇息。爹讨好地劝娘说，你坐在车子上歇会儿吧。

娘不理会，突然转身朝家的方向扑通跪倒在地，连着磕了三个响头。爹鼻子一酸，眼中闪着泪花，忙不迭地去搀扶娘。娘没好气地推了他一把，爬起身，径直坐在左边车盘上，不无气恼地闷声说，你不是要推俺回去吗？那就推吧，哼！

好，好，爹嘴上忙不迭地答应着，心里却打起了鼓，一时拿不准怎样才能毫发无损地把娘接回家。爹左瞅瞅，右看看，目光最终落在左车把包鞋的包裹上，毫不迟疑地取下它。包鞋的灰布包袱是才洗过的，上面并没有尘灰，但他还是用袖子擦了又擦，用嘴吹了又吹，把包裹尽量压平。爹把包裹塞到娘屁股底下，娘没有拒绝，顺从地欠起屁股，试着调整姿势，用包裹当坐垫，找了个舒服的坐姿。

爹怕娘的坐垫不够厚实，又把黑土布褂子脱下来，也要塞到娘屁股底下。他脱褂子时，想到了兜中的那枝金黄色的苦菜花，那是他准备送给娘的礼物。他想把它郑重地捧举在手里，送给娘。然而，让他万分失望的是，他摸出的是一枝蔫了的花，花被衣兜磨得七零八落，不成样子，白中带黄、黄中带绿、黏糊糊的汁液沾染在衣兜上，像花受伤后流淌的泪水和鲜血。爹没想到，被他选作礼物的花朵这么娇嫩，这么脆弱，经不起一丁点儿的折腾。想必但凡光鲜、宝贵的东西，都如鲜花般娇嫩，需要人倍加呵护才行。花蔫了，没法把它当作礼物送给娘了。爹感到惋惜，也感到羞愧，怕娘知道这事后会更加生气，他装着大方的样子顺势一抖，把蔫了的苦菜花抖落在地上。苦菜花躺在地上，像被冷落的小姑娘，一脸的委屈，一脸的苦相。

娘没有留意爹掏口袋的动作，也没看到那枝蔫了的苦菜花。她见爹脱去外衣，只穿一件白土布无袖对襟小褂，触电似的打了个激灵。她被爹那黝黑粗壮的臂膀电到了，也被爹身上发出的淡淡的汗臭味电到了，身上像过电似的掠过一丝莫名的、温暖的、幸福的感觉。她曾无数次想象，靠在爹肩头被爹拥搂的幸福样子，现在幸福是那样的近，她却不好意思立马抓住它。她感到一阵眩晕，身子像不属于自己似的，被爹摆弄来摆弄去，一股幸福的暖流在她身体里奔涌激荡，她不自觉地随着那暖流飘来飘去。

娘晕了一会儿，又被爹突然僵住的身影电了一下，先前眩晕幸福的感觉像风吹浮云一样倏地消散了。娘有些失望，她没有看到爹专注看她的火辣辣的目光，也没有看到爹向她做更进一步的亲昵动作，爹正眼望着别处发呆愣神。顺着他的目光一看，只见不远处的土岗上兀立着一尊泥塑，仔细一看，原来是个呆立的男人。那男人五十岁开外，模样邋遢，衣衫褴褛，肩头斜背着一只用灰褐色荆条编制的圆口粪篓，右手拿着一只木柄粪铲，粪铲杵在地上，像士兵打胜仗后炫耀战功的枪杆。高高站立的拾粪男人，像突然发现了新奇的物种一样，不错眼珠、默不作声地盯着爹，盯着娘，犀利的目光如无形的刀子一样，剥着爹的衣裳和脸皮，也剥着娘的衣裳和脸皮。

娘认识拾粪男人，也知道他为什么盯着他们看。娘羞红着脸，慌忙把围在脖子上的红头巾掀起来，蒙住半边脸，催促爹说，瞅啥瞅，还不快走！

爹这才猛地回过神来，手忙脚乱地抬起车把，推起车子，晃着身子，像老牛抢食一样，呼哧呼哧喘着粗气向前拱。由于重量全压在左边，为了保持重心平衡，他不得不用力将车子向右倾斜，歪着身子推。车子东摇西晃，颠簸得更加厉害，有几次差点儿把娘颠下来。摇摇晃晃地走出老远，回头看不见了拾粪男人的身影，爹才长吁一口气，恰巧看到路边有块一尺见方的蘑菇石，顿觉眼睛一亮。爹放下车子，用左脚踩住右车把，防止车子向左歪斜，然后弯下身去，把石头搬到右车盘上压实。

右边压上一块石头后，车子推起来平稳多了，但爹还是怕车子向左偏，还是不由自主地弯着身子，用力将车子向右倾斜。娘闷头不语，任凭爹折腾。也许是拾粪男人犀利的目光不小心扎痛了娘的心，无意中伤了她的自尊。一种莫名的羞愧和懊恼涌上她的心头。羞愧和懊恼如波浪一样翻涌，越来越猛烈地撞击着她的心，撕扯着她的自尊。

见娘一直绷着脸，爹有些急，一边很努力地推车，一边飞速地转动大脑，编着好听的话儿哄她开心：俺娘说——不，应该是咱娘说，等你生了娃，她给娃做双虎头鞋，鞋样子已经找好了，花线和布料子也备好了，咱娘说，她做的布鞋又好看又结实，谁见了谁眼馋，到时也给你做一双……咱娘还会剪窗纸、绣花，她的手艺十里八乡没人能比……咱爹说，等你过了门，赶紧把咱家祖传榨油的老手艺拾起来，有了好手艺，不怕日子不红火……咱爹说，咱家先前开的油坊可火了，十里八乡的人都来咱家开的油坊打油——当然也可以用粮食来换油，有的外乡人跑好几十里山路，天不亮就赶到咱家油坊前等着打油……

爹讨好的话没有打动娘，反而使她更加气恼。一股火气直冲娘的脑门儿，娘像被戳痛的蛤蟆，不自觉地蹦动了下身子，气鼓鼓地开了腔：心比天高，命比纸薄，少说那些没用的，有那本事，咋不请一顶花轿？乡亲们都等着看花轿抬新媳妇呢，你却推了辆破木轮车来丢人现眼，俺家这是嫁闺女，又不是卖粮食、卖猪崽，你——是不是嫌俺爹娘要的彩礼多，节骨眼儿上，故意耍弄俺爹娘？故意让俺家人丢脸？好好好，算你厉害，只是，你想过没有，你这样一闹腾，让俺的脸往哪儿搁？让俺爹娘的老脸往哪儿搁？你不知道脸面对庄户人来说有多重要啊——哼，比命都重要啊！你这是要活活气杀人，你就算请不起花轿，牵头毛驴来也比推辆破车子强啊——哎哟俺的亲娘哎，也不知道在上面铺床被褥，看把俺腔骼的，都快成八瓣了。

冷不丁挨娘一顿数落，爹脸上有些挂不住，像被火燎了一样火辣辣的难受，爹也是一肚子苦水没处吐，被娘用话一激，一股火气也直冲他的脑门。爹心里憋得难受，但是在迎亲的节骨眼儿上，有难处也不愿对娘说，有气也不敢朝她撒。不说不撒吧，又觉得很不自在。讷讷半晌，爹不无委屈、蚊子哼哼一样嘟囔说，为了凑彩礼，俺爹把小毛驴卖掉了，家里连根驴毛也找不到了，可怜了那头小毛驴，跟着俺家受了那么多累，吃了那么多苦，临了连口豆饼都没吃上。

你——说啥呢，说谁是小毛驴？娘没听清爹说的话，却品出了话中不一样的味道，没好气地说，哑巴哭爷爷，你少对着俺胡咧咧，你家不是开过油坊吗？不会一点儿油水也没攒下吧？既然那么穷，你一个人过算了，还娶什么媳妇！哼，俺算是看透了，不怨天，不怪地，怪你爹娘太自私，偏心眼儿，根本没拿你成家的事儿当回事儿，他们不舍得给你花钱，凡事能将就就将就，好省下钱给你两个弟弟娶媳妇，你这个当老大的，以后就等着吃亏吧，当牛做马帮你爹娘拉犁出大力，到头也赚不下一个好！

娘说的话像一把无形的锥子，一下戳中了爹心里的痛处，也刺破了他男子汉大丈夫的面子和自尊。爹只觉一股火气在他胸中噌噌地往上蹿，像突然爆炸的气浪猛烈摇晃着他，让他眼睛充血，头晕目眩，发疯抓狂。情绪失控的爹如同被火燎了屁股的泼猴，身子本能抑或不自觉地蹦了蹦，嘴中叽里咕噜，愤愤地说，日你亲娘，狗不咬拿棍捣，大喜的日子，你这是硬逼着俺发火啊，你愿嫁就嫁，不愿嫁拉倒，哪来那么多屁话！俺爹娘为俺操碎了心，受尽了累，你却可着劲儿挑他们的毛病，他们哪一点对不起你？你这个没良心的白眼儿狼，没过门就现了原形，去你娘的白眼儿狼，俺宁愿守着亲爹娘吃糠咽菜打光棍儿，也不要你这样的白眼儿狼。

爹猛一用力，车子像被风吹倒的破船迅速向左边倾斜，娘没有防备，像一团红色的云雾翻滚着落入路边长满杂草的土沟中。在娘跌入土沟的一瞬间，爹猛地摆正车把，像玩魔术一样，将飞起的坐垫稳稳地又颠了回去。爹甩开膀子，大口地喘着粗气，摇摇晃晃地推着车子，扬长而去。

娘跌落在土沟中，啃了一嘴湿泥，湿泥又酸又腥，有股烂草的味道，也夹杂着人粪尿、马粪尿、驴粪尿、狗粪尿、鸟粪尿及各种动物、植物的腐臭味道，以及被谷子、麦子、高粱、地瓜、土豆等粮食濡染、浸泡了无数次的泥土的味道。这种泥土孕育了无数生命也埋葬了无数生命，催生了无数美好也催生了无数丑恶，立下了无上功勋也留下万般愁哀，它的味道如母亲的乳汁一样亲切甜美，也如天上的星河一样陌生遥远。

在啃了一嘴湿泥的同时，娘蒙在头上用来挡风、遮羞的红头巾也不幸被杂草刮走，红头巾像一面旗帜，飘飘摇摇地落在一根蒿草枝上，随着蒿草的摇摆起起伏伏。娘挽着的头发也被杂草刮散，沾满了绿的、红的、黄的、白的、草屑。在滚到沟底的一瞬间，娘被一个软乎乎、热乎乎的东西弹了一下，随即感到屁股下面有个活物在没头没脑地乱钻乱拱。她下意识地欠起屁股，一股烟，或者是一道黄光，倏地跑没了影。那活物是黄鼠狼、野兔还是田鼠？娘来不及看，也来不及想。透过瞬间放大的杂草的缝隙，她蒙蒙眬眬地看到，太阳像个烧红的饼子挂在西天，饼子放射着金黄的光芒，把天空和大地染成一片金黄……

第二章

老山叔，来得这么早啊，迎亲的人都走了吗？啥时走的？

突然听到背后有人喊，老山叔慢慢地扭过头来，一看是风风火火跑来的麻秆。麻秆的名字与身材不太相符，在普遍营养不良的村里人当中，显得有些高大和虚胖，穿着也与其他人不尽相同，穿的虽也是黑色棉袄棉裤，但质地和样子好，看不到一个补丁。看他红扑扑的脸蛋，就知道他最近吃得不错。

应该都走了吧，你，没去栓子家帮忙？老山叔打量了麻秆几眼问。

麻秆拿着块冒着热气的地瓜，摇头晃脑地吃着，呼呼噜噜地嘟囔了一句，也没听清他嘟囔了什么。麻秆像猪吃食一样，三下两下把地瓜瓤吃净，把吃剩的地瓜皮扔给了一边趴着的大黄狗。大黄狗吓得打个寒战，随即被熟地瓜的香味吸引，用鼻子贴着地面嗅了嗅，忽地爬起身，蹿过去，一口吞掉地瓜皮，嘴中发出呱嗒呱嗒的咀嚼声和吞咽涎水的咕噜声。

老山叔咂巴咂巴嘴说，那地瓜皮也能吃的，扔了怪可惜，以后你吃剩的，给俺留一口。

你不稀罕的俊媳妇，咋不留着给俺用一用？麻秆冷不丁冒出一句，把老山叔呛得直翻白眼儿。

去，没正形，哪壶不开提哪壶，老山叔有些恼，扭过头去，继续泥塑一样蹲着看风景。麻秆的话戳到了老山叔的痛处。老山叔的爹开过油坊，他成家后，爹把油坊传给了他，起初他家日子过得很滋润，但自打他迷上赌博后，家里就逐渐破败了，最后把房子都赔光了。年轻漂亮的媳妇一气之下跑了。等他咂摸过味儿来，已经晚了。他恨自己不争气，发誓再也不赌钱了，为了表示决心，他用菜刀剁掉了自己的一根手指。打人不打脸，揭人不揭短，麻秆这浑小子，说话太没礼数，竟然揭他的伤疤，让他难堪。

老山叔沉吟一会儿，不无揶揄地说，麻秆呀，你咋不跟着你二伯去吃香的喝辣的，看你二伯多威风，骑洋车，戴礼帽，腰里挂着盒子炮，谁见了谁怕……

麻秆说，俺倒是想去，可是俺娘死活不让俺去，说那是挖自家祖坟，将来要被千人唾万人骂的缺德营生，他娘的，只要有钱赚，有好饭吃，管他什么营生，有啥不能干的？只可惜，俺二伯也不愿意俺跟着他干。

老山叔说，那就对了。

啥意思？麻秆问。

老山叔不冷不热地答，没啥意思。

麻秆听老山叔的话有些耳熟，他前天刚听人说过一次。前天上午，他闲得难受，在家闷头坐了一会儿，忽然灵光一闪，有了主意，决定带大黄狗去野地里逮野兔。他家的大黄狗养尊处优惯了，该出去遛遛腿，活动活动筋骨了。他唤正趴在草垫上晒太阳的大黄狗跟他走，大黄狗不理会。麻秆拿块熟地瓜逗引它，大黄狗吃完地瓜，又趴着晒起了太阳，无论麻秆怎么唤，就是不肯跟他走。麻秆骂了句粗话，跑进堂屋，踩着杌子，从屋梁上的吊篮里取了块用草纸包着的熟咸肉。这下总算把大黄狗的魂勾住了，大黄狗摇着尾巴，乖乖地跟着麻秆出了门。麻秆没有把咸肉整个喂给大黄狗，而是每走几步就撕下一点儿肉丝喂它。

麻秆领着大黄狗在野地里窜来窜去，突然听到枯草丛中扑棱一声响，一个金黄色的影子一晃，贴着地面闪电般向远处飞去。是野兔。麻秆不由自主地撒腿追了上去，他哪能追得上。麻秆追得上气不接下气，只好停下来歇息。野兔在离他不远的地方停下，回过头来，立着身子，尖尖的耳朵耸立，两条前腿向上举着，两只放着红光的眼珠滴溜溜乱转。野兔的毛大部分呈金黄色，只是肚子中间夹杂一溜白色。野兔站立的样子很滑稽，像是在嘲笑和挑衅麻秆。麻秆喘着粗气骂了句，赶紧回头去搬救兵。呆头傻脑的大黄狗竟然不知发生了什么事，夹着尾巴在原地打转。麻秆哭笑不得，跑过去，蹲下身，把剩下的一点儿咸肉塞进狗嘴里，然后一手温柔地抚摩着它毛茸茸的脊背，一手指着远处野兔的影子比画。

大黄狗终于发现了敌情，抬起头，支棱起耳朵，像是在察看和倾听远处的动静，随时准备出击。麻秆很高兴，两手做着向前冲的动作，像个指挥官一样，对大黄狗下发着冲锋的号令，正要随大黄狗一跃而起，却猛然发现大黄狗身子一软，又傻乎乎地打起转来，嘴里还发出呜呜的声音，好像在说，那家伙跑得贼快，俺追不上，俺又不想吃它的肉，要追你去追。

麻秆有些恼，使劲拍下它的脑门儿说，懒蛋，没用的东西，你以为那咸肉是白吃的？快给俺去追，要不然，把你杀了吃狗肉！

大黄狗打个寒战，好像被麻秆的话吓着了，极不情愿地呜呜叫了两声，撒腿向远处追去。

大黄狗追得很卖力，却怎么也追不上野兔。那野兔鬼精灵，不沿直线跑，而是忽左忽右，左冲右突，跑着跑着，突然来个急转弯，把大黄狗甩出大老远。大黄狗追的速度越来越慢，伸着紫红色的长舌头，哈达哈达直喘粗气，最后索性停下来，一屁股蹲坐在了地上。趁着这工夫，野兔一眨眼跑没了影。没逮住野兔，麻秆很失望，领着大黄狗悻悻地往家走。

在村头碰上扛着锄头的六爷，六爷看看他，问，麻秆呀，上哪儿胡逛去了？

麻秆闷声答，逮野兔子去了，不过没逮住，让它跑了。

俺见你二伯回来了，你逮野兔子是要犒劳你二伯吗？嗨，你二伯可不缺这点儿好吃的！六爷酸不溜丢、阴阳怪气地说，麻秆呀，你咋不跟着你二伯去吃香的喝辣的，看你二伯多威风，骑洋车，戴礼帽，腰里挂着盒子炮，谁见了谁怕……

麻秆撇撇嘴，没言语，感觉六爷说的话虽不是很顺耳，但也不是没有一点儿道理。听六爷的意思，二伯回来了？二伯是个大忙人，难得回来一次，得趁机会跟他提一提，看能不能从他那找个差事干，哈哈，等俺干上和二伯一样的角色，还不是想吃啥就吃啥，想咋样就咋样？

麻秆越想越高兴，一溜小跑着窜回了家。回家却没瞅见二伯的人影，只见爹穿着羊皮袄，蹲坐在灶房前的小木凳上，勾着脖子哈着腰，跟正在烧火做饭的娘说话。灶房里弥漫着朦胧的烟气，散发着蒸煮地瓜的香味。大锅上面盖着圆形的木盖板，丝丝缕缕的热气通过盖板缝隙升腾而起。娘头上蒙着破头巾，坐在大锅灶前的蒲团上，往炉膛里一把一把地续着豆秸，豆秸燃烧发出噼噼啪啪的声响。火苗亲吻着黑乎乎的锅底，黑锅底上有火星在忽明忽暗地闪耀。

娘好像有些生气，一边烧火做饭，一边没好气地嘟囔：有事找他的时候，怎么也找不见他的人影，现在倒好，自己跑回来了，回来就钻进狐狸精家里，跟那个骚货黏糊个没完！

爹尴尬地笑笑说，老二回来找山娃爹帮他盘火炕，他睡不惯据点里临时用木板搭的床，觉得还是睡土坯盘的火炕暖和。

娘说，盘个火炕还用找人？自己不会盘啊？

爹说，盘火炕也是个技术活，尤其是火炕的烟道，怎么走，怎么垒，很有讲究，烟道垒不好，烟就冒得不顺畅，火也就烧不进炕里去，或烧得不均匀……老二从小吊儿郎当惯了，这样的活儿从来没干过。

娘向炉膛里添了把豆秸，用火钩子捣了捣，突然把火钩子往地上使劲一摔说，盘，盘，把一大包土炸药也盘进炕里去，炸死这帮吃里爬外的龟孙子！俺看啊，你们老麻家的男人没一个好东西，也不知道哪辈子造下的孽，竟然养了这么一个千人唾万人骂的坏种，你们爷儿俩也好不到哪里去，今天一早五爷来告麻秆的状，说他领着一帮野孩子，排着长队，像狗一样对着五爷家的后屋山墙撒尿，把墙皮滋掉了一大块……以后啊，你可要把麻秆给俺看好了，可别让他跟着老二学坏了，要不然，俺就拧断他的脖子，砸断他的狗腿，让老麻家断子绝孙！

爹撇撇嘴说，你这是说的啥话，咋又数落起麻秆来了，麻秆那是调皮捣蛋，跟老二可不一样，说一千道一万，老二再不好，也是自家人，一家人不说两家话，砸断骨头还连着筋呢！

爹突然发现麻秆站在身后，讪笑着提醒着娘说，孩他娘，快别煮地瓜了，抓紧擀点鸡蛋面条，让麻秆喊他二伯来家吃顿饭。

娘打个激灵，回头见麻秆傻呆呆地站在灶房门口边上，脸上掠过一丝不易察觉的绯红，忙不迭地站起身，装作若无其事的样子，拍拍拍拍身上的草屑，啥话也没说，走进堂屋里去了。

爹向麻秆使个眼色说，你娘擀鸡蛋面条去了，快去喊你二伯来家吃饭！

麻秆若有所悟地点点头，转身跑出家门，直奔村东小寡妇家。

推开小寡妇家虚掩着的黑漆院门，一股凉凉的阴风迎面吹出，随即闻到一种淡淡的花香味。门廊旁的柴垛上卧着一只花猫，花猫早就习惯了生人造访似的，听到院门响，接着见一个高大的身影钻进来，只是睁眼看了看，继续懒洋洋地趴着，哼都不哼一声。院中横搭在石磨和窗台上的长木杆上，晾着一件女式花布小褂，香味像是从那上面散发出来的，仔细一闻，又不像。小寡妇家堂屋窗户纸像是新贴上去的，很白很干净，窗棂中间还贴了红色的窗花，也像新贴上去的。这骚娘们儿，肯定是把自家堂屋当成了洞房，把难得一见的二伯当成了她的新郎。麻秆想骂，又不敢，他怕二伯，从骨子里怕他，他平时没少在村里吆五喝六，逞强耍横，可见了二伯却像老鼠见了猫，屁都不敢放一个。

麻秆对着堂屋门口，怯怯地喊了声二伯，没听到应声。他试着轻轻地推开堂屋门，只见屋里烟雾缭绕，二伯和小寡妇脸对着脸，侧卧着身子，正半躺在矮炕上吞云吐雾。二伯上身穿土黄色的棉衣，下身穿黑绸灯笼裤，穿白棉布袜的两腿叠在一起，翘在炕沿上。小寡妇穿一身花色棉衣，长发零散地铺在炕上，脸上敷了厚厚的脂粉，嘴唇上抹了猪血一样的红胭脂。娘说的没错，猛一看，小寡妇的确很像狐狸精。二伯和狐狸精每人抱了一支泛着油光的铜烟枪，眯缝着两眼，咕咕噜噜地抽着大烟。

二伯，俺爹叫你回家去吃饭！见二伯没吱声，麻秆又小心地喊了一声：二伯，您忙了一上午，肚子一定饿了吧？俺娘擀了鸡蛋面条，俺爹让俺来喊你，回家趁热乎吃。

好吧，二伯终于撑开眼皮，发了话。

二伯放下烟枪，伸了个懒腰，吁了口长气，慢慢地爬起身。见二伯起身，小寡妇打了个激灵，忙不迭地放下烟枪，起身帮二伯穿外套。小寡妇帮二伯戴上黑礼帽，穿上黑绸褂子，扎上黑牛皮腰带和黄牛皮枪套，蹬上黑布鞋。二伯一身黑衣打扮，加上他不怒自凶、鹰头雀脑的样子，很像个索命的小鬼。狐狸精和小鬼鬼混，倒也看不出有什么不对劲。小寡妇摆出一副狐狸精才有的妩媚样子，极力讨好、侍候着二伯。

看了小寡妇放浪的形态，麻秆忽觉身上痒痒得难受，裤裆里的阳物不自觉地挺了起来，嘴巴也开始不听使唤，小声嘟囔说，二伯，俺也想跟着你吃香的喝辣的。

二伯打个愣怔，一把抓起掖在褥子底下的盒子炮，枪口对准麻秆的脑袋瓜点了两下，眼一瞪说，小屁孩，胡说什么？你小子给俺记好了，你二伯干的是刀口上舔血的营生，你无论如何不能学俺，你就死了这条心吧，别整天想三想四，你现在的任务是赶紧娶个俊媳妇好好过日子，给老麻家生一大堆胖孙子。

俺，俺还是想，麻秆欲火难消，低下头，吞吞吐吐，欲言又止。

小寡妇看看麻秆，又看看二伯，嬉笑着打圆场说，好说，好说，都是一家人，啥事都好说，嘿嘿，大不了，俺连麻秆一块伺候着！

二伯说，臭婊子，再敢胡说八道，老子撕烂你的臭嘴！说着，他麻利地把枪插入皮套，抬手朝着小寡妇的妖精脸使劲扇了一巴掌。

这一巴掌打得非常重，在小寡妇粉腮上留下了五道长短不一、暗红色的血印子。小寡妇的嘴也被打破了，夹杂唾液的暗红色的血顺着嘴角，像蚯蚓爬行一样往下淌。小寡妇被打蒙了，一屁股蹲在地上，用手捂着腮帮子，眼中闪着泪花，抬头怯怯地看着二伯，想哭却不敢出声。

二伯像什么事也没发生一样，拽拽衣角，笑着招呼麻秆往外走，一边亲昵地拍打麻秆的肩头，一边叮嘱他说，走，回家吃鸡蛋面条去！麻秆啊，好侄子，听俺的话没错，快找个俊媳妇好好过日子。

麻秆说，好，好。嘴上答应着，心里却在想：找个媳妇好好过日子哪有那么容易啊，老山叔倒是找了个好媳妇，可惜没守住。

麻秆从鼻子里哼了声，在老山叔身边蹲下来，抬头看看老山叔，又顺他的目光看看远处，问，你在看啥，瞎琢磨啥？

老山叔说，俺在想当年俺爹怎么娶的俺娘。

麻秆若有所悟地哦了声，突然想起老山叔以前也是个富贵人，风光过，对他油然多了几分敬意，嬉笑着说，老山叔，您老帮忙评评理，俺都这么大了，长得又好看又壮实，老天爷也不送个漂亮媳妇给俺，栓子那么小，开裆裤还没脱，个子没有粪篓高，呆头呆脑的，明明就是个屁事不懂一点儿的小傻瓜，竟然这么快就娶上了媳妇——听说他媳妇长得还不赖，他娘的，真是一朵鲜花插到了牛粪上，好事全让栓子这傻小子碰上了。

老山叔说，常言说得好，三岁看大，七岁看老，别看栓子小，模样傻乎乎，但他有福相，命里福气多。老山叔扭头看看麻秆，问，人还没来呢，你咋知道栓子媳妇模样不错？——莫非，你见过她？

麻秆说，没有，听说的。

老山叔说，听说的不靠谱儿。

麻秆说，靠谱儿不靠谱儿，等一会儿你就知道了。

麻秆望望远处，见进村的大路上空荡荡的，自言自语似的说，咋这么费事呢？老山叔，你蹲在这很久了吧？接媳妇的人几时走的？

老山叔摇摇头说，兴许早就走了，几时去接媳妇，媳妇几时过门，都要看时辰的。

都走了吗？咋不喊俺一声，俺迷糊了一小觉，他们就走了？突然从水旺家后山墙外的棒子（玉米）秸秆垛中钻出一个人影，打着哈欠说。

借着渐渐放亮的晨曦，麻秆一眼就认出，从棒子秸垛中钻出来的人是二憨。二憨穿一身黑乎乎的棉衣，棉衣上破了几个洞，几丝破棉絮羞涩地蜷缩在里面，欲露不露。二憨腰中束了条灰不溜丢、看不清底色的布腰带，头发像刺猬毛一样龇着，面庞黝黑瘦削，身上沾满棒子秸叶子。

二憨用长满紫黑色的、像烂地瓜皮一样冻疮的手掸掸身上的烂叶子，揉揉惺忪的睡眼，慢悠悠地走过来。麻秆站起身，扑哧一乐说，羊群里蹦出头瞎驴来，原来是你小子啊，咋的，你也是来看新媳妇的？看你那穷酸样，也想做梦娶媳妇？

麻秆三步两步迎上去，抬手就要掐二憨的脖子。二憨像泥鳅一样滑脱。麻秆抬脚踹他，也被他机灵地闪开。

二憨不急也不恼，不住地喊着麻哥好。

麻秆说，算你识相。

两人一左一右在老山叔身边蹲下来。

二憨问，老山叔，迎亲的人都走了？几时走的？

麻秆说，俺已经问过了，还问！问点别的！

二憨尴尬地笑笑说，新媳妇——模样好看吗？

麻秆说，再好看，你也只能眼瞅着干咽唾沫。

老山叔白了麻秆一眼，摇摇头说，好看不好看，你俩都说了不算，依照老辈传下来的风俗，儿女婚姻大都由父母说了算，自己不好做主的——像俺爹和俺娘成亲前早就相好的情况非常少见——有的连对方面儿都没见过，对方是胖是瘦，是高是矮，是黑是白，是聋是哑，是瘸是瘫，成婚之前一概不知，跟摇色子赌钱一样，摸着什么算什么。

万一摸着个聋子、瘸子、瘫子咋办？二憨说。

还能咋办，听天由命呗，老山叔说，新媳妇不摸情况，新郎官也不摸情况，半斤对八两，两下扯平了。

麻秆瞥了二憨一眼说，你胡咧咧些啥，什么摸着聋子、瘸子、瘫子咋办，你哪有挑三拣四的份儿，臭美！

麻秆说话总是酸不溜丢，连讽带刺，二憨听了很不爽快，心里对他有怨气，不服气，又不敢明着顶撞他。

沉吟一会儿，二憨若有所悟地说，新媳妇的样子，去迎亲的人肯定知道。

麻秆赞许地点点头，对老山叔说，二憨总算放了句正屁，他说的没错，新媳妇虽然蒙着红盖头，模样看不真切，但她是高是矮，是胖是瘦，接亲的人总能看个大概吧？

老山叔说，看个大概又能咋的？还不照样抬回来！

麻秆说，要是她太胖，抬轿子的人肯定要费些力气，这次去迎亲，用的是几人抬的花轿？

老山叔说，现在这年月，能找到轿子就很不错了，听说这次去迎亲，栓子爹娘费了不少心思，好不容易从秋家峪村借来一顶两人抬的小花轿，小花轿是村里大名鼎鼎的老木匠的接班人——小木匠做的，做得很好看，至于顶用不顶用，那就难说了。

二憨说，肯定顶用，俺姥娘就是秋家峪的，姥娘说，他们村小木匠做的活儿是现今咱们这里最好的，小木匠曾给俺姥娘做个木头梳子，用了好多年都没坏。

几个人正说着话，突然听到背后有人打了个大大的喷嚏，不约而同地扭头去看。打喷嚏的人是铁蛋。铁蛋穿的棉衣比二憨穿的还要破旧，棉袄前襟交叉叠在一起，用一根草绳束着。棉衣补丁摞补丁，有多处破洞还没来得及缝补，龇着不规则的茬口，露着脏兮兮、黑乎乎的破棉絮。跟二憨相比，铁蛋头发更为蓬乱，脸庞更为黝黑瘦削，黄油油、黏糊糊的鼻涕挂在鼻梁下，出溜出溜翕动着。可能是因为擦过太多鼻涕的缘故，他的袖口看起来像铁皮一样生硬，泛着油亮的光。铁蛋缩着脖子，两手交叉抄在袖筒里，不时抬起袖口擦下鼻涕。

看到铁蛋走过来，麻秆不无兴奋地蹦起身，嬉笑着向他迎上去，两手做出要和他勾肩搭背的样子。这只是个亲昵的假象。麻秆装出要和铁蛋亲热的样子，腿早暗暗使上了劲儿。只见他腿迅速弯起来，用膝盖狠狠地往铁蛋的裆下顶去。麻秆很阴险，使的尽是损招。他这样顶铁蛋的私处，即便把铁蛋的那玩意儿顶坏了，从外面也看不出明显的伤。怕人笑话，铁蛋私处挨了顶，哪好意思把伤处给人看，对人说。吃一堑，长一智，铁蛋早就防着麻秆这一手，在麻秆跑上来之前，就预感到他不怀好意，做好了准备。在麻秆膝盖快要顶上来的一瞬间，铁蛋身子一弯，屁股向后一撅，脚跟点地，倒退着闪出老远。麻秆扑了个空，脸上还被淋了几滴黏糊糊、冰凌样的鼻涕，气急败坏地又要上前踹铁蛋。

见麻秆这浑小子欺负完二憨又要欺负铁蛋，老山叔实在看不过眼，埋怨麻秆说，都是自家弟兄，快别胡闹了，有这股子劲头，还不如去干点儿正事哩，接着招呼两人说，你们两个，过来陪俺拉拉呱。

麻秆收住脚，回头嬉笑着对老山叔说，俺跟铁蛋闹着玩儿呢。麻秆回头发狠似的瞪铁蛋一眼，小声说，小窝囊废，不敢接俺的招儿。一会儿回家告诉你姐，晚上让她给俺留门儿。哼，小兔崽子，听话，到时你姐夫亏待不了你。说完，麻秆得意地晃着膀子，跑回老山叔身边蹲下。

好娃子，快过来，老山叔亲切地招呼铁蛋。

铁蛋小心地走过去，刚要挨着麻秆蹲下身，见麻秆不怀好意地朝他笑了笑，立马像被针扎了一样打个寒战，犹疑地转到另一边，挨着二憨蹲下来。

铁蛋，吃饭了吗？老山叔亲切地问。

没，没呢，俺娘天不亮就去栓子家帮忙了，俺娘说，到时酒席撤下的剩菜汤她会匀一点儿端回来，到时让俺用它泡煎饼吃，可香了。唉，新媳妇咋还没来啊？酒席咋还不开始呢？铁蛋抽动下鼻子，咂巴下嘴唇说。

二憨扑哧一笑，说，看把你急的，早就盼着喝剩菜汤了吧？跟你娘说一声，让她也帮俺匀点儿剩菜汤，俺都在棒子秸垛里趴了大半夜了，不能让俺白等。

没出息，就知道吃！麻秆撇撇嘴说。

铁蛋用袄袖子擦下鼻涕，看看阴沉沉的天，只见天空笼罩着厚厚的乌云，压得山峦、村庄、树木仿佛也低矮了不少，空气因此而分外沉闷，沉闷得让人透不过气来。乌云层层叠叠，变幻着各种奇异的形状和模糊的样子，有的像马头，有的像羊角，有的像鹰爪，还有的像面目狰狞的恶狼和魔鬼，那可怕的影子若隐若现，若即若离，似乎随时都有可能扑过来，张着血盆大口，伸着滴血的魔爪，将人顷刻间撕成碎片，然后吞噬殆尽……

铁蛋打个寒战，忧心忡忡地问老山叔：俺看今天的天不大好，山叔，今天真的是娶新媳妇的好日子吗？

老山叔反问，咋了，有啥不对头吗？这个，这个嘛……铁蛋欲言又止。

快别卖关子了，有屁快放！麻秆瞪铁蛋一眼，没好气地催促道。

铁蛋望着阴沉沉的天空，蹙了眉头想了一会儿，自言自语似的说，半夜听到俺娘出门后，俺就躺在炕上困不着觉了，也想跟着俺娘去栓子家看看，等俺穿好衣裳，摸黑走出家门，差点儿被突然冒出来的两个穿白衣服的影子吓个半死，俺还以为阎王派小鬼来抓俺，吓得腿肚子直打战，竟然忘了逃跑，好在那俩小鬼很友善，并没有跑上来抓俺，倒像很怕人似的，跪下就拜，就叩头，叩完头就急忙爬起身，一溜烟走了……木呆呆地看着俩小鬼走远来，俺猛然回过神来，撒腿跑回了家，好不容易等到天大亮，公鸡叫了三遍，俺才壮着胆子出来看看，街上清朗朗的，没看到有啥不对头。

铁蛋嘟囔的话把麻秆和二憨吓了一大跳，目光不约而同地落在他身上，像看陌生人一样上上下下打量他。

你胡叨叨啥，怪吓人的，你，真见到小鬼了？麻秆盯着铁蛋看了看，也没看出有啥不对头，但还是有些不放心地问。

这世上哪有鬼啊，有日本鬼子倒是真的！见多识广的老山叔叹口气说，听说日本鬼子在柳树崖村祸害了不少老百姓，驻扎在那儿的咱们队伍上的人也被打散了，那两个人，俺也碰见了，披麻戴孝，一看就知道是他们家里死了人，连夜跑来向亲戚报丧的。

你的意思是说，那两个人是柳树崖村的？二憨问。

老山叔说，谁知道呢，也许是，也许不是。

铁蛋说，真是搞不懂，日本鬼子不好好在自个儿家里待着，跑到咱们这里胡闹腾啥!

老山叔摇摇头说,你见过恶狼有一直待在窝里的吗?小鬼子就是恶狼,就是禽兽,就是魔鬼,跟他们根本没什么道理可讲。

老山叔话音刚落,只见一个陌生的老太太挎着个筢子一扭一扭地走上陡坡。老太太头上蒙着暗红色的方巾,穿一身黑棉衣,腿上缠着黑色的裹脚布,小脚像锥子一样点着地,每走一步都要扭动一下身子,一不留神就要摔倒的样子。筢子上盖着一条暗红色的包袱,里面好像装了什么宝贝,老太太右手腕挎着筢子,左手捂着筢子前头,生怕里面的东西会掉出来似的。随着老太太脚步的走近,飘过来一股淡淡的熟麦香味儿。几个人一下就猜到了老太太的来历,不约而同地翕动着鼻子,涎水在嘴巴里不停地打转。铁蛋两眼直勾勾地盯着老太太挎的筢子,鼻涕流到了下巴骨上,也忘了擦。不用问,筢子里装的一定是喜饼,结婚送喜饼,是本地的风俗。

木呆呆地看着老太太一扭一扭、一颠一颠地从身边走过,直奔栓子家方向而去,二憨冷不丁冒出一句貌似很有道理的话:老天爷也有犯迷糊打盹儿的时候,让好人不得安生,让坏人到处逞凶——看看吧,有报喜的,也有报丧的,这世间真是悲喜难料、喜怒无常啊。

铁蛋恍然醒悟似的用袖子擦下鼻涕,愤愤地说,还不都是狗日的小鬼子闹的!俺那天去俺姥娘家,碰巧看见鬼子的大飞机从天上飞过,那家伙有三间屋那么大,屁股后面冒着黑烟,尖叫着从山顶飞过去,震得地皮都不住地抖动,那家伙还会下臭蛋——大水瓮那么大的臭蛋,落在地上就爆炸,只听轰隆一声响,地上便多了个三间屋大的坑。

二憨怔怔地看看铁蛋,猛地推了他一把说,胡说八道,莫非鬼子真成了妖魔鬼怪不成?真能造出那么邪乎的东西?那东西是铁皮做的还是木头做的?三间屋大的东西该有多重,咋飞到天上去的?要是呼哧一下掉在地上,还不摔个稀巴烂!

麻秆说,少见多怪,俺二伯说,咱们自己人的飞机也有三间屋那么大,也能下臭蛋——不是臭弹,是炮弹!一个炮弹也有水瓮那么大,能炸死一大堆小鬼子呢。

二憨说,真的?既然咱们自己人也有大飞机,那还怕啥嘛,直接跟他们拼啊!

　　远处突然传来一声闷响，像是对二憨的回应。随着那声闷响，天边有火光闪了一下，随即就见一股烟雾慢慢升起。烟雾将乌云撕开一个半圆形的口子，像投入湖中的巨石激起的涟漪，慢慢荡漾开来，迅即又慢慢地萎缩，被乌云一点点地吞噬，最终与乌云融为一体。远处隐约传来拼杀的声音，似乎还能闻到硝烟的味道，但仔细一听一闻，又没了。

第三章

　　头晌八点多的时候，阴沉沉的天，突然纷纷扬扬飘起了雪花，雪花起初并没有形成阵势，像温柔娇羞的精灵，无声无息地落在树枝上，落在地上，落在屋顶上，落在墙上，落在柴垛上，落在人的棉袄上，倏地就化了。渐渐地，未及融化的雪花越积越多，给远处的山峦、旷野蒙上一层白雾，给近处的树木、房屋、柴垛、地面蒙上一层白纱，那片白越来越厚，越来越亮——白水晶一般的亮。瑞雪兆丰年，下雪可以让空气变得清新，让土地积蓄更多的水分。厚厚的积雪如同冬小麦的棉被，将寒冷隔离，让麦苗安全地过冬，开春麦苗返青时就会长得又快又好。乡下早有雪天出贵人的说法，下雪天娶新娘，说明新娘是个贵人，是吉兆。因此，纷纷扬扬的雪花，丝毫没有影响栓子家迎亲的节奏，反而使气氛变得更加热烈美好，使在场忙碌的人们更加兴奋，步子迈得更加轻盈。

　　村里最有威望、留着花白山羊胡子的山旺爷爷是这次迎亲的大管家，栓子家里人、前来帮忙的亲朋乡邻，谁干什么、怎么干，他都做了详细的安排和交代——有负责在门楼顶上压红砖、在门窗橱柜上贴红的，有负责收取贺礼和记账的，有负责清扫庭院卫生、为新郎新娘拜堂做准备的，有负责烧火做饭准备酒席的，有负责铺婚床布置洞房的……大家各忙各的，互不干扰，倒也井然有序。栓子爹娘的任务是坐等新媳妇上门，接受新人的拜礼，栓子娘却像屁股上抹了油似的，怎么也坐不住。她穿着新棉衣，上身套一件绣有牡丹花的深红色绸缎褂子，下身套一件黑绸裤子，裤子下端收紧，缠在黑色的裹脚布里面，脚蹬一双又小又尖的绣花鞋。她长着丹凤小眼，鹰钩鼻，一看就知是个厉害角色。她头发梳理得非常齐整，泛着黑色的桂花油光，在脑后挽成球状的发髻，发髻上插着一支铜色凤簪。由于脚小，她走起路来像踩棉花，一弹一弹，一蹦一蹦，从庭院弹到堂屋里，又从堂屋里蹦到灶房里。

见大家伙都在尽心尽力地忙活，栓子娘掩饰不住内心的喜悦，笑容满面地和人打着哈哈，用眼神表达着谢意。正高兴的时候，她突然被一个猥琐的人影扎了一下眼睛，身子不自觉地打了个哆嗦。只见穿着破衣烂衫、模样邋遢的四爷也混在帮忙的人中间，一会儿摸笤帚扫地，一会儿拿抹布擦桌椅，一会儿又争着帮贴红的人拿糨糊筒，每次都被人好言劝开。这四爷笨手笨脚的，真不识趣，不找个旮旯儿好好待着，出来添什么乱！万一不小心扯坏了红纸，碰倒了桌子，砸坏了碗碟，多不吉利啊！栓子娘有些急眼，依她平时的火暴脾气，保不准早朝他发火了，三言两语打发他滚蛋。但今天是个大喜的日子，她不好随意发火，何况四爷辈分很高，连山旺爷爷都敬他几分。栓子娘在心里默念着：俺不生气，俺不生气……

栓子娘在心里不住地劝着自己，提醒自己千万不能随意发火，眼看就要冒到嗓子眼儿的火气被她慢慢地压了回去，但她还是感到隐隐的不痛快。她怕四爷出差错闹洋相，紧跟着他的影子转了一圈，一眼瞥见山旺爷爷站在灶房门前，正在查看酒菜准备情况，心里立马有了主意。山旺爷爷佝偻着身子，倒背着两手，手指不停地做着捏捻的动作，像账房先生在掐算账目。

栓子娘过去拽拽山旺爷爷的衣角，话中有话地小声提醒他说，您老安排四爷做啥了？俺看他笨手笨脚的，总也闲不住！

山旺爷爷看着灶房里面，满不在乎地说，俺让他陪几个辈分高的客人喝茶，客人还没来，他随便转转不妨事，今天不分老幼，不分干啥，都是为了图个高兴嘛。

栓子娘不满意老爷子油腔滑调的回答，又不好意思把话挑明，尴尬地笑了笑，没有再说什么。栓子娘在心里默默地劝着自己：俺不生气，俺不生气，有经验丰富的山旺爷爷照应场面，应该不会出什么差错……这样一想，似乎好受了不少，但还是感到隐隐的不爽快，四爷的影子老在她眼前晃，晃得她头发晕，想吐。

虽然栓子娘强装镇定，脸上一直挂着笑容，但栓子爹还是一眼就看出她有些心神不宁，把她拉到内房，问她：你咋了？像火燎了屁股的猴子一样胡转悠啥？

栓子娘终于像找到出气筒似的，收住笑，眼一瞪说，四爷这个老浑蛋，太不识趣，明知道自己老胳膊老腿干不漂亮活，还要到处抢着干活，万一他不小心出点儿差错，咋整？

栓子爹马上明白了老婆的意思，沉吟了一会儿，尴尬地笑笑说，那咋办？这时候撵他走不大合适吧？——要不这样吧，让他离开一会儿是一会儿，咱爹在张庄有个干兄弟，两家多年不走动了，俺前几天打发人去请这位干亲，没请动，不如让四爷去跑一趟，不管怎么说，四爷也算是他的长兄！

栓子娘没吱声，只是从鼻子里哼了声，算是默许了男人的提议。

栓子爹忙去跟四爷说这事，四爷没有多想，爽快地答应了。

把四爷打发走，栓子娘刚要吁口气，不承想眼前又晃出一个扎眼的影子。是二癞子。二癞子和栓子算是同姓本家兄弟，别看他穿得不好，模样邋遢，却不好轻易撵他走。跟看四爷一样，栓子娘也看他很不顺眼，不愿搭理他，正想闪身走开，却被他一眼盯上。二癞子穿着破旧的薄棉衣，头上顶着细碎的雪花，脸冻得青一块紫一块，鼻子上好像还挂着清亮的冰凌子，仔细一看，原来是冻结的干鼻涕。

二癞子用两只长满紫黑冻疮的手捂着嘴巴，哈着热气，追着栓子娘的屁股讨好地说，三婶，俺能干点儿啥？三婶，您说，俺能干点儿啥？因为怕冷，二癞子笑不像笑，像哭。

栓子娘回头看看他的滑稽相，又气恼，又心疼，摆摆手说，人手早就超了，俺也不知道你能干点儿啥，你——去找山旺爷爷问问吧！

好，好，二癞子高兴地答应着，东跑西颠地满院子找山旺爷爷去了。

栓子娘摇摇头，望着二癞子的背影，在心里骂了句粗话：馋鬼，癞皮狗，干活干活，哪有什么正经活让你干，你小子哪是来帮忙干活呀，明摆着是来混吃混喝嘛！哼，一会儿撑死你这个小狗日的！让栓子娘稍稍放宽心的是，像二癞子一样的混子毕竟是少数。从天亮开始，陆续有人来送贺礼，贺礼多为红色为主的布料，俗称帐子。送贺礼的人先去设在堂屋东偏房里的喜柜上做登记。喜柜，是对收取、登记贺礼场所的美称。贺礼送到那里，有专人做登记，并在礼品上附上红纸条，注明贺礼的出处。什么人送了礼，送的什么礼，一目了然。贵重的礼品，如绸缎，直接悬挂在堂屋墙上，进门就能看到。送完贺礼的客人无事可干，只等着吃喜酒。年长或身份高贵的客人被请去堂屋喝茶闲聊，因为场合特殊，不论喝茶还是闲聊，他们都显得十分拘谨。年轻人或身份卑微的人则聚拢在院门口，毫无拘束地胡吹乱侃打发时间，等新媳妇过了门，拜了堂，他们就可以坐酒席，胡吃海塞一通。

这时，一个不速之客——拿着一根弯弯曲曲的树枝当打狗棍的乞丐，像嗅觉灵敏的野狗一样，循着从灶房里飘出来的香味儿，闯进这帮人中间。乞丐蓬头垢面，衣衫褴褛，头上和身上因为落了一层白色的雪花，使他又多了几分落魄侠客的神韵。他单薄得像片破纸壳子，走路有些飘，有些晃，风一吹就倒的样子。因一时搞不清他的来路，大家不约而同地给他闪开一条道路。乞丐走到门口前停下，对着贴红挂彩的门楼发起了呆，差点儿被端着木盆出来倒洗菜水的二癞子撞出老远。二癞子看乞丐有些面熟，一时又想不起在哪儿见过他。

二癞子愣怔一会儿，像突然想起了什么似的，一扭身，对着堂屋方向大声吆喝说，三婶，快来啊，三婶，快来啊，山上来人了，山上来人了！

听到呼叫声，栓子娘扭着小脚，忙不迭地一弹一颠地跑出来，一看来人是个要饭的乞丐，立马窘了脸，嗔怪地白二癞子一眼，小声埋怨他说，也不看看现在是啥时候，咋不问青红皂白就咋咋呼呼？！接着装作若无其事的样子，大声招呼其他人说，不管是山上来的，还是水上来的；不管是骑马来的，还是光着脚板来的，今天来的都是客，二癞子，赶紧去灶上拿个热馎馎给他吃！

二癞子一时没有领会三婶的意思，站在那里愣神。栓子娘扯了他一把，他才猛然回过神来，放下木盆，一溜小跑去了灶房。

栓子娘向在门口帮忙的几个本家兄弟使个眼色，示意他们别把乞丐放进家门，然后扭身往院里走，差点儿和急火火跑过来的儿子撞个满怀。

栓子身穿绣有红边的黑绸缎衣衫，头戴瓜皮黑帽，像个少不更事的小地主。栓子仰着稚嫩的小脸蛋，不无惊喜地问：山上来人了？是土匪舅舅吗？

栓子娘狠狠地剜了他一眼，一把拽住他的衣领，一边暗暗使劲，推搡着他往堂屋里走，一边耐着性子哄他说，没，没有的事，回你该待的地方去，今天是你大喜的日子，可不能乱窜！

栓子娘拽着儿子躲进堂屋。乞丐仍像木桩子一样站在门口。门口的人面面相觑，知道乞丐的身份有些特殊，都不便多说话。二癞子去灶房拿馎馎，迟迟不见人影。最终拿着热馎馎出来的是山旺爷爷，山旺爷爷捧着两个说黑不黑、说黄不黄、说白不白的杂粮面热馎馎，笑吟吟地走到乞丐身边，咬着他耳朵，不知耳语了句什么话，乞丐像鸡啄米一样不住地点着头，用脏兮兮、黑乎乎的手，乖乖地把馎馎接过去，两手捧着大口地吃起来。乞丐鼓着腮帮子，大口地嚼着馎馎，突然发觉馎馎有些异样，低头仔细一看，发现馎馎底部被掰开一道口子，里面夹了几块热乎乎、香喷喷的肥肉。乞丐感激地看看山旺爷爷，痴痴地笑了。

趁乞丐狼吞虎咽吃馎馎的空儿，山旺爷爷抽身钻进堂屋，很快提了个鼓鼓囊囊的包裹出来。山旺爷爷把包裹塞到乞丐手里，又咬着他耳朵叮嘱了几句。吃完馎馎的乞丐身子硬朗了不少，脸色也比先前好看了许多，嗯嗯啊啊答应着，用棍子挑起包裹背在肩上，像猎人背着猎物一样凯旋，迎着纷飞的雪花，慢悠悠地向远处走。走着走着，突然用沙哑的嗓子哼唱起来：爷爷俺住在那山里头，吃啊喝啊穿啊都不愁，大碗吃肉啊大口喝酒，刀山啊火海啊来去自由，天老爷啊——也不是俺的对手，恶狼见了俺呀——也要躲着走……

栓子趴在堂屋窗户台上，通过窗户缝隙，眼巴巴地看着山旺爷爷把乞丐劝走，一直没能看清乞丐的真实面目，也一直没能弄清那人到底是不是土匪舅舅。百无聊赖的他，像无头苍蝇一样走来走去，不知不觉走进了满屋红光的洞房——红色的窗花，红色的被褥，红色的洋油大蜡烛，贴有红"囍"字的深红色衣柜，满眼都是泛着红光的物件，连墙壁、地面也被映照得一片通红。特意换了身干净衣裳的铁蛋娘，正满面红光地领着几个年轻漂亮的长嫂，非常仔细地帮两位新人铺炕——炕面上先铺上干净蓬松的甘草，再铺上红花面棉褥子，选粒大饱满圆润的花生、枣、栗子，拿一部分均匀地撒在褥子上面，再把红面被子对角对沿地盖在褥子上面，最后把另一部分花生、枣和栗子成串地缝到被子四角上。用红线串起来的花生、枣和栗子，像红花丛中迎风飞舞的精灵，不停地飞呀飞，不停地舞呀舞，逐渐融入红光四射的花海中。栓子感觉自己仿佛一脚踏进了童话王国，身子轻飘飘的，变成了一只采撷花蜜的小蜜蜂，在红光四射的花海中翩翩飞舞……

呦，是新郎官啊，新娘子还没来呢，这就等不及了？

发髻上绑有红头绳的漂亮长嫂的呼唤声，把栓子吓了一跳，他感觉自己正飞得起劲儿，突然一头撞到了石头上，翅膀忽地被折断了，嘴里叼的蜜也被撞飞了，整个人晕晕乎乎的，从天上呼哧一下跌落到地面上。栓子心神未定，嘴巴像没长在自己身上似的，突然冒出一句连他自己也感到诧异的话：你们在做啥？是要把俺埋起来吗？

红头绳愣了愣，咯咯一笑说，不是俺们要把你埋起来，是新娘子要把你埋起来，用她那热乎乎、白花花的身子把你埋起来，你——哈哈，等着享福吧！

铁蛋娘嗔怪地白了红头绳一眼说，他还小呢，像个一掐就出水的小嫩瓜，不要跟他说这种酸不溜丢的话。接着上去亲昵地拍拍栓子的肩膀，笑着哄劝他说，好孩子听话，不要着急，新娘子马上就到！哄完栓子，铁蛋娘招呼几个长嫂，又专心地忙活起来。

听说新娘子马上就到，栓子身子不自觉地打了个哆嗦，一种莫名的恐慌像迷雾一样瞬间笼罩了他。栓子像木杆一样站在那里，又晕乎乎的，发起呆来。对他来说，新娘子跟天上的星星一样遥远和陌生。新娘子到底长什么样？是跟东邻家的小丫头一样黝黑的脸蛋，脑后扎着两条小辫，还是跟红头绳一样又漂亮又泼辣？脸蛋黑不黑，模样好看不好看，似乎并不重要，最好不要像娘一样厉害，动不动就朝俺发火，用满是硬茧的大巴掌使劲扇俺的屁股蛋……正胡思乱想，忽然听到门外传来一阵叫嚷的声音，众人齐声欢呼的声音，好像还夹杂着噼噼啪啪放鞭炮的声音和悠扬欢快的吹响器的声音。莫非新娘子真的来了？看屋里的人、院子里的人，像被狼撵的兔子一样，争相跑出去看热闹，栓子又莫名地恐慌起来，也不知道他为什么这么怕见新娘子，像偷吃香油的耗子怕见看家猫一样……

新娘子还没到，只是提前报信的人到了。涌到门口看热闹的人又陆续回到各自的岗位上，兀自忙活起来。雪停了，天色由阴沉沉变得灰蒙蒙，阳光时而穿透厚厚的云层，像箭一样射下来，使地面上不算很厚的积雪亮得刺眼。按照预定时间，抬新娘子的花轿早该到了。山旺爷爷把赶来报信的两个小伙子喊到跟前，焦急地询问一番，又仔细地叮嘱一番。两个小伙子得令似的，又急火火地走了。把报信人支派走后，山旺爷爷、栓子爹娘和几个年长的人凑在一起嘀嘀咕咕，焦急地商量着什么。

门外又响起一阵叫嚷的声音，人群呼啦啦蹿动的声音，以及由远而近的悠扬欢快的唢呐声。这回花轿是真的到了。声音就是号令，凑在一起商量事的几个人，像饼铛里扔了颗手榴弹——炸开了锅，个个激动地挥舞着手臂，大声招呼周围那些发呆的、愣神的、蠢蠢欲动的人，赶紧做好迎接新娘子的准备。

一向稳重的山旺爷爷，这时也不免有些慌乱，嘴巴和胡子哆哆嗦嗦，怪腔怪调地吆喝起来：猛子，快把那卷红布抱出来铺在路上，新娘子脚不能沾地的……铁蛋娘，你记好了，手里拿好火镰和火石，等新娘子下了花轿，赶紧把堂屋门口的火盆点起来……大柱，大柱哪儿去了？快招呼新郎官去迎新娘子……

大柱气喘吁吁地跑过来，窘着脸说，不好了，山旺爷爷，新郎官找不到了！

山旺爷爷没好气地瞪大柱一眼说，你小子胡说什么，新郎官怎么会……愣着干吗，还不快去找一找！

山旺爷爷转头招呼二癞子说，先别抱柴火了，快帮大柱找新郎官去！

二癞子不敢怠慢，把抱在怀里的柴火随手一放，胡乱拍打拍打身上的草屑和灰尘，随大柱一起，四处寻找起新郎官来。

两人风风火火地找遍屋里屋外的每个角落，始终没有瞅见新郎官的人影。花轿已到门口，新郎官不来迎接，新娘子不敢轻易露面，只能继续待在花轿里焦心地等待。看热闹的人早按捺不住，急于看新娘子长什么样，又不敢做出过分的举动，只好虚张声势地胡乱吆喝叫喊，吆喝叫喊的多是没什么实际意义的词儿：吼啊，哼啊，嘿呀，哎呀，啊啦，啊啊，妈呀你踩俺脚了……

迎亲场面热烈又压抑，像一锅滚开的沸水，只要把盖子揭掉，沸水就会冲天而起，四处飞溅。一个调皮的小孩子充当了揭锅盖的勇士，像泥鳅一样钻到花轿底下，伸手去掀花轿门帘。不等他掀起门帘，就被护送花轿的人揪着耳朵拖了出来。小孩子歪着脑袋咧着嘴，疼得吱哇乱叫，立即引起一阵哄笑声。吹响器的人得了赏钱，一个个铆足了劲儿，鼓着腮帮子，摇头晃脑，使劲地吹，响器声音高亢嘹亮，婉转悠扬，瞬间盖过了人们的哄笑声。

就在一家人火急火燎、没头没脑地四处寻找新郎官的时候，新郎官——栓子正蜷缩在衣箱里面睡大觉，做怪梦。栓子怕见新娘子，趁人不注意，偷偷钻进摆放在洞房墙角的一个衣箱里面。衣箱一米见方，散发着新鲜松木和桐油漆的清香味道。衣箱里面装的东西不多，有一床新被子和几块新布料，布料上面放了串硬硬的凉凉的东西——用红绳串起来的铜钱。被子蓬松软和，栓子钻进去，蜷缩着身子躺下，刚好把箱子撑满。躲在衣箱里面，闻着被子散发出的新棉花的清香，他感觉自己就像趴在母亲温暖的贴身的棉袄里，比待在外面安全多了，也舒适多了。虽然四周漆黑一团，眼睛看不清东西，但他仍感觉周围火红火红的，那火红一团团，一簇簇，像波浪一样翻滚着，轻柔地抚摩着他，亲吻着他。他感觉自己又变成了一只采撷花蜜的小蜜蜂，在火红的花海里飞呀飞，舞呀舞……

　　他一边飞舞，一边采蜜，采蜜似乎并不费事，他嘴巴使劲一吸，蜜就连续不断地往他嘴里淌……他很快采够了蜜，继续欢快地飞舞，飞舞的同时，耳朵和眼睛也没闲着……他耳边回响着各种熟悉又新奇的声音，有叮咚叮咚的滴水声，有低沉的老牛喘息的声音，有公鸡悦耳的打鸣声，有树叶乱抖的哗啦哗啦声，有房屋院墙倒塌的轰隆声，有啄木鸟笃笃的啄击声，还有轰隆轰隆的打雷声，以及黄狗、黑狗、花狗发疯般的吠叫声……所有声音都是那样的飘忽悠远，像从深水里发出来的一样。他惊讶地看到，一只老鹰叼着一只血淋淋的兔子，在他头顶上飞来飞去，那只兔子瞪着绝望的眼睛，耷拉着无力的四肢，他极力想辨认它是公兔还是母兔，若是只母兔，是不是也有着小房子一样的棉袄兜子，里面藏着个跟他一般大小的小孩？可惜不等他看清，老鹰叼着兔子忽地飞没了影……

　　他惊奇地看到，红花丛中，突然冒出一个黑黑的、尖尖的嘴巴，原来是头黑熊在对着天空嗥叫，莫非是老鹰抢走了它的美食，不知道，也没必要知道……他又看到，水流边的红花丛中卧着一只艳丽的大鸟，翅膀下面护着几只非常可爱的雏鸟，他急急地飞过去，一看那鸟，竟然是块奇形怪状的石头……他又看到，一条花纹艳丽的蛇，尾巴盘在一根高高突起来的树枝上，抬着近似三角形的扁扁的头，瞪着两只阴鸷的小眼，滴着血的红芯子不停地翕动着……那是条毒蛇吗？会不会咬自己？他有点儿怕，想逃，拼命地逃……那蛇不肯放过他，打着尖利的呼哨向他扑过来——蛇竟然会打呼哨！他逃不及，被蛇咬掉了一条腿，竟然感觉不到疼，脑中还产生一个奇怪的念头：俺是小蜜蜂，有六条腿，掉了一条不要紧……

咔嚓，他又掉了一条腿，还是感觉不到疼，蛇大口地吞吃着他的腿，他这次清晰地听到了嘎巴嘎巴骨头碎裂的声音，十分刺耳。他惊恐万分，拼命扇动着翅膀向前飞，蛇紧追不舍。他隐约看到蛇也长有一对透明的翅膀，紧咬着他的尾巴根儿飞……他嘴中惊恐地喊着娘啊娘，忽地掉落在地上，地上湿漉漉的，原来是个水坑，水坑里有很多虫子在涌动，不停地啃咬着他的屁股，把他的屁股啃成四瓣，紧接着又啃成八瓣，啃成碎片，碎片像剥落的墙皮一样纷纷扬扬地掉进坑里。他想爬但爬不动，想蹦也蹦不动，身子软塌塌的，一点儿力气也没有了……不知从哪儿冒出来的无数条手指粗的红虫子、黑虫子、白虫子、黄虫子、花虫子，拼命往他屁股眼里钻，往他肚子里钻，疯了一般啃咬他的肠子，瞬间吃光他的内脏。一眨眼的工夫，他成了一具薄如蝉翼的腥臭皮囊，皮囊像烂纸壳一样飘飘忽忽，向一个深不见底的黑洞里急速坠落，他试着扭动了一下好像早就不存在的四肢，绝望地喊着：俺的亲爹哎，俺的亲娘哎……

栓子打了个寒战，猛地醒来，发现自己仍蜷缩在衣箱里面，四周黑洞洞的，隐约有几个火星样的亮光闪了一下，倏地又消失了。他搞不清那是萤火还是鬼火，身子不自觉地又打了个寒战。被子还在，只是不像先前那样蓬松软和，也不像先前那样棉香四溢，而是湿漉漉的，像用水泡过一样，散发着浓浓的尿臊味和血腥味。他躺得也不像先前那样舒适，身子麻麻的，四肢有些僵硬，还有些疼痛。他侧歪着身子，感觉衣箱不再方方正正，而是带棱带角，像被滚动过、磕碰过、撞击过，快要散架似的。他感到屁股下面一阵刺骨的冰冷，好像冰凌扎进了皮肉。搭手一摸，他摸到一摊湿漉漉、黏糊糊的液体——一种混合了他的尿液的液体，被子好像也是被这种液体浸湿的。栓子想起先前看到的可怕情景，以为自己还在做噩梦，并在梦中吓尿了裤子。他用手使劲掐了下大腿，立马感到一阵钻心的疼痛。栓子确定自己已睡醒，已从混沌梦境中回到本该喜气满满却转瞬变得凄凉无比的现实中。他搞不懂为什么会变成这样，迫不及待地想钻出衣箱看个究竟。他用力推了推衣箱盖，没推动，衣箱盖变得像石板一样沉重和冰凉，上面好像也沾染了黏糊糊的近乎冻结的液体。

栓子又急又怕，带着哭腔喊了声娘，由于被沉重的衣箱阻隔，他喊叫的声音非常沉闷。四周死一般沉寂。他试探着又喊了声爹，还是没有应声。他感觉自己仿佛置身于伸手不见五指的无边的荒野中，看不到人影，也听不到人的应声。眼前又有星星点点的亮光飞舞，转瞬又消失了，随即飘过一阵绿色或红色的云雾，无声无息，如丝如缕。他怕黑，更怕黑中的沉寂。黑暗是魔鬼、恶狼潜伏、肆虐的地方，无数只阴鸷的放着绿光、蓝光、红光的眼睛，正暗中盯着他，随时都有可能张牙舞爪地扑向他。他必须尽快逃离黑暗，去看看阳光，去听听鸟叫的声音，鸡叫的声音，狗吠的声音，哪怕是蚂蚁飞虫爬动发出的微弱的窸窣声，也会让他倍感亲切。他拼尽全力，用手推，用脚蹬，终于将衣箱盖推开一道缝隙。一束耀眼的光亮倏地射进来，随即透进来一股寒气和浓浓的血腥味。他终于看清浸入衣箱的液体——是人血，血液像流了很久，已有些发黑，有些凝结，黏糊糊的一摊，又一摊，泛着暗红的光泽。血液浸染泥地，濡湿衣箱，使泥地和衣箱也变得暗红——不，不是暗红，而是血淋淋的瘆得人头皮发麻的那种紫红。栓子身子陡然一紧，一种不祥的预感瞬间攫住了他。

第四章

　　栓子感觉心一下提到了嗓子眼儿，本能地用头使劲一顶，脚使劲一蹬，两手把着衣箱盖，像水中蹿跳的青蛙一样，侧卧着身子，沿着瞬间被撑大的空隙，出溜一下钻了出来。在他钻出衣箱的同时，只听扑通一声，挤靠在倾倒的衣箱盖上的一件物体，重重地歪倒在地上。是铁蛋娘。铁蛋娘满身血污，发髻散乱，脸色惨白，两眼惊恐地直直地望着虚空。她右手捂着胸口，胸口上有个很大的血窟窿，血就是顺着她的指缝汩汩流淌出来的。她显然是被人用长长的尖刀刺死的，尖刀穿透她的胸膛，扎出一个两指多长的血迹斑斑的口子。现在她的血液已经流尽，只剩下残存的血沫和气泡似流非流，似冒不冒，转瞬就要凝结的样子。她左手向前伸着，像要抓取什么。她身子好像已经僵硬，原本是坐卧着靠在衣箱上的，直挺挺地歪倒后，仍保持原来的姿势，样子非常吓人。炕沿上仰躺着两个漂亮的长嫂，下身赤裸，两条惨白的大腿垂挂在炕沿上，大腿根处满是暗红色的血污，血污顺着大腿内侧和炕沿一直流淌到地面上，眼看就要和铁蛋娘的血汇合。两个长嫂的死状比铁蛋娘还要惨烈，惨不忍睹。

　　本是充满喜气和红光，温暖无比的洞房，眨眼间变成了人间地狱。栓子万分惊恐地瞪着眼睛，张着嘴巴，愣怔了好一会儿才猛然打了个哆嗦，尖叫着，跌跌撞撞地跑出洞房，在堂屋门口被翻倒的火盆一绊，向前踉跄了几步，扑通一下趴倒在天井的地面上，啃了一嘴泥水。泥水有股咸涩的血腥味。栓子搭手一摸，摸到一摊熟悉的黏稠的液体，不像雪水，不像井水，也不像洗菜的污水，是快要冻结的血水。栓子打了个激灵，触电似的蹦起身一看，又一次被眼前的惨状吓呆了。院子中央地面上趴卧着两个满身血污的人。周围一片杂乱的脚印子。栓子一眼就认出，那两人正是他的爹和娘。娘在前，头抬着，直直地朝向前方；发髻散开，头发披散在肩头，像冲锋陷阵、慷慨赴死的勇士。她右手紧紧抓着一个歪倒的条凳，像是用条凳做武器跟人搏斗过。爹扑倒在娘的左手边，右手扯着娘的衣襟，明显是想阻止娘去冒险。娘和爹背上的绸缎外衣和棉袄被扎出了好几个窟窿，露着稍稍膨出的被鲜血染红的新棉，像一个个肿大的嘴巴，对着又阴沉起来的天空，无声地诉说着什么……

栓子呆了好一会儿，才爆发出一阵凄厉的咿里哇啦的惨叫声，连爬带滚、疯一般扑上去，抱着娘和爹僵硬的身体，拼命摇晃着，大声呼叫着。娘和爹像是沉沉地睡去了——身子沉沉地睡去了，魂灵也沉沉地睡去了，无论栓子怎么哭喊，都听不到丝毫应声。爹和娘这是怎么了？咋突然这样了？就这样睡过去，再也醒不过来了吗？那熟悉的亲切的面容，那为生计整日奔波操劳的身影，那一次次扇打、亲吻他屁股蛋的长满老茧的炽热的大巴掌，那曾给过他无尽温暖、呵护和安全感的宽广的臂膀，还有那饱含疼爱和嗔怪的呼唤他回家吃饭和起床的声音，就这样猝然崩塌流走了吗？一种彻骨的疼痛像刀子一样撕剥着他的皮肉，撕剥着他的突然麻木的神经和越来越迷乱混沌的意识，过度的惊吓和痛楚使他脑袋发晕，两眼昏花，泪水决口似的哗哗地往下流。正哭着喊着，一阵噼噼啪啪的响声吓了他一跳，他戛然止住哭声，循声一看，只见停放在院门外的花轿已被烧毁，冒着袅袅的青烟，还未燃尽的黑乎乎的横七竖八的木杆上面隐约有火星在闪。噼噼啪啪的声音就是从那里传出来的。遭殃的不仅有花轿，还有门楼及院中、房屋里的好多物件。原本披红挂彩、高高耸立的门楼变得残破不全，脏乱不堪，一扇门板被推倒，另一扇门板脱离门框，斜靠在门楼垛上，上面落满花轿燃烧后的残灰，残破的对联红纸像参差的火苗，在寒风中不停地抖动，发出扑哧啦啦的声响。

喵呜喵呜，一阵微弱的凄婉的猫叫声又吓了栓子一大跳。只见长有枯草的墙头上趴着一只小花猫。小花猫缩着脑袋，瞪着两只蓝幽幽的眼睛，惊恐地、直勾勾地看着灶房门口，像是被那里的惨状吓呆了。一只壁虎倒立在小花猫下面的墙壁上，也像被那里的惨状吓呆了。壁虎尾巴朝上，雪花状的前趾粘着墙壁，近乎三角形的扁扁的头高高地抬起，背呈灰褐色，额下和腹部呈灰白色，两只小眼也像小花猫一样，惊恐地、直勾勾地看着灶房门口，看着看着，猛地跌落在地上，像截小树枝从枯树上掉落，啪嗒一声，急促又飘忽，转瞬淹没于灶房门口的那片血泊里。一具被砍去脑袋、血肉模糊、惨不忍睹的尸体，背靠杂乱的灶房门口扑倒在地上，喷溅的血把灶房墙壁都染红了……从那人的穿着和佝偻着的躯体，以及向前伸着的紧握一根折弯了的黑乎乎掏火钩的满是老皮褶子的大手上，栓子一眼就认出，那人正是为他主持操办婚事的山旺爷爷。看来遭遇不测的人，不止他已看到的几个，兴许充满血腥气和油烟气的乱糟糟的灶房里，也有人被乱刀砍死或乱枪打死。栓子吓得魂飞魄散，像木头一样呆在那里，一时间竟忘记了哭。

这时，门外响起一阵由远而近的急促的脚步声，一个弓腰驼背的人影跌跌撞撞地闯进门来——是被栓子爹娘支派出去请人的四爷。四爷神色慌张，虽然腿脚并没有被低矮的门槛绊到，仍不由自主地趔趄了下身子，向前猛跑几步，扑通一声扑倒在地上。四爷两手扶地，迅速扫了一眼院中的惨状，身子抖成一团。

四爷用手哆哆嗦嗦地扑打着地面，老泪纵横、声嘶力竭地喊道：老天爷啊，这到底是咋回事儿？你快告诉俺，这到底是咋回事儿？一家人乐乐呵呵的，正娶新媳妇呢，咋突然变成这样了？是谁把鬼子引来的？狗日的丧尽天良的小鬼子，俺们又没招惹你们，干吗要祸害俺们？……老天爷啊，您老人家快睁开眼看看，快用雷劈了那帮千刀万剐的王八羔子吧！……

见四爷慌慌张张地跑进门来，栓子像见到救星似的，一咧嘴又哇哇大哭起来。他的泪水快要流尽了，变得浑浊和黏稠，泪水夹杂着浓鼻涕，顺着凝结的弯弯曲曲的泪痕，一股一股、一涌一涌地往下淌，原本白净俊俏的小脸变得肮脏不堪。四爷跪爬到他身边，把他揽在怀里，胡乱摸来摸去，语无伦次地安慰他说，好孩子，莫怕……老天爷会睁眼的——这到底是咋了？孩子，你，没缺胳膊少腿吧？好——那就好……

听了四爷的话，栓子更加委屈，哭得更加伤心了。他混沌的脑海中，有块小岛样的凸起仍然活跃着，不时有穿云破雾般的灵光从那里闪出，像一束束闪电急流不时冲击着他敏感的神经。他想问问四爷，爹娘是睡着了，还是真的死了？要是真的死了，还能不能活过来？要是能活过来的话，是不是还像以前一样好？他想问问四爷，有没有一种灵丹妙药，灌到爹娘嘴里，他们就会立马活过来；有没有一把刀，把后来发生的不好的一切斩去，只留下前面好的部分，或让前面好的部分继续向着好的部分流淌……他想问问四爷，爹娘死了，他是不是就像还没学会吃食和打食，就没了窝、没了娘、断了奶的小鸟、小兔或小狗，只能活活地被饿死、冻死……他想问问四爷，现在家里成了杀人害命的恐怖场所，已经没有丝毫安全感了，接下来他将何去何从，还能找到比家更安全的地方吗？他有一大堆奇怪的问题想问四爷，嘴巴却不听使唤，只会呜里哇啦地哭。

一串串冰凉的液体滴在他的头上，他的脸上，他的脖颈里。那是四爷抛洒的老泪。栓子以前从没见四爷流过一滴泪水，现在四爷哭了，说明情况非常严重，爹娘活过来的希望非常渺茫。这是真的吗？——希望不是真的，希望俺还在做梦，眼前的一切都是虚幻的梦境。栓子从四爷紧抱着的怀里努力抬起头来，想用眼神跟四爷交流，让四爷明白他的希望和诉求，让四爷回答他心里的诸多疑问。他看到四爷头发凌乱，像刺猬毛一样趉着，老泪纵横的脸上布满深深的皱纹，一眨眼苍老了很多似的。四爷的胡子没有山旺爷爷的长，也是花白色，泪水顺着胡子扑簌簌流下，像被细流冲击得不停抖动的枯草。栓子眼巴巴地看着四爷，四爷却没有看他。四爷突然脸色一紧，戛然止住哭声，身子猛地打个冷战的同时，用一只跟娘差不多大也差不多粗糙的大巴掌，一把捂住了他的嘴巴。四爷嘘了声，歪着头像在仔细倾听什么。

四爷像听到了什么动静，猛地蹿跳起来，因用力过猛，差点儿把栓子带个跟头。四爷顾不上理会栓子，急火火地跑去东墙根，发疯般地胡乱扒拉着不知什么时候堆放在那里的棒子秸秆，嘴里不住地喊着：还有活的人吗？还有活的人吗？你是哪一位？你在哪里啊？

栓子也察觉到了异样，那是他家水井所在的地方，现在被胡乱堆放的棒子秸遮住了，能隐约听到沉闷而微弱的救命声，那声音正是从棒子秸堆下面传出来的。栓子很好奇，也想前去看个究竟，起身时被娘的衣襟扯了一下，他低头看看娘，又看看爹，他们仍满身血污、一动不动地趴卧在那里。栓子一屁股又坐回去，用手紧紧拽着娘的衣襟，好像娘还活着，只剩下一丝微弱的气息，像片鸿毛一样，他一松手，娘就会飘走，爹也会紧随娘而去，飘向一个深不见底的黑洞里，黑洞离家不远或干脆就在家的下面，他们却再也找不到回家的路。

栓子不放心爹娘，又挂念着四爷那边的情况，一边紧紧拽着娘的衣襟，一边扭头看着四爷，生怕四爷眨眼间也要飘走似的。他看到，棒子秸被四爷掀开后，露出了水汽腾腾的井口，随即飘来一股腐草霉味和湿漉漉的水腥味。水井五六米深，有大人一抱多粗。水井是爹一锹一锹刨挖出来的，爹在井底刚好能蹲下身子。怕小孩子不小心跌入井中，爹特意让山娃爹帮忙做了个石头井盖。井盖是用一块很大很厚的青石板做成的。石板正中间凿了个圆形的孔洞，木头水桶刚好能通过它伸进井里。不用打水的时候，爹用一块木板盖住孔洞，上面再压上块石头。水井里冬暖夏凉，天热的时候，可以把青菜、点心等容易发霉变味的吃食用篮子吊在井水上方保鲜。井绳一头拴着篮子，另一头拴着一根跟成人胳膊差不多粗细的非常结实的枣木棍子，棍子横在井口上面，非常结实牢固。为方便随时取用吃食，那根黑不溜秋的枣木棍子一直搁放在水井边。栓子惊讶地发现，那根棍子现在被人横放在井口上，好像吊了什么东西在下面——天啊，莫非是人？——刚才喊救命的那个人？

果真是人，而且不止一个。四爷跟井下的人对上了话，他趴在井口试探着问：是你在喊救命吗？看你的打扮，是栓子媳妇凤儿吧？

井下的人带着哭腔答：是呢，俺就是栓子刚过门儿的媳妇凤儿！凤儿的声音有些沉闷，有些沙哑，有些飘忽。

四爷又问：你怀里抱着的丫头是谁？

凤儿答：是东邻的二丫。

听到凤儿就是自己刚过门儿的新媳妇，栓子并没有感到惊喜，甚至还有点儿惧怕和反感，但听到东邻二丫（二丫正是那个经常和他一起玩泥巴过家家的黑脸蛋丫头）这个熟悉的名字时，他又惊又喜，不自觉地打了个冷战，当四爷招呼他过去帮忙时，他毫不犹豫地爬起身跑了过去。跑到井口他又后悔了，他想立马见到二丫，看她到底怎么样了，是否还活得好好的，可是二丫和新媳妇凤儿在一起，见二丫就必须面对新媳妇凤儿。他现在还不想见她，好像她会给他带来更大的不幸似的，何况爹娘现在都死了，见她还有啥意思呢！他又急又恼，忍不住又哇哇大哭起来。四爷没好气地推了他一把，用眼狠狠地剜了他一下，想骂又忍住了。他打了个哆嗦，戛然止住哭声。

四爷拍拍他的肩膀，叹口气说，别哭了，先把人救上来再说，能救一个是一个！

栓子鼻子抽搐两下，紧咬着牙关，哭丧着小脸，似懂非懂地使劲点了点头。

两人开始手忙脚乱地拉扯井绳救人。怕井绳滑脱掉入井中，四爷索性把井绳连同枣木棍子一起拴在自己腰上，一边慢慢地往上拉井绳，一边在心里默默地叮嘱自己：轻点儿，再轻点儿，千万别松手……栓子拉扯着被四爷一点儿一点儿拽出来的井绳，也暗暗使着劲儿。井下的人终于升到了井口，由于井口太小，两人无法同时钻出来。四爷稍作迟疑，死死拽着井绳，慢慢地转着圈子，把井绳一点儿一点儿缠在自己腰上，一边缠一边弯腰。慢慢地，他的腰终于贴近了井口。他侧卧着身子，把右手伸进去，摸索着，扯拉着……先是黑脸蛋二丫被拉了出来，接着是媳妇凤儿被拉了出来，最后是滴溜当啷的木头水桶被拽了出来。

凤儿高高的个头，细长的腰身，仍穿着一身红装——红棉袄、红棉裤、红布鞋，只是头上少了红盖头，身上多了几分被水汽浸染过的气息。她头发散乱，沾有棒子秸碎叶子，但丝毫不影响头发的乌黑油亮；她脸上沾有尘灰，留有泪痕，但丝毫不影响她的白净俊俏，反而使她多了几分别样的俊美。相比凤儿来说，二丫这个小丫头显得狼狈多了。二丫衣着破旧，模样邋遢，跟要饭的乞丐没啥区别。她头上招人喜爱的小辫子散了，脏乱的头发像刺猬毛一样龇着，脸蛋又黑又脏，只有眼白间或一闪，表明她还有口气儿。她光着又黑又脏的脚丫子，她的破布鞋想必早掉进井里去了。凤儿和二丫顾不上理会四爷和栓子，张着嘴巴，呼哧呼哧喘了几口粗气，随即被院中的惨状吓到，身子猛地哆嗦了一下，不约而同地闭紧了嘴巴。愣怔一会儿，二丫一咧小嘴，爆发出凄厉的尖叫声，像被狼追撵的可怜的小兔一样，慌慌张张一阵乱跑，最后还是觉得凤儿身边安全，把头埋在凤儿的两腿间，两手紧紧抱着凤儿的大腿，身子抖成一团。凤儿也忍不住哆嗦，号啕大哭起来。

四爷蹲在一边，低着头，也不劝凤儿，任由她哭。等她哭够了，抽抽搭搭的，气力越来越小，四爷才猛地抬起头来。

这到底是咋回事儿啊？到底是谁招惹了鬼子——把鬼子引来的？你倒是藏

起来了，侥幸逃过一劫，可是他们，还有街上被打死的那些人……四爷有气无力地摆摆手，提醒凤儿说，现在说啥都晚了！——栓子媳妇，院中间趴倒着的正是你的婆婆和公公，快去看他们一眼吧！兴许他们临走也没捞着见上你一面呢！

凤儿触电似的打个激灵，乖巧的二丫也跟着打了个激灵，不由自主地松开抱她的手。凤儿跌跌撞撞地跑过去，扑倒在公公婆婆身上，发疯似的摇晃着，声嘶力竭地喊叫着：苦命的娘哎，苦命的爹哎，你们咋不看俺一眼就去了呢……

凤儿伤心欲绝，她也没搞明白这到底是咋回事儿。她当时正坐在花轿里焦急地等待新郎官接她下轿，然后用红绸子牵领着她拜堂入洞房。从坐上花轿离开家，经过一路颠簸，来到公婆家，虽然路上遭遇风雪，路滑难走，但丝毫没有影响送亲和迎亲人的心情和行进的步伐。喜气一直洋溢在大家的脸上，像团火一样包围着她，让她热血奔涌，心跳加速，脸红耳热。来到公婆家门口，感觉这里也充满了喜气和欢声笑语，没发现有什么不对头。她想，等她跨过了这个门槛，她就成了这家的新媳妇、少奶奶了，不远的将来，她还有可能成为女当家人……她巴不得立马揭掉红盖头，看看新郎官到底长什么样，是不是真的像媒婆说的那样高大英俊、憨厚老实、心地善良，而且打得一手好算盘……

她听旁边的人小声议论说，新郎官年龄其实并不大，成亲前一天才脱掉开裆裤。她起初以为自己听错了，后来仔细一咂摸，觉得这话很可能是真的。她恨自己太草率，没有摸准男人的真实情况，就轻易应承下了这门亲事，现在后悔已经晚了，但愿新郎官的年龄和个头不要和她相差太多。她心神不宁地听着热闹的人高一声低一声地起哄、尖叫，听嘹亮悠扬的响器声震得耳朵发痒。

就在左等右等不见新郎官露面的时候，突然听到有人惊慌失措地大叫了一声：不好了，鬼子来了，快跑啊！

看热闹人的欢笑声戛然而止，吹响器的人也一时间忘了吹奏。侧耳仔细一听，不远处果真传来啪啪的枪声和人们惊慌逃窜的脚步声、呼叫声。短暂的沉默过后，附近的人群也像炸了锅一样轰的一声乱起来，惊慌奔逃的杂沓脚步声，哭爹喊娘的凄厉尖叫声，人们接连跌倒的扑通声，响器碰翻的哐啷声，鸟儿仓皇飞走的扑棱声，咬成一片的狗发疯般的吠叫声……各种响声混杂在一起，乱成了一锅粥。

正当大家惊慌逃窜的时候，突然听一位老大爷——后来听二丫说是山旺爷爷，操着急迫、嘶哑的声音，大声吆喝说，大家伙不要慌，不要怕，鬼子来了怕什么？咱又没招惹他们，鬼子再不讲理，也不能不让咱拜堂成亲！喂，拿好你的家伙，挺直腰杆子使劲吹，使劲敲，把动静弄大点儿，别没等见鬼子面，自己先吓尿了裤子！什么，你胡叨叨什么？……放心吧，鬼子不会为难咱们的，他们也是人吧？也是从娘肚子里爬出来的吧？也会成亲养娃吧？将心比心，不会一点儿情面也不讲吧？大不了，咱好吃好喝侍候他们一顿，他娘的，咱们又没招惹他们，他们再坏，也不会拿我们怎么着……

他的吆喝声根本不起作用，大家早就听说鬼子不是人，比长着青面獠牙的吃人魔鬼还要凶狠可怕，他们见人就杀，见房就点，见女人就糟蹋……看热闹的人，吹响器的人，送亲迎亲的人，乃至在院中帮忙的人，一窝蜂似的争相逃窜，一眨眼的工夫，大都跑没了影。大家只顾逃命，早把新娘子忘到一边。凤儿孤零零地坐在花轿里面，急得直跺脚，她也想跑，又怕犯忌讳过后被婆家人埋怨。

正当凤儿迟疑不决，不知如何是好时，轿帘突然被人掀起，随着亮光一闪，刮进来一阵疾风，一个高大男人的影子出现在花轿前，男人粗声粗气地命令她说，快跟俺走，千万别出声！说着，他伸出一只强有力的大手揽住她的细腰。

她下意识地弓了弓腰，随着他手揽的动作起身，身子软绵绵地靠在他坚实的臂膀上。脚踏出花轿的一瞬间，她像逃离黑咕隆咚的牢笼，感觉瞬间敞亮了许多，安全了许多。没等她的脚落地，男人闪电般地伸出另一只大手托住她的双腿，把她抱了起来，然后跌跌撞撞地向前冲去。她身子弯曲，像虾米一样紧贴在他的身上；头仰着，红盖头飘在脸上，像团火烧云波浪一样翻卷着，轻柔地抚摩着她。天似乎格外红亮。随着他快速地跑动，他的两条大腿交替冲击、摩擦着她的屁股，让她感到一阵阵过电般的酥麻，这酥麻传遍她的全身，使她产生一种从未有过的想和男人亲近的兴奋和冲动。她闻到了他身上发出的男人特有的汗臭味，汗臭味中夹杂着松木屑的馨香味——这人莫非是个木匠？她的心头颤了一下，感觉木匠两个字是那样的熟悉和亲切。她有些迷醉和眩晕，像小鸟依偎在母鸟温暖的翅膀下……

幸福的感觉是那样的短暂，嘈杂的声音又执拗地钻进她的耳朵，她不由得打个冷战，头脑一下清醒了许多，从云里雾里忽地跌落到严酷的现实中。鬼子——杀人不眨眼的恶魔，嗅着味儿、瞪着发绿的狼眼蛋子追过来了，来得那么突然，大家伙儿根本来不及躲藏，男人这是要把她抱到哪里去？他能找到安全的藏身的地方吗？这样想着，她扭动了一下身子，想摆脱他的控制。男人似乎察觉到了她的意图，猛一用力，大手像铁钳一样卡紧她的身子，使她动弹不得。她苦笑，只好任凭他抱着，无头苍蝇一样东跑西颠，胡冲乱撞。终于，他的手猛地一松，把她呼哧一下放在井口边上，她站立不稳，差点儿跌倒。红盖头像片红云，从她头上飘落，带着红光，翻着波浪，轻飘飘地落在他的脚下。他麻利地捡起它，就要往她头上蒙，被她一把扯掉，都火烧眉毛了，还蒙什么红盖头！他领会了她的意思，把红盖头揉捏成一团，迅速塞入腰中。没有了红盖头的遮挡，她终于真切地看到了他的面容——他不是个黑脸大汉，而是个身材魁梧、模样俊秀、二十岁出头的年轻后生。她看他有点儿面熟，一时又想不起在哪儿见过他。想到他曾亲昵地抱过自己，她的脸唰地红了。

后生顾不上端详穿一身红棉衣、红光满面的新娘子，手忙脚乱地掀掉井口上的盖板，扫了井下一眼，接着把放在井口边上的木桶拽过来，用不容置疑的口气招呼她说，记住，无论外面发生什么情况，都不要出声！还愣着干吗？还不赶紧用脚踩住水桶，手把住绳子，快点下去！

她打了个激灵，使劲点点头，在他的帮助下，不停地扭动身子，变换角度，终于紧绷着身子，顺着绳子，像个巨大的红萝卜，吊挂在水井半空中。他抱来几捆棒子秸秆胡乱盖住井口。井中瞬间黑下来，红萝卜变成了黑萝卜。井中有些潮湿，升腾着温热的湿气，好像抓一把空气也能拧出水来似的，散落的棒子秸碎叶子在湿气中飘舞，倏地被湿漉漉的井壁吸住。透过棒子秸斑驳的缝隙，她看到井口上面有星星点点的亮光在闪。井水粼粼的波光反射在湿漉漉的井壁上，飘忽朦胧，犹如梦境。井壁上有一个个碗口大的凹窝，上面长有深绿色的苔藓，泛着微弱的绿光，似有蛇、青蛙等活物的眼睛在眨动。那凹窝显然是婆家人在打井时，为了便于上下攀爬而挖的，现在像久远的历史文物一样无声地诉说着什么。她突然感到特别无助、孤独和凄冷，像置身于黑咕隆咚的深渊或黑漆漆的荒野中，再也找不到回家的路。

死寂的幽暗中，有微弱的火光一闪，她脑中又闪现出他那高大的影子，一股暖流又在她心头涌荡。他好像没有走远，一直在暗中保护着她，从井上传来的嘈杂而沉闷的嗡嗡声中，她听到他在慌乱地跑动。果不其然，没过一会儿，他仓皇跑回井口，胡乱扒开棒子秸，身边多了个扎着两条小辫子的黑脸蛋丫头——二丫。他让二丫顺着绳子出溜下井，随后又将扒开的棒子秸盖好，严严实实地遮住井口……有二丫做伴儿，凤儿非但没有感到丝毫安慰，反而更加惶惑和害怕。她怕鬼子找到这里，连小孩子也不放过，又白搭上一条鲜活的生命。她用力把紧井绳，紧紧抱着二丫，尽量让身体保持平衡，减少绳子的晃动，以免弄出哪怕是非常轻微的声响。她调动身体的每个部位，不停向抖作一团的二丫传达着安慰的信号，告诉她不要慌，不要怕，危险很快就会过去。二丫像受了惊吓的小猫，乖巧地蜷缩着身子，紧紧地抱着她的大腿，鼻子抽抽搭搭，却不敢哭出声来。

井上隐约传来啪啪的枪声，枪声越来越近，越来越响，随之而来的是门板被撞破、撞倒的咔嚓声、轰隆声、人的尖叫声、叽里咕噜的呵斥声和噼里啪啦的打斗声……鬼子来了，真的来了！有人已经和鬼子发生了正面冲突，并极有可能遭遇了不测。她闻到了火药的味道，闻到了血腥的味道，也闻到了浓重的房屋燃烧的烟火气味。她看到漫天的狼烟翻滚着向她冲来，瞬间淹没了她。她感到手足无力，头晕目眩，无数恶魔的爪子从狼烟中伸出来，疯狂地撕扯、踩踏着她，瞬间将她撕成碎片……她听着井上传来的不祥的声音，勾勒着可怕的杀戮场景，猜测着井上人可能遭遇的巨大不幸，一次次晕厥过去，又一次次猛然苏醒过来……也不知过了多长时间，外面终于陷入死一般的沉寂，幽暗再一次笼罩了她，让她感到分外憋闷，她想顺着井绳爬出去透透气，试了试，发现凭她的力气，根本爬不到井口。二丫像是睡着了，身子不再抖动，只是鼻子仍在抽搭，如梦呓一般。

又经过一段漫长的等待和煎熬，她终于听到外面有了动静，一阵杂沓的脚步声响过后，接着传来一个小男孩呜里哇啦的哭声。过了一会儿，她听到外面又有了新的动静，听声音像是一个男人跌跌撞撞地跑进院中。她屏息静气，仔细倾听外面的动静，极力辨别着那哭声和说话声的来源，终于确定外面的人就是自家人。她试着敲了敲湿滑的井壁，井壁发出黏腻腻的扑哧声，连她自己都听不真切。她想喊，喉咙却像塞了块石头，怎么也发不出声。她下意识地摸摸二丫的鼻尖，感觉她鼻尖温热，出气均匀，好像还在梦呓。她有些着急，手一用力，掐了一下二丫的脸蛋。被掐疼的二丫猛地醒过来，发现自己仍待在黑洞洞的井里，吓得又抖作一团。二丫把她抱得更紧了，像在急迫地向她求助。她打个激灵，身上陡然有了力量，运足气力，终于喊出了声：救命啊，救命啊……

第五章

　　终于脱离险境的凤儿，感觉不到丝毫劫后余生的快意，因痛失亲人极度悲伤而变得木讷和呆傻。她手脚麻木地换下红装，穿上孝服，像沉于噩梦中无法解脱一样，泪眼蒙眬地看着四爷，在几个没出五服的本家兄弟的帮助下，用破布、破棉被将公公婆婆等人的尸首卷成筒状，搁放在用石块垫高的门板上。不知是出于对她的爱护，还是避讳什么，收尸和清理现场，四爷始终不让她插手，对她爱搭不理，甚至流露出几分厌嫌的神情。栓子也像憋着一口闷气，不拿正眼瞧她，咧着嘴哭成了小泪人儿，小可怜蛋儿。她掏出手帕帮他擦眼泪和鼻涕，被他极不耐烦地扭头躲开了。

　　她的头上好像一直笼罩着一团乌云，虽然身边多了个丈夫，她仍然感到十分孤独、无助和迷茫。她心里一直惦念着那个救她和二丫的后生，想打探一下他的情况，看四爷等人一直冷着脸，几次话到嘴边又咽了回去。两位长嫂的尸首很快被她们的家里人认领走了。两位长嫂属于叔伯妯娌关系，用门板来抬她们的是同一拨男人。这拨男人都四十岁上下，个个眼睛红肿，神色凝重，不时用犀利的目光瞅身穿孝服、头扎白绫、跪在地上痛哭流涕的凤儿一眼，像是对她充满了莫名的怨恨。山旺爷爷的尸首一直不见他家里人来认领，他的儿孙们在前些年闹饥荒时外出逃难去了，一直没有音信，这会儿也不知道在哪儿扑腾、挣扎，哪顾得上他的死活，四爷只好暂时将他和栓子爹娘放在一起。不管怎么说，山旺爷爷是为帮忙操持栓子婚事而遭遇不测的，也算是栓子的亲人，哪能弃之不管呢。

听说这次被鬼子祸害的老百姓有十多口，仅栓子家就丢了五条人命。受伤的人也有好几个，在栓子家帮厨的二癞子，仓皇逃窜时被鬼子从背后打了一枪，子弹击穿他的破棉袄，擦着他的肩头飞过，只擦破了一点儿皮，算是受伤最轻的。

几个本家兄弟帮忙清理完现场，没有急着离开，抄着两手，蔫头耷脑，围蹲在堂屋墙根儿，商量起为栓子爹娘和山旺爷爷守灵、入殓和出殡的事。

左脸有块月牙形伤疤的本家兄弟叹口长气说，依俺看，丧事应该简单点儿，栓子小，以后用钱的地方多着呢，能省一点儿是一点儿，千万别给他落饥荒。

带瓜皮黑帽、穿黑羊皮袄、看似年龄最长的本家兄弟，从用黑布条扎着的腰里摘下烟袋，用火石点着烟，刚要美美地咂巴一口，突然被四爷猛地抢了过去。四爷发狠似的使劲猛吸了几口烟，随即猛烈地咳嗽起来。

瓜皮帽摇摇头，意味深长地拍拍四爷的背，说，四哥，是福不是祸，是祸躲不过，想开点儿吧，天下没有过不去的火焰山，老天爷非要让咱过这个坎儿，那咱就硬着头皮过，不为别的，为了两个半大孩子，咱也得把腰杆儿挺直了！

伤疤脸说，理是那么个理，只是，这口气实在是不好咽啊，好好的一桩婚事，咋就……要不，咱去山上把栓子二舅请来，让他帮咱出口气？

几个人你看看我，我看看你。沉吟一会儿，头发像乱草一样、看样子年纪最小、衣着最为破旧的本家兄弟闷声说，他二舅好像来过了，他——怕是一点儿也指望不上了，听说他们的人早被打散了，自个儿都顾不过来了，哪还有能力管咱们……俺看啊——这口气，还得靠咱们自己来出，他娘的，大不了，咱们跟小鬼子拼了，打死一个够本，打死两个赚一个！

瓜皮帽从鼻子里发出嗤的一声说，小五子，你能耐不小啊。哼，打仗可不能光靠耍嘴皮子，嘴皮子硬屁用都不管！俺问你，你拿啥跟小鬼子拼命？就拿锄头、镰刀、掏火钩？就怕没等你够着人家，人家嘎巴一枪就把你撂倒了！国民党县长吴老九，比你可厉害多了吧？要人有人，要枪有枪，他对那些抽大烟的当土匪的说杀就杀，从来没有手软过，连给土匪送粮食的老百姓都不放过，可一听说鬼子来了，腿立马就软了，还没望见鬼子的面就吓跑了……

小五子梗着脖子反问，那怎么办，难道就这样算了？

四爷放下烟袋，摆摆手，哽咽着说，快别胡叨叨了，先想想眼前这个坎儿怎么过吧！报仇不报仇，那是以后的事，可怜栓子爹娘和山旺的爷爷，还晾在那儿呢！

几个人一听，缩头耷脑，像一下跌入了冰窖，嘁了声，哑了口。

凤儿心乱如麻地跪在公公婆婆的尸首旁，为他们守灵，听了几个人的话，心情变得更加沉重，在为突遭不幸的人痛惜的同时，也为自己的不幸遭遇和多舛命运叹惋。她感觉厄运像讨厌的看不见的蚊虫一样，一直嗡嗡嗡嗡地尾随着她，看准时机就悄无声息地咬她一口，更多的蚊虫闻着血腥味儿狂奔而来，像飓风一样瞬间将她淹没，疯狂地撕扯着她，裹挟着她，把她抛入旋涡里、黑洞里、深渊里……天在旋，地在转，乾坤已倒转，她像一片听凭暴风蹂躏的落叶，不知道要飞向何方，不知道要落向何地。她头脑混沌，神情恍惚，但混沌和恍惚中总有一丝光亮在闪，像穿云破雾的阳光一样照亮她，给她温暖，给她力量，她想抓住那丝光亮，拼力冲出混沌和恍惚的迷雾，可那光亮若即若离，总也抓不住……

她听到迷雾中咔吧一声脆响，那脆响十分刺耳和诡异，像木头烧爆的声音或房梁断裂的声音，她警觉地四处巡睃一番，没发现异样。咔吧又一声脆响，声音十分短促，像东西沉入深水，倏地消失了。这次她听出了发出声音的大致范围，那声音像是搁放尸首的门板不堪重负发出来的，或直接从卷成筒状的尸体上发出来的。侧耳仔细去听时，又没了。尸体纹丝不动地停放在那里，门板也纹丝不动。想起小时候听老人讲过的有关诈尸的故事，她不由得打个冷战，头脑忽地清醒了许多。她听到门外传来一阵由远而近的撕心裂肺的哭叫声，接着就见一个衣衫破旧、蓬头垢面、头发散乱的矮个子小脚女人跌跌撞撞地跑进门来。

见凤儿跪在地上，女人猛地僵住，怔怔地看了她一会儿，随即咿咿呀呀尖叫着，像饿狼扑食一般，张牙舞爪地向她扑过来。

还俺儿子，你还俺儿子……都是你这个害人的狐狸精把小鬼子招引来的……你，你这个专克人命的丧门星——跑来俺庄干吗？还想祸害谁？俺苦命的儿啊，你咋就这样去了呢？你爹那个没良心的，撇下俺走了，你咋也这么狠心，不跟娘吱一声就走了呢……女人一边胡乱撕扯着凤儿的衣衫，一边嘟嘟囔囔、语无伦次地叫骂：老天爷啊，您老这是咋的了啊？您把他们爷儿俩叫去，撇下俺一个孤老婆子咋活呀？俺给你烧了那么多香，上了那么多供，难道一点儿用也不管吗？您老莫非是被这个不要脸的狐狸精给迷住了？……天啊，天啊，看来都是这个狐狸精、丧门星给害的，俺，俺跟她没完……

事情发生得太突然，一家人惊得目瞪口呆，跪在凤儿身边的栓子本能地去保护她，被疯女人一把推了个跟头。女人扯掉凤儿头上缠的白绫，拽着她的头发胡乱摇晃，把凤儿晃得东倒西歪。凤儿一时搞不清发生了什么，突然遭到女人的袭击，被她三摇两晃，又头晕目眩、神情恍惚起来，同时感到一阵阵莫名的刺痛。

别动俺媳妇！栓子从地上爬起来，扑上去抱住疯女人的大腿，朝她的大腿根狠狠地咬了一口。疯女人疼得哎呀一声尖叫，拽凤儿头发的手一松，凤儿身子失去平衡，扑通一声扑倒在地上。

小狗崽子，俺跟你拼了！急红眼的疯女人朝栓子的脸蛋、胳膊又抓又掐又拧，栓子疼得吱哇乱叫，但就是不松手。

终于回过神来的小五子飞一般跑上去，两手像铁钳一样将两人剥离开，并顺势向后一搂，把栓子护在身后，接着抬起脚，朝疯女人的屁股狠狠地踹了一脚。疯女人被踹得滚了好几个骨碌才勉强稳住身子。

小五子气不打一处来，用手指着疯女人的鼻尖骂道：操你八辈祖宗，你是不是活腻了？跑俺们这里发什么疯？还嫌事不够大是不是？你儿子山娃是被小鬼子打死的，关俺们什么事？再敢满嘴胡咧咧，俺就撕烂你的臭嘴！狗日的，还不快滚，再敢胡搅蛮缠，俺打得你满地找牙！小五子晃了晃拳头，吓得刚从地上爬起来的山娃娘打了个哆嗦。

山娃娘愣怔一会儿，一屁股蹲坐在地上，用手扑打着地面，又撒起泼来：娘哎，爹哎，二老快显显灵吧，把俺也叫过去陪你们吧，俺活够了！小鬼子害得俺家破人亡，庄里人也不好好待见俺，这庄里没法待了，这日子没法过了，呜呜呜……

山娃娘一向待人刻薄，人缘差，是庄里出了名的薄情寡义之人。山娃爷爷奶奶东拼西凑，好不容易凑足彩礼，张罗着把她娶进家门。她过门没几天，就吵着分家单过，把家里落的饥荒全推到公婆头上。再也榨不出一滴油水、只剩一把老骨头的山娃爷爷奶奶，只分到一间不大的柴房，吃喝拉撒全在里面，他们除了想法糊口，还要勒紧裤腰带偿还欠款。分家不分院，两家人仍同住在一个破宅院里，这边说话那边能听到声儿，这边做饭那边能闻到味儿。人撇清了关系，但两边养的家畜撇不清关系，经常勾搭在一起。山娃奶奶这边养的一只老母鸡，经常和那边山娃娘养的一只红毛公鸡鬼混，且彻夜不归，那天公然把蛋下到了山娃娘那边的鸡窝里。巴望着用鸡蛋卖钱还债的山娃奶奶，哪舍得白白丢掉一个金蛋蛋！她顾不上看儿媳妇的脸色，把蛋抢了回去。山娃娘骂她老不正经，大白天偷别人家的鸡蛋，也不嫌害臊！山娃奶奶气不过，顶撞了儿媳妇两句，这下可捅了马蜂窝。山娃娘像疯狗一样上蹿下跳，破口大骂，冲上去揪住婆婆的头发，大打出手。年老体衰、手无缚鸡之力的山娃奶奶，哪经得起年轻力壮的儿媳妇的痛打，很快就被打得瘫倒在地，只有大口喘气的份儿。

夜里，山娃奶奶和衣躺在炕上，忍着遍体的伤痛，越想越气，心想自己活了大半辈子，头一回受这么窝囊的气——气她的偏偏是自家儿媳妇，真是有苦说不出，有冤没处诉，想着想着，不由得老泪横流。山娃爷爷劝她想开点儿，说家丑不可外扬，不看僧面看佛面，不看儿媳妇的面也要看儿子、孙子的面，咱大人不记小人过，宰相肚中能撑船，没必要和她一般见识，和她怄气更不值当，你气坏了身子，有个三长两短，反而更遂了她的意……山娃奶奶嘴上嗯嗯答应着，心里却总像卡了块石头，憋闷得难受。等山娃爷爷睡熟，打起了微微的鼾声，山旺奶奶悄悄爬起身，摸索着解下裤腰带，拴在门鼻上，将活结绕过头顶套在脖子上，然后一歪头，身子向下一出溜……随着活结迅速收紧，山娃奶奶带着无限留恋和遗憾，永远地离开了这个多彩又多难、纷繁又鲜活的人世。

山娃奶奶走后，山娃娘像没事人一样，脸上看不到一点儿羞愧、懊悔和伤心的神色，无理也要争三分的刁蛮脾性一点儿也没有改变。山娃爷爷实在看不过眼，又不便跟儿媳妇争吵，只好采取敲山震虎的方式，朝儿子大光其火：没良心的东西，你是大风刮来的，还是从石头缝里蹦出来的，你娘一把屎一把尿把你拉扯大容易吗？你娶了媳妇就忘了你老娘了？你媳妇都把你娘逼上绝路了，你也不管一管她！山娃爹像个闷葫芦，一声不敢吭，老娘突然离世，他也深感痛心和愤愤不平，却没有胆量跟母老虎过招，更没有把握治服她。看了软蛋儿子的熊样，山娃爷爷急火攻心，一病不起。没有不透风的墙，山娃奶奶冤死的消息，一阵风似的传遍了十里八乡。乡亲们几乎一边倒地埋怨山娃娘做事太过分，不孝敬公婆也就算了，竟然把婆婆活活气死，实在是大逆不道，天理难容，这样下去，早晚要遭天打五雷轰。

风言风语很快传到了山娃娘的耳朵里，她没想到这事会引发众怒，俗语说得好，众口能铄金，她本事再大，也没法跟乡亲们作对，乡亲们每人吐一口唾沫，也能把她淹死。山娃娘意识到了事态的严重性，心虚、胆怯和后怕起来。她天不怕，地不怕，就怕死人找她说话。为了安抚婆婆的在天之灵，她隔三岔五就去村口的土地庙和祖宗祠堂里烧香上供，祈求上天保佑她平平安安，祈求那边的老祖宗们帮忙替她说说好话。庄里人都说她猫哭耗子假慈悲，是个只怕死人不怕活人，只知道敬死人不知道敬活人，黑白不明香臭不分的糊涂蛋。

这次她又犯了大糊涂，家中遭遇大不幸，本该值得大家伙儿同情，大敌当前，她应该和大家伙同心协力，一起渡难关，一起抗倭寇，她却被悲愤冲昏了头脑，找起了自己人的麻烦，朝自己人撒起了气。先前大家伙儿把山娃奶奶冤死的责任，一股脑儿推到她头上，她就有些憋屈和不甘心，心中像憋了一口闷气儿，时不时地、不自觉地在脸上流露出几分咄咄逼人的锋芒。儿子的惨死，对她打击很大，委屈、悲痛、怨愤、仇恨等各种情绪像剧烈燃烧的火苗，冲撞、烧灼着她的每一根神经，让她发疯抓狂，像无头苍蝇一样，四处寻找发泄怨气和仇恨的对象，恨不得把天上也抓出个大窟窿。也不知道她是自己瞎琢磨的，还是听信了别人乱嚼舌根子的话，误以为小鬼子是新媳妇凤儿招引来的，把气全撒在了凤儿头上。虽然她的行为让人愤慨，但在当前这节骨眼儿上，大家对她的同情还是占了上风。几个本家兄弟纷纷围拢上去，操着各种腔调，七嘴八舌地劝说起来。

山娃他娘，孩子遭了大不幸，俺知道你心里不好受，可是，你也不能逮到谁就朝谁撒气啊！咱庄里被鬼子祸害的人有十多口呢，光在俺们家，一下就丢了五条人命，呜呜，你说说，你这是朝俺们撒的哪门子气？俺们泪水还没擦干，心口还在滴血，你来胡闹腾个啥？你这不是往俺们心口窝上撒盐吗？

是啊，这种让仇者快、亲者痛的傻事儿，可千万不能再做了，咱们应该好好掂量掂量，好好合计合计，怎么样才能跨过眼前这个坎儿，怎么样才能找小鬼子报仇雪恨，让山娃他们早点儿合上眼，早点儿入土为安，这才是正事儿。

天上无云下大雨，你这是唱的哪一出？凤儿刚过门，就遇上这场大灾难，你以为她心里就好受啊？她跟你表不搭，里也不搭，面儿恐怕也是第一回见，她哪里得罪你了？碍着你哪根筋了？你朝她发的哪门子火，撒的哪门子气？

山娃他娘，快起来回家吧，山娃身子应该还没凉透吧？他爹不在，你应该多陪陪他，唉，多好的孩子啊，媳妇还没说上呢，就，就……

山娃他娘，娃他爹不是让麻秆二伯叫去盘炕了吗？应该快回来了吧？

小五子，快别哪壶不开提哪壶了，你这时候问她这话，不是让她更伤心吗？山娃他爹哪是去盘炕啊，他呀，早被鬼子抓了差，修炮楼去了，人落在鬼子手里，能有个好？能带着口气活着回来，就算烧了高香了！

因自知理亏、心虚气短渐渐压低哭声的山娃娘，听到他爹两个字，身子猛地打了个哆嗦，随即像受了天大的刺激和委屈一样，又撕心裂肺地大哭起来。劝她的几个本家兄弟一看，也忍不住哽咽着哭起来。跪在一边发呆愣神的栓子和神情恍惚、人像傻了一样的凤儿，惊雷轰顶、恍然大悟似的，也紧随着放声大哭起来。响成一片的痛哭声在小院上空回荡，在村庄上空回荡，鸟儿受了感染，随着人的哭声悲鸣；狗儿受了感染，随着人的哭声呜咽；天地和山野受了感染，随着人的哭声不停地战栗。只有四爷没有哭，他仍蹲在原地，抓着烟袋狠命地抽，像老树皮一样干瘪、毫无血色的嘴巴不停地抖动着，胡子随着嘴巴的抖动，像萧瑟北风吹拂下的荒野坟头上的乱草，放着瘆人的寒光，跳着诡异的舞蹈。

等哭咧咧的山娃娘默默地爬起身，失魂落魄、一步三晃地走出门去，一家人才猛然回过神来，戛然止住哭声。几个本家兄弟嘱咐凤儿和栓子继续守灵，又去找四爷商量起丧事的日程来。大家的心思似乎仍集中在山娃娘身上，刚起了个头儿，又噤了声，不约而同地长吁短叹起来。要说这山娃娘也真够倒霉的，孩子突遭不幸，男人生死不明，她人再坚强，也扛不住这么大的打击。听说山娃是被娘支派去地里挖茅根，碰巧遇上鬼子的。大冷的天，如果山娃窝在家里，不冒雪去挖茅根的话，兴许能躲过一劫……

一早，只喝了一碗地瓜面糊糊，仍空着一半肚子的山娃，蹲坐在堂屋门槛上，整个身子蜷缩在爹替换下的肥大的破棉袄里，侧耳听着街上的动静，娘喊他用刷锅水喂鸡，他都没听到。

娘三步两步走到他跟前，刚要发火，却见他仰起脏兮兮的稚嫩的小脸蛋，可怜巴巴地说，娘，今天栓子娶新媳妇，俺也想去看看热闹！

娘打个愣怔，没好气地说，看啥看，有啥好看的？看热闹又不当饭吃，有那闲工夫，还不如去挖点儿茅根吃哩，眼看就到年根了，娘没有好东西给你吃，不如你自己去挖点儿茅根存着，过年的时候，好打一打你狗肚子里的馋虫！说完，端着刷锅水喂鸡去了。

娘只是随口一说，山娃却当了真，觉得这个主意不错。家里缺吃少穿，每顿只能吃个小半饱，挖点儿茅根来充饥，不失为一个好办法。虽然那玩意儿初嚼时甜水四溢，嚼后干涩难咽，只能解一时之饥，根本不管饱，吃后反而更加饿，但对像山娃一样眼巴巴盼着天上掉粮食粒的穷苦孩子来说，仍具有很大的吸引力。山娃扛上镢头，拎上筐子，冒着飘飘扬扬的雪花，来到田野里。茅草一般长在很少有人翻动和打理的荒坡田埂上，田埂被人来回踩踏，土质变得非常坚硬。像沙土里种的甜瓜一样，在田埂硬土里生长的茅根很甜很脆，也很容易辨认和刨挖。再硬的土质也挡不住茅根疯狂生长的势头，盘根错节的茅根在硬土里所向披靡，在田埂表面撑开如蛛网一样细微的裂缝，顺着裂缝边缘刨挖下去，细长白嫩的茅根就会扑噜扑噜钻出地面，一堆一堆地呈现在你的面前。茅根一节一节，白白胖胖，分明透亮，既甜又脆，咬一口满嘴甜香，如饮甘泉，如品甘饴，让人神清气爽，每个毛孔都透着爽快。

山娃找到一块紧靠大路、相对较为宽阔的田埂，先用手扒去地面上薄薄的一层积雪和浮土，让蛛网一样的细微裂缝露出来，接着挥舞镢头，循着裂缝边缘使劲刨挖下去。他很快刨出了一堆带着潮气和露水、白嫩可人的茅根。他挑出一根最大的，随手朝棉袄上抹了抹，刚要伸到嘴里吃，又犹豫了。他舍不得吃最大最好的，他想把最大最好的那根留给娘吃。他把大一点的茅根挑拣出来，小心地一层一层地摆放到筐子里面，然后抓了几根细小的茅根，仔细品尝起来。细小的茅根同样甜香无比，他像美食家品尝菜肴一样，一边鼓着腮帮大口地嚼着茅根，一边十二分满意地点着头。

正品尝美味的山娃，猛然发现天突然黑了下来，下意识地一抬头，只见一团土黄色的乌云遮住了天空，仔细一看，不是一团乌云遮顶，而是一群勾着脖子、像巨大蝗虫一样的怪物围住了他，每个怪物手中端了一把前头带有明晃晃刺刀的长枪。一个留着两撇小胡子、戴着尖尖的屎头帽、绷着癞蛤蟆脸的怪物，叽里咕噜呜里哇啦放了一串洋屁。这家伙脚穿长筒皮靴，戴雪白手套的左手按在腰间的长刀把上，像只张牙舞爪急于啃咬庄稼的巨大蝗虫。山娃呆住了，他以前从没见过这样的怪物，还以为他们是从天上掉下来的，或从土里钻出来、从水湾里冒出来的。他以前没少听老人讲狐狸精变成姑娘勾引书生、黄鼬子依附人体操纵人嘴巴说话的故事，听了那些吓人的故事，他犹如做了一场噩梦，浑身发冷，直冒虚汗。他没想到噩梦忽然间变成了现实，成精的蝗虫偏巧让他遇上了。实在是倒霉透顶，倒霉之中又夹杂着几分莫名的幸运——有些人兴许一辈子都难得见上怪物一面。山娃认定围住他的是一群蝗虫精，他来不及细想应对的办法，傻乎乎地蹲在那里，仰着稚嫩的小脸吃惊地打量着他们。

一个除了屎头帽其他穿戴明显不同的家伙，点头哈腰地从小胡子蝗虫后面挤上来，不停地朝小胡子哈以哈以点着头。这家伙一看就是本地人，长相和穿着跟麻秆的二伯麻二差不多——身穿黑绸衣，腰挂盒子炮，见百姓说鬼话，见鬼子放洋屁，一看就不是个正经玩意儿。山娃曾听麻秆说过，给鬼子跑腿、传话，帮鬼子干坏事的翻译官，在鬼子面前很吃香，他二伯就是跟翻译官拉上了关系，才当上了朱庙镇维持会的会长，眼前的这位，极有可能就是麻秆说的那位翻译官，而蝗虫精们则是杀人不眨眼的日本鬼子。

麻秆说得没错，这家伙是个二皮脸，跟小鬼子说话时点头哈腰、唯唯诺诺，巴不得跪下来给小鬼子舔脚丫，脸转向山娃时，却换了另一副模样和派头。只见他腰一挺，眼一瞪，嘴一噘，气势汹汹地朝山娃开了腔：小孩，太君问你——你的老实地回答，你的，在干什么的干活？这家伙想必是听惯了小鬼子放洋屁，说话也带有洋屁味儿。山娃一时没有领会他的意思，本能地用手护住筐子里的茅根，然后怔怔地看着他。

翻译官一眼就瞅见了筐子里的茅根，眼中有绿光闪了一下，随即像疯狗一样扑上来，没好气地把山娃扒拉到一边，从筐子里抓起一把茅根，哈着腰走到小胡子面前，觍着二皮脸笑嘻嘻地说，太君，茅根，大大的好吃——叽里咕噜呜里哇啦，呜里哇啦叽里咕噜……翻译官极力向小胡子太君解释着什么。

呦西，呦西，太君终于听明白了他的意思，伸出尖尖的爪子，捏起一根茅根塞到嘴里，癞蛤蟆脸瞬间扭成了麻花，更加难看。小胡子点点头，脸上终于露出一丝怪异的笑容，随即又猛然僵住了。茅根清冽香甜的汁液释出后，剩下一团干涩的纤维渣滓，纤维渣滓不仅干涩无味，还有些刺喉咙。小胡子脸色一紧，一股浊气从他小胡子上面的窟窿里喷出。茅根渣滓夹杂着唾沫星子、痰液溅了翻译官一脸。翻译官脸色一紧，想生气却不敢，强装出笑脸模样，像鸡啄米一样朝小胡子点着头，嘴巴还打着哆嗦，哈以哈以个没完。

二皮脸翻译官转头狠狠地瞪了山娃一眼，气呼呼地问，小兔崽子，妈拉个巴子，你想做啥？不要命了？快说，你到底挖的什么玩意儿？要是惹恼了太君，哼，有你好看！说着，就要上来踹山娃，不想被小胡子摆摆手拦住。小胡子怪模怪样地笑了笑，又叽里咕噜呜里哇啦地放了一通洋屁。翻译官得令似的打个立正，哈以哈以答应着，像鸡啄米一样点着头。

翻译官强装笑脸，半是哄劝、半是威吓地对山娃说，小孩，太君说了，只要你好好听话，一会儿有糖果给你吃，太君问你，是不是有顶花轿从这里抬过去了？

山娃下意识地点点头，又使劲摇摇头。山娃预感不妙，想抽身跑开，但一看鬼子端着明晃晃的刺刀把他围得死死的，只好打消了逃跑的念头。他决定来个一问三不知，跟翻译官和小鬼子缠磨一时是一时。

翻译官不耐烦地大声问山娃：你是个哑巴啊？不会说话啊？快说，你到底有没有看见一顶花轿从这里过去？

在翻译官咄咄逼人的追问下，山娃吓得直打哆嗦，但他还是紧咬牙关不答话。翻译官蹙着眉头看看山娃，自语似的嘟囔说，莫非真是个哑巴？！你是这村的吧？那你总该知道是谁家娶新媳妇吧？

山娃下意识地点点头，随即又恍然醒悟似的使劲摇摇头。

翻译官一看心里有了底，奸笑着喝令山娃说，他妈的，原来你小子在装糊涂！快走，头前带路，要不然，小心你的狗命！

翻译官用力抓住山娃的袄领子，把他提溜起来，推搡着他往前走。端着刺刀的鬼子自觉地排成两行，像张牙舞爪、气势汹汹的两队蝗虫，紧随其后。

山娃使劲扭过头去，哭咧咧地说，俺的筐子，俺的镢头，俺的茅根……

翻译官抬腿狠狠地踹了他一脚，骂道：妈拉个巴子，原来你小子不是哑巴！快走，你他娘的还要什么茅根，耽误了皇军的大事，别说吃茅根了，你连狗屎都吃不上！

一阵钻心的疼痛陡地传遍全身，山娃又痛又急又恼，却一时无法摆脱翻译官和小鬼子的魔爪。他无助地望望前面空无一人的直通村里的大路，两行委屈的泪水顺着脸颊悄然流下，一直流进嘴角里，他尝到了泪水咸涩的味道。他想喊娘，喊所有他熟悉的人的名字，又怕把他们喊来也无济于事，反而遭殃。他嘴巴嚅动了两下，最终还是没有喊出声。虽然逃脱魔爪的希望非常渺茫，他还是巴望着出现转机。也许是翻译官走累了，走出没多远，抓他衣领子的手明显变松，最后干脆若即若离地搭在他的肩头。山娃想，这时如果他撒腿跑开，翻译官肯定撵不上他，但鬼子的枪不是吃素的，往哪跑才能躲开鬼子的子弹呢？山娃垂头丧气地走着，在心里默默地琢磨着逃脱鬼子魔爪的法子。

快走到村口时，山娃眼前突然一亮，他看到路旁有个很大的棒子秸垛，如果能趁翻译官和小鬼子不注意，迅速跑到棒子秸垛后面，钻进七拐八拐的小巷子里面，再沿着巷子一直往远处跑，兴许鬼子就追不上他了。打定主意后，山娃下意识地耸耸肩头，感觉翻译官的手并没有搭在上面，似乎还能隐约听到翻译官吃力的喘息声。山娃使劲憋了口气，撒腿向棒子秸垛后面跑去。

他妈的，你小子往哪儿跑，想找死啊？巴格牙路，叽里咕噜呜里哇啦……翻译官和小鬼子一看，像疯狗一样尖声吠叫着向他狂追过去。

山娃大大高估了自己的能力，也大大低估了翻译官和小鬼子的魔力。他没想到这帮家伙反应这么灵敏，他没跑出几步，就听到他们尖叫着追了上来。情急之下，他喊叫了一声娘啊，然后拼命向着棒子秸垛跑过去。气急败坏的鬼子一边追他，一边朝他背后放枪，子弹呼啸着从他耳朵边飞过，他吓得几乎瘫软在地，但他还是咬紧牙关，拼命跑呀跑，终于跑到棒子秸垛边上，他绝望地看到几个鬼子早跑到了他的前面，包抄了他的后路。见大势不好，慌了神、乱了阵脚的山娃，一头撞进了棒子秸垛里面，没命地往里面拱啊拱，头是拱进去了，屁股和腿仍高高地撅在外面。

小鬼子围着顾头不顾腚、狼狈不堪的山娃，爆发出一阵怪笑声。一个鬼子对准他高高撅起来的屁股眼开了一枪，山娃的屁股立马开了花。可怜的山娃还没来得及哭叫出声，就忽地背过气去，没过一会儿便永远地闭上了眼睛。小鬼子纷纷围拢上去，围着山娃被打烂的屁股看来看去，像魔怔了一样手舞足蹈，爆发出阵阵瘆人的狂笑声……

第六章

　　凤儿隐约觉得，山娃的惨死，与她有着某种说不清道不明的关系，小鬼子像着了魔发了疯的恶狼，嗅着她的味儿、追着她的影子而来，说小鬼子是她招引来的，她找不到丝毫反驳的理由，好像冥冥之中，注定她跟鬼子有血海深仇，注定有这一人生劫难似的。山娃娘骂她是狐狸精、丧门星，这种恶毒的咒骂，深深地刺痛了她的心，又勾起她深埋心底，难以启齿，像氤氲一样笼罩在她心头，怎么也挥之不去的一段往事。不管山娃娘有意还是无意，她说的每一句话，每一个字，都对凤儿具有很大的震慑力。山娃娘的话犹如五雷轰顶，将凤儿的身心震得七零八落，碎了一地。她浑身战栗，冷汗直冒，感觉周围的空气中也充满了战栗和疼痛的味道。

　　三年前的初冬，天也像现在这样萧瑟和寒冷。输个精光的凤儿爹，被人从赌场里赶了出来。凤儿爹佝偻着身子，耷拉着脑袋，像条可怜兮兮的落水狗，灰溜溜地、垂头丧气地往家走。正走着，眼前突然闪出一个高大的黑影，像堵墙一样堵住了他——是同村的张财主。张财主穿一身黑绸面棉衣，戴一对毛茸茸的兔毛护耳，护耳像两片白蘑菇，挂在他棱角分明的脑袋瓜上。张财主一脸横肉，不怒自威，嘴角有个比铜钱略小的黑痦子，一根黑毛孤零零地竖在痦子中央。凤儿爹很想剥卜那件绸面衣服，摘下那两片蘑菇，拔掉那根黑毛，扔在地上，吐上两口唾沫，再踩上两脚。凤儿爹在心里愤愤地骂了句好狗不挡道，脸上却堆满讨好的干笑，他对张财主有种莫名的怨恨，却不敢明着得罪他——

他深知张财主的厉害。

以前从不拿正眼瞧凤儿爹的张财主，今天突然心血来潮，跟他搭起了讪。张财主脸上勉强挤出一丝笑容，软中带硬地说，老东西，上哪儿胡逛悠去了？这儿正有好事等着你呢，俺儿子看上你家大闺女凤儿了，快回家好好收拾收拾，把闺女尽早送过门来！狗日的，俺儿看上你家闺女，那是你八辈子修来的福分，以后得给俺放机灵点儿——俺保证少不了你的好处！

凤儿爹打个愣怔，感觉张财主的话特别刺耳，在心里骂道：你才是狗日的老不死的东西！你这明摆着是仗势欺人，故意糟蹋良家妇女，谁不知道你家儿子是个痨病鬼子，而且还是个四六不懂的小屁孩儿，俺家凤儿像朵鲜嫩得能掐出水珠的丝瓜花、黄瓜花、南瓜花——不管是什么花，都比你家痨病鬼子好看，给你家当儿媳妇，和跳火坑有啥两样？哼，狗日的，别以为俺看不清你狗肚子里的花花肠子，俺看你这是黄鼠狼给鸡拜年——根本就没安什么好心！

张财主从兜中摸出两个银光闪闪的银圆，在手里反复掂着。银圆互相撞击，发出清脆的诱人的声响，立马把凤儿爹的魂儿勾住了。凤儿爹眼巴巴地看着张财主，和他手中清脆悦耳、哗啦哗啦作响的银圆，感觉张财主借了银圆的光彩，样子变得不再那么难看——非但不难看，反而有点儿可爱。一个美好的念头闪现在他的脑海中，像风吹浮云一样，把他先前的怨气全吹跑了。他美滋滋地想：要是俺跟张财主结为亲家，以后肯定有花不完的钱，哈哈，真是太美了，对凤儿来说，这也是桩美事，她嫁给张家小少爷，就是张家的少奶奶，还不天天吃香的喝辣的，想咋样就咋样？这样一想，凤儿爹心里乐开了花，朝张财主咧嘴一笑，不无激动和慌乱地连声说，这事——成！这事——成！

张财主掂掂手里的银圆说，这么说，你是一百个乐意了？

凤儿爹眼盯着雪花一样上下飞舞的银圆，嗯嗯答应着，鸡啄米一样使劲点着头。

张财主停下抛掂银圆的动作，从手中捻出一枚银圆，递给凤儿爹说，亲家，这事就这样定了，给你块银圆，赶紧去割几斤牛肉，买两瓶烧酒，回家好好乐呵乐呵！明儿俺就打发人——上你家——提亲！啧啧，看把你给美的，放心吧亲家，一家人不说两家话，以后俺会罩着你的。

凤儿爹顾不上听张财主说话，把银圆接在手里，双手捧着放到嘴边，朝上面噗地吹口气，紧接着把耳朵贴上去仔细听了听，脸上随即绽开开心的笑容。他听到了上等银圆震动空气的声音，那声音如波荡漾，在他心中掀起一片又一片飞扬的涟漪。凤儿爹拿了银圆，乐颠颠地向镇上跑去。他没有照张财主的意思，去买肉打酒，而是又跑去赌馆过了把瘾。等他输掉银圆，垂头丧气地从赌馆里出来，突然想起张财主叮嘱他的话，不由得打个寒战，身子像突然被抽去了筋骨一样，一下子萎靡了许多。

　　凤儿爹在村边溜达了很久，犹疑了很久，一直磨蹭到天快要黑透的时候，才强打精神，装作若无其事的样子溜回家。忙里忙外的凤儿娘顾不上搭理他，见他回来，只是没好气地剜了他一眼，只这一眼，就把他吓得不轻，心里咯噔了一下，以为老婆早就得到了消息，正憋着气儿，后来看她的表情和神色不像那回事儿，才舒了一口长气，打算等老婆闲下来的时候，跟她细说原委。

　　家里的活儿零零碎碎，忙起来没个尽头。凤儿娘收拾好碗筷，照顾孩子们睡下，仍捞不着歇息，坐在昏黄的油灯下给孩子们缝补衣裳。小油灯吐着火舌，在灯芯头上舔来舔去，将昏黄朦胧的灯影投在墙上，像云雾一样飘来晃去。不时有尘埃或飞虫扑打在油灯火苗上，发出哗的一声脆响。受到冲击的火苗倏地缩成一点，又噗地大起来。屋里不论是灯光明亮还是黑灯瞎火，都有老鼠在窸窸窣窣、出溜出溜地活动，炕洞里、屋梁上乃至炕头上都能瞅见它们鬼鬼祟祟的影子。寒冬时节，穷人家的孩子喜欢抱团取暖——挤在一起睡，或跟大人通腿睡。凤儿家也不例外。卧房里垒有两铺火炕，中间用布帘子隔开。凤儿和两个妹妹睡一铺，两个弟弟和爹娘通腿睡一铺。

　　弟弟妹妹们早就习惯了夜里的各种动静，譬如老鼠吱吱的叫声，风吹窗户纸的扑哧声等，躺在炕上不用多会儿就沉沉地睡去，睡着后又造出新的动静来，有打呼噜的，有磨牙的，有吧嗒嘴的，有说梦话的。最不讲究的是两个小弟，常在半夜里像幽灵一样爬起身，赤条条、直挺挺地站在炕沿上，眯缝着两眼，似睡非睡、似醒非醒地对着地上的尿罐子哗啦哗啦地撒尿。人虽然还没睡醒，但并不影响撒尿的效果。两人轻车熟路，闭着眼也能把尿准确无误地滋进尿罐子中，而且不忘玩点儿花样，像天女散花一般，让泛着银光的尿流在半空中划出优美的弧线。迷迷糊糊撒完最后一滴尿，忙不迭地像泥鳅一样钻进被窝，继续像死猪一样呼呼大睡，外面即使打雷、打闪、刮大风、下大雨、落冰雹，也很难将他们惊醒。

凤儿娘也想无牵无挂地酣睡，一觉睡到自然醒，但现实情况不容许她这样。家里的大小事都需要她操心。事情总也忙不完，心总也操不完。这边按下葫芦那边起来瓢，那边按下瓢这边又起来葫芦。身上总像紧绷着一根弦，弦一头拉着她，另一头拉着家，稍不留心弦就会断掉，使她和家一起崩塌。于是，趁晚上的空儿给孩子缝补衣裳，她的心里也不安闲，飞针走线的同时，不忘支棱着耳朵听屋里屋外的动静。从几个孩子呼吸的细微差别上，她能分辨出哪个孩子正在做梦，以及做的是美梦还是噩梦，也能大体猜测出哪个孩子白天遇上了麻烦、难处，哪个孩子开始有了不愿对爹娘吐露的小心思，以后得多留点儿心，多注点儿意。留意屋里动静的同时，不忘仔细倾听屋外的动静。若是听到外面有滴雨声，得赶紧把院中怕淋的物件遮盖好或收进屋内。

最让她放心不下的是那两只正在下蛋的老母鸡，天黑前就得把它们赶进鸡窝里，用石板和石块把鸡窝入口堵好，以防黄鼠狼前来偷鸡。她见过那只经常光顾她家，在鸡窝边转悠的黄鼠狼，那家伙鬼精灵，是个刁钻油滑的惯偷老油条，它身子细长，四肢短小，尖脑袋壳子，黑嘴巴子，尾巴毛茸茸，两眼放贼光，放出的臭气能把人熏个半死。有一次她忘了把早早宿在石榴树上的一只老母鸡赶进鸡窝里，被那只黄鼬子瞅个正着，等她听到母鸡吱吲吱吲的惨叫声，随手从门边抄起根扁担追出去，母鸡早被它拖到了墙头上。只见一道暗黄色的影子在墙头上闪了一下，便不见了那家伙和鸡的踪影。那只老母鸡不遵守纪律，夜不归宿，结果被黄鼠狼盯上，成了黄鼠狼的盘中美餐，活该倒霉。然而，母鸡躲在鸡窝里，也难保就一定安全。黄鼠狼是钻洞高手，身子能缩成很细一溜，几指宽的缝儿，它也能钻进去。偷鸡偷出经验的黄鼠狼本事更是了得，它能用尖尖的嘴巴把堵在鸡窝入口的石板撬开，不发出一丁点儿声响，再顺着撬开的缝儿悄无声息地钻进鸡窝，用尖利的牙齿猛地咬住鸡的脖子，让鸡瞎扑腾却叫不出声或叫得不顺畅，然后，拖了鸡就溜。

凤儿娘一边飞针走线，一边仔细倾听屋内屋外的动静，翻来覆去地想那只黄鼠狼今夜会不会光临寒舍，下意识地一回头，惊讶地发现那只尖脑袋壳子、黑嘴巴子黄鼠狼就端坐在她背后的炕头上，正瞪着两眼直勾勾地看着她。她吓得哇呀一声尖叫，抱起针线筐笸没头没脑地砸过去，砸了几下突然发觉有些不对头，仔细一看，蹲在她背后的不是黄鼠狼，而是一直等待机会跟她说事的凤儿爹。

凤儿爹一咧嘴说，你这是咋了？发的哪门子疯？

凤儿娘定定神，嗔怪地看男人一眼，用手拍打着胸口说，死鬼，你吓死俺了！半夜三更，你不好好睡觉，盯着俺后脑勺看个毬？

凤儿爹撇撇嘴说，心里有事儿，睡不着。

你能有什么正经事儿？！凤儿娘把针线筐箩收好，打个哈欠说。

凤儿爹四下看看，见孩子们仍在酣睡，刚才那么大的动静都没有把他们惊醒，觉得现在是个说事的好机会，赶忙压低声音说，俺真有件正经事儿，非得今晚上对你说，明儿说就晚了，俺今下午碰到张财主了……凤儿爹断断续续地把情况说了。

听完男人憋到半夜才说的所谓正经事，凤儿娘脸色陡然一紧，眼一瞪说，你放屁！你狗嘴里吐不出象牙来！

凤儿爹嘘了声说，小声点儿，别把孩子们吵着，你先别急，俺知道你想说什么，俺知道你嫌弃他什么，你嫌张家少爷是个痨病鬼子，不定哪天两腿一蹬就嘎嘣了——是吧？嗨，你想得也太长远了嘛，他家那么有钱，有好郎中瞧着，有好草药吃着，哪那么容易就嘎嘣了？咱们这些人——反倒很容易嘎嘣了，一没钱请好郎中，二没钱买好药，有个头疼脑热的，还不是干熬着？熬过去算是你有造化，熬不过去就……

凤儿爹讲了一大堆跟张家结亲的好处，说得凤儿娘也动了心。凤儿娘用嘴咂了咂刚才不小心被针扎过的指头肚，叹口长气说，这事好是好，只是苦了凤儿，这孩子自打生下来就没捞着一点儿好，六岁那年她发疹子，差点儿丢了小命，闹饥荒那年，她偷偷跑到山里采野蘑菇，饿急眼的她，看到蘑菇就像看到刚出锅的热腾腾的饭团，也不管白蘑菇、黑蘑菇、花蘑菇，胡乱抓起来就往嘴里塞，结果误吃了有毒的蘑菇，肚子绞成了麻花，疼得眼泪哗啦哗啦往下淌，好在老天保佑，阎王不收她，她在鬼门关晃荡了两天又活了过来，再后来，她也没少吃苦受罪，好不容易熬到现在，眼看就要出息了，你却要她嫁给痨病鬼子……孩子是娘身上掉下来的肉，哪能轻易地就把她丢出门去？——本想她能嫁个好人家，安安稳稳过日子，没承想……唉，当娘的实在有些舍不得啊……

凤儿爹撇撇嘴说，女人家头发长见识短，东一榔头西一棒槌叨叨了一大堆，还是没有叨叨出个正经主意，闺女早晚是别人家的人，她嫁给张家少爷，有啥不好？比嫁给穷人家的娃子可强多了！她要是嫁给穷人家，自个儿都顾不上自个儿，吃了上顿没下顿，哪有能力管咱们？那样的话，弟弟妹妹们就真的沾不上她一丁点儿光了！还有，既然张财主那样说，肯定心里早就有了谱儿，你要是和他对着干，不顺着他的心意来，肯定惹得他不乐意，骂咱狗坐轿子不识抬举，他要是看咱不顺眼，随便给咱个小鞋穿就够咱受的！到时候呀，咱就真的吃不了兜着走了！

两人正坐在炕头上小声地商量，突然听到扑通一声，好像有孩子不小心滚落到了地上。两人急忙探出头去看，一看竟是凤儿眼泪汪汪地跪在炕沿下面。

凤儿爹说，你，你……

凤儿娘也说，你，你……

两人预感不妙，嘴里刚蹦出个你字，就没了下文。

其实，娘扔针线笸箩的那一刻，凤儿就醒了。她把爹娘刚才嘀咕的话听了个真切，惊得出了身汗，心里如翻江倒海，不停地、剧烈地翻腾。她无论如何也不会想到，自己的亲爹亲娘竟然不顾她的幸福，不顾她的死活，要她嫁给痨病鬼子当媳妇。满腹的委屈变成酸涩的泪水，顺着脸颊哗哗地往下流。

凤儿可怜巴巴地看看爹，看看娘，泪眼婆娑地说，爹，娘，俺不想嫁给痨病鬼子，俺想一直留在二老身边，伺候二老。

爹摇摇头，叹口气说，傻闺女，你这是说的啥话，哪有闺女长大不出嫁的理儿，你有弟弟妹妹，爹娘又不指望你招上门女婿，只希望你嫁个能吃上饱饭的好人家，你瞅瞅看，咱村里除了旺才家，还有哪家不愁吃不愁穿？

娘也劝她说，傻孩子，地上凉，快起来，俺们这不是正在商量，还没把你怎么样嘛，你咋就沉不住气了？

凤儿爹剜凤儿娘一眼，话中有话地说，俺看这事啊，也没啥好商量的。

凤儿用充满乞求的目光看看娘，希望娘帮自己说句好话，别让爹瞎胡闹，张财主可不是好惹的，是个翻脸不认人的恶霸，万一哪天不小心戳痛了他的老虎屁股，岂不是惹火烧身，偷鸡不成反蚀把米吗？

凤儿娘出溜下炕，没有急着搀扶凤儿，而是陪她跪在地上，用手不住地拍打她的肩膀，抽泣着说，凤啊，凤啊，娘知道你心里咋想的，可是……谁让咱是穷人家的女人呢，穷人家的女人生下来就命苦，你嫁到张家，整天守着个痨病鬼子过日子，虽说心里疙疙瘩瘩不舒服，但至少不再吃苦受累，不再为吃饭穿衣犯愁，弟弟妹妹们也能沾你点光儿，有口热乎饭吃，有件囫囵衣穿，俺知道你心里不情愿、不好受——你以为娘心里就情愿，就好受？唉，娘只要有一丁点儿办法，也不会把你往火坑里推！

凤儿爹没好气地说，你胡叨叨些啥，张家啥时变成火坑了？

凤儿娘打个愣怔，自知把话说过了头，嘴上仍不依不饶地说，不是火坑，是福囤子，行了吧？这会儿你该满意了吧？

凤儿爹遭个抢白，翻翻白眼，没再言语。

凤儿娘把闺女搀扶到炕沿上坐下，陪她默默地掉了会儿眼泪，小声劝她说，车到山前必有路，船到桥头自然直，走一步看一步吧，天塌下来有地接着呢，怕什么！真要走到那一步，也没啥好懊悔的，人咋活不是活，咋混不是混，人没有长着前后眼，谁也拿不准以后会怎么样，别家先不说，就说咱家吧，先前咱家可不像现在这样穷，那时候你爷爷还活着，还能降得住你爹这个大祸害，你爷爷在镇上开了家裁缝店，攒了不少钱，你爷爷死后，把家业全留给了你爹，可惜你爹没守住，没过多久就把家业折腾光了，你爹这个老不死的混账东西，裤子都快掉了，老婆孩子都快搭上了，还是死不悔改，一个劲儿地赌啊——赌！俺算是瞎了狗眼了，当时只看他家境好，就糊里糊涂跟了他，结果吃尽了苦头，凤儿啊，还记得不，那一年闹饥荒，俺领着你跑好几十里山路去要饭，你爹倒好，一边嫌俺给他丢人现眼，一边大口地吃着俺求爷爷告奶奶好不容易讨回来的窝头！凤儿娘说着说着，忍不住呜呜地哭起来。

娘，娘，你别哭，俺听你的！凤儿反过来劝起娘来。

凤儿爹低头耷脑地缩在炕角，任凭老婆东一榔头西一棒槌地数落，一句话也不敢吭。

娘俩你劝我几句，我劝你几句，心情渐渐好起来。虽然看闺女脸色好看了许多，娘还是有些不放心，哄闺女睡下后，脑中仍紧绷着一根弦儿——怕闺女想不开，半夜爬起来摸绳子上吊。凤儿娘的担心是多余的，凤儿现在还没到寻死觅活的那种地步。她躺在炕上装睡，心里一直翻腾个没完。她翻来覆去地想了一夜，得出的结论是：只要能让爹娘舒心，只要能让弟弟妹妹们以后有个靠山，有个好奔头，她做出再大的牺牲也是值得的，何况，她嫁给旺才，未必就不好，说不定旺才经过她的细心服侍，一高兴病就好了，只要旺才还有一口气，她就是名正言顺的少奶奶，张家人就不敢小瞧她，旺才是张家的独苗，要是她给张家生了带把的小子，从此传了后，她在张家的地位就更高了……

由于凤儿没有再表示反对，定亲的事进行得很顺利。张财主送给凤儿爹娘很多彩礼，凤儿爹喜得合不拢嘴，腰杆子忽地挺直了不少，在村里开始昂着头走路。被老婆孩子一阵苦劝，加上亲家母拐弯抹角的敲打，凤儿爹发誓再也不踏进赌场一步。决心是下了，但真要做到那一步并不容易，他强迫自己不去想那事，但手老是痒得难受。后来凤儿娘帮他出了个主意，让他跟着村里的王石匠学采石头，刻石碑，说男人有个能养活自己的手艺，心里头才踏实，免得旁人说闲话，嚼舌根子，说什么凤儿爹是沾了亲家的光，才好不容易混出了一点儿人样……凤儿娘让他好好学，安心学，什么时候把活儿学精了，练熟了，再回家。凤儿娘的话说得没错，采石头、刻石碑是个既耗体力又费脑筋的活儿，需要长时间待在山里过苦行僧一样的生活。这种远离凡尘、枯燥单调的生活，的确可以转移凤儿爹的注意力，磨掉他性子的棱角，使他浮躁的心性得到修炼，变得沉稳一点儿。

凤儿娘刚把男人打发走，急于抱孙子的旺才爹娘突然提出要为儿子圆房。张财主请算命先生选了个圆房的好日子——腊月初六。从定亲到圆房，相差不到一个月的时间，也就是说，两家必须用二十多天的时间把成亲所需的物件准备好。旺才是张家的独苗，小时候得风寒留下了痨病根，吃了很多草药总不见好，得病后没法像其他小孩子一样东跑西颠，有时坐着喘气都不顺溜，呼啦呼啦像拉风箱。考虑到这孩子吃了不少苦，还要承担为张家传宗接代的重任，张家人非常重视他的婚事，好像亏欠了他很多似的，只有把婚事办得风风光光，圆圆满满，才安心，才对得起他。

好日子定下后，张家人非常卖力地忙活起来。平时旺才身边总有两个老妈子寸步不离地照顾着，圆房前需要做很多喜衣喜被等女红，活多人少忙不过来，旺才娘把两个针线活不错的老妈子临时喊过去帮忙，这给了旺才一个自由玩耍的好机会。旺才趁家人不注意，溜出家门，坐在离家门不远的石阶上，一边喘着粗气歇息，一边好奇地观看街上的风景。

冬天的小村不像夏天那样好玩，落光叶子、干巴巴的树木像毛刺一样耸立，苍白的路面上瞅不见一只蚂蚁，小鸟似乎也少了很多，叫声短促而凄惶，急于奔命似的。天灰蒙蒙的，从云层里透出的丝丝阳光显得十分单薄、清冷。唯一让人眼前一亮的是挂在屋檐下的冰凌子，像拉长的带尖带棱的水晶棍子，澄明透亮，被阳光一照，放着七彩的光。调皮的小孩子爱玩冰凌子，把它当作宝剑玩。冰凌子宝剑被击落时，碎裂成大小不一的水晶，发出咔吧咔吧的声响，能给获胜方非常愉悦的快感。

旺才脑中正勾勒着战斗画面，忽然听到远处传来一阵叽叽喳喳的吵嚷声，循声一看，只见一群衣着破旧、灰不溜丢的小孩子，簇拥着一个挑担子的货郎模样的人走过来，可惜小孩子们手中都没有拿着像宝剑一样的冰凌子，也就少了几分神兵天将的神气。货郎的打扮也不鲜亮，穿一身虽很破旧却并不很脏的黑面棉衣，缠着黑色的绑腿，系着黑布腰带，头戴黑色瓜皮帽，脸庞瘦削，面色黝黑，整个人像在黑颜料缸里泡过一样。

唯一让旺才感到新奇的是，货郎挑的担子与他以前见过的不太一样，担子前头的小柜子顶上支着个小炭火炉，上面的铜锅里面好像正煮着什么黏稠的东西，升腾着袅袅的烟气。莫非来人是个剃头匠？仔细一看又不像，他肩上担着的不像剃头挑子，瞅不见水盆、板凳、磨刀布和烧水的火罐、收拾碎头发的筐篓，也瞅不见供顾客使用的毛巾、布单，以及装剃刀、剪子、木梳、篦子、镜子的布包等剃头匠该有的物件，也听不到当啷当啷的响器声。卖豆腐的小贩敲木头梆子，剃头匠敲唤头，都是为了吸引顾客，招揽生意。如果来人是剃头匠，那他手里一定少不了唤头这个物件。唤头是用月牙形的钢片和小铁棍组成的，发出的声音清脆悦耳并带有颤音，虽没有豆腐梆子声传得远，却比那声音更刺激人，也更吸引人。

旺才断定来人不是货郎，也不是剃头匠，当然也不是卖豆腐的小贩。走街串巷叫卖针头线脑的货郎，既敲响器又大声吆喝，生怕人们听不到他的叫卖声。货郎手中离不了拨浪鼓，一边走一边摇动，嘴中还拖着长腔卖力地吆喝：拿头发来——换——针——使！货郎摇拨浪鼓是为了吸引小孩子，吆喝则是为了吸引那些大姑娘、小媳妇、老婆婆，收女人的头发则是为了转手卖给唱戏的做假发或道具。针是乡下女人最常用的物件，也是货郎兜售的主要货品。生逢兵荒马乱年代，缺吃少穿的乡下女人们，有时连缝衣针都买不起，只好拿自己心爱的头发来换，她们把平时梳头梳下的长头发积攒起来，团成团塞到墙缝里，等货郎来了，就可以拿它换针头线脑，置换时免不了要挑挑拣拣一番。

没等旺才摸清来人干的行当，一帮人已像一团黑云一样飘到他跟前。挑担子的黑脸汉子看到坐在路边石阶上发呆愣神的旺才，立马被他体面的穿着吸引住了。黑脸汉子心里清楚，像苍蝇一样围着他屁股转的穷小子，打死也不会买他的糖人，而坐在石阶上的那位就不同了，一看就是个有钱的主儿。

黑脸汉子像终于寻到大主顾似的，挑着担子乐呵呵地走到旺才跟前停下，忙不迭地卸下肩上的担子，眉开眼笑地和他搭讪：这位小少爷，一看就知道您是个大富大贵之人，敢问您是不是属马？

旺才眼睛一亮，下意识地点点头，喉咙里发出一阵呼噜呼噜的声响，脸上随即浮上一抹红晕。

神了，神了，你咋知道他属马？围观的一个小孩子不无惊讶地问。

黑脸汉子没有理会那个问话的小孩子，朝旺才诡秘一笑说，少爷，俺给您吹个糖人——奔跑的小马驹，中不中？

旺才脸上露出惊喜的神色，鼻子不自觉地抽动着，贪婪地吮吸适才闻到的糖香味儿，喉咙里又发出一阵呼噜呼噜的声响，小脸蛋憋得更红了。他早就听说有吹糖人这个行当，但真正见还是第一次。他想起身上前看个究竟，身子却像摊烂泥一样软弱无力。

刚才问话的那个小孩子一看，赶忙帮腔说，中，咋不中？他家可有钱了，正要娶新媳妇呢！

听了小孩子的介绍，正要准备吹糖人的汉子迟疑了一下，不由得又好奇地打量旺才几眼，自语似的嘟囔说，好啊，好啊，正好讨个吉利！

天冷糖稀冷得快，一眨眼的工夫，先前还冒着袅袅热气的铜锅里，突然间变得风平浪静，死气沉沉。黑脸汉子从铜锅下面的抽屉里摸出两块鸡蛋大小的黑乎乎的木炭，塞到炉膛里，只听噗的一声响，炉膛里蹿起一股冲天的烟气。汉子忙把铜锅压严实，使烟气不再溢出。只听到炉膛里发出木炭剧烈燃烧的轰轰声，以及木炭爆裂的噼啪声。锅里的糖稀开始咕嘟咕嘟冒泡儿，并由黏稠的酱红色变成稀薄的亮红色。汉子像玩魔术一样，把一根中空的淡黄色的麦秸秆插入糖稀里一转，一拖，一提，挑起的麦秸秆头上，便多了一团焦黄油亮的糖稀。汉子熟练地玩弄着那团糖稀，又捏，又拽，又转，又吹，那团糖稀像被他施了魔法一样，赋予了灵气，随着他的摆弄，吹气，不断地膨大，变形。

边上看热闹的小孩子都屏息静气，不错眼珠地盯着汉子手中那团变幻无穷的糖稀，仿佛进入了一个神奇的梦幻般的童话世界。黑脸汉子气定神闲，挥洒自如，好像整个世界都被他掌控于手中。他的两手灵活地舞动着，像腾云驾雾的金龙舒展着优美的身姿，像往来游弋的金鲤在水中画着柔美的曲线，激起一片片金黄色的涟漪。在汉子无声的召唤下，一匹金色的小马驹，从那片梦幻般的云雾和涟漪中钻出来，像婴孩慢慢脱离母亲温暖的子宫，先是钻出头，接着是身子和四肢。小马驹每前进一步，都是那样的艰难，云雾和涟漪缠绕着它，羁绊着它，它两腿屈着，奋力向前踢腾，头高昂着，鬃毛像猎猎的旗帜一样迎风飘舞。

经过一番努力，小马驹终于摆脱云雾和涟漪的羁绊，四蹄撒开，腾空而起，飞过处，带起阵阵飞沙走石的狂风，抖落满地金黄色的尘埃。围观的小孩子啊啊尖叫着，眼前晃动着神妙瑰丽的画面：一个金盔金甲的骑手或勇士，正骑着那匹周身散发着金黄色光芒的小马驹，向着童话世界的深处飞奔……扑通一声怪响，打断了围观者的幻想，美好的画面倏地消失了，泛着金黄光芒的小马驹，像突然失去了灵气一样，从童话世界猛地跌落到现实中——那只小马驹并没有腾空飞走，仍被汉子稳稳地捏在手里。

汉子正要拿竹签从麦秸秆上挑下已塑好造型的糖人，被身边突然发出的巨响吓了一跳。循声一看，只见刚才还端坐在石阶上的小少爷，这时竟面无血色地扑倒在地上。原来，在汉子把糖人吹得出神入化的时候，少爷旺才经不住吸引，浑身像被施加了魔力一样，不由自主地爬起身，悄无声息地走近去观看。忙于吹糖人的汉子和被栩栩如生的糖人迷倒的一帮小孩子，一时都忘了他的存在。也许是兴奋过了头，被糖人深深吸引的旺才也情不自禁地欢呼起来——他并没有呼出声来，气全堵在了喉咙里，欲出不能，发出阵阵咕噜咕噜的闷响。他感觉身体里有股洪流在奔突，在翻滚，一下一下冲撞和撕扯着他干涩的喉咙。有口浓痰刚好卡在咽喉处，阻挡着洪流一次次的冲击，找不到奔泻出口的洪流猛烈地摇晃着他的身体。他只觉头晕目眩，整个身体像失去支撑的草屋迅速地坍塌，终于呼哧一下瘫倒在地上。

吹糖人的汉子一看，赶忙把糖人胡乱插在草把子上，蹲下身，一会儿试着掐旺才的人中穴，一会儿试着拍打旺才的胸口，无论他怎么努力，旺才始终没有反应。汉子把手指似触非触地放在旺才的鼻翼下，又触电似的缩了回来。汉子吃力地、慢慢地抬起头，哭丧着脸看看围成一圈、像木鸡一样呆立的小孩子，嘴角扭动了两下，想说什么却没有说出口。突然回过神来的一帮小孩子，如同一群惊飞的鸟儿，一哄而散。吹糖人的汉子见势不妙，也想赶紧逃走，起身走出几步，又犹豫了。街上空荡荡的，不见一个人影。汉子想喊人，嘴巴张了张，又哑住了。汉子四下看了看，发现不远处有个高大气派的门楼，忙不迭地把旺才抱过去，让他背倚着院门坐好，然后定定神，憋口长气，握紧拳头，敲响了院门。

第七章

　　旺才家乱成了一锅粥，郎中来了一个又一个，都是急火火地来，垂头丧气地走。张财主发疯般的叫嚷声，旺才娘的号哭声，下人们忙乱的脚步声，各种嘈杂的声音，震得房梁上的灰尘和屋瓦上的残雪扑簌簌往下落。一家人用尽各种法子，也没把旺才救醒，最后不得不接受旺才已经过世、神仙也拿他没办法的残酷现实。旺才娘当场哭晕过去。张财主没有晕倒，但也感觉耳边像有群讨厌的马蜂在嗡嗡地叫，胸中有股恶气在呼呼地往上冒，他的脑袋壳子在发涨，在爆裂，牙齿咬得嘎嘣响，巴不得立马把害死旺才的仇人揪出来，把他的脑袋砸成烂西瓜，然后像凌迟犯人一样活剥他的皮。

　　张财主不知道仇人是谁，更不知道去哪儿找寻仇人的踪影。暴跳如雷的他像无头苍蝇一样胡冲乱撞，一会儿气冲冲地跑进堂屋里，踢得房门和桌椅噼里啪啦、轰隆咔嚓响，一会儿又冲进卧房里，把枕头和被子扔得满屋飞。下人们老远看见他，像老鼠见了猫，吓得浑身打哆嗦，能躲就躲，实在躲不及，就跪下来干号。张财主没头没脑地折腾一阵，渐渐没了力气，坐在书房太师椅上喘粗气，眼睛直勾勾地看向虚空，发起了呆。老管家来看过他好几次，知道他心情不好，没敢惊扰他。

　　天不知不觉黑了下来，张财主像傻了一样，一动不动地坐在那里，眼角挂着浑浊的泪滴。老管家帮他掌了灯，垂首默默地站了一会儿，想劝他几句，话到嘴边又咽了回去。

天黑透了，冷透了，一家人的心也黑透了，冷透了。女人们撕心裂肺的号哭声变成呜呜咽咽的抽泣声。散发着红光、代表着喜庆的红灯笼换成了阴森森的白纸灯笼。远处传来夜猫子的啼叫声，像是在为旺才远去的魂灵送行，乖戾的啼叫声瘆得人头皮直发麻。旺才从出生到长大的一幕幕鲜活的画面，像过电影一样闪现在老管家的脑海中，老管家心中顿生无限惋惜和悲凉。他想替老爷分担一点儿痛苦，一时却无从下手，似有很多宽慰老爷的话想说，一时却理不清头绪，找不到话头。老爷正陷于痛苦的旋涡无法自拔，再好听、再有理的话语，恐怕也很难打动他。

　　老管家正心烦意乱，不知如何是好，老远瞅见灶房丫头端了刚做好的饭菜往太太卧房里送，顿觉眼前一亮。

　　老管家忙不迭地跑过去，向丫头使个眼色说，老爷在书房呢，先给他送点儿吃的去吧！说着，从丫头手中接过饭菜，三步并作两步径直走进书房。

　　老管家把饭菜摆在条案上，小声提醒木呆呆的张财主说，老爷，吃点儿饭吧，这个家还需要您来掌舵呢，饿坏了身子可不行，太太晕倒了，躺在炕上到现在也没醒过来，您可不能也……老管家叹口气，眼中噙满晶莹的泪花，但他强忍着没有让泪花掉下来。

　　张财主不吭声，眼睛仍直勾勾地看着虚空。

　　老管家忍不住又劝他说，老爷，想开点儿吧，人生无常，世事难料，谁都难免有这一天，只是有早有晚罢了。

　　放屁！张财主突然发了疯，把条案上的饭菜猛地扒拉到地上。只听噼里啪啦一阵乱响，碗碟碎了一地，饭菜撒了一地。

　　老管家腿一软，扑通一声跪倒在地，连声说，老爷息怒，老爷息怒。

　　操你老娘，息怒息怒，息你娘个头！张财主用手点着老管家的额头，逼视着他的眼睛，气汹汹地问，说，旺才到底怎么死的？是不是被你这个老浑蛋害死的？

　　老管家打了个哆嗦，颤抖着声音说，老爷息怒，老爷息怒，奴才哪敢，是，是，不是……

　　张财主眼一瞪说，到底是还是不是？老东西，你是不是不想活了，你若是有半点儿隐瞒，老子活剥了你的狗皮！

老管家头几乎贴在地面上，浑身抖作一团，哭咧咧地说，老爷，话可不能乱说啊，气可不能乱撒啊，害死小少爷这个天大的罪名，俺可担当不起啊，您消消气，听俺慢慢跟您说。

张财主骂道，你这个老浑蛋，老糊涂，你以为这是说书唱戏呢？成心气俺是不是？俺没工夫听你胡咧咧，妈拉个巴子，快说，旺才怎么没（死）的，你要是不老实交代，你要是有一丁点儿对不起小少爷的地方，俺把你千刀万剐，剁成肉酱喂狗！

老管家头磕得地面上的青砖砰砰响，老泪纵横地说，老奴无用，老奴该死，没有看好小少爷，俺对不起老爷，要是能用俺的贱命换回小少爷的命，俺甘愿去死！只是，死之前俺想把话说个明白，小少爷是怎么跑到门外的，又是怎么遇上麻烦的，俺确实没有看到，突然听到院门轰隆轰隆响，俺还以为是山上的土匪前来闹事，急忙跑过去扒着门缝往外瞅……

张财主余怒未消，抬手又要拍条案，手举到半空，又僵住了。张财主把手慢慢地放下来，耐着性子听老管家啰唆。

老管家偷眼看看张财主，带着哭腔说，外面空荡荡的，不见一个人影，俺心里的火气噌一下就冒了上来，心想，这是谁家的熊孩子吃了熊心豹子胆，竟敢来砸俺老爷家的院门，俺逮住他，非扇他十几个大嘴巴子，把他的小脑袋揪下来当球踢不可！俺一把推开门，刚要问这是哪个小鳖羔子在砸门，不会好好敲啊？突然脚下一绊，差点儿摔个跟头，回头一看，原来是小少爷背靠着院门坐着，老奴无用，老奴该死，俺起先并不知道少爷坐在门口，要是……

张财主骂道：你，你——眼瞎啊？你眼睛长头顶上了？脚下边有人不知道啊？也罢，事已至此，俺就算把你的眼珠子抠出来当灯点也没用了，俺现在只想问你，门外边到底还有没有其他人？

老管家哭丧着脸说，老爷息怒，老奴该死，俺看少爷面无血色，直挺挺地倒在那里，也没顾上瞅街上有没有其他人，抱起少爷就往屋里跑……后来的事您都知道了，都怪老奴糊涂，忙昏了头，把最要紧的事给忘了，要不，俺这就去打听打听？

张财主皱着眉头沉思一会儿，有气无力地摆摆手说，这会儿你去打听，黄花菜早凉了，快滚吧，俺想一个人静一静。

好吧，老管家答应着，忙不迭地爬起身，逃也似的滚出门去。滚出没多远，冷不丁听到老爷厉声喊，回来！老管家吓了一跳，屁滚尿流地又滚了回来。

把刘妈、李妈两个老不死的带过来！张财主气呼呼地吩咐了一句，说完又朝老管家不耐烦地摆摆手。

老管家站着没动，他怕听错话误会老爷的意思，过后又要挨老爷训斥，便赔着小心问了一句，老爷您是说，把伺候少爷的刘妈、李妈带过来？

张财主从鼻子里嗯了声。

好，好吧，老管家预感大事不好，慌慌张张地跑去找刘妈、李妈，心里既为两个老妈子担心，又暗暗为自己庆幸。按说，旺才出了意外，伺候他的两个老妈子难辞其咎，只要老爷追着她们两个替罪羊不放，就没闲心也没闲工夫挑其他人的毛病了。

老管家怀着复杂的心情去喊两个老妈子，去了没一会儿，就慌慌张张、上气不接下气地跑了回来。老管家哆哆嗦嗦、结结巴巴地说，不——好了——老——爷，刘妈、李妈，被小六他们关进柴——房里——等您问话，小六一眼没——瞅着，就——让两人钻了——空子，她们——扯下裤腰带拴在门框上，随——小少爷去了，这可如何是好，这可——如何是好！两人心中一定——有鬼吧？要不然不会，唉……

随后跟进来的小六没好气地瞪老管家一眼说，老爷息怒，小六该死，小六没有看好她们两个，但老管家说的也不全对，俺没看好她们，是因为太太醒了，太太喊俺过去问话，俺刚离开没一会儿，就发生了意外……

小六偷眼看看张财主，又说，刘妈没救了，李妈还剩了口气儿，她裤腰带没有拴牢……

添乱，添乱，尽给老子添乱！张财主使劲拍下条案，对小六说，你赶紧把李妈给俺押过来，俺有话要问她！

小六一咧嘴，哭丧着脸说，老爷，少爷和刘妈这一去，她吓傻了，三魂六魄都丢了，成木头人了，一问三不知，俺使劲扇了她好几个大嘴巴子，也没把她打醒！

小六话音刚落，就见灶房丫头提着灯笼，迈着小碎步急火火地来请老爷，说太太有话要对老爷说。张财主站起身，两脚像踩棉花一样晃出书房。小六和老管家不约而同地吁口气，忽然感到脊背有些发凉，下意识地回头去看，恰好与老爷犀利冷峻的目光相对，两人不由得打个冷战，把头又深深地勾了下去。

张财主随灶房丫头来到卧房，看太太躺在炕上，面容憔悴，气若游丝，心里又泛起一阵怨愤和痛苦的波浪。张财主把头扭向一边，强忍着没有让眼泪掉下来。

太太用软绵绵的手轻轻地拽下丈夫的衣角，示意他坐在炕边的矮凳上，沙哑着喉咙，慢吞吞地说，是俺——把刘妈、李妈——从娃身边——支走的，怪——不得——她们，要怪——就怪俺吧！

张财主囫着脸点点头，啥话也没说，只是用手轻轻地帮太太披了披被角。

张财主本想从两个老妈子嘴里挖出点儿什么、发现点儿什么，现在看来是没啥指望了……正可谓：旧愁未了又添新愁，旧伤未愈又添新伤。太太一个劲儿地帮两个老妈子求情，张财主一时没了主张。他想替儿子出气，却理不清头绪，找不到目标。他还是第一次遭遇这么棘手的事，他专横霸道惯了，不论家里还是村里，没人敢对他说半个不字，现在他却感觉自己成了软蛋，叫天天不应，叫地地不灵，一个看不见也摸不着的鬼影子，正把他玩弄于股掌之上。

张财主默不作声地从太太卧房里出来，气急败坏地对着惶惶不安的下人发火，对着冷漠不语的墙壁发火，甚至看立在大门两侧的石狮子也很不顺眼，愤愤地骂上两句，狠狠地踹上两脚，弄得家里鸡飞狗跳，乱上加乱。他打发人在村里挨家挨户、没头没脑地盘问，又把村里搞得鸡犬不宁，人心惶惶。

张财主这一闹腾，吓坏了那帮目睹旺才昏死的小孩子及其家里人。有的经不住盘问和吓唬，如剥茧抽丝一般，把实情一点点吐露了出来。他们像串通好了似的，把罪责全推到了吹糖人的汉子身上，说那家伙贼眉鼠眼，妖里妖气，看着就不像个好人。他会法术，把糖人吹得神乎其神，把围观者的魂儿全勾跑了。他目露贼光，一搭眼就看出旺才属马。旺才有痨病，身子弱，汉子没费多少工夫和法力，就把旺才的精气神全吸走了。旺才那么小，新媳妇还没娶进家门，就被那汉子害死了，真是造孽啊！那汉子一定是个妖道，要么就是会勾人魂魄吸人精髓的狐狸精、黄鼠子精变化来的……

别看张财主对付乡邻一肚子本事，对会法术的妖道或鬼神却讳莫如深，心怀敬畏。听说儿子的死与妖道有些干系，他忙派人去打探妖道的下落和底细，打探来打探去，连妖道的影子也没摸着。张财主慌了神，他什么法术都不会，根本不是妖道的对手，放妖道一马吧，又有些不甘心。

老管家帮他出主意，说卤水点豆腐，一物降一物，咱们制服不了那妖道，连他的影子也摸不着，并不代表其他人也拿他没办法。山外有山，人外有人，听说牛耳山关公庙里来了位道业精深的老和尚，找他帮忙，兴许能把妖道揪出来并降服他！这样虽说不能挽回小少爷的性命，但至少可以帮咱们出口恶气……

张财主觉得这个主意可行，赶忙派老管家携带两匹上等的丝绸和五十块银圆上山去请老和尚帮忙除妖。

老和尚并不难请，早就预料到会有人请他下山似的，也不多问，简单收拾了一下，就随老管家下山来了。只见他身披袈裟，胸前挂有一串深红色的天竺菩提念珠。他面色红润，看面相顶多四十岁的年纪，既然大家都称他为老和尚，想必他的实际年龄远不止四十岁。世外高人修炼得法，鹤发童颜，没啥好奇怪的。老和尚天资不错，唯独眼睛与面相有些不太相称，左眼皮上有块蚕豆大小的紫色的疤痕，使得眼皮一直往下耷拉着，两眼似睁非睁，眼角微微上翘，目光飘忽迷离，神色冷峻威严，时不时地流露出一丝让人不易察觉的狡黠。

张财主看老和尚的模样有点儿眼熟，却一时想不起在哪儿见过。老和尚神情怪异，高深莫测，张财主看了心里不免有些慌乱，一边吞吞吐吐地喊冤叫屈，一边偷眼打量老和尚，在心里默默地掂量，不停地自问：这老和尚到底有何本事？假若他是个草包、江湖骗子，那钱不是白花了吗？

老和尚好像早就了然于心，不动声色地听完张财主诉说的冤情，微眯双眼，手捻佛珠，嘴里叽里咕噜念叨一阵，突然双手合十，向张财主深施一礼，道出了一段惊人的话语：阿弥陀佛，不瞒张施主，那吹糖人的汉子虽然行为怪异，形迹可疑，却只是个凡夫俗子，根本不是什么会法术的妖道！真正的邪祟是只冤死的狐狸精，它的冤魂就附着在贵府某个人的身上。

老和尚惊人的话语，把张财主和在一旁陪侍的老管家吓了一大跳，两人面面相觑，呆了好一会儿才猛然回过神来。

张财主磕磕巴巴、语无伦次地说，这话——从何说起，这话该从何——说起啊！

老管家叹口气说，小少爷冤情深重，尸骨未寒，还请师父细说原委，指点迷津，快快把邪祟找出来，还小少爷一个公道，若需设坛作法，也请师父明示！

老和尚微眯双眼，右手快速地捻动佛珠，嘴里又发出一阵叽里咕噜、含混不清的念咒声。老和尚像是突然掐算出了什么，猛地打住捻佛珠的动作和嘟囔声，眼睛直勾勾地看着张财主，把张财主看得头皮发麻，更加惶恐。

老和尚沉吟良久后说，阿弥陀佛，不瞒张施主，那狐狸精的冤魂——恰恰附着在小少爷旺才身上！

张财主急眼道，这怎么可能，这——怎么可能！

老管家向张财主使个眼色，提醒他说，听师父慢慢说，听师父慢慢说。

张财主有些气恼，一时又无法发泄，囧着脸瞪老管家一眼，鼓着腮帮子开始闷头不语。

老和尚眼睛看着虚空，问张财主：不瞒张施主，您这孽缘是两年前结下的，您仔细想一想，那时有没有打死过一只白毛母狐？

张财主闷头想了想，恍然想起了什么，脸色陡然一紧，猛地僵住了。

两年前的那个深秋，因棒子、谷子、豆子、地瓜等庄稼都被收割完毕，田野里少了许多绿色和丰润，多了几分萧疏和干瘪。灰褐色的土地上，间或有几丛狗尾巴草、紫穗槐在孤零零地飘摇。远处连绵的光秃秃的山丘上，笼罩着一层朦胧的淡蓝色的雾气。碧蓝的天空上，不时有排成人字形的雁阵嘎嘎叫着飞过。深秋的田野里，少见在田里忙碌的农人，偶有衣衫破旧、肩背粪篓子的老头儿，在田埂、路边、荒坡、野地里四处游荡，捡拾人粪来充当来年种地的肥料。

看似冷冷清清的荒野里并不宁静，像有股暗流在悄悄地涌动。随着一声尖利的呼哨声响起，远处突然冒出几个鬼魅样的人影，其中一个身材高大、光头大耳、一脸横肉的男人，便是后来投了小鬼子、当了日伪军特务大队侦缉分队队长的原国民党县保安团的金团长。当时的金团长，在本县算得上是威风八面、无人不知、无人不晓的人物。他穿一身带肩章的青灰色中山装，腰间深棕色的牛皮枪套里插着一支油光锃亮的勃朗宁手枪。点头哈腰、像哈巴狗一样紧随金团长左右，戴瓜皮帽、穿黑绸衣的男子，正是张财主。两人屁股后面，还跟着四个扛长枪、高矮不一、衣服款式和颜色跟金团长差不多，只是头上多个灰色军帽的卫兵。金团长带过门不久的二房太太回乡探亲，心情本就不错的他突然来了兴致，想亲手打个野味当下酒菜，便让张财主给他当向导，带了四个卫兵，跑到野地里来打野兔子。

金团长是个大老粗，说话有些磕巴，刚来到田野边上，就按捺不住性子，骂骂咧咧地问张财主：妈——拉个巴子，这——四下光秃秃的，连根鸟毛都瞅不见，哪里有什么野——兔子？

张财主赔着干笑说，金团长少安勿躁，您老有所不知，野兔子很机灵，不会主动跑出来让咱们逮的，得麻烦后面的几个弟兄分散开，排成一溜，像撒网赶鱼一样包抄着往前赶，您老呢，不妨绕到前面那个土冈上守株待兔，只要兔子一露头，您就吧唧一下给它一枪。

金团长定定地看看张财主，突然使劲捶下他的肩头说，狗——日的，有——门！等老子——打了野兔子，给你——记——上一功！说着吩咐四个卫兵分散开，排成一溜儿，向土冈方向包抄着，吆吆喝喝地往前赶，他和张财主则绕到前面土冈上站定，居高临下地看热闹。

本地人逮野兔子，大都趁大雪封山的时候，带自家养的大黄狗去捉，野兔子在雪地里跑不快，且留下明显的爪印，经过人调教和训练的大黄狗，不费多少气力就能发现并追上它。现在没有下雪，四下光秃秃的，即便带了训练有素的大黄狗，发现野兔子也很难追上它，好在金团长手中有枪，据说枪法还挺准。野兔子跑得再快，也比不上子弹飞得快，只要金团长瞄得准，保准一枪就结果了它。

四个卫兵像四个醉汉，斜背着长枪，胡乱挥舞着手臂，一边呜里哇啦地吆喝，一边深一脚浅一脚地扭来晃去。经过卫兵们一阵没头没脑的驱赶，果真拱起了一只灰白色的活物，那活物一溜烟跑没了影，好像钻进了前面荒草丛中，或飞进了远处灰蒙蒙的雾色里。活物的影子有两尺多长，看其体形不像只野兔子。张财主打个激灵，突然感觉脊背有些发凉。

莫非是只狐狸？张财主脑中闪过一个不祥的念头，见金团长手忙脚乱地掏出枪，勾着头四处巡睒射击的目标，忙提醒他说，慢着，别急着开枪，俺瞅着它不像野兔！

金团长瞪张财主一眼说，小——声点儿！你瞎咋呼个——球，不像——野兔，那像——啥？

张财主说，像只白毛狐狸，对，就是只白毛狐狸，那白狐打不得。

金团长问，为啥——打不得？妈——拉个——巴子，不说个——明白，老子——连你一块——崩了！

这，这……张财主吞吞吐吐，似有难言之隐。

喜怒无常的金团长突然换了副笑脸，把胸脯猛地一挺说，张兄——莫要——害怕，这里有——老子呢，怕它个——球！管他是——黄毛兔子还是白毛狐狸，老子今天——打定了！是只狐狸更——好，正好剥——下它的——皮来，让皮匠老刘——给俺好好——熟一熟——皮子，给俺刚过门的二——姨太做个——白围脖！金团长像见了宝贝似的，兴奋得手舞足蹈，摇晃着脑袋说，他——娘的，老子——今天总算——开张了！

张财主替金团长暗暗捏了把汗，他不止一次听老人们讲过，狐狸跟黄鼬一样，身上带着让人闻之色变、头皮发麻的仙气，修炼成精的狐狸被称作狐仙，是万万得罪不得的，否则就会遭到它们的报复。本地狐狸毛色大都为赤红色，白毛狐狸很少见，假若他没有看走眼，刚才跑掉的正是只白狐。张财主想提醒金团长几句，告诉他：狐仙道业很深，有着非同寻常的本领，你心里想什么它都知道，更别说骂它、打它了，要是把它惹急了眼，那你就等着倒霉吧！金团长正在兴头上，这些话他哪听得进去！张财主囿着脸咬咬牙，把冒到嘴边的话又咽了回去。

金团长懒得理会张财主，蹦跳着跑下土冈，一边跑一边大声招呼四个手下：窝——老窝，狐狸的老窝——就在——附近，快给老子——堵住——它！妈——拉个——巴子，看狗日的你——这会儿往哪里——跑！

金团长指挥四个手下，朝刚才那只白狐逃跑的地方包抄上去。

张财主孤零零地站在土冈上。他看到几只麻雀啾啾尖叫着从头顶仓皇飞过，刚才还碧空如洗的天空上，多了几片灰蒙蒙的云彩，阳光被云彩遮住，使大地瞬间灰暗了不少，阴冷了不少。张财主隐约觉得那只白狐并没有跑远，正潜伏在附近某个隐秘的角落里，死死地盯着他和金团长等人。张财主感到脊背发凉，头皮发麻，被一团无形的黑云笼罩着，压迫着，沉闷得透不过气来。一只毛茸茸的大手或爪子从那团黑云中伸出来，从后面把他推下土冈，踩棉花一样忽忽悠悠地往前走。

快，快去阻止他们！一个老头儿苍老、飘忽、焦急的催促声，通过长长的耳道钻进他的脑中，那声音很像他已病死多年的老爹发出的，他非但没有感到惊慌和害怕，反而感到特别畅快。张财主被一种莫名的力量操纵着，轻飘飘地飞到金团长等人跟前，刚要伸手拉扯他们，突然被金团长那散发着油光的勃朗宁手枪晃了一下眼睛，身子立即抖作一团。精神恍惚、抖作一团的张财主被金团长狠狠地踹了一脚。

金团长骂道：妈——拉——个——巴子，又不是——敲——你那——破葫芦头，你——哆嗦——个球！

张财主被踹醒了，混沌的大脑忽地清醒了许多，缠绕着他的那团黑云也瞬间飞没了影。他像脱去了一件濡湿的沾满泥巴的厚重衣服一样，身上忽地轻松了许多。张财主慢慢地爬起身，回头向土冈方向望望，土冈上面空荡荡的，边上荒草丛生，泛着枯黄的色泽。从他现在站立的角度看，土冈很像两座紧靠在一起的坟丘，刚才他们站立的地方，恰好是其中一座坟丘的尖顶。他先前竟然没有注意到它！他像做了一场梦，那梦有时飘忽迷离，有时又真实贴切。他分明看到，眼前也有座周围丛生着荒草的坟丘。这座坟丘明显要寒酸许多，像个从地面上稍稍隆起来的土堆，不走到跟前，很难发现它。兵荒马乱的年代，这样的简易坟丘并不少见，坟丘里埋的可能是外乡人，也可能是外出逃荒饿死在半路上的本乡人。

金团长见四个手下和随后跟过来的张财主看着坟丘发呆愣神，胸中忽地蹿上一股无名之火。金团长朝坟丘上"呸"地吐口唾沫，用枪指着天空骂道：傻——站着干吗？快说，你们，是不是——眼瞅着那只白狐——从——这里逃走的？他娘的，都说——狐狸——精明，精明——个屁！它的老窝——在这儿吧？它这一跑——不就——暴露了——啊？说着上前胡乱踹了坟丘一脚，扬起的尘土差点儿眯了他自己的眼睛。

也许它跟咱们玩的是——调虎离山之计。一个卫兵说。

金团长说，狗日的，有点儿——意思，还真像——那么——回事儿！

金团长气急败坏地使劲啐口唾沫，把张财主扒拉到一边，用枪托敲了敲其中一个手下的脊背，又抬脚踹了踹另一个手下的屁股，催促他们快点儿寻找狐狸的老窝。四个手下不敢怠慢，哈着腰，勾着头，瞪着眼，围着坟丘仔细寻找，果真在坟丘边上的枯草丛里，发现一个很隐蔽的比碗口稍大点儿的黑乎乎的洞口。几个人正要弯下腰去看，一股冷飕飕的骚臭气味突然从洞中喷薄而出。几个人被冲天的臭气呛了个趔趄，慌不迭地捂住了鼻子，连连倒退了好几步。

金团长一看，兴奋地哇哇大叫着说，快——还有一只，正——放骚呢！妈——拉个——巴子，跑得了和尚——跑不了——庙！金团长一手捂着鼻子，一手举着手枪，上前仔细瞅了瞅，又说，没错！快——挖！给——老子——抓活的！

四个手下有些犹豫，又不敢违抗命令，硬着头皮，你推我搡地围拢上去，个个鼓着腮帮，憋着长气，用长枪前头的刺刀，小心翼翼地刨挖起洞口来。扒拉开洞口边上的杂草，刨去薄薄的一层黄土，听细碎的泥土和土坷垃窸窸窣窣滚落洞中，几个人用眼神互相交流了一下，断定眼前的这个狐狸洞不深也不大，应该不难挖。果不其然，沿洞口没挖多深，便豁然露出一个半米见方的洞穴。一个卫兵躲闪不及，一脚踩下去，半个身子侧歪着陷入洞穴中。先是听到一阵烂草被穿透的扑哧声，接着响起一阵杂乱的扑棱声，一道白色的影子，抑或是缕白色的烟雾，带着飕飕的风声，在洞穴中转着圈儿闪了一下，忽地没了踪迹，恢复了平静。

陷入洞穴中的卫兵非常狼狈，一腿插在洞穴中，一腿横搭在洞穴边上，帽子早不知滚落到了什么地方。他的脸刚好擦在洞边上，啃了一嘴泥土，好在长枪还紧握在手里，像旗杆一样朝天竖着。

洞穴中的卫兵发了一会儿呆，恍然醒悟似的打了个激灵，哇哇尖叫着，语无伦次地说，鬼，鬼！爹哎，娘哎，快拉俺一把！

其他几个卫兵忙不迭地上前又拉又拽，像拉扯失魂丧魄、胡乱扑腾的落水狗一样，把那家伙生生地拉了出来。那家伙刚屁滚尿流地从下面爬出来，就被金团长狠狠地踹了一脚。

金团长没好气地骂了句：狗——日的，喊谁——爹娘呢？你——慌个——球啊，哪——有——鬼？

那家伙战战兢兢地扭回头去一看，果真没有看到鬼影子，只看到一只白毛狐狸蜷缩在塌陷的洞穴一角。洞底灰褐色的看似非常细密蓬松的干草窝上面，落了一层厚厚的泥土和土坷垃。奇怪的是，白狐身上看不到一丝草屑和尘土，毛茸茸的毛发泛着惨白的寒光。它尖尖的三角形的耳朵支棱着，脸也呈三角形，两簇雪白的眉毛立在椭圆形的骨碌碌乱转的蓝眼珠上面，给它又添了几分阴森森的凶光和阴险狡诈的神色。它三角形的尖削的脑袋，伏在两只并拢在一起的夹杂少许灰毛的前爪上，一副随时准备向前扑咬的样子。看到它，让人不禁联想到尖嘴猴腮、阴险狡诈的奸臣，和想象中能勾人魂魄的妖艳妩媚的狐狸精相差实在太远。

狐狸眼中闪着晶莹的蓝幽幽的泪光，咻咻地哀鸣着，像个可怜兮兮的小女子在嘤嘤地哭泣。狐狸眼巴巴地看着哈着腰，勾着头，从几个人身后好不容易钻出来，看似比其他几个人面善的张财主，好像在求他帮忙周旋，放它一条生路。张财主被狐狸的眼神电到了，情不自禁地打了个寒战。他不敢迎接狐狸那摄人心魄的目光，更没有勇气帮狐狸求情，依金团长的脾气，你越求情，他越来劲，变本加厉地和你对着干。如此一来，这马蜂窝还是不捅的好。

张财主侧转身，想躲开，不料被刚才跌入洞穴中的那个家伙有意无意地推搡了一下，身子瞬间失去平衡，像喝醉了酒一样东摇西晃。眼看就要跌入洞穴的千钧一发之际，张财主将身子向前一弓，接着往下一蹲，扑通一声跪卧在洞穴边上，踩落的泥土和土坷垃，扑簌簌掉落洞中。他感到屁股后面冷飕飕的，好像被狐狸咬住了脚后跟，下意识地扭头去看，发现那狐狸仍蜷缩在洞穴一角，并没有挪窝儿，只是它的眼神中多了几分不屑和失望的意味。这只是张财主的错觉。狐狸这时的目光并没有集中在张财主身上，而是随着几个人影和枪头的晃动，警觉地瞟来瞟去。

金团长没有理会张财主，用枪指着狐狸，愤愤地说，妈——拉个——巴子，装——什么——可怜，以为这样——老子——就放过你——啊？做——梦！

没等几个人回过神来，金团长麻利地扣动扳机，朝狐狸头上连开了两枪。

突然响起的砰砰两声枪响，把张财主等人吓了一大跳，身子不自觉地抖了一下，好像那裂帛般的声音，不是来自金团长手中冒着袅袅青烟、散发着浓浓火药气味的手枪，而是出自他们身上。这当然只是一种错觉。爆裂的不是他们的身体，而是洞穴上不大的一片天空，坟丘顶上的一层薄土，以及狐狸转瞬间变成花蘑菇的脑袋。坟丘顶上板结的灰褐色的泥土被枪声震碎，扑簌簌掉落后，露出里层淡黄色的带有潮润气息的新鲜的泥土。狐狸被子弹打爆的烂脑袋壳上，汩汩地往外冒着花花绿绿的脑浆和红色的血液，眨眼间，脑浆和血液就把它雪白的毛发浸染得污秽不堪。

金团长用嘴吹了吹枪口上残余的硝烟，看着被打烂脑壳的狐狸的尸首，不无惋惜、扫兴和懊恼地说，他——娘的，可——惜了，这下——毁大了，把它——×头——打——烂糊了，做不了——完——整的——围脖了！

金团长叹口气，朝几个手下摆摆手，示意他们把猎物拖回去，然后把手枪猛地插入枪套中，扭转身大步流星地向来路走去。几个手下用眼神迅速交流了一下，忙不迭地拔了几束枯草，拧成绳索，拴在狐狸的脖子上，其中一个用长枪将死狐狸挑在背后，由其他三人护送着，颤颤悠悠、小跑着去追赶金团长。

张财主跌跌撞撞地跟在几个人背后，看着狐狸头上的污血不停地往下流，往下滴，心里一阵阵地战栗。狐狸雪白的毛发和毛茸茸的大尾巴上，多了几条弯弯曲曲的紫黑色的褶皱，血液顺着褶皱像蚯蚓一样往下爬，在末梢鼓成一个个又红又亮的血珠，"噗"地滴落在地面上。他看到，狐狸耷拉着的左后腿晃动的幅度格外大，像被人抽掉了筋骨一样，关节处有一块明显的疤痕，凸着已变成紫黑色的骨茬，左腿大部被污血染黑并结痂。很显然，狐狸左腿上的伤是旧伤，不是被金团长刚用手枪打的，而很有可能是被猎人下的铁夹子夹伤的，且伤的时间并不长。张财主恍然领悟到了什么。他隐约听到远处传来一阵狐狸同伴的哀鸣声，胸中陡然涌上一股莫名的怨气，在心里愤愤地骂道：他妈的，真窝囊，眼瞅着死光头要横撒泼，胡作非为，俺却一点儿办法也没有，俺要是也握着枪杆子，也养着一帮手下，兴许就能扭转被动的局面，结巴光头也就不敢小瞧俺了！他妈的，真想拧下他脖子上的那个秃瓢，狠狠地踹上两脚，让他的脑袋也变成花蘑菇、烂西瓜！

第八章

　　由村东山脚沿碎石遍地、荒草丛生、蜿蜒爬升的羊肠小道上山，越往深里走，松木越繁茂，荒草越浓密，空气越清新，山势也越来越高，被山脊分割的天空也格外明净湛蓝。翻过两道山脊后，先前还依稀可辨的羊肠小路隐没于阵阵松涛和没膝的荒草中，只能通过仰望太阳的位置来辨别行进的大体方向。行走在荒无人烟的冬日深山里，看不畏严寒苍翠依然的松树满山挺立，看萋萋荒草忽近忽远地飘摇，听北风呼啸着穿过山脊，听鸟儿稀疏的啁啾鸣叫声像风一样掠过耳际，使人油然而生一种身处幽谷、远离凡尘的清朗感，清朗中又夹杂着些许莫名的落寞和孤寂。这种既新奇又空落落的感觉一直萦绕在凤儿爹的心头。

　　凤儿爹上山跟王石匠学手艺已有十多天，还没用过一次钢钎、锤子和凿子，王石匠说那东西是石匠吃饭的家伙，是宝贵蛋儿，金贵着呢，活儿不精、只会使蛮力的人，很容易把宝贵蛋儿崩掉尖儿，把好好的石材打成废物。家伙一旦变成豁嘴儿，就没法用了，只能找铁匠把它回炉重新打造。王石匠的宝贝家伙都是请鼎鼎大名的李铁匠打造的，据说至今在全镇乃至全县都找不出比李铁匠更好的铁匠，可惜李铁匠在镇上的铁匠铺开了没多久，就被一帮兵痞找碴儿砸了摊子，被迫上山当了土匪。王石匠说，石匠活不是一天两天就能学会的，得慢慢磨，得先学会看——翻来覆去地看，等心里有了数，再下手不迟。王石匠本不想收比他只小一岁的凤儿爹为徒，凤儿爹游手好闲惯了，只会要钱——要钱也没要出什么名堂，心里飞扬浮躁的，哪是干石匠的料！但他听说凤儿跟旺才定了亲，凤儿爹身份已不同于以往，便不敢再小瞧他，心里虽很烦他，嘴上和脸面上却不好表露出来。

两人做石匠活的地方位于一处避风的山坳里，山坳中间是块被平整出来的跟打麦场一般大小的平地。说它是平地，其实并不十分平整，地上堆积着很多石块和已打好的石碑，以及还没来得及清理的遍地的碎石、废石。满眼都是白花花的形状各异的石头，石头上覆盖着一层白蒙蒙的石灰，空气中充满了石灰刺鼻的辣味。石场边缘有个用石块砌墙、草垫子盖顶的窝棚，砌墙的石块已有些风化变黑，草垫子也有些残破不全，看样子年代已很久远，像是前辈石匠留下的杰作。石屋里有张用石块和木板搭成的小床，床上铺有厚厚的干草。还有用石块、石板垒成的简易锅灶、石桌、石凳和几个锅碗瓢盆，墙上挂着破斗笠、破蓑衣，床头上堆着破棉被、破棉衣等。两人饮食起居都在窝棚里进行。一条比石堆白亮许多的蜿蜒小道从窝棚低矮的小门伸出，直通石场深处。

大部分时间，王石匠待在石场里刻石碑，凤儿爹给他打下手，给他递个工具，帮他擦脸上的汗珠和沾上的石屑，并充当他的忠实观众。王石匠专心致志地打着石碑，左手握凿子，右手握锤子，锤子上下飞舞，画着优美的弧线，每次都准确无误地落在铁钉样的凿子后端，发出砰砰的声响，在山谷中久久回荡。王石匠早就在心里描绘出一幅美丽的图画，像一个敏捷的舞者，借锤子捶打的劲头灵活地扭动着凿子。凿子如同一支穿云破雾的神笔，在石板上画出一道道优美的曲线和笔画。画完一段图案或一个完整的文字，他都会停下来，腾出手来仔细抹掉上面的石屑，或干脆用嘴吹掉石屑，图案和文字的纹路、笔锋和神韵便清晰地显露出来。头几天，凤儿爹被王石匠娴熟的技艺吸引，围着他出神地看来看去，渐渐地，就失去了兴致，心不在焉起来，觉得凿石刻碑也就那么回事儿，并不是很难学会的本领。

见凤儿爹经常走神，有时还拿几个小石子当色子玩，王石匠就想拐弯抹角地敲打敲打他。

王石匠一边干着活儿，一边絮絮叨叨地说，乍一看，这石匠活儿没啥蹊跷，其实不然，俺爹是个很有名气的老石匠，俺跟他学了近二十年，也只学会了一点儿皮毛。要想当一个好的石匠，得首先学会挑选石材，这挑选石材的学问可不小，你知道好石碑都是用什么石头刻出来的吗？是汉白玉！那石头产自北京房山一带，咱们这地儿很难见到，咱们这里最好的石头是光滑墨绿的青石，至于它是不是济南青，俺说不太清楚。这青石也有糙好之分，好的青石带有灵气儿，也不知道藏在哪个旮旯里，只有跟它有缘的人才能碰得上。有句俗语怎么说来？——对，就是有心栽花花不开，无心插柳柳成荫，你诚心去找它不一定找得到，在路上走，冷不丁被土坷垃绊了一脚，兴许就能从土窝窝里看见它的影子。

你遇见的青石是不是上等品，还需仔细鉴别一下。首先看它表面的纹路和颜色是不是很细密，很光滑，透着青绿色的光泽。再就是用锤子轻轻地敲一敲它，如果声音听起来很清脆，就说明它的结构很细密，很敦实，内部没有缝隙和裂纹；如果声音听起来有些粗哑，则正好相反。如果还觉得不放心，你可以找点墨汁来——就是木匠常用的墨斗里装的那种墨汁，将墨汁倒在石头表面，看有没有渗透的痕迹。有，说明石头有裂纹，不密实；没有，且墨汁在石头上像露珠一样滚动，说明石头没裂纹，很密实。有了好的石头，不会用，用不好，也是白搭。好的石匠见多识广，心里有画笔，眼里有凿子，一搭眼就能看出眼前的石头适合做什么样的物件。狗有狗道，猫有猫道，各行有各行的门道和讲究，把石头用对地方，不糟蹋石材，是对好石匠最起码的要求。

至于怎么刻石头，把它鼓捣成各种人们需要的造型，学问太深，俺一时半会儿跟你叨叨不清，只能跟你说说大概的意思。像样点儿的石碑，上有螭首，下有龟趺……俺爹刻过那样的石碑，他临闭眼也没有教会俺，俺刻过很多一般样的石碑，也刻过不少造型奇特的石碑和石器，牛耳山关公庙里的功德碑，张财主——你亲家大门前的两个石狮子，就是俺刻的。有句老话叫师傅领进门，修行在个人，你石碑刻得怎么样，单靠师傅教导是不行的，你得多动脑子，善于领悟，没点儿悟性，你学不好也做不精这活儿。俺见过孔府里的石碑，也见过县城大户人家里立的石碑，不是俺吹牛，俺觉得俺刻的石碑并不比那些石碑差。那个啥，俺唠叨了一大堆，也不知道你听心里去了没有。你老这样傻呆呆地看俺干活，也看不出多少门道，学不了多少东西，不如你照俺说的先去挑几块好的石材来让俺过过眼。

凤儿爹早就听得不耐烦，王石匠要他去挑选石材，他爽快地答应着，背起自己的工具包就走。工具包比乞丐背的要饭兜好看不了多少，是凤儿娘连夜帮他缝制的。凤儿娘舍不得用好布，她把做衣服、做布鞋剩下的比巴掌大不了多少的颜色不一的碎布料，用针线连接成一大块，再将一大块布料对折，缝成布兜。布兜里装了一把锤子，一个凿子，都是从自家带来的，虽然王石匠瞧不上它，但它毕竟是自己的家当。凤儿爹喜欢把家当带在身边。王石匠有自己吃饭的家伙，他也有自己吃饭的家伙，至于他的家伙算不算得上宝贝，目前似乎还不是十分重要。凤儿爹乐得清闲自在，背着布兜漫山遍野地胡逛，碰见大一点的石头，就随意瞅上一眼。他和王石匠之间还有隔膜，还没到和他掏心掏肺的地步，若是真的发现了上好的青石，他不会立马告诉王石匠，与其白白便宜了王石匠，还不如留着日后自己用。

冬日天短，黑得早，凤儿爹逛了没一会儿，就见太阳像个巨大的烧红的铁饼子，放射出的红光将天空和山峦染得通红。铁饼子在西山顶上蹦跶了几下，倏地沉了下去。太阳落山后，霞光很快消散，天色渐渐暗了下来。凤儿爹赶在天黑前回到石场，老远瞅见王石匠站在一块竖着的石板前，翻来覆去地端详，他怀里像揣了什么宝贝玩意儿，用左手小心地托着，一会儿低头看看怀里，一会儿又用右手对着石板比比画画。凤儿爹悄悄地走过去，伸过头去看，终于看清王石匠护在怀里的物件，是一本纸张泛黄、上面画有各种石碑图形的线装古书。听到有人走近，王石匠打了个激灵，手忙脚乱地把书揣入贴身的小褂里。

回头见是凤儿爹，王石匠吁口长气，装作若无其事的样子，拍打拍打棉袄上的尘屑，不冷不热地说了句：回来了？俺煮了几个地瓜，快去吃点儿垫垫肚子。说完，只顾倒背着两手，像画家欣赏自己的杰作，对着那些已刻好的石碑看起来，时而上前用手轻轻地摸一摸，像抚摸自己心爱的女人。

凤儿爹心里快快不快，他没想到王石匠还留了一手，贴身藏了个从不示人的宝贝玩意儿。晚上，凤儿爹坐在石堆顶上，望着黑魆魆的大山和挂满星斗的钢蓝色的天空，心里盘算着怎样才能将王石匠的宝贝玩意儿弄到手，哪怕是看一眼再还给他也行。夜静得像潭死水，风吹过松林发出沙沙的声响，远处隐约传来野狼的低吼声和万物精灵飘忽悠长的喘息声。所有声音都是那样的飘忽不定，像丝丝若即若离的梦中云雾。突然听到咔吧一声脆响，像是石头爆裂的声音，又像是树枝折断的声音，侧耳仔细去听时，又没了。黑夜无边无际，那些声响像虾虫在深水水底游动时发出的，在水面上掀不起丝毫的涟漪和浪波。

一阵冷风吹来，凤儿爹不由得打个冷战，站起身正要回窝棚，突然看到远处黑漆漆的暮色中闪出一团微茫的火球样的红光，那团红光在空中画着柔美的弧线，忽前忽后、忽上忽下地跳跃着。

　　莫非是鬼火？凤儿爹感到脊背冷飕飕的有些发凉，跌跌撞撞跑进窝棚里，嘴巴打着哆嗦说，不好了，有鬼火朝咱们这边飘过来了！

　　正坐在昏黄的油灯下，用布仔细擦拭锤子和凿子的王石匠吓了一大跳。王石匠噗地吹灭油灯，顺手摸了把锤子，跳到门口，像猴一样扒着门缝，一边仓皇地四处察看，一边颤抖着声音问，真的是——鬼火吗？俺在山里待了这么多年，咋从没有看见过？

　　凤儿爹压低声音说，看着像，这前不着村后不着店、兔子都不拉屎的地方，白天都看不见个人影，晚上就更不会有人来了！你快看看，那鬼火是自己飘，还是有鬼影子在牵着它飞？

　　听不见应声，蹲在墙角的凤儿爹忍不住扭头去看，只见那团红光已飘到门前。王石匠被那团红光照住，像僵尸一样呆立着。微弱的红光透过门缝照进窝棚里，凤儿爹身上也落了一抹猪血样的红。

　　随着破门哐啷一下被推开，红光瞬间被放大，红光中有人影闪动了一下，接着响起一个姑娘带着哭腔的呼喊声：爹，你在吗？家里出事了！

　　凤儿爹由于太紧张，竟然没有听出那声音就是女儿凤儿喊出的，身子不停地打着哆嗦。率先回过神来的王石匠过去踹了他一脚，嗔怪地骂道：狗日的，差点儿把俺吓个半死，是你闺女找来了，还不快起来迎着！

　　凤儿爹懵懵懂懂地爬起来，一看果真是闺女提着马灯来找他，所谓的鬼火原来是由马灯发出的。见闺女身边还跟了两位本家后生，凤儿爹蹙着眉头，不无气恼地说，死闺女，黑灯瞎火的，你跑来这里干吗？

　　凤儿呜呜哭着说，爹，爹，出事了，旺才没（死）了，娘让俺连夜上山来给你报信儿！娘让你赶紧拿个主意，看接下来该怎么办！

　　凤儿爹愣怔一会儿，扑哧一笑说，这不正好吗？你本来就不乐意嫁给他。

　　俺不是那个意思，凤儿爹猛然意识到话说走了嘴，忙讪笑着解释说，俺是说，你别听风就是雨，动不动就拿你那小男人吓唬俺，旺才前几天不是还好好的吗？哪那么容易就嘎嘣了。

跟在凤儿身后的其中一个后生摇摇头说，叔，是真的，旺才今白天没的，唉，一句话两句话说不清楚！

凤儿爹预感不妙，一把拉起凤儿的手说，那还啰唆什么，还不快走！

几个人告别王石匠，连夜赶回村里。凤儿娘和两个陪她说话的本家婆姨抄着两手，神色凝重地围坐在昏黄的油灯下，嘀嘀咕咕地说着什么。见爷儿俩回来，几个人眼中有亮光闪了一下，立马又暗淡了。凤儿爹让两个本家后生回家休息，两个本家婆姨一看，也识趣地赶忙站起身，长吁短叹、依依不舍地离开了。

凤儿爹拉凤儿坐下来，听凤儿娘断断续续地说完事情的大致经过，沉默了好一会儿，突然问，他家派人来给咱家报丧了吗？

凤儿娘瞥了低着头小声抽泣的凤儿一眼，摇摇头说，没有！他家乱成了一锅粥，哪还有人惦记着这事！本来他家的门槛就比咱家的高，咱也不好意思和他讲究那些礼数，听到信儿，俺主动跑去他家里看了看，见亲家母昏倒在炕上不省人事，俺啥话也没说，就回来了。

凤儿爹愁容满面地说，旺才这一去，房是圆不成了，万一老东西想退婚，跟咱讨还彩礼，那该怎么办？

凤儿娘说，彩礼早就被咱们折腾光了，大不了，咱把这三间破屋卖了，把那个窟窿眼儿堵上，领着孩子要饭去！

凤儿爹摆摆手说，别净说些没用的，把房子卖了，以后咱们连个落脚的地方都没有！

凤儿娘看看凤儿爹，没好气地嘟囔说，都怪你，要不是你揽下这个缺德营生，要不是你鬼迷心窍跟人去耍钱，把家里的钱输个精光，咱也不会这么犯难，也不至于这么穷酸！你说说，这些年，你都干了些啥？没给孩子攒下一件像样的嫁妆不说，连自己的小命都快搭进去了！哼，哪有你这样当爹的！孩子跟了你这样的窝囊爹，算是倒了八辈子霉！

凤儿爹一听火冒三丈，眼一瞪说，妈拉个巴子，说着说着，咋埋怨起俺来了？你朝俺发的哪门子火，撒的哪门子气？真是困不着觉就埋怨炕歪，狗找不到食儿就乱咬人！

凤儿忽地站起身，使劲跺了一下脚说，爹，娘，你们都别说了！说完，气呼呼地走进卧房里去了。

凤儿爹娘互相瞪了一眼，开始闷头不语，以后老长时间都没有搭腔。

旺才不明不白地死去，张财主不会善罢甘休。依本地风俗，对于半路夭折的小孩子，不适宜大办丧事、出大殡，小孩子的尸首也不宜埋入祖坟地里，以免坏了祖坟的风水。穷人家夭折的小孩子，处置起来更为简单，亲娘对着其尸首痛哭几声，由家人背到深山沟里一丢了之，连埋都不埋，最后都被野狗吞食。旺才的情况有些特殊，虽然他年龄不大，但毕竟是快要成家的人，再加上他家是有钱有势的大户人家，家里若要大张旗鼓地为他办丧事，族里人也不好说什么。凤儿爹想去张家慰问一下，又怕自己身份卑微——旺才这一去，他这老丈人怕是当不成了，也不知道张财主还认他这个亲家不。几近发疯的张财主万一翻脸不认人，那自己不是拿热脸去贴他的冷屁股，自讨苦吃吗？然而，不去吧，面子上又过不去，街坊四邻会说他不谙世故，不懂人情，没有人情味。

凤儿爹犹豫了老长时间，最终还是决定去拜见一下张财主，在慰问亲家公的同时，顺便摸摸张家的情况，探探亲家公的口风，看他如何了结这桩婚姻。凤儿爹小心翼翼地走进张家，刚踏进张家大门，迎头碰上他家神色慌张、正拿着扫把清扫院落的长工小六。

小六疑惑地看看凤儿爹，恍然醒悟似的打了个激灵，随即一把拽住他的袄袖子，把他拉到一僻静角落，直言不讳地说，老爷正在热鏊子上熬煎，不定哪会儿就会崩人一身火星，你可不能去火上浇油，有什么话，等老爷消了气再说吧！说完，连推带搡地把凤儿爹请出了门外。

凤儿爹有些生气，转念一想又立马消了气，觉得小六说的话也并非没有道理。

凤儿爹去张家碰了一鼻子灰，却没有就此罢手，每天一早吃完饭，便急火火地出门打探张家的情况。晴朗冬日，村里的闲人喜欢聚在大路边，一边抄着两手晒太阳，一边谈天说地，说东道西。张家最近发生的怪事自然成了大家热议的话题。有的人忌讳凤儿爹跟张家是儿女亲家，老远瞅见他走过来便立马哑了口，噤了声。有的人不在乎这个，要么不拿他当外人，要么不把他放在眼里，该怎么说还是怎么说，把自己耳闻目睹的情况有意无意地接连送进凤儿爹的耳朵眼里。这样一来，凤儿爹即便没有见上亲家公的面，没有亲眼见到张家鸡飞狗跳的乱象，对张家发生的情况和动向，也能摸个八九不离十。

凤儿爹一会儿听说旺才是被卖糖人的汉子害死的，那汉子是个会法术的妖道，早就对张家人怀恨在心。张家正在到处打听妖道的下落，看样子是要跟妖道拼个鱼死网破，那些围着妖道看热闹的小孩子及其家人，也成了张家寻仇的目标。一会儿又听说，张财主不是妖道的对手，特地把牛耳山关公庙里道业非常精深的老和尚请来对付妖道，一出精彩的好戏不日即将上演。一会儿又听说，卖糖人的汉子只是个老实本分的手艺人，不会玩魔术，更不会施法术。那天活该他倒霉，偏巧遇上旺才犯痨病，从此与旺才的死扯上关系，说不清道不明，跳进黄河也洗不清。旺才很可能是被一口浓痰憋死的，至于是不是因为看了汉子吹的糖人太激动，一口气没有喘匀就昏死过去，恐怕连吹糖人的汉子自己也没搞明白，一头雾水。

随后听到的消息，让凤儿爹尤为震惊：见多识广、明察秋毫的老和尚很快查出了旺才的真正死因。老和尚说，身体虚弱的旺才被狐狸精冤魂附体，随孽障一同魂飞魄散了。旺才的死与卖糖人的汉子及其他人毫无干系，追根溯源，得怪张财主两年前得罪过一只狐狸精。消息一出，马上有人质疑，说老和尚的说法不可靠，他的来历本身就值得怀疑，牛耳山关公庙空了多年，靠附近村里的善男信女帮忙打理才没有荒废。老和尚是前年开春才住进庙里的，至于他是云游到此落脚的，还是被人请来主持庙中佛事的，不得而知。

凤儿爹把打听来的消息一五一十地说给凤儿听，凤儿知道了，凤儿娘也就知道了。三个家里的主心骨都提心吊胆，愁眉不展，觉得不管旺才是怎么死的，都不算什么好事。旺才死后，凤儿感觉不到丝毫摆脱婚姻牢笼的轻松，反而愁肠百结，忧心如焚，预感到一场更大的灾难正从天而降。凤儿心里清楚，乡里人不仅信奉父母之命、媒妁之言，还认嫁鸡随鸡嫁狗随狗、相夫教子、安分守己、三从四德的为妇之道。简单说就是，从两家定下婚约那天起，凤儿就成了张家的人，生是张家的人，死是张家的鬼。她若不按大家公认的老理儿行事，每人吐她一口唾沫，也能把她淹死。因守了一辈子活寡而被人作为贞节烈女传扬称道的女人，凤儿没少听说，也没少见。她担心自己最终也会成为那样的女人。

人越怕什么，往往越容易遇见什么。这天一早，凤儿家突然来了位稀客——张家的老管家。老管家招呼几个随从，把两大箱礼品抬进院中，里面既有金银首饰，也有绫罗绸缎。凤儿爹娘赔着干笑迎上去，一时没弄明白老管家的来意。老管家也是一脸干笑，进门说的第一句话就让人摸不着头脑。

老管家说，老爷让俺来看望两位亲家，俺早就想来拜访两位哥嫂，最近府上事多，忙得脚不沾地，给耽搁了，还望哥嫂不要见外。

凤儿娘向凤儿爹使个眼色，尴尬地笑笑说，管家爷您这是说的哪里话，您那么忙，事那么多，心里还老惦记着俺们，俺们感激您都来不及哩，您老别站着了，快请屋里坐！

正看着两大箱礼品愣神的凤儿爹打个激灵，讪笑着附和：就是，就是，您老是贵客——大大的贵客。

老管家随凤儿爹娘进堂屋里坐下，朝正要准备茶水的凤儿娘摆摆手说，老嫂子，快去清点一下彩礼，老爷还等着俺回话呢。

这，这……凤儿娘支支吾吾，有些犹豫。

凤儿爹说，让你去，你就去。

凤儿娘尴尬地笑笑，慢慢地走出堂屋，心里像有十五个吊桶打水——七上八下，这节骨眼儿上，亲家突然送一笔彩礼过来，到底是啥用意？这彩礼该收还是不该收？女婿人没了，房圆不成了，收这彩礼还有啥用？莫非张财主那个老东西不死心，非要把凤儿往火坑里推，让她守一辈子活寡才甘心？凤儿娘预感不妙，隐约觉得一场突如其来的横祸正降临到凤儿头上，一团浓重的黑色乌云正飘落在破宅院上方。凤儿娘越想越怕，头像快要爆裂似的，晕晕的难受，腿脚也开始不听使唤，走路有些发飘，她下意识地用手扶住墙才没有摔倒。

上山砍完柴回来，背着柴火走进院门的凤儿，发现家里的气氛不大对劲，慌忙扔掉镰刀和柴火，跑上来焦急地询问：娘，你咋了？谁又惹你生气了？

凤儿娘一把将闺女搂在怀里，用手亲昵地拍打着她的肩头，眼中闪着泪花说，好孩子，你受苦了，这个家多亏你了。

娘，娘，你这是咋了？凤儿挣脱开娘的怀抱，朝堂屋里看看，又看看眼含泪花、神色凝重的娘，若有所悟地打个冷战说，娘，张家来人了？听说还带来了不少彩礼？他们到底想干什么？

凤儿娘一把捂住闺女的嘴，嘘了声，压低声音说，好孩子，别问了，走一步看一步吧，天塌下来有地接着呢，别怕，记住了？

凤儿说，嗯，俺记住了，可是……凤儿正要往下说，不想又被娘捂住了嘴巴。

凤儿娘把闺女拉进柴房里，吞吞吐吐，欲言又止。凤儿从堂屋里传出的说话声中，听出来人是张府的老管家，心里咯噔了一下，心想，老管家这时登门拜访，肯定不是跟爹商量为旺才出殡的事，那样的话不会带彩礼来，莫非……凤儿不敢再往下想了，不由自主地侧过身子去，仔细听堂屋里的动静，听两人的说话声。

只听老管家说，老哥，俺不想揽这个营生，可是又不敢违背老爷的意思，只好硬着头皮来跟你商量，想必你也知道老爷的脾气，他认准了的事，就算县太爷来说情，也很难让他改变主意，好在太太还留有活动话儿，太太说了，凤儿嫁过去，就是张家的儿媳妇，她一定把凤儿当亲闺女看待，等过几年家里安稳下来，她抽机会劝劝老爷，看能不能给凤儿寻个好归宿……

爹说，怕是进了那个门，就很难回头了！别以为俺稀罕那点儿彩礼，连闺女的命都不顾，俺没那么傻，也没那么狠心，哪个当爹娘的不希望孩子能过上好日子？那个老和尚六根清净，不知道养孩子有多苦，所以才出了这么个馊主意，他这一胡说不要紧，可把俺闺女害惨了！

老管家说，这事也怪不得老和尚，他只说老爷家里晦气重，得想办法冲一冲，至于怎么个冲法，他没有明说，老爷和太太一合计，就想出了这么个办法，按说这也是顺理成章的事，老爷说了，这事办好了，你们一家人都会跟着沾光，老爷答应将来给凤儿立个贞节牌坊，还答应送凤儿大弟大妹去镇上的私塾读书……

爹叹口气说，他这是猫哭耗子假慈悲，黄鼠狼给鸡拜年——根本就没安什么好心！

老管家说，话可不能这么说，这话要是传到老爷耳朵里，他会跟你没完！俺知道你心里不痛快，对俺说几句怨气话，俺可以帮你兜着，要是出去乱说，俺就帮不了你了，俺想提醒老哥一句，要是把老爷惹恼了，你会吃不了兜着走，老爷随便给你个小鞋穿，就能把你逼上绝路，让你一家老小都跟着倒霉！

老管家正软硬兼施地劝说凤儿爹，突然听到堂屋门咣唧一声响，只见凤儿跌跌撞撞地跑进门来，扑通一声跪倒在他面前。

凤儿头磕得地面砰砰响，涕泗横流地说，求求您了，放过俺吧，放过俺吧，这门亲事，俺原本就不乐意！

追着凤儿跑过来的凤儿娘僵在门口，听了凤儿的哭诉声，猛地打个激灵，也扑通跪倒在地，哭咧咧地说，俺也求求您了，求您看在俺们老两口的薄面上，在老爷太太面前帮俺们多说句好话，孩子还小，以后的日子还长着呢，可不能就这样——毁了啊！

老管家脸色一沉说，快起来，唉，你们给俺下的哪门子跪？这不是折俺的阳寿嘛！

老管家忽地站起身，没有去搀扶跪在地上连声求情的娘儿俩，而是冷冷地看了凤儿爹一眼说，俺已经把话传到了，你们——好自为之吧！说完，头也不回地拂袖而去。

第九章

　　老管家去凤儿家传话的第二天下午，一辆山村里极少见到的两匹白马拉的马车，载着从秋家峪来的小木匠和他做活的家当，扬着阵阵尘烟，像一片流动的白云一样，沿着山野间崎岖不平的道路，朝着张庄方向飞奔而来。坐在车舆左首、挥动着马鞭驾车的是张财主家的长工小六，坐在车舆右首的是眉飞色舞、唾沫星子乱飞的老管家。老管家自语般絮絮叨叨的同时，不忘回头对着坐在车舆中间、一手扶了一个木提箱的小木匠叮嘱两句。小木匠穿一身灰土布棉衣，模样清秀俊朗，只是身形、面庞稍显单薄瘦削。他扶着的两只木提箱，很像货郎常挑的杂货箱——下面是长方形的木箱，上面是呈几字形的木把手。箱子里装的全是他做木匠活的工具，包括锯子、刨子、锤子、凿子、木锉、牵钻、墨斗、斧子、角尺等，因这次他要做的木工活儿有些特殊，除了平时常用的工具，他又多带了一些工具，如钢丝锯、小刀锯、小镂锯、锛子、扁铲、圆口铲、斜口铲、多角尺等。

　　一想到一个年轻漂亮的女子即将被推入火坑，成为人人称道却血泪深重的贞洁烈女，小木匠心里就一阵阵地战栗和疼痛。他不想接张家的活儿，但慑于张财主的威望，经不住老管家再三上门拜请和几个老乡绅的说情，最终硬着头皮应承了下来。因心里极不情愿，怀有被迫充当他人帮凶的念头，他从出门就开始闷闷不乐，不愿多说一句话。为了打消他的顾虑，老管家不停地向他解释，说这也是为了应和女方家人的意思，旺才家是有钱有势的大户人家，新媳妇凤儿嫁到张家，图的不光是个好听的名分，还会得到很多好处和实惠，从此拥有享不尽的荣华富贵，她娘家人也会跟着沾光享福，有这些就足够了，至于男欢女爱，并不重要，有那玩意儿能过好一辈子，没那玩意儿也能过好一辈子。凤儿要过的日子，比那些连饭都吃不上的光棍、寡妇可强多了，穷人家的女娃能活成这样，还有啥不满足的？

对于老管家苦口婆心般的解说和叮嘱，小木匠只是报以尴尬一笑，不说好也不说不好，不说是也不说不是。他心里像有一团乱麻，在缠绕，在翻转，搅得心绪七零八落，没着没落。似乎马车跑得越快，他的心情也随着身体的颠簸变得越来越凌乱。他看到，飞奔的马车把如泼的阳光也搅动起来，像波浪一样翻滚，光线虽然不是很亮，却很晃眼。车轮翻过土坎或被石块硌到的时候，会猛地弹跳起来，车上的人和物件也猛地往上一颠，随即又重重地跌在车舆上。随着马车的颠簸，他看到，天空和田野也如波浪一样跳跃、翻卷。他感觉自己不是行走在荒凉的山野道路上，而是漂游在波涛汹涌、云谲波诡的大河上。天空中蒙了一层灰蒙蒙的似云非云的雾气，与天空相接的是连绵的蓝灰色的光秃秃的山丘和无边的黄褐色的田野，田野的低洼背阴处点缀着斑斑还未融化完的白雪。冬日的田野显得十分荒凉萧疏。庄稼秸秆，包括能当烧柴用的棒子秸秆、高粱秸秆、谷子秸秆、豆子秸秆等，都被收割干净，还有已落净叶子的酸枣丛、紫穗槐、荆条和其他带秆的荒草，也大都被没地种、缺柴烧的农人砍伐干净，只剩下稀疏的狗尾巴草这里一点儿，那里一点儿，这里一簇，那里一簇，在寒风中孤零零地飘摇。风大的时候，草丛发出扑哧啦啦的声响，犹如山野痛苦的呜咽。

临近张庄，路才变得平缓起来，马车反而没有先前跑得快。两匹白马不时打个响鼻，咴咴地叫上两声，像是在表达马上要回到家中的快意，顺便向张家人提前报个喜信儿。小木匠心情依然沉重，没有丝毫放松的感觉。老管家仍在高一声低一声地絮叨，他的话，小木匠再也听不进心里去。小木匠眼睛望着弯弯曲曲、直通村里的路面，心里更加惶惑迷茫。他惊讶地看到，不远处凸起的路基上，两只瘦骨嶙峋的黑狗，发疯般地撕咬着一只不幸落难的大鸟或花毛鸡，凌乱的彩色的羽毛四处飞扬。两只黑狗一边争抢、撕咬，一边发出呜呜的威吓声。其中一只黑狗抢到食物，叼起血淋淋的战利品扭头没命地奔逃，另一只黑狗紧追不舍。两道黑色的箭影向远处射去，转瞬消失于远方灰蒙蒙的雾色中。狗影消失的地方，飞扬的羽毛慢慢地飘落，很快恢复了平静。

向前走不多远，路边突然冒出两个黑影，小木匠打个寒战，以为先前的两只黑狗又蹿了出来，仔细一看，却是两个模样相仿的乞丐。两人一手拄着棍子，一手举着破碗，衣衫褴褛，蓬头垢面，一时很难看清是男是女。两个饿得有气无力的乞丐想必正在路边休息，突然听到马车跑来的声音，料定马车上必定坐着有钱的富贵人物，装着让人垂涎三尺的吃食，便强打精神爬起身，不避风险地跑上来。眼疾手快的小六果断挥动马鞭，让马车又飞跑起来。两个乞丐见马车并没有要停下来的意思，坐在车舆前面的人也不像肯施舍钱粮的善人，便惊慌失措地倒退着闪到路边，眼巴巴地看着马车绝尘而去。小木匠下意识地扭回头去看，发现车轮扬起的尘土如雾一样蒙住了两个乞丐呆立的身影，心里陡地涌上一股苦涩的滋味，为不能帮助两个乞丐和更多的可怜人一把而由衷地感到心痛。

小木匠怀着忐忑不安的心情来到张财主家，虽然在路上没少听老管家念叨，对张家的显赫家景早就有所了解，但看了张家高大气派的门楼和房舍，仍不免感到惊奇。张家门楼和所有房屋全用青砖做基，灰瓦覆顶。房屋飞檐斗拱，错落有致，与周围低矮的土坯房形成鲜明的对比。张家亭阁样的门楼、暗红色的朱漆大门和门前的石阶，比邻家的明显要高出一截。石阶两边的石台上各立了一个石狮子，其威武的模样昭示着张家非同一般的显赫地位和家世。张家门前种有一棵高大的国槐，寒冬时节，树叶落尽，只剩下灰褐色的枝丫像毛刺一样耸立，像高举兵器的卫兵一样守候着一方别样的天空。高高的枝丫交汇处，有个用小树枝和杂草筑成的鸟窝，透着几分难得的生气。张家在门前种国槐树，想必是以树寄托不是升官就是发财的美好愿望。以小木匠的眼光看来，这种国槐并不像人们想象的那样完美，它生长缓慢，枝干质地细密坚硬，比洋槐要好，但槐树木材有干燥易开裂的缺陷，不适合打造精美的家具。

张家院子很大，分前后两院，从堂屋后门或偏房边上的拱形小门可进入后院。门楼位丁前院东南角，进门首先映入眼帘的是一道画有翠竹簇拥一大"福"字的影背墙。顺着青砖铺成的甬道进入院中，院中景象尽收眼底。张家高大气派的堂屋坐北朝南，门口前方同样种有一棵国槐树，与院门前的那棵不

同的是，这棵国槐要矮小不少，枝丫也不丰茂。堂屋两侧各有一间偏房，偏房
比堂屋低矮不少，据说堂屋是老爷和大太太住的地方，偏房则是姨太太和小妾
住的地方。东西两面和南面，还有适合儿女成家后住的东西厢房和下人住的南
厢房。东西厢房、南厢房和堂屋、偏房构造相似，只是地基稍矮，面积稍小。
堂屋前面是一道用矮墙间隔起来的半丈多宽的露天的回廊。矮墙镂空部分，用
灰瓦填充，拼接成好看的铜钱形状。回廊正中开口处是正冲堂屋正门的石阶和
通一道。堂屋后面便是后院，后院情形看不真切，据说是主人会见重要客人和
读书写字的隐秘场所，不经主人应允和召唤，下人不得私自入内。

　　小木匠发现，张家房屋上的窗棂造型、做工都很讲究。堂屋正门为格扇
门。卧房用的是上部能支起、下部能摘下的支摘窗。偏房窗棂与堂屋窗棂造型
大致相同。东西厢房开窗较小，为窗框呈扇形的板棂窗。窗棂上雕刻有仙桃葫
芦、福寿延年等意蕴美好的精美的图案……小木匠正好奇地东张西望，突然感
觉衣角被人猛地扯了一下，扭头一看，见老管家正一个劲儿地向他使眼色。小
木匠打个激灵，收回目光，乖乖地随老管家进入一间南厢房内。小六招呼几个
下人，把他的工具箱、铺盖卷搬进房内。房屋内还算整洁，刚用石灰水刷洗
过，用艾草熏过，散发着淡淡的清香味。等小六他们把东西摆放好，老管家叮
嘱小木匠好好休息，说完便带人急忙离开了。屋里忽地冷清了下来，院中也十
分清静，下人们像猫一样蹑手蹑脚地走动，都不敢大声说话。不经意飞落到院
中槐树上的麻雀、喜鹊、朱顶雀等鸟儿，也被院中过分的冷清惊到，像预感将
有危险降临似的，啼叫着仓皇飞走。小木匠心想，冷清点儿更好，可以安心做
活儿，张家给的期限只有七天，他必须没日没夜地劳作，才能把活儿做出来。

　　出乎小木匠的意料，张财主并没有约见他，只是远远地和他打了个照面，
啥话也没有说，便匆匆离开了。张财主和张太太的所有要求都由老管家来转
达。晚饭是老管家吩咐灶房丫头直接送到房中来的。吃过晚饭，躺在临时搭
起的地铺上，小木匠根据老管家的描述，反复思量要做的活儿，仔细地做着打
算。北风吹得窗户纸扑哧作响，有老鼠在房梁上窸窸窣窣地跑动，看似死寂的
黑夜，其实并不平静，像正酝酿一场突如其来的骚乱一样。半夜时分，他躺在
地铺上似睡非睡的时候，突然听到门外隐约传来一个老女人低沉沙哑的抽泣
声，他打个激灵爬起身，侧耳仔细去听，又没了。小木匠感到张家阴森森的，

有些凄冷，有些怪异，老管家在请他来的路上有说有笑，进了家门便立马紧绷起脸，变得十分拘谨。寒风透过残破的窗棂和门缝吹进来，吹得被褥上像结了一层冰霜。内心的寒气比那北风还要冰冷刺骨，每每想起自己要做的活儿和苦命的新娘凤儿，他心里就一阵阵地发冷。漫漫黑夜，刺骨的寒冷，无边的愁绪，像笼罩在他心头上的阴霾，总也拂之不去。

第二天一早，老管家带人抬来一根五尺多长、水桶一般粗、前端有两根粗短枝丫的核桃木。木头是老管家遵照老爷吩咐，精心挑选出来的，已经过脱皮晾干处理，外层呈浅褐色，内芯呈棕褐色，是根难得的上好的木材。也许是见怪不怪，小木匠看到木头，并没有老管家想象的那么惊喜。小木匠只是随意瞟了一眼木头，便默不作声开始摆弄工具。

老管家有些失望，扯下小木匠的衣角，眼睛盯着他的脸，叮嘱说，兄弟，接下来就靠你了，这木头是俺费了好大劲儿才请来的，你看着还中意不？不中意的话，麻烦你赶早给个回话，俺心里好有个数儿，晚了就不好淘换了，兄弟，千万别耽误了大事啊，要不然，到时候不光你不好交代，恐怕俺也跟着……

小木匠瞥了老管家一眼说，放心吧，俺心里有数儿，保证误不了你的大事。

那就好，那就好，老管家意味深长地拍了拍小木匠的肩头，招呼抬木头的几个人离开，走到门口，突然停下，回头向小木匠使了个怪异的眼色。

小木匠像被针扎了一下，不自主地打了个冷战。

也许是怕打扰小木匠，分他的神，以后几天，老管家没有来看小木匠，倒是长工小六经常借清扫院子的机会，装作不经意路过瞅见他的样子，把着门口好奇地看上两眼，小声关切地问上两句。

木匠小哥，你除了会木匠活，还会其他活儿吗？小六问。

小木匠说，会啊，插秧苗、打虫、摘棉花、割麦、打场、刨地瓜，没有咱不会的，只是，咱干的那些活，都没有木工活做得细。

小六说，嗯，是该做得细一点儿，活儿做不细，岂不是白白浪费了好木头？好钢要用在刀刃上，你说是不是？有的人就太不像话，拿熟地瓜喂狗，拿白馍馍喂鸡……不说了，不说了，这世道，没穷人的活路！说着，就要转身走开。

小六似有难言之隐，话没说透就要走开，小木匠心生好奇，忙不迭地追问了一句：路都是人走出来的，山窝窝里也有阳关道，就看你敢不敢去走，敢不敢去闯！——你，家里还有啥人？他们过得好吗？

听了小木匠的问话声，小六转回身来，叹口气说，别提了，那年俺跟着爹娘外出逃荒，半道上遇见两伙匪兵火拼，炮弹轰隆轰隆响，子弹擦着耳朵边飕飕飞，俺吓得腿肚子直打战，顾头不顾腚地一通乱蹿，等俺蹿到安全的地方，回头一看，傻了眼，爹娘和哥哥姐姐并没有跟上来，俺跟他们跑散了，此后再没见过他们的人影。

小木匠又问，你们当时逃荒去的那地界，离这儿很远吗？你咋跑回来的？

小六说，俺费尽周折，边要饭，边打听，好不容易回到老家，等待俺的却只有两间破破烂烂的空草房。有人说俺爹娘和哥哥姐姐下关东去了，也有人说他们都被匪兵打死了，直到十多年后，俺才从一个从东北回来的老哥那里打听到准信儿，老哥说，他当时也在要饭的队伍里，碰巧认得俺爹娘。

小木匠点点头说，好啊，一家人苦尽甘来，以后的日子总算有了盼头。

小六看看小木匠，撇撇嘴说，可惜，事情并没有你想的那么好，老哥说，俺们那次误入战场，能捡回一条小命就算万幸，俺爹、俺大哥、俺二姐当场被炮弹炸死了，俺二哥后来在下关东的路上闹肚子，病死了，模样不错的大姐后来被一个戴呢礼帽的男人花十个铜板买走了，最后只剩下娘和三哥辗转到了东北，到那儿后不久，为了讨个安稳的生活，娘带着三哥嫁给了一个半截入土的光棍汉……唉，现在俺娘即便知道她的小六还活着，也没心思管了。

小木匠说，啧啧，正所谓家家有本难念的经，俺家的情况比你家好不到哪里去，你想过没有，为啥吃苦遭罪的总是咱们穷人？

小六说，为啥？还不是因为世道不好！

小木匠又问，世道为啥不好，你仔细想过吗？

没想过，小六答。

小六沉吟一会儿说，你起码还有个手艺，不像俺，只会下苦力！木匠小哥，你还收徒弟吗？

小木匠一愣神，问小六，咋的？你想学啊？现在恐怕不行，说句你可能不大爱听的话，如今这世道，穷人有手艺也难保吃上饱饭，等咱们都过上了安稳的日子再说吧。

也好，也好，唉，也不知道啥时候能过上安稳日子！小六突然压低声音问，听说咱这也有穷人闹起了革命，听你的口气，莫非你是共——那边的人？

小木匠说，啥，你说啥？

小六慌忙答，没，没啥，俺的意思是，咱们干活得用心点儿，横竖要让东家满意。

小木匠点点头说，嗯，俺记下了，俺初来乍到，凡事还请小六哥多照应。

小六笑笑说，没问题，应该的，咱哥俩儿投缘，一家人不说两家话。

……

两人越说越近乎，但随着活儿越做越细，小木匠的心提到了嗓子眼儿，就没有多少闲心跟小六东拉西扯了。识趣的小六不再主动跟他搭腔说话，远远地看了几眼便匆匆走开。

随着日程的推进，雕刻的难度变得越来越大，每一次凿刻前，小木匠都要再三思量，即便是非常轻微的一刻，也须万分小心。晚上躺在地铺上，他脑中也紧绷着一根弦儿，听到轻微的响动，都会打个激灵爬起身，点亮油灯仔细检查自己的杰作，生怕老鼠趁他睡着前来捣乱，把他辛苦雕出的物件咬坏。不知不觉过了六天，在他的精心雕刻和呵护下，木头渐渐有了人形，也有了灵气，像从云雾中飘出的仙界童子，纤毫毕现，顾盼神飞，活灵活现。小六被栩栩如生的木头人深深吸引，忙完牲口棚和磨坊里的活儿，便急火火地跑来清扫院子，三下两下便扫到小木匠房前，倚着门框，看着木头人发呆出神。小木匠也常走神儿，被木头人冷不丁吓一大跳，还以为它真的活了过来。

这天夜里，过于劳累和困倦的小木匠躺在地铺上迷迷糊糊地睡了过去。天快放亮的时候，他又被一个老女人沙哑低沉的抽泣声惊醒。他打个激灵爬起身，点亮油灯出门察看，黑咕隆咚的院子里，看不到一个人影，只有黑魆魆的屋顶和树冠上隐约飘着一团团黑雾。他突然感到后背一阵发凉，下意识地转回身，立马被眼前的一幕吓呆了，只见木头人的左眼角上挂着一颗晶莹的泪珠，泪珠闪着摄人心魄的寒光。莫非刚才像老女人一样低声哭泣的人是它？小木匠打了个哆嗦，手中端的油灯差点儿掉到地上。随着灯影的晃动，他恍惚看到，木头人的右眼角上也挂有快要消失的泪水。难道木头人真的活了过来？小木匠不敢相信自己的眼睛，壮着胆子，慢慢地走上前去，正要伸手试探着抹掉木头人眼角的泪珠，却见木头人猛地摇晃了一下脑袋，发了话。

木头人操着低沉沙哑的声音说，你是秋家峪鼎鼎有名的小木匠吧？你不该把俺刻成木头人，俺的魂魄眼看就要飘到那边去了，又被你生生地拽了回来，俺不是不想活过来，只是，这样活过来比死了还难受，俺爹娘看了俺现在的样子，会更加伤心难过。

你到底是人是鬼？听你的声音，不像是死去的张家小少爷！小木匠捏紧拳头，不无气恼地说，你最好不要打祸害人的坏主意，从哪里来的快回哪里去，要不然，俺一斧头下去，把你的身子——连同你的魂魄——劈成两半！

木头人说，你劈吧，最好连同这破房子也一块劈了，把这黑暗的院落也一块劈了，把那些下三烂的人也全劈死，好让这方水土变得清朗一些、明净一些，让花花草草不再打蔫，让天赐之命不再夭折，让寒舍茅屋不再阴冷……

听了木头人颇有玄机的话语，小木匠更加惊奇，感觉附在木头人身上的魂灵非同一般，书生儒雅气十足，想必它的前生不是干过乡间私塾的教书匠，便是上过县城念过洋学堂、知事明理的书生。怎样才能把这方水土改造得更好一些，让穷苦人家不再吃苦遭难，这是小木匠在心里念叨了无数遍的希求和愿望。木头人像是看透了小木匠的心思，说的话，字字戳他的心窝。小木匠对木头人顿生几分好感和敬意，正想跟它长谈阔论，却见眼前飘过一阵云雾，突然噤了声的木头人倏地隐没于朦胧的云雾中。小木匠想喊却喊不出声，喉咙里像塞了块石头，他眼瞅着吞没木头人的云雾越来越浓，不自觉地伸手去拉，没拉住木头人的影子，却将手中的油灯抛飞。飘飘摇摇飞落的油灯，晃动着金黄色的荧光，如无数精灵在胡乱飞舞。

少爷！一声凄厉的喊叫冲散了那片云雾。

小木匠从云里雾里猛地跌落到地上。他打个激灵醒过来，发现自己仍好好地躺在地铺上，刚才发生的一幕幕情景原来是他梦到的。梦到的虚幻景象和看到的真实场景，往往有着惊人的相似之处。他吃惊地看到，这时的屋门半敞着，一个提着灯笼的人影在门口晃动了一下，随即响起一阵杂沓的脚步声，听声音像是有人仓皇跑向了后院。

天开始微微放亮，小木匠爬起身，隐约看到木头人仍稳稳地立在那里，刚才是谁偷看木头人？他到底想干什么？小木匠想追出门去看个究竟，走到门口又犹豫了。正迟疑时，突然听到院中又响起一阵杂沓的脚步声和嘀嘀咕咕的说话声，只见三个人影从偏房边上的甬道拐出，急匆匆地向他走过来。老管家弓着腰，提着灯笼，走在前面，后面紧跟着的是张财主和张太太。

见小木匠站在门口，老管家慌忙招呼说，老爷和太太看你来了。

老爷和太太穿戴整齐，面容憔悴，像是一夜没有合眼。两人明显是冲着木头人而来，看都没看小木匠一眼，径直闯进屋里。

老管家也顾不上理会小木匠，侧着身子挤进屋里，一边举着灯笼给两人照亮，一边殷勤地介绍：老爷，太太，瞧见了吧？人可像了，刚才俺只瞅了一眼，就觉得很像……

老爷和太太呆呆地看着木头人，很长时间没有说话。老管家向小木匠使个眼色，示意他介绍一下木头人的制作过程，好缓和一下沉闷的气氛。小木匠心领神会，正要上前搭话，却见太太情绪突然失控，扑通一声扑倒在地上，两手紧紧抱着木头人，瞬间哭成了泪人儿。

苦命的娃啊，苦命的娃啊，你要是真活过来该有多好啊！太太凄厉的哭声打破了清晨的宁静，把朦胧的晨曦撕剥得七零八落。破碎的晨曦犹如人砰然破碎的心绪，猛地抖落蒙在表面的那层虚伪的面纱，裹挟着屋瓦上震落的飞尘，四处肆意地飞舞飘扬。院中隐约多了几个人影，惊恐地向这边张望。沉睡的山村也被惊醒，骚动和不安起来。

第十章

　　自打得知自己将和一个木头人成亲那刻起，凤儿感觉自己也变成了一个任人摆布的木头人。她不是没有想过逃跑，但她放心不下爹娘和弟弟妹妹们，她跑了，他们怎么办？张财主能放过他们吗？何况，张家人一直盯着她家，她家有任何风吹草动，都会引起张家的注意。她就算有幸逃出去，也很难找到躲藏和落脚之地。看了爹娘一筹莫展的愁苦面容，和弟弟妹妹们可怜巴巴的眼神，凤儿感到从未有过的绝望。精神绝望了，身体也就没了活力。阳光，蓝天，白云，青山，绿水，原本美好的一切都变得黯然无光；红装，花轿，唢呐，锣鼓，欢声，笑语，都像一吹就散的肥皂泡一样虚幻、不真实。婚礼过程出乎意料的繁杂。张家是有钱有势的大户人家，即便办这样不阴不阳、不伦不类的婚礼，也绝不失体面。凤冠霞帔、带大红褶皱的圆领女蟒服，还有红盖头、绣花鞋，是怀春女孩做梦都想穿戴的东西，然而，它们却没有给凤儿带来丝毫的新奇和舒适感，反而像枷锁镣铐一样锁着她，让她感到无比的压抑和沉重。

　　花轿像一个失去拉线的风筝，东摇西晃，摇摇欲坠。刺耳的唢呐声、锣鼓声和看热闹人嘈杂的喧哗声，如一阵一阵的惊涛骇浪，把凤儿的心儿击得粉碎。她感觉自己比一个没有生命的木头人还要僵硬和呆板，木头人感觉不到麻木、寒冷、痛苦和绝望，而她却被这种情绪折磨得死去活来。她感觉自己就像一枚即将归入泥土的落叶，刺骨的寒风拖延了她落地的进程，在即将落地的那一刻又被风无情地吹起。每一次飘摇都是一次揪心的疼痛，都是一次彻骨的煎熬。花轿像幽灵一样飘过张庄的大街小巷、角角落落，庄里人纷纷走出家门看热闹，连疾病缠身、足不出户的老人也强撑着身子走出门，不肯错过这百年难见的光景。她听到了老人的叹息声，也听到了男人的跺脚声，更多的是叽叽喳喳的议论声和兴奋的呼叫声。这种声音一直追随着、拉扯着花轿，像嗡嗡的蚊蝇扑咬着花轿和花轿里玩偶一样的她。

花轿终于被抬进张家大门。一身红装的凤儿被人搀扶出轿。凤儿心如死灰，人如泥塑木雕，但这丝毫不影响她的清秀和俊美。红盖头使天空变小，像一团血红色的云雾笼罩着她。周围有朦胧的人影在晃动，她隐约看到一个头戴乌纱帽、身穿九品官服、胸前挂一朵大红花的男子从人影中钻出来，直直地向她走过来。一阵冷风拂过她被红盖头遮挡的面颊，她闻到了核桃木特有的木香味和未干桐油漆的味道。她打了个冷战，想躲避扑面而来的冷风和怪味，腿脚却不听使唤。她知道，向她迎面走来的不是别人，而是她将要朝夕相伴的新郎——木头假人。假人比想象的要高大许多，且脚不沾地，飘在半空——原来是被人托举着。透过盖头下不大的空隙，她看到那人的腿脚在灵巧地挪动，和她保持着恰到好处的距离。他下身罩一件看起来并不合身、与破布鞋极不搭配的新灰土布裤子。他脚上穿的破布鞋像刚洗过，还未完全晾干，有明显的褶皱、污斑和破口。破口处露出来的脚指头上，长有紫黑色的冻疮。

莫非他就是刻假人的小木匠？听说他是个模样俊朗、正直善良的匠人，为何也沦落为张财主的帮凶？看他的打扮也是个地道的穷人——新裤子明显是为了应酬临时借穿别人的。莫非他刻假人是被人强迫的，也像她一样有着一肚子苦水？凤儿心里五味杂陈，唯一让她感到欣慰的是身边又多了个可怜人——像突然有了依靠、不再孤单似的，心里陡然多了几分底气。她希望牵着她的手走向婚姻殿堂的不是木头人，而是和她同病相怜的小木匠；她希望从此摆脱张财主的魔爪，和自己心爱的男人白头偕老……只可惜美好的感觉转瞬即逝。从堂屋方向传来一阵骚动，唢呐声、锣鼓声戛然而止，刚才还有说有笑的人们突然噤了声。院子里陷入短暂的平静，一下子清冷了许多。凤儿不由自主地打个冷战，她知道，平静只是暂时的，一个巨大的阴谋正在平静中酝酿，一场灭顶之灾正在悄无声息地降临。令人讨厌而烦琐的拜堂仪式过后，她将和麻木、冰冷的木头人步入洞房，开启不见天日的悲苦日子。

依照本地风俗，新娘在拜堂前，须先跨过门前的火盆，预示着小两口儿以后的日子将红红火火，蒸蒸日上。凤儿隐约看到，一团火光在前面闪了一下，随即听到砰的一声闷响。闷响过后，火光倏地大起来，火舌舔着地面，舔着门框，舔着房檐，舔着树干，舔着小院上方灰蒙蒙的天空，忽上忽下、忽左忽右地跳跃，飘摇。她听到了柴草燃烧时发出的噼噼啪啪的声音，她闻到了比炊烟要浓烈许多的烟火气味。没想到火盆里的火这么大，她不知道怎样才能跨过那团火，跨不过去岂不是更好！凤儿感觉脑中也有团火在一闪一闪地晃动，心中陡地涌上一股莫名的快意，不由自主地从鼻子里发出一声哂笑。

正犹疑时，突然听到有人操着怪异的腔调喊了声：不好了，起火了，快救火啊！一石激起千层浪，院中顿时乱成一团。

凤儿掀起红盖头的一角，惊讶地看到，起火的是紧挨东厢房主房的灶房，火势来得非常凶猛，一股股浓烟从里面呼呼地冒出，紧随浓烟喷薄而出的火苗，像恶魔张着的大口，以摧枯拉朽的气势，疯狂地吞噬着灶房里的一切，并正在向主房檐下延伸。空气中充溢着刺鼻的烟火味和饭菜被烧焦的焦煳味。肆虐的火苗发出轰轰的声响，像恶魔歇斯底里的咆哮。柴草、房梁、屋瓦等，被烈火燃烧、烘烤发出的爆裂声，则像人们战栗欲裂的心声。帮忙操持婚礼的人，看热闹的人，吹响器的人，纷纷加入救火的队伍。因事发突然，毫无防备，大家都不免有些慌张，像无头苍蝇一样窜来窜去，争相寻找可以灭火的器具。有的顺手抄起扫帚冲上去扑打火苗，火苗很快将扫帚引燃，扫帚瞬间被烧得只剩一根黑乎乎的杆子；还有人或提着木水桶，或拎着瓦罐，或端着铜盆，四下寻找水源。杂沓的脚步声，叮叮当当的撞击声，人突然被绊倒的扑通声，盛水器件摔在地上发出的哐啷声、骨碌碌的翻滚声，水洒在地上发出的哧溜声，还有人们惊恐而急躁的喊叫声……各种嘈杂的声音响成一片。

随着一道道亮亮的水线从不同方向落入滚滚的浓烟和汹汹的火苗中，火苗逐渐被压住，火势逐渐变小。刺鼻的浓烟变成了夹杂潮气的袅袅细烟，未及燃透的柴草和房梁上，隐约有火星在闪。被焚毁的器物、木头等碎裂时发出沉闷而短促的扑哧声。满目狼藉的灶房上空，积聚着厚厚一层热腾腾的雾气。大家刚要松一口气，不想灶房中又蹿起一股火苗。不甘落败的火魔又开始发威，像是在故意向人们挑衅和报复。一阵惊呼过后，大家又忙成一团。

正在大家为救火做最后的努力时，突然听到有人操着怪异的腔调喊叫了一声：土匪来了——来抢人——抢粮食了！随即听到一阵急促而杂沓的马蹄声从远处传来。

随着马蹄声由远而近，由近而远，一个成人拳头大小、黑乎乎、圆球状的东西呼啸着飞入院中，恰好砸进被烧得面目全非的灶房中央，发出砰的一声闷响，在几近崩塌的灶房断壁残垣里砸起一阵飞扬的带着依稀火星的灰烬，和黑色的刺鼻的粉尘。那玩意儿像石头，又不像石头，说它是土炸弹吧，又听不到火药爆炸声，也看不到火药爆炸发出的火球和强光。有的人忙于救火，没有听清喊叫声，也没有留意那东西是从天上掉下来的还是被人抛过来的，非但不觉得害怕，反而心生好奇，盯着怪石飞落的地方看来看去。预感不妙、突然回过神来的人，则撂下手里的东西，顾头不顾腚地胡乱逃窜和躲藏。

被大火吓得背过气去、咿呀乱语、不省人事的张太太，听到土匪来了的喊叫声，突然苏醒过来。张太太从炕上蹦起身，跌跌撞撞地跑到院中。她没有瞅见土匪的人影，却见救火的人纷纷散去，面目全非的灶房里仍升腾着袅袅的烟气，并依稀有火星在闪。她一看立马急了眼，跳着脚语无伦次地喊道：老少爷们儿啊，乡亲们啊，可别急着走啊，那火还没全灭呢，帮人帮到底，送佛送到西，再帮一把吧——对，俺家有粮食，有的是粮食，只要帮俺大忙的人，俺决不会让他饿着！

急于逃窜和躲藏的人们根本无暇理会她。土匪来了，小命都保不住了，哪还顾得上想粮食不粮食、挨饿不挨饿。

张太太身子猛地摇晃了两下，随即一屁股蹲坐在地上，两手像被抽去了筋骨一样，无力地扑打着地面，一声一声地求告，一声一声地叹息。陷入绝望的张太太脸色苍白，眼神迷离，嘴巴抖动，又开始咿呀乱语，喉咙里发出呼噜呼噜的声响。

没用的东西，一个大活人都看不住，你还有脸在这干号！张财主急急地走过来，朝太太屁股上狠狠地踹了一脚。

张太太戛然止住号哭声，一时僵在那里。

张财主咬牙切齿地瞪太太一眼，转头对着一旁蔫头耷脑、狼狈不堪的老管家劈头盖脸一顿责骂：你吃饱撑得没事干了是吧？他们救他们的火，你去瞎掺和什么？这下倒好，鸡也飞了，蛋也打了，一样也没保住！你——这个老不死的没用的东西，气死俺了，气死俺了，凤儿要是找不回来，俺——活剥了你的皮！你——这个吃里爬外的东西，最近俺老觉得你哪里不对头，快说，你是不是早有预谋——早就想给俺使绊子？灶房里的火起得蹊跷，早不起晚不起，偏偏要拜堂的时候起，说，那火是不是你故意放的？凤儿是不是被你趁乱放跑的？

老管家吓得扑通一声跪倒在地，嘴巴打着哆嗦说，老爷息怒，老爷息怒，俺对老爷绝无二心，怎么会干出那种缺德事儿呢！凤儿——保准是让土匪趁乱掳走的吧？

张财主瞪老管家一眼说，浑蛋，是俺问你还是你问俺？一个大活人，穿得又那么鲜亮，一眨眼工夫就不见了人影，除非你眼瞎，昏了头，要不然不会一点儿察觉也没有！你——别老给俺打马虎眼，你说凤儿是被土匪趁乱掳走的，是你亲眼见到的还是瞎猜的？那土匪长什么模样，拿的是王八盖子还是大刀片子？

老管家战战兢兢地答，老奴该死，老奴眼拙，俺没瞅见土匪的人影，俺是听小六说的，小六看见土匪把凤儿掳走了，至于怎么掳走的——得问小六！

张财主没好气地说，小六呢，还不快把他喊过来！

老管家打个激灵，像无头苍蝇一样胡乱转了一圈，又跑回张财主跟前，哭丧着脸说，刚才俺还见他在这儿乱蹦跶呢，这会儿，不知又死哪儿去了！

神情恍惚、发呆愣神的张太太像是突然被两人的对话惊着了，身子猛地打个哆嗦，从地上忽地爬起身，像瘸腿的兔子一样，一蹦一跳地跑出院门。张财主和老管家被唬了一大跳，若有所悟地也紧追了上去。

这时的凤儿已随小木匠跑出老远，远离了张庄人的视线。趁乱从张家逃出来时，凤儿还有些懵懂，头脑昏沉沉的，身子轻飘飘的，像做梦一样，她用手使劲掐自己的大腿，生疼，这才知道眼前发生的一切都是真实的。急于摆脱牢笼的她顾不上多想，从跑出张家大门那一刻起，她就坚信，她已经别无选择，毫无退路，只能拼命地逃，逃得越远越好，让张家人永远也找不到她。相比从外庄来的小木匠来说，她对庄里的路更熟悉一些，准确地说，是她领着小木匠在跑。两人沿七拐八拐、十分僻静的犄角旮旯和屋后夹道跑出村子，路上只遇见了一只懒洋洋趴在土坎上假寐的黑狗和一个蹲在屋后、勾着头哼哼唧唧用力拉大便的小男孩。黑狗听到响声，只是稍稍抬起头，呜呜叫了两声，又趴下头去，微眯双眼，继续假寐。正用力排泄的男孩顾不上看两人，听到有人从跟前跑过，连头都没有抬一下。

虽然侥幸躲过了村里人的视线，他们却感觉不到丝毫的轻松。他们走的那些小路根本算不上路，路上尽是碎石、破瓦、腐叶和板结的冻土，长满大小不一、落尽叶子、毛刺样耸立的香椿、刺槐、酸枣树和灌木丛。路上正走着，冷不丁脚下一沉，就会陷入塌陷的土坑里。凤儿不小心踩了一脚人屎、狗屎或其他动物的屎，那屎外层已风干变黑，里面却稀薄如浆，黄不拉矶，臭不可闻。绣花鞋沾染上臭屎，一时间揉搓不掉，那臭味也就一直追随着她，总也摆脱不掉。小木匠穿的布鞋鞋底眼看就要烂透，他的裤管肥大，脚踝裸露，即便他非常小心，仍没有躲过碎石、瓦片和树枝的磕碰和摩擦，脚上被划出了一道道血印子，紫黑色的冻疮多处开裂，白中带黄的脓水儿一股一股地向外涌出来。

两人气喘吁吁地跑出村子，沿七曲八拐的羊肠小道，穿过村边的小树林，拐进山坳，钻进山里苍翠浓密的松树林里，回头已望不见张庄模糊的影子，这才长舒一口气，停下来歇息。路上两人急于奔命，顾不上说话，最多用眼神交流一下，这时终于有了对话的机会，也终于看清对方真切的面容。亭亭玉立、衣着红亮的凤儿身上和头上落有黑色的烟灰，沾有黄褐色的泥点，显得有些狼狈和滑稽。小木匠身上比凤儿还要脏，被冷水濡湿的棉衣沾上灰土，板结成一块一块的，散发着银亮的冷光；他俊朗清瘦的脸庞上抹有像锅底灰一样的脏物，这儿一道，那儿一坨，显然是在救火时留下的。

凤儿扶着一棵松树歇息一会儿，扭头看看坐在地上歇息的小木匠，眼中闪着泪花说，谢谢你，木匠哥，今天多亏你帮俺逃出了火坑！

小木匠从地上捡起一根草棍，放在嘴里咬了咬，呸地一下吐出老远。小木匠抬头看凤儿一眼，又急忙将目光移开，没有回应凤儿的话语，而是不无关切地问：啧啧，多好的衣裳，都弄脏了，你——头上蒙的红盖头哪儿去了？

凤儿扑哧一笑说，早被俺扔到墙角旮旯里了，哼，你也一样，一身的泥水，一脸的烟灰，都快成落汤鸡了！咯咯，木匠哥，你真行，你的活儿是举着那个木头假人装样子，咋也跑去救火了？

小木匠摇摇头说，当时也没想那么多，一心想着救火，至于让刻木头假人和你拜堂，俺原本就不乐意，要不是他们变着法儿逼迫俺，俺说啥也不会接这缺德营生，好在你现在终于跳出了火坑，俺心里悬着的石头终于落了地，凤儿妹子，告诉你个好消息，那个木头假人，已经被俺趁乱毁掉了！

凤儿愣怔一会儿，若有所悟地使劲点点头，含情脉脉地看看小木匠说，木匠哥，多亏你帮俺跳出火坑、逃离苦海，俺——真不知道咋感谢你才好！

小木匠笑笑说，你应该感谢小六，都是小六帮的你！小六这小子——有种！实话跟你说吧，俺一直在想怎么样才能找机会帮你逃脱牢笼，小六这小子好像早就看透了俺的心思，不声不响地替俺把活儿做了，他把你托付给俺，让俺带你逃走，结果反倒是你带俺逃出了张庄，要不是你机灵过人，哼，就凭俺，说不定这会儿还在村子里头像无头苍蝇一样瞎转悠呢！

凤儿脸一红说，哪儿的话，还是多亏了你。

沉吟一会儿，凤儿突然问：木匠哥，接下来——你要带俺去哪里？你，不会把俺交到土匪手里吧？

小木匠扑哧一笑说，放心吧，你婆家人——不，是张财主他们，不会追到这里来的，小六他会在后面帮咱们打掩护的！至于土匪……小木匠突然把话打住，若有所悟地打个激灵问，你——啥意思？俺怎么会把你交到土匪手里？

凤儿说，木匠哥，俺知道你是个好人，至于小六是不是好人，不好说！

小木匠忽地站起身，不无生气地说，什么？到现在你还怀疑他？你，你，唉……他呀，为了救你，把命都快豁出去了！俺敢断定，灶房里的火就是他故意放的，他放火的目的是引开大家的注意力，好趁乱把你救走，咋的，到现在你还不明白他的良苦用心？

凤儿吞吞吐吐地说，是，不是，可是，但是……小六，他跟土匪是一伙的！

如果不是亲眼所见，凤儿也不会如此薄情，对老实巴交的恩人小六的真实身份产生怀疑。火势最大那会儿，举着木头假人、伴随她左右的木匠哥一眨眼不见了人影，在场的除她之外的人好像都奋不顾身地前去救火了。眼看着大家伙儿救火忙成一团，她却呆在那里不知所措。按说，今天是她和旺才拜堂成亲的喜日，婚礼马上就要进入最关键、最重要的环节，时辰耽误不得，要不然会很不吉利。然而，急于救火的人们好像都忘了这茬儿。她不知道该不该冲犯忌讳，卸下拜堂的行头，也奋不顾身地加入救火的队伍……

其他人一心救火，似乎早忘记了她的存在。这场婚礼，本就是一场看似热闹实则悲壮、让人惋惜痛心的闹剧，即便是那些看热闹不怕事大、起哄闹腾最欢的人，心里也多少有些不忍。突如其来的火灾恰好转移了大家的注意力，使大家暂时抛却了压在心头的那份或重或轻、或浓或淡的惋惜、沉重和不忍。凤儿也像突然卸掉了压在肩头的一件沉重的包袱，像笼中的鸟儿突然发现了一扇明亮的窗口，心里燃起了挣脱鸟笼、翱翔蓝天的希望。希望的火苗刚刚燃起，又倏地熄灭了。一个毛手毛脚的小伙子，提着满满一木桶水晃晃悠悠地走过来，桶中的水来回晃荡，银色的水波画着优美的曲线从桶边飞溅而出，像猝然绽放、转瞬凋零陨落的昙花。随着木桶的晃动，小伙子脚下像踩棉花一样，一蹿一蹿、打着拐子向前跑，原本离她有着十几步的距离，不知怎么忽地就撞到了她身子，她身子随即一歪，像一片轻飘飘的红云一样慢悠悠地坠落。

一只粗壮的强有力的大手突然从背后扶住她，她感觉身子不再飘，只是微微抖动了两下，又稳稳地立住。耳边响起一阵粗重的喘息声，接着闻到一股男人特有的汗臭气味。扶她的一定是木匠哥！她有些激动，有些眩晕，心里不住地发着祷告，希望这种美妙的感觉多停留一会儿，不要转瞬即逝。

然而，她随后听到的却不是期待的木匠哥的声音，而是长工小六焦急的催促声：傻妹子，还愣着干吗，还不快跑！

凤儿打个激灵，从云里雾里倏地跌落到乱哄哄的现实中，耳中又塞满了各种嘈杂的声响，心里又燃起了挣脱牢笼、摆脱厄运的希望，一手掀起盖头一角，一手拽着小六的衣角，紧随小六跌跌撞撞地跑出大院。沿街跑出一段路，眼看就要出村时，凤儿突然站住，不走了。

小六急得直跺脚，问凤儿：好不容易逃出来，咋不跑了？等着他们来抓你回去呀？

凤儿颤抖着声音说，俺，俺，怕！随即嘤嘤地抽泣起来。

小六没好气地说，开弓没有回头箭，咱们——你，已经没有退路了，不跑，死路一条！咋的，莫非你真想跟那个木头假人同床共眠、熬一辈子啊？

凤儿一咧嘴说，俺，俺当然——不乐意！说着，呜呜地哭起来。不远处突然响起的一阵马蹄声，以及人们惊慌的叫喊声、慌乱杂沓的奔跑声，淹没了她呜呜的哭声。

小六使劲拽了她一把，跺着脚说，土匪来了，快找个地方躲起来，无论外面发生什么情况，都不要轻易出来！说着，又顺势推了她一把。

凤儿打个愣怔，戛然止住哭声，果然听到远处传来一阵嗒嗒的马蹄声，隐约可见路上尘烟腾起，像游龙一样延伸，扑面而来。飞马所过之处，鸡飞狗跳，栖息在附近树上的鸟儿受到惊吓，尖叫着扑棱棱仓皇飞走。凤儿心里暗暗叫苦：俺咋这么倒霉，刚逃出火坑，又遇上土匪打劫！好不容易逃出牢笼，决不能再落入贼窝！她索性揭掉盖头，将盖头胡乱掖入腰中，四处寻找可以躲藏的地方。绕过路边半人高的谷秸垛，前面是个已荒废的濒临坍塌的破旧宅院。两间麦秸覆顶的土坯房已塌掉一半，一根断梁从耷拉着的腐朽发黑的麦秸草中龇出，透着些许杀气，斜着刺向空中，像不甘落败的士兵阵亡后仍紧握着的兵器。颓废的土坯院墙，风一吹就倒的样子。院墙上有几根枯草在风中孤零零地飘摇，像在默默地诉说着什么。朝街的院门上的横梁已朽，残缺不全，摇摇欲坠。凤儿猛然发现，眼前的破宅院正是小六家的，好像早就在那恭候她多时似的。

凤儿没敢走正门，她怕被坍塌的残梁砸伤。她瞅见残垣有一处低矮的呈沟状的地方，比别处稍显光滑和白亮，留有调皮孩童攀爬过的痕迹，便急急地奔过去，两手把着墙头，侧着身子翻过去。刚要出溜下地，恍惚觉得脚下的枯草有些异样，像是被人特意翻弄过。那草比别处稍显厚实，下面像是埋藏了什么东西。她用力扭动身子，想跳离开去，不想身子失去平衡，扑通一下跌落在地，连着打了几个滚儿才稳住。院中长满杂草。枯萎后的杂草像软绵绵的草甸子，人滚落在上面，感觉不到有多疼。虽然旁边没人，凤儿还是感到有些狼狈，急忙爬起身，一股浓浓的腐草味和人粪尿味，差点儿又把她呛个趔趄。用鼻子仔细嗅了嗅，发现那怪味正是从那蓬草下散发出来的。凤儿哑然失笑，心想幸亏自己机灵，没有直接从墙沟处出溜下地——那里正有臭烘烘的陷阱等着她呢！正暗自庆幸，突然听到扑棱棱一声响，只见一只黄毛母鸡咕咕惨叫着飞上墙头，接着扑棱棱滚落在墙下的草堆上。急于奔命的母鸡头脑还算清醒，刚滚落在上面就察觉到了异样，奋力扇动翅膀，又扑棱棱飞上了墙头。

母鸡翅膀扑打了两下，身子摇晃了两下，好不容易在墙头上立稳，却见墙头上突然多了一只黑乎乎的大手。大手像笤帚一样轻轻一划，只听咕的一声闷响，那只母鸡便不见了踪影。墙外传来一个操公鸭嗓男人的叱骂声：操你老娘，这会儿看你往哪里跑，再跑，老子拧断你的脖子！听那家伙的声音，像个土匪。凤儿不由得打个冷战，缩紧身子靠在墙根，恍惚觉得一道亮光从墙外透进来，仔细一瞅，发现头顶上的墙上有道一拃多长、半指多宽的裂缝，把眼睛贴在裂缝上，墙外发生的情景真切地映现在眼前。她看到抓鸡的土匪尖嘴猴腮，走路有些跛，穿着跟穷苦乡人没多大区别，一身脏兮兮的黑土布棉衣，不同的是脚腕处缠着黑色的绑腿，肩上背着杆老旧的火枪。随着他一拐一瘸地走动，火枪也跟着一晃一晃地摆动，看他的样子，颇像戏台上上蹿下跳、插科打诨的小丑。

说这家伙像小丑吧，又不十分地像，这家伙带了几分凶相，是一般小丑所不具有的。他像铁钳一样的大手死死卡住母鸡的翅膀根和脖颈，母鸡叫不出声，憋得嗉囊一鼓一鼓，头和身子跟着筛糠一样战栗，两脚则触电似的向前一蹬一缩，一缩一蹬。跛腿土匪拎着战利品得意扬扬地向远处走去，几片棕黄色的鸡毛在他身后飞飞扬扬，给他的身影又添了几分滑稽样。走出几步，跛腿土匪突然立住，哎呀惨叫了一声。原来是母鸡趁他手不经意松下来的时候，又开始拼命地挣扎，用喙啄痛了他的手背。跛腿土匪气急败坏地一手掐紧母鸡的翅膀根，一手攥住母鸡的头，猛一用力，生生地将母鸡的头扯了下来，一股黑红色的鲜血随之喷溅而出，空气中瞬间充满了浓重的血腥气味……

跛腿土匪若无其事地拎着掉了脑袋的母鸡继续往前走，鲜血从母鸡断了的脖颈处汩汩地流出，淅淅沥沥地洒落在灰白色的路面上，形成一条蜿蜒的黑红线条。线条没有继续向前延伸，天空中突然落下一道闪电，刚好在跛腿土匪头顶炸响，跛腿土匪身子一歪，像木桩子一样扑通一声瘫倒在地，母鸡从他手中像箭一样飞出，忽地跌落在地上，回光返照般地扇动着翅膀，转着圈儿扑腾了好一会儿才蹬腿死掉。天空并无阴云，哪里来的闪电？莫非是老天爷在有意惩罚作恶多端的土匪？定睛一看，跛腿土匪面前多了一匹高大的枣红马，像山一样挺立在那里。马上端坐着一个威武强壮的男子，男子脸上蒙着黑布，只露出两只目光如电的眼睛。他上身穿一件羊皮坎肩，毛茸茸的羊毛向外龇着，使他的身形略显肥胖。男子腰中别着盒子炮，脚腕上同样缠着黑色的绑腿。

跛腿男子被打倒后，气急败坏地刚要爬起身来反扑，一见来人，却又怯了，扑通跪倒在地，哆嗦着身子，颤抖着声音说，二杆子（本地土匪对二当家的称呼），咱，咱……

二杆子斥道：咱，咱个屁！二杆子声音低沉却很有力，用马鞭杆点着跛腿土匪的脑袋，训斥说，浑蛋，屁本事没有一点儿，就知道祸害跟咱一样的穷苦人，咱刚立的那些规矩你都忘了？咱看啊，你小子根本没拿咱的话当回事儿，新规矩第三条明明白白写着，咱们要多向历史上的那些江湖豪杰学习，要当义匪，要锄——强扶弱，要替——天行道，自今日起，所有人不得再抢百姓一粒粮食、一件东西，妈拉个巴子，你小子是不是吃了熊心豹子胆，故意跟咱对着干？

跛腿男子焦急地说，不是，不是啊——二杆子！小的没记清，一时手痒，就，就……

二杆子用马鞭杆猛地戳下跛腿男子的脑袋瓜说，妈拉个巴子，什么手痒，拉屎还有三分钟的热乎气呢，咱刚叮嘱的话，你小子扭头就忘了？你小子长脑子是干什么用的——当尿壶用啊？装的全是屎尿啊？咱看你小子是揣着明白装糊涂，故意跟咱装蒜搅浑水！妈拉个巴子，既然大杆子让咱来顶着这个摊子，你心里服气也好，不服气也罢，都得乖乖听咱的，不想听，就他妈的夹紧裤裆，快点儿滚蛋！

二杆子话音刚落，旁边突然多了一个人——是小六，小六单膝跪地，两手抱拳，对马上的人恭恭敬敬地施了一礼说，二杆子，您消消气，瘸子是一时糊涂，您就饶过他这一次吧，还是——办正事要紧！小六故意转移话题似的说，二杆子，小六照你的吩咐，把事都办妥了，只是……

二杆子打个愣怔，若有所悟地看看小六，接着没好气地瞪瘸子一眼说，还不快滚回山上去，难道还要让咱送你不成？

瘸子吓了一跳，慌忙从地上爬起身，一扭一拐、一步三晃地向远处走去。

等瘸子走远，二杆子问小六：最近死光头那里有没有动静？老东西跟死光头那边的人有没有勾搭？你拣要紧的麻利跟咱说一说！听他说话的语气，比刚才明显温和了许多。

小六说，回二杆子，他们最近没有勾搭，前时东家请牛耳山关公庙里的老和尚来除妖，俺看那老和尚怪模怪样，不像正儿八经的出家人，至于他是不是金团长那边派来的，俺还没摸到准头，请二杆子再给小的几天工夫，小的一定想法把他的底细摸出来。

二杆子点点头又问，新媳妇呢，到手了吗？唉，大杆子非要——那个啥，弟兄们都等着喝大杆子的喜酒呢！

小六两手抱拳又施了一礼说，回二杆子，小六该死，没看住她，让她跑了！

二杆子一愣，随即苦笑着摇摇头，莫名其妙地朝小六呸地吐口唾沫，一字一顿地说，小——六，你——小——子——有——种！说完用马鞭杆猛地拍打了一下枣红马的屁股，转身策马扬长而去。

第十一章

　　凤儿是不幸的，又是幸运的，关键时候，总有贵人对她施以援手。木匠哥和名为张家长工实为土匪探子的小六，帮她逃离了张庄，后又有一个不知名的后生帮她逃脱了鬼子的魔爪。接下来，是不是还会有贵人突然出现在她的身边，帮她摆脱困境呢？她不晓得，也没法晓得。她只晓得，不幸和幸运像对孪生兄弟，你中有我，我中有你，形影相随，难舍难分。不幸不安分，喜欢闹腾，随处可见它的影子；幸运则正好相反。她遭受更多的是不幸，似乎跟不幸有着更多的缘分。逃离张家后，她的日子过得并不安稳，正如山娃娘说的那样，她像个专克人命的丧门星，走到哪里，就会把不幸和灾祸带到哪里。旺才的死，栓子爹娘等人的死，好像都与她有着某种说不清的关系。精神上的打击和折磨，心灵上的伤痛和熬煎，往往比身体上看得见摸得着的创伤更为沉重，更让人难以承受。进了这个门，她就成了这家的人。她感到了肩头压着的担子的分量，丈夫栓子少不更事，作为家里唯一幸存的女主人，她必须振作起来，帮栓子把门面撑起来，当前首要的任务是和栓子一起为公婆守好灵，发好丧。

　　在四爷的建议下，起初山旺爷爷的尸首是和栓子爹娘放在一起的，后来四爷觉得不妥当，把他们分开了。四爷招呼人把一间放杂物的偏房腾出来，单独为山旺爷爷设了灵堂，由跟山旺爷爷沾亲带故的两个本家兄弟轮流守灵，入殓和出殡也是另行安排、另择了时辰的。照老辈人的说法，人死后三日之内，灵魂不会立即离开，而是像无形的影子一样来回飘浮游荡，依依不舍地对熟悉的人和家园作最后的告别。至亲晚辈为长者亡灵守灵三日也就成了必须履行的义务。据说猫狗是通灵的，守灵也是为了防止猫狗靠近，惊扰了亡者的魂灵。

最年长的本家兄弟说，生老病死乃人之常情，谁都难免一死，但死的方式千差万别，死后的光景也不尽相同。老人自然老死是为喜丧，包含吉利的成分，为老人的亡灵守灵、出殡，可以沾些福分，虽也免不了伤感，但不必过分悲痛，老人尝尽人间的苦乐，该满足的都满足了，可以放心地到那边享福去了，活着的人不必过多地挂念和悲伤。年幼夭折、中年暴亡则不然，晦气、冤气、怨气太重，守灵也就多了几分沉重和不祥的征兆。栓子爹娘、山旺爷爷、两位长嫂，以及山娃等人，都是平白无故被鬼子害死的，冤气、怨气也就不是一般的大，且充满了血腥味。突如其来的灾祸犹如晴天霹雳，在小村上空炸响，在人们的心头炸响，时间凝滞了，空气凝结了，草屋、树木、田野等也像结上了一层霜，上了一层冻，变得生硬冰冷，使得三天三夜的守灵时光变得无比凝重和漫长。

白天还好说，最难熬的是午夜。这边灵堂里只剩下凤儿和栓子，年幼无知、没见过大世面的栓子哪经得起这种打击，脑中像塞满了糨糊，混混沌沌的，像在做一场漫长的浑浑噩噩的也不知啥时能醒过来的噩梦。栓子体力不支，天刚擦黑，就依偎在凤儿身上沉沉地睡去了。

噩梦不知疲累，仍在继续。栓子睡得并不踏实，身子不时打个哆嗦，嘴中发出惊恐的呓语声。风吹得树梢沙沙响，吹得残破的窗纸噗噜噜响，远处时而传来夜猫子飘忽悠长的啼叫声，搁放尸体的门板不时发出轻微的短促的咔吧声，这些声音都像是亡者飘浮游荡的魂灵发出的，让人脊背发凉，好像亡者的影子就飘在你背后，默默地端详着你，冷不丁扭头去看，却啥也看不到。今夜的家鼠、猫、狗、鸡、鸭、牛、羊等都特别安分，乖乖地待在各自的窝里，好像也在为亡者悲伤和默哀。悲伤过后，是难言的凄冷和孤寂，凤儿感觉自己正置身于渺无人烟的荒野之中，唯一让她感到亲切和温暖的是油灯发出的昏黄的光芒。确切地说，今夜的油灯不叫油灯，叫长明灯，它承担着重要的使命，那就是为亡者的魂灵照亮儿，好让亡者走好去天堂的路。四爷将灯芯直接插在盛满豆油的大碗里。灯芯头儿贴着碗沿向上伸出。这样的灯可以长久点亮，不必频繁地为它添油。

守灵人除了要看好长明灯，让其始终保持明亮，还需不停地为亡者燃烧冥纸，给其送上足够的路费。这些活儿都得由凤儿来完成。虽然身子已非常疲乏，头脑昏昏沉沉，精神恍恍惚惚，但她不敢有丝毫懈怠，咬紧牙关坚持着，脑中紧绷了一根弦儿，刚要耷拉下眼皮打个盹儿，立马打个激灵醒过来。冥纸已烧了很多，但黑乎乎的瓦盆里，灰烬并没有积攒多少。冥纸燃烧后，只剩下一捻儿灰烬，微风一吹，那一捻儿灰烬多半化作一缕灰黑色的烟尘，飞进灰蒙蒙的夜色里，融入黑漆漆的夜空里。

凤儿一手搂着栓子的肩头，一手向火盆里一张一张地续着冥纸。火舌在黄褐色的冥纸上舔来舔去，飞快地吞噬着不断扭曲萎缩变黑的冥纸。随着火舌的飞舞，一股股夹带着灰尘的热气升腾而起。火光和热气一闪一闪，一蹿一蹿，映照着、烘烤着凤儿那满是泪痕的脸蛋。凤儿已有两天两夜没有正儿八经吃东西，人像突然瘦了一大圈。这两天乃至接下来的很长一段时间，她或许都将陷在痛苦的旋涡里难以解脱。悲伤和痛苦已将她的内心塞满，将她的肚腹和其他部位塞满，饥饿起初还像蚊虫一样不时地叮咬她，让她的神经麻一下，痛一下，后来却销声匿迹，不知躲哪儿去了。她感觉她的身体已被掏空，像浮萍一样无根无基地漂着，说不定刹那间，她就会像那火舌吞噬的冥纸一样，飞快地扭曲萎缩变形，最终化成一缕灰黑色的青烟，飞向渺无边际的夜空，融入灰蒙蒙的夜色里。

恍恍惚惚、昏昏沉沉、轻轻飘飘的感觉过后，她又被无边的凄冷和孤寂湮没，又被无边的悲伤吞噬。忽闪着昏黄亮光的长明灯，在火舌中扭曲变形的冥纸，散发着冷光和惨白颜色的孝服，盖了破棉被的尸首，以及不堪重负、时而发出轻微咔吧声的门板……一幕幕，不时像尖锐的锥子扎痛她的神经，让她猛地打个寒战醒过来，从混混沌沌的幻景迷雾里，一下跌入痛苦冷寂的现实里。痛苦和孤寂也如漫漫长夜，看不到边，望不见头。凤儿有着一肚子的苦水要倾吐，身边却找不到一个可以听她倾诉衷肠，可以帮她答疑解惑的人。她只能通过回味过往来打发漫长的时间，让纷繁杂乱的回忆穿透层层迷雾，一丝一缕地钻出来，一点儿一点儿地大起来，亮起来。她想通过回忆梳理一下纷乱的思绪，查找一下倒霉的缘由，想弄清自己到底做错了什么，老天爷为啥总是这样捉弄她。从与旺才结亲到旺才离奇暴亡，从旺才暴亡引发的乱象到被迫与木头假人成婚，由木头假人想到了小木匠和长工小六，想到了那场突发的火灾，想到了那次惊险的出逃……想来想去，总也理不清头绪，混混沌沌的脑海中，不时有亮光闪一下，再闪一下，要抓住它时，它却倏地消失了。

就在守灵眼看就要完成的节骨眼儿上，经不住折腾的栓子病倒了，身上烧得像火炭子，连梦呓的气力都没有了。四爷看了摇摇头，叹口气，把栓子抱到炕上，让他歇息去了。守灵完成后，接下来还要入殓、出殡、下葬，栓子是家里的长子，唯一的男丁，其间哪能少得了他的身影。作为刚过门的儿媳妇，按说凤儿只能当配角，跟着大家哭几嗓子就行了，现在栓子病倒了，情况就不同了，她就成顶梁柱了，四爷会不会让她女扮男装来摔瓦盆指路呢？想到这里，凤儿不免有些惶惑，感觉压在肩头的担子又重了不少。自打山娃娘来闹过后，四爷和几个本家兄弟看她的眼神就怪怪的，冷冷的，好像她真的做错了什么。栓子病倒后，这些情况兴许会有所好转。

凤儿正胡思乱想，忽听门外响起一阵女人撕心裂肺的痛哭声，哭声像疾风骤雨一样刮进灵堂，塞满灵堂，震得屋顶上的尘灰扑簌簌往下落。女人的哭声都是先扬后抑，先是像冲天的喷泉一样呼呼地往上蹿，蹿着蹿着，突然像卡了喉咙、断了气息一样嘎地停住。短暂的停歇过后，突然又咕嘟一下，冒出一段抽泣样的带钩带弯的尾音。这是本地婆姨独特的哭丧方法。哭的声调基本一样，只是哭叫的内容不同。

有的哭，俺的亲哥亲嫂哎，您咋就这样去了呢，撇下个半大娃子咋过啊——啊呀——唉……

有的哭，俺的二叔二婶哎，你们是多好的人啊，好人咋就不长寿呢，咋就没好报呢，咋就这么倒霉呢，娃子眼看就要成人的节骨眼儿上，你们就遭了大难了，老天爷啊，你快睁睁眼啊——呜呜啊——唉……

女人的哭声又勾起了凤儿心里的痛楚。凤儿鼻子一酸，脸上又挂满了泪水。

天开始微微放亮，漆黑的夜色消退，被灰蒙蒙的晨雾替代，房舍、树木、天空的轮廓渐渐清晰起来。凤儿猛然意识到，原来守灵已接近尾声，那几个穿白素服的女人，是来帮忙给公婆换衣裳、做入殓前的准备的。她们顶着一头朦胧的雾色和潮气，捶胸顿足地哭着，像幽灵一样陆续走进屋里。等最后一个女人进屋并站稳，几个人的哭声像被横空切了一刀戛然停止。几个人用手背擦擦眼角上挂着的并不算多的泪水，无视凤儿存在似的，一边长吁短叹，一边嘀嘀咕咕地商量起了事。

一阵冷风从半掩着的门外吹进来，寒冷透彻骨髓，凤儿身子不由得打个冷战，心儿倏地凉了一下。身子上的冷不可怕，可怕的是心灵上的冷，精神上的冷。这几天，凤儿感觉自己就像一只被漠视、被冷落的受伤的孤雁，孤零零地守着这间被称作神圣灵堂的沉闷凄冷的屋子，没人来安慰她，告诉她接下来该怎么做。凤儿越想越憋屈，不由得哇地哭出了声。凤儿突然发出的哭声把几个女人吓了一跳。几个人这才注意到了她，上来七嘴八舌地劝她别太难过，说人来世上走一遭，谁都免不了有这一天。也有人把四爷喊了来，让四爷领凤儿去休息，凤儿累了好几天了，也该歇一歇了。

四爷脸色阴沉，有些不情愿，却没有说什么，默默地把凤儿领进公婆住过的耳房里。耳房紧靠着三间堂屋，比堂屋低矮，既小又暗，是公婆为了给儿子腾地方，在儿子成婚前几天才搬过来住的。那间宽大敞亮却充满晦气和血腥的洞房，暂时是不方便去住了。凤儿随四爷踏进屋门，摸索着点亮油灯，就见栓子躺在炕上，盖着旧棉被，头上搭着湿毛巾，脸色苍白，嘴唇干裂，好像仍发着高烧，做着混混沌沌的噩梦。凤儿不知道，四爷领她来这儿是何用意，是让她也躺炕上歇一会儿呢，还是让她照顾一下栓子。四爷不说，凤儿也不好多问，只是像根枯树枝一样站在炕边，手下意识地去扯被角，又触电似的缩了回来。屋里的空气有些沉闷，四爷坐在杌子上，摸出烟袋要抽烟，又打住了。

四爷沉默一会儿，终于发了话：天要大亮了，白天人多眼杂。

嗯，凤儿答。她终于听到了暖心话，心里不由得一热。

四爷说，天要大亮了，白天人多眼杂，俺的意思，想必你已经晓得了吧？

凤儿点点头，又摇了摇头说，晓得，不，不是很晓得。

四爷说，那俺就把话直说了吧，你也看到了，现在这家里被祸害得不成样子，再想顺顺当当地过以前那样的日子，怕是一点指望也没有了，接下来的日子还不知有多难，栓子爹娘不在了，俺替栓子做一回主，你，想走，就快走吧！

凤儿愣怔一会儿，若有所悟地说，四爷，求求您了，您千万别撵俺走，俺不怕吃苦受累，进了这家门，俺就是这家的人，栓子——就是——俺男人……

四爷摇摇头说，现在这当口，顾不上讲那些老道理了，你还是快走吧，这样也是为你好。

凤儿说，不，俺不走，婆家遭了大难，正是用人的时候，俺咋能一撅屁股就走呢！

四爷有些急，囷着脸说，你这娃子，唉，你咋这么糊涂呢？非得逼俺把话往明里挑啊？这不光是为你好，也是为——俺们好，山娃娘来闹过了，骂的话很不中听，句句扎人的耳根子，村里那些耳朵根子软的怂货，听了她的话，保不准也会来闹腾，这家里，怕是再也没个安宁了！

凤儿打个寒战，心里咯噔了一下，她听出了四爷话中不一般的意味。

四爷心里显然也不好受，故意躲避凤儿可怜巴巴的眼神似的，眼看着别处，说话的声音有些打战，却仍不乏生硬：这回你该明白俺的意思了吧？不需要俺再叨叨一遍了吧？

凤儿脱口嗯了声。话说到这份儿上，没啥再好说的了，凤儿鼻子一酸，想哭，咬咬牙又忍住了。凤儿扑通跪倒在四爷面前，连着磕了三个响头。不等四爷回过神来，她已麻利地爬起来，咬着牙关说，四爷您要好好的，您和栓子都要好好的，俺走了！说着，眼中已涌满泪水。凤儿用手捂了泪眼，扭身趔趔撞撞地跑出门去。

急火火地跑出门去，凤儿又后悔了，心里翻腾个不止：俺这样做是不是有些冒失？面对如此大的劫难，四爷也很难受，也很痛苦，也很无助。但天总会晴的，挺过这一阵，相信景况就会变好。她坚信善有善报，恶有恶报，作恶多端的小鬼子绝没有好下场。不管遭遇多大的不幸，不管当下多么艰难，活着的人总要想法活下去，就像那黑虎山上的野草，无论环境多么恶劣，都要一茬一茬地长起来，都要昂着脑袋竖在那里。黑虎山下生活的人们，一代一代，都是这样咬着牙关一年一年、一日一日熬过来、挺过来的。也许四爷还没有从内心真正接纳她这个刚过门的孙媳妇，还没有真正把她当成族内人、黑虎山下人，怕她熬不住、挺不住，可怜她，心疼她，不想让她跟着一块受苦受难，才硬着头皮撵她走。假若她坚持留下来，估计四爷也不会太为难她。然而，她留下来会怎样呢？就一定好吗？会不会继续给这个不幸的家庭招灾引祸呢？想到这里，她像被锥子扎了一下，身子猛地打了个哆嗦。她不无留恋和惋惜地回头望望笼罩着悲凉晨雾的破败的院落，扭头没头没脑地向前跑去。

　　来不及换下孝服的凤儿，像片灰白色的云团，跌跌撞撞、失魂落魄地在灰蒙蒙的晨雾里穿行。她无心观看村里的光景，那颓败的景象却执拗地钻入她的眼中，在她心头掀起一阵一阵的波浪。鬼子来麻家台子祸害老百姓的事已发生三天，村里仍笼罩着不祥的阴云，沉闷得让人透不过气来。她隐约看到，有户人家原本就很破旧的院门门板上又添了好几个新洞，龇着新鲜的淡黄色的不规则的茬口，泛着被晨露打湿的湿漉漉的冷光。那茬口特别扎眼，和眼看就要坍塌的土坯垒的灰褐色的门垛、院墙，有着明显的色差。院门似乎失去了存在的意义，但这家人仍尽可能地把它闭严，好把野狗、野狼等挡在门外。这家人有所不知，那断壁残垣连野猫都挡不住，哪能挡得住比野兽、魔鬼还要凶恶万倍的小鬼子？这人啊，一旦坏了良心，没了约束，肆无忌惮地逞凶作恶，就会成为世间最大的野兽、魔鬼和坏种。

　　经过村头路旁的棒子秸垛时，她又看到了一堆扎眼的东西——燃烧后的冥纸灰。表层的纸灰被风吹动，随风翻滚着，破裂着，最后变成一絮一絮黑色的烟尘四处飞扬。一张巴掌大的黄褐色的冥纸残片，未经燃烧便被风吹起，挂在棒子秸垛顶端一根翘起来的秸秆上，迎风胡乱摆动，发出噗嗒噗嗒的声响。她还隐约听到了窸窸窣窣的声音，像是从棒子秸垛里面发出来的。凤儿恍然想起山娃就是在这里被鬼子打死的，不由得鼻子一酸，眼泪潸然而下，脑中不觉又闪现出那个可怕的念头：如果鬼子真是她招引来的，那她岂不是成了天大的罪人？既然她是天大的罪人，哪还有脸继续在村里待下去啊？凤儿像个罪魁祸首似的，灰溜溜地跑出村口。泛着惨白颜色的长长的路面上，瞧不见一个人影。她自认为是个天大的罪人，却没人来抓她，来责罚她，甚至让她顶命。这反而更加重了她心里的痛苦和负疚感……

　　前路茫茫，灰蒙蒙的荒野上，飘浮着潮润清冷的雾气，与灰蒙蒙的山脉和天际融为一体。卯时时分，太阳该出来了，东方的天空中却看不到一丝朝霞。凤儿心头也笼罩着一层迷雾，看不到一丝亮光。她不知道该往哪里去，天下之大，竟没有她的容身之地。那次逃离张庄后，她再也没有回去过，张家后来发生的情形无从知晓。也不知道张财主有没有派人抓她，有没有像疯狗一样四处嗅探她的下落；找不见她人影的情况下，有没有把怨气撒到她父母弟弟妹妹身上，甚至把他们逼上绝路……凤儿打个冷战，在心里默默地祷告，希望担忧不要变为现实。希望又顶啥用呢，也许实际情况比她担忧的还要惨。她觉得，她跟旺才的孽缘还在延续，由孽缘而生的晦气一直像阴霾一样笼罩着她，总也摆不脱，抖不掉。

逃离张庄后的那段时日，她过得并不安生。她被好心的木匠哥辗转送到几十里外的许家坡村避难。许家坡收容她的丁大哥是小木匠的远房亲戚。跟小木匠一样，丁大哥也是个心灵手巧的手艺人，捏得一手好泥人儿，人送外号泥人丁。泥人丁不光活儿好，人也很善良，很仗义。正因为泥人丁非常同情她的遭遇，才不顾媳妇的强烈反对坚持收留了她，在媳妇面前难得硬气一回。因为坚持收留了凤儿，他在媳妇面前又自觉地矮了半截，像做了什么亏心事，被媳妇抓住了把柄似的。寄人篱下的凤儿，得不到心虚气短的泥人丁的庇护，没少受他那小气鬼媳妇的窝囊气，要不然她也不会急着嫁人；她若不急着出嫁，也就不会在麻家台子遭遇天塌地陷般的大祸……

凤儿一边走，一边胡思乱想，不知不觉来到一处两岔路口，前边的路一宽一窄，一大一小，能跑马车的宽路、大路向南直通朱庙镇，窄的弯路、小路蜿蜒伸向山脚。该走哪条路呢？走大路还是走山路？走大路要经过镇上，而镇上有鬼子的据点，去不得，那只能走山路了。凤儿稍作迟疑，正要抬腿拐上山路，突然听到背后扑棱棱一声响，扭回头一看，只见身后不远处凸起来的土坎上，立着一个模模糊糊的黑影子，一眨眼的工夫，黑影又不见了。黑影踩落的稀疏碎土，沿着斜坡扑簌簌地滚落在坎下的路面上。

谁？凤儿怯怯地喊了一声，没听到应答声，又试探着喊了声，谁，有——人吗？还是听不到应答声，只听到北风掠过耳际的飕飕声。凤儿看那黑影不像人影，心想，那是什么？莫非是野狼？天啊，万一碰上野狼该咋办，俺一个弱女子哪招架得了野狼的攻击啊！被灾祸和痛苦折磨得死去活来、好几天都没正经吃东西的凤儿，已非常疲累虚弱，连大声喊叫的气力都没有了。她感到非常害怕，身子不由自主地抖作一团，像突然被人当头浇了一桶冷水，每个毛孔都在发冷，发紧。凤儿下意识地四处望望，发现这里虽然前不着村后不着店，但田地有形有样，依稀可见枯黄色的冬小麦苗，这里一簇，那里一片，不像杳无人迹、野狼出没的荒野，再说野狼大都在夜间活动……凤儿松了口气，感觉事情并没有想象的那样糟糕，于是鼓足勇气，壮着胆子，拼力攀上一处高坡，居高临下地向黑影出现的地方张望，想看看那黑影到底是何方怪物。

她惊讶地看到，土坎后面果真趴着一个黑乎乎的东西！仔细一瞅，不禁哑然，原来是条脏兮兮，说黑不黑，说黄不黄，看不真切颜色的野狗！她之所以很快认出那是条野狗，是因为它的体形和样子不太像家狗，与野狼差别很大。狼的耳朵呈三角状，始终支棱着，而这只野狗的耳朵挺得并不直溜。这狗许是乡下人家养的土狗，因突遭变故，失了家园，才沦落成了无家可归的野狗。如今这年月，一些庄稼人连性命都保不全，连饭都吃不饱，哪还有能力养狗啊。狗没了主人，没了依靠，只能自生自灭，像幽灵一样四处游荡。都说狗是人类的朋友，是帮人们看家护院的忠诚卫士，但它并不总能受到善待，也有落难的时候，也有被遗弃的时候。原本温顺乖巧、对主人非常忠诚的它，因灭顶之灾的降临和生存环境的巨变而性情大变，老祖宗遗传给它的近乎消磨殆尽的野性又被焕发了出来，从此变得暴躁疯癫，开始仇视和敌视人类。环境可以塑造人，改变人，能使人变好，也能使人变坏，能把人引上正路，也能把人逼上邪道。对狗来说何尝不是如此？

狗发现凤儿在打量它，触电似的打个激灵，猛地抬起头来，弓隆起身子，怔怔地看着凤儿，像突然冻住了一样僵在那里。狗的全身暴露在凤儿的视线内，凤儿得以看清它的邋遢模样。这狗瘦骨嶙峋，身上沾有板结的泥巴。毛呈土黄与灰黑混杂的颜色，背部、头部、尾巴多为黑毛，腹部和四肢多为黄毛。毛脏兮兮，扭结成横七竖八的尖刺状，使它又多了几分吓人的样子。它头上和腹部各有一块小孩拳头大小的伤疤。伤疤中间是紫红色的黏糊糊的伤口，周围呈惨白色，好像还在流着脓水，或有蛆虫在上面蠕动。不难看出，这狗不久前参加过一次生死攸关的搏斗，那伤疤就是在激烈搏斗中留下的……别看这狗模样邋遢，瘦骨嶙峋，负有重伤，精神头儿却一点儿都不弱，浑身散发着一种隐隐的摄人心魄的威武和野性，眼中放着蓝幽幽的逼人的贼光，嘴巴上挂着冻结的战胜者才有的残羹、涎水和残血。这家伙，应该刚饱餐了一顿，且很有可能吃过死尸。饿红眼的野狗，啥都敢吃，不光吃死婴，也吃大人的尸体。埋得不深的死尸，常被野狗扒出来啃食，现场一片血污，惨不忍睹。这样的场景凤儿曾见过两回，想到自己死后也有可能被野狗啃食，不由得打了个冷战。

凤儿一闪而过的畏惧和慌张神色，没有逃过野狗那刁钻的眼睛。野狗似乎发现了凤儿的软肋，觉得她并不难对付，紧绷着的身子陡然放松了下来，甚至还流露出了得意和挑衅的样子。野狗晃晃脑袋，抖抖身子，伸出血红色的长舌头，舔舐嘴巴外面冻结的残羹、涎水和残血。红舌头灵活地翕动着，翻卷着，伸缩着，发出吸溜吸溜的声响。野狗一边用舌头舔食嘴巴上沾的东西，一边用眼睛的余光死死盯住凤儿。凤儿站着不敢动，更不敢背转身跑开，她怕一挪动身子，狗就会扑上来咬她。既然不能轻易跑开，那就只能继续和野狗对峙，等待转机。天色渐亮，但太阳始终没有从厚厚的云层中钻出来，田野上空依然蒙着一层灰蒙蒙的雾气，极目远望，空荡荡的田野里，仍然瞅不见一个人影——连只鸟儿也瞅不见。自打无恶不作、杀人如麻的小鬼子来后，这天就阴沉沉、雾蒙蒙的再没晴朗过，野狗野狼等也趁机出来作乱。人们怕野狗、野狼，更怕小鬼子，挟枪带炮的小鬼子比野狗、野狼更凶残，更可怕。于是，连那些习惯了起早贪黑拾柴火、挖菜根、捡粪蛋的乡人，也不敢轻易上田上山了。

　　远处突然传来一阵隐隐约约的号哭声，循声远望，依稀可见一道模糊的灰白影子在远处蛇行，晃悠，慢慢地钻进并消失于天际灰蒙蒙的雾色中。听声音，看样子，那是一支送殡的队伍——兴许正是为栓子爹娘送殡的亲人们和由乡亲们组成的队伍。这是凤儿跑出麻家台子后听到的最为亲切的声音，看到的最为亲切的人影，但队伍正背离她待的方向而去，离她越来越远。她若有所失地望望远处，又看看那只不怀好意地盯着她、挡住她去路的野狗，心头涌上一股莫名的懊恼和酸楚。她下意识地跺一下脚，想吓唬一下野狗，那蠢货却不理会，也不害怕。她一步一回头地试探着向前走出几步，然后立住不动，野狗默默地看着她，一副了然于心的样子，继续得意地舔食嘴巴上沾的残渣。

　　她又试探着走出几步，这回野狗不让了，先是打个愣怔，接着像被惹恼了似的，龇牙咧嘴地呜呜低吼两声，开始慢慢地爬行着向她靠近，露出随时准备向她发起冲击的样子。也许它是在等待时机，也许它是想坐等凤儿气力耗尽，狡猾的野狗并没有贸然发起攻击。凤儿猛地停下，它也猛地停下。见凤儿站着不动，它也停下不动。老奸巨猾的野狗、蠢货，你到底想干啥？真把俺当成你的干粮了啊？饿红眼的畜生，丧失理性的畜生，乘人之危的畜生，不懂怜悯的畜生，是什么让你变得这样不可理喻、冷酷无情？世道不好，恶人横行，连一向忠厚本分的看家狗也跟着学坏了吗？坏狗，蠢货，杂种，你本是人饲养的家畜，现在却公然与人为敌，干起了咬人、吃人的勾当！凤儿有些气，想捡块石头或一根树枝作为防身的武器，四处一巡睃，却倒吸了一口凉气，附近既无石头，也无树枝，只有土坷垃和稀疏的枯草。

走也走不得，坐也坐不得。她坐下，狗就会把她看小，以为她软弱可欺，正所谓狗眼看人低。于是，她只能强撑着身子站着，继续与它对峙。默默地相持了一段时间，凤儿感觉腿脚开始麻木，身体有些不支。再看那狗，又露出了一副怡然自得的样子，吐着长长的血红色的舌头，吸溜吸溜舔着嘴巴，像是在回味那次搏斗的盛况和胜利果实的滋味。它的样子很滑稽，跟一夜暴富、突然得势的流氓无赖小丑一个德行。凤儿下意识地咂咂嘴，那狗竟然以为她在唤它，不由自主地摇了摇皱巴巴、脏兮兮的尾巴。凤儿乐了，心想，这家伙虽然走上了邪道，却没有把本分忘个干净，从它不经意摇尾巴向人乞怜讨好的动作看，它还念着一点人曾经对它的好，骨子里面还残存着一点对人的敬畏和好感。这说明它还没走到无可救药的地步。人与狗朝夕相处，彼此慢慢地有了感情，有了信任；通过耳濡目染，狗学会了人的行为，人也学会了狗的行为，于是便有了狗杂种、狗东西等称呼。有的人比恶狗还坏，有的狗比好人还好。狗之所以变坏，多是人为原因促成的，不能把罪过全加到狗头上。

凤儿转念一想，感觉眼前的这只狗也很可怜，不是被逼无奈，决不会走上与人作对的邪道；不是饿急了眼，决不会抢吃死婴和死尸。凤儿觉得，这狗尝到了吃死尸的甜头，胆子越来越大，但还没大到向活人发起攻击、吞吃活人的地步。它毕竟是人饲养过的家畜，与它的老本家狼有着本质的区别。凤儿料定，在她躺倒和气绝之前，它还不敢贸然向她发起攻击。它在等待机会，等她气力耗尽，慢慢地饿死，那时它就可以无所顾忌地尽情享用她的肉体了。决不能给它任何得逞的机会，必须在气力耗尽和瘫倒之前远离这个恶魔。凤儿默默地打定主意，一边转身毅然决然地向前走，一边扭头警觉地观察野狗的动静。野狗没有追上来，好像仍待在原先的地方。凤儿吁了口气，不由得加快了步伐。走出几步，她恍惚觉得背后有些异样，猛地扭回头去看，不禁吃了一惊，背后空荡荡的，不见了野狗的影子。这家伙去哪儿了？是不是又埋伏了起来？凤儿倒吸一口凉气，感觉现在的形势对她非常不利，她在明处，而野狗在暗处，如果野狗突然向她发起攻击，她将难以提防、躲避和招架。

娘哎，这可如何是好！凤儿慌了手脚，拼尽全身力气，没命地向前跑去。跑出没几步，就听到脑后刮来一阵飕飕的疾风，一道黑影忽地跃上她的肩头，乌云压顶般瞬间笼罩了她。完了，没想到这野狗真敢对人下手！现在俺也没退路了，拼了！凤儿使劲一咬牙，扭头胡乱挥舞着手臂，就要和野狗拼命……野狗没有扑到她的身上，在它前爪眼看就要抓到她肩头和脖颈的时候，一道银亮的白光从斜刺里呼啸着飞来，正中它的咽喉。只听扑哧、扑通两声，野狗像捆烂草一样重重地砸落在地面上。野狗侧卧着身子，像被钉在了地上一样，四肢触电似的一伸一缩，不停地打着哆嗦。除了头上和肚腹上的两块脓血相间、黏糊糊、脏兮兮的伤疤，它脖子上又多了把明晃晃的匕首，和一个咕嘟咕嘟向外冒着血水和血沫儿的血窟窿。喷出的鲜血转瞬将匕首淹没，最后只剩下缠有黑布头的刀柄，无比坚挺地立在那里。奄奄一息的野狗，发出低沉的时断时续的惨叫声，先前的威风一扫而光。

凤儿被突然的变故吓呆了，本该庆幸的她却感到头晕目眩，身子发软，脚底发飘，像摊烂泥一样呼哧一下瘫倒在地上。

第十二章

突然晕倒在地的凤儿，只觉身子一个劲儿地往下飘，往下沉。天地无声无息地坍塌了，她也无声无息地坍塌了，塌成了一片一片虚无缥缈的云，裂成了一丝一丝迷离恍惚的烟。脑中残存的一点意识，像漫漫黑夜中依稀闪现的萤火，忽闪着微茫的亮光，不知所向、忽明忽暗地跳跃。她恍惚进入了一个奇异的梦境，肉体悄无声息地逃离了，飞走了，只剩下残存的意识扯丝带缕地乱飞……

昏昏沉沉地也不知过了多长时间，凤儿慢慢地又恢复了知觉，感觉身下暖烘烘的，不像直接睡在冰冷的荒野地面上，而是躺在一个低矮破败的庵棚草窝里。她用力撑开像蒙了一层黏东西的眼皮，模模糊糊地看到，庵棚顶上的横梁和草甸已然发黑朽透，耷拉着残破的尖刺状的茬口，从破口可以望见外面斑驳的雾蒙蒙的巴掌大小的天空。这庵棚年久失修，不定哪会儿就要轰然倒塌的样子。庵棚的墙是用不规则的灰褐色的山石砌成的，上面布满蜘蛛网。墙缝里插了几根用来悬挂东西的黑乎乎的木头橛子。墙角散落着几块破碎的深红色的瓦片，一块瓦片里面还残留着结了冰的积水。地面中央有块一尺见方、表面平整、底部嵌入地面的石块，像是用来摆放东西的简易石桌。地面上依稀可见撒落的黑色的陈年西瓜籽儿。靠里的地上铺有厚厚的干草，凤儿就躺在那堆干草上。

妹子，你醒了？突然传来一个陌生男人的问话声。

墙上有黑影晃动了一下，一道亮光从外面钻进来，刺了凤儿的眼。转瞬的眩晕过后，她模模糊糊地看到，随着一个高大男子身影的晃动、偏移，墙上现出一个低矮的门洞，和远处一道光秃秃的山脊。一阵冷风从突然大起来、亮起来的门洞里吹进来，向她迎面扑来。

她不由自主地打了个寒战，脱口喊了声：你是，是哪个？

堵在门洞为她挡风的男子这会儿已侧开身子，蹲在门外，瓮声瓮气地反问：你是哪个庄的？家里有人老（死）了吧？不在家里好好待着，一个人跑出来做啥？兵荒马乱的，不怕遇上歹人啊？

凤儿看男人的身影有些眼熟，听他的声音也不陌生，一时又想不起在哪儿遇见过。俺……唉……听了他关心的问话，凤儿只觉心头一热，眼中闪着泪花说，是这位好心的大哥把俺从野狗嘴里救下来的吧？大哥那刀子咋扔得那么准啊？呼哧一下就把那恶狗扎死了……只是，恐怕俺要辜负了大哥的一番好心，你看俺现在这个烂样子，还不如……

男子劝她说，别这么说，俗话说得好，好死还不如赖活着，要像你这样，咱早死过一百回了。哼，他娘的，老天爷越不让咱活，咱越要好好活，看他能拿咱怎么着！妹子，咱一眼就看出你也是个苦大仇深的主儿，听咱一句劝，别轻易往那方面想，就是跪着爬着，只剩一口气儿，也要挺直腰杆子活着，只有活着才能找机会报仇，把那些狗日的一个一个送上西天，他娘的，要是咱先软了，那还不由着他们折腾呀！

门洞外面突然响起咔嚓咔嚓的声音，那男人好像动了气，拿刀在砍剁树枝之类的东西。男子一边胡砍乱剁，一边气哼哼地嘟嘟囔囔地骂。凤儿慢慢地爬起身，弯着腰小心翼翼地钻出庵棚，眼前倏地敞亮、开阔起来。只见庵棚建在半山坡上，坡下是长满枯草和灌木的山坳，对面半山坡处长有一棵孤零零的约莫碗口粗细的刺槐，刺槐最大的枝干被拦腰折断，斜扑在地面上，蛋黄色的断茬尖刺一样指向天空。也不知那树枝是被风刮断的还是被人故意砍断的，在荒凉空荡的山野里出现这样的景象，总显得有些突兀。这里看起来十分荒凉，却并不宁静，放眼远望，依稀可见山坳深处的杂草丛里，有活物在忽东忽西地窜动。看不清是野兔还是田鼠的活物，像是被男人胡砍乱跺的声音及在山坳里引起的回响惊着了，一时辨不清声音传来的方向，才没头没脑地乱窜，躲藏。

只顾四下巡睃的凤儿突然感觉有些异样，收回目光转头一看，发现蓬头垢面、衣衫褴褛的乞丐模样的男子蹲坐在庵棚门洞边，已停下胡砍乱剁的动作，正瞪着两只黑洞洞的眼睛直勾勾地看着她。凤儿吃惊不小，没想到救命恩人、好心肠大哥穿着如此破旧，模样如此邋遢。他的脸被脏兮兮的乱草样的头发和络腮胡子遮住大半。如果不是看他黑乎乎的右手里握着一把明晃晃的大砍刀，右绑腿上插着一把缠有黑布头的匕首——正是扎死野狗的那把，跟前的地面上堆积着细碎的木片和木屑，真不敢相信刚才跟她说话的高大男人就是他。从他鼻直口方的脸型和目光如炬的两眼，以及他那用黑布缠裹起来的绑腿上，隐约可以看出，他曾经是个威武干练、顶天立地的汉子，也不知道他遭遇了什么变故，为何沦落到了这般田地。

妹子，你是张庄的吧？假若咱没看走眼的话，前些年咱好像搭救过你一次！男子直勾勾地看着凤儿说。

你，你……天啊，莫非你就是——二杆子？凤儿吃了一惊，颤抖着声音问。

二杆子咧嘴一笑说，咱行不更名，坐不改姓，咱就是黑虎山二杆子，当年乡亲们眼中的小瘪蛋、熊孩子，后来也多少混出了一点人样、十里八乡还算有点儿名气的李铁匠！

凤儿若有所悟，禁不住又好奇地打量李铁匠几眼。他额头上有块麻雀蛋大小的伤疤，黝黑的面庞上，也尽是麻点般的疤痕，像是火炭溅到脸上、皮肤被烧灼后留下的印记。凤儿鼻子一酸，扑通跪倒在地，转眼哭成了泪人儿。痛苦、酸楚和委屈，如潮水一样涌上心头，搅得她头晕目眩，身子发飘。她万万没想到，眼前这个不止一次搭救过她，原本跟她毫无瓜葛的黑虎山土匪的二杆子，朱庙镇当年响当当的李铁匠，现在却与她有着扯不清的关系。她早就听说，栓子有个会铁匠活的舅舅，原本可以靠打铁安安稳稳地过活度日，后来也不知得罪了哪方神仙，被人砸了铁匠铺，被迫上山当了响马（土匪），自小就爱耍刀弄棒的他上山没多久，就被众弟兄推举当了二杆子，成了山头上的第二号人物。

面对自己的救命恩人、栓子的亲舅李铁匠，凤儿不想隐瞒什么，声泪俱下、断断续续地把情况一说，最后用手发疯般地拍打着胸脯，万分懊悔地说，呜呜，都怪俺把小鬼子招引去了麻家台子……呜呜，俺到现在也没搞明白，小鬼子咋就平白无故盯上了俺坐的花轿……

李铁匠听完凤儿的叙说，木呆了好一会儿才像突然回过神来似的哇地尖叫了一声。李铁匠眼睛充血，拳头攥得咔吧响，气呼呼地猛地将刀往地上一砍，咬牙切齿地说，这事不怪你，要怪就怪咱！咱断定这事一定与那个投了小鬼子、当了什么日伪军侦缉队长的狗汉奸、龟孙子有关！他娘的死光头，你也太狠了嘛，这是要赶尽杀绝——呀！他娘的死胖子，竟然连咱的姐姐和她家里人也不放过！你他娘的还是人吗？还有一丁点儿人味儿吗？他娘的狗杂种，把咱相好的妹子生生地抢走还不算完，还红口白牙地诬陷咱私通共党，指使手下砸了咱的铁匠铺子，逼咱上山落草当了响马，没过多久又带着伪军和鬼子毁了咱山上的家……毁了咱山上的家还不算完，还要把咱的亲人杀个精光，汉奸走狗王八蛋，你他娘的和小鬼子一样凶残，一样可恶，咱和你不共戴天，咱对着苍天发誓，咱要掘你家的祖坟，咱要活剥了你的皮，咱要点你的天灯，咱要把你的黑心肠掏出来，剁成肉酱喂狗……

凤儿被暴跳如雷的李铁匠吓呆了，一时竟忘记了哭，人像傻了一样盯着他，生怕被他胡乱飞舞的大刀片子伤着。李铁匠咬牙切齿地痛骂一阵，对着虚无的目标胡乱砍了一通，目光不经意间落在凤儿身上，触电似的打了个激灵。李铁匠收回刀，噤了声，对着凤儿摇摇头，接着从鼻子里长长地出了口气。李铁匠一屁股瘫坐在地上，任凭大砍刀从手中脱落，当啷啷滑下山坡，溜出老远，也懒得去捡。李铁匠的眼睛直勾勾地看着虚空。刚刚还气冲斗牛的他突然变得像泥塑一样木呆、安静。木呆、安静只是表象，他的心里正波澜起伏，一幕幕往事像冲天的波浪，翻滚着追逐着向他涌来……

叮当，叮当，耳边仿佛又响起了那熟悉的亲切的声音，那清脆悦耳、跟鼓点一样紧凑动听的敲打声，在小镇上空久久回响，吸引来无数路人好奇的目光。朱庙镇原是个依山傍水的穷村落，之所以渐渐成为热闹繁华的小镇，主要是因为它的地理位置非常重要。它处于山口一侧，有多条山路在此交汇，是附近乡民外出的必经之地和抵御兵匪入侵的重要关口。它东面靠山，西面临河，地势险要，四通八达，通过一座石拱桥与西面的山路相连。西面的河叫猛龙河，河水有时大，有时小；有时急，有时缓；有时清澈，有时浑浊。宽阔的河面经过小镇时突然变窄，桥下水流因而比别处湍急。洪水泛滥时节，河水浊浪滔天，桥面被深深地淹没，来不及过桥的人，只能望河兴叹，往往等上大半天也不见河水回落。不论是南来的还是北往的，不论是相熟的还是不相熟的，大家喜欢聚在东岸上的铁匠铺里拉闲呱儿，打听时局消息。有活儿的交给李铁匠干，没活儿的路过的纯粹即兴凑个热闹。那是个穷人扎堆说话的好所在。虽然话题时而被叮叮当当的打铁声打断，却丝毫不影响大家拉呱儿的兴致。

镇上的店铺大都集中在河东岸靠近山脚的路边，有字号明显的肉铺、粮铺和香气诱人的酒馆，也有不显山不露水、位置偏僻、乌烟瘴气的烟馆和赌馆，以及相对冷清的大车店等。为了吸引、招揽顾客，多数店前放有漆黑油亮的方桌和条凳，以供客人歇息、品茶或打尖。至于那些直接挑着担子，或挎着筐子，或拿个包袱，或抱个油毡，沿路摆摊叫卖油条的，卖豆腐的，卖绿豆糕的，卖糖葫芦的，卖茶水的，卖鸡蛋的，卖山货的，卖拨浪鼓、泥人等小孩要物的，卖刚从河里打的鲫鱼、草鱼的，卖碎烟叶、烟袋锅的，卖荷包、鞋垫等鸡零狗碎货品的小贩，则多是些面色黧黑、衣着破旧、质朴又羞怯的乡民，跟那些开店铺的老板和油光满面、穿绸缎衣裳的客商，有着明显的区别。

店铺中最为红火热闹的当数福来酒馆。酒馆店面高大气派，前堂、后厅和偏房都是清一色的青砖瓦房。经常光顾福来酒馆的人，多是穿金戴银、有钱有势的人物。跟福来酒馆相比，李铁匠开的李记铁匠铺简直寒酸到了极点。铁匠铺位于小镇西边靠近石桥的高坡上，原是靠摆渡谋生的船夫搭建的临时住所。石桥建成后，船夫没了生意，另谋生计去了，撇下那个比窝棚好不了多少的小屋，没多久就荒废了。后来，李铁匠发现了快要坍塌的小屋，把它简单修缮了一下，用它做起了打铁的营生。

李铁匠祖上三代都是铁匠，手艺传到他这一代，差点儿让他荒废了。他爹不止一次数落他，说他不是打铁的料，心思根本没用在打铁上，风箱拉着拉着就停住了，不是打了盹儿，就是走了神儿。他爹把烧红的铁疙瘩从炉中取出来，放在铁砧上，吆喝他抡锤锻打的关键时刻，他却说肚子疼，要拉屎，一溜烟窜没了影，气得他爹跳着脚大骂：没用的东西，一到关键时候就给俺尥蹶子，不知道铁要趁热打呀？真是懒驴上磨屎尿多，活活气杀个人……

开铺子之前，每逢快要农忙的时候，李铁匠都会跟随着爹，用独轮车推着炉子、风箱、铁砧、铁钳、铁剪、大锤、小锤等打铁用的家什，走街串巷揽活儿。大到犁头、铁耙，小到铁钉、门鼻，啥样的活儿都接。铁锨、锄头、镰刀豁了口儿、镐头、钢钎崩了尖儿，都需要修一修，要不就会耽误干活儿。远远地望见李铁匠父子俩的身影，或听到村里传来叮叮当当的打铁声，大家悬着的心立马有了着落，纷纷把家里要修的农具、家什扒拉出来，拿给铁匠爷儿俩修理。活多的时候，爷儿俩忙得脚不沾地，干完这个村的活儿，马上急匆匆地赶往下一个村，往往一连两个多月都在外面晃荡。别看李铁匠经常跟爹调皮捣蛋，心思没用在打铁上，活儿却没有落下多少，打铁的要领他早就烂熟于心。爹累的时候，他也能顶上一阵子，他打主锤，临时找个帮手当下手，把活儿干得有板有眼，有模有样，乍一看，跟他爹干的活差不离儿。每每这时，爹就会嗔怪地白他一眼说：臭小子，心眼倒是怪灵透！接着不忘叮嘱上一句：哼，这碗饭不是那么好吃的，想接爹的锤把子，你小子要练的日子还长着呢！

世事难料，爹说下那句话没多久，就出了岔子。有一天两人在路上淋了大雨，年老体衰的爹受了风寒，过后不住地咳嗽，厉害的时候就憋气、咳血，身子骨一下就垮了，吃了好多草药也不见好转。没过几年，爹就猝然离世了。爹人走了，却把手艺留下了。手艺不能失传，活儿不能耽误。娘要李铁匠把打铁的营生拾起来，有营生干，家里日子就会好过些，日子过顺当了，就不愁娶媳子（媳妇）。娘早就看出儿子对邻家闺女巧玲有意思，两人从小一块儿长大，是顶好的一对儿，就不知道巧玲和她娘啥意思。儿子不露心思，巧玲那边也没探出个准信儿，娘不好急着把话挑明，只好在暗中使劲撮合他们。正因为心里藏着这个念头，盼着儿子早点长出息，当儿子说要开个铺子、把营生做大一点儿的时候，娘没有反对，说开铺子好啊，是个体面营生呢，你爹要是早——唉，兴许就不会遭那洋罪了啊……

征得娘的同意，尝尽风餐露宿、风吹日晒苦头的李铁匠，决定找个人多的地方，把铺子支起来，省得东跑西颠，不仅受累，还耽误工夫。于是，就有了后来的李记铁匠铺。铺子位于热闹的小镇上，一年到头都不闲着，即便是整修农具的淡季，活儿也不少。李铁匠手艺好，活儿精，为人实诚，要价公道，碰上手头紧、有困难的乡亲，情愿白搭忙活，分文不收。十里八乡的乡亲都爱从他那里买铁制的农具、家什，东西有了残缺，也都爱找他修理。

自打铺子开张那天起，徒弟水娃子就一直跟着他，连吃饭睡觉都跟他在一起，不知道的人还以为他们是亲爷儿俩。其实李铁匠比徒弟大不了多少，只是脸黑显年纪大。

李铁匠和徒弟打趣说，臭小子，别挖掌，跟着咱打上几年铁，保准你的脸也会变得像李逵的脸一样黑，要想吃这碗饭，就不能怕脸黑，怕皮糙……

水娃子嬉笑着说，师傅底子好，生就的俊模样，脸黑是因为上面积了一层烟灰，打上猪胰子使劲搓一搓，要不就找福来酒馆的那个骚娘们儿揉一揉，捏一捏，俺保准你——嘿嘿，水灵得像个姑娘家。

师傅随和，爱说笑，徒弟也一样，像脱缰的小马驹，心里想啥就说啥，跟师傅毫不生分，有时冷不丁冒出一句话，能把师傅惊得打个激灵。当然，这只是在师徒两人单独相处的时候，有外人在的时候，他是不会这么冒失，乱开师傅玩笑的。

一个晴朗闷热的秋日，两人只穿件短裤，戴个围裙，汗流浃背、热火朝天地在铺子里忙活。屋子里非常闷热，且弥漫着浓浓的焰火和铁锈的气味。炉火一闪一闪，映照着两人黝黑的汗津津的脸庞。水娃子双手攥着风箱把，身子一俯一仰，像木匠拉大锯一样使劲拉着风箱。风箱抽动着长长的臂杆，鼓动着呼呼的风声，夹杂着换气门咕嗒咕嗒的掀动声和紧随风声蹿起的火苗的扑哧声，有节律地在小屋里回响，让人的心也不自主地随之颤动。

炉膛里的火苗忽高忽低、忽大忽小地跃动，喷吐着冲天的烟气和火星。插入炭火中的铁坯很快被烧红——先是前部变红——是那种黄澄澄的红，接着又变成深红。烧红的铁坯表面有层褐色的薄薄的灰烬，翻卷着飞速萎缩，倏地便消失了。等把铁坯需要锻造的部分都烧红烧透，李铁匠麻利地用铁钳把它夹出来，放到用三角木头架支撑的铁砧上。眼疾手快的水娃子早已站起身，把大锤握在两手里，等待着师傅小锤的召唤。

李铁匠一手握着铁钳，灵活地转动着铁坯，一手拿着小锤，引领着大锤捶打。小锤像指挥棒，小锤敲哪儿，大锤就打哪儿；小锤敲得急，敲得紧，大锤就打得急，打得紧；小锤敲得重，大锤就打得重。大锤小锤上下飞舞，火星四溅，叮叮当当的敲打声如鼓乐一般悦耳。在铁坯由热变冷、由红变黑之前，铁具的雏形已被锻打出来。打出雏形后的活儿，手艺不精的水娃子就不敢轻易插手了，全由师傅用小锤来完成。比较难打的器件，这个过程需要重复好几次。至于最关键的一步淬火，还没悟透门道的水娃子更不敢轻易试手。

两人打完一把锄头，正要准备打下一把的时候，忽见一个穿白土布无袖对襟汗褂、戴六角破斗笠的干瘦老头儿急急地跑进铺子，不无慌张和懊丧地说，啥世道啊，哪儿还有咱穷苦老百姓的活路啊！

随后跟进一个蓬头耷脑、衣不蔽体的汉子。

老头儿进得门来，一屁股蹲坐在落满烟灰的小板凳上，摘下斗笠往脸上使劲扇着凉风，一边扇，一边呼哧呼哧喘粗气。汉子满头大汗，低着头怯生生地站在老头儿背后，一声不吭。

李铁匠放下手里的活儿，一边从火炉旁边堆满衣物和杂物的炕上翻找烟袋，一边笑着问老头儿：这是咋了，谁又惹老哥生气了？

老头儿说，嗨，别提了，吴老九的手下又来抓人了，他们抓不到土匪，就拿土匪的家人、亲戚开刀，说不把家里当土匪的人找回来，就抓他们回去交差，砍头示众……

李铁匠用铁钳夹起一块火炭，点着烟袋锅，吧嗒吧嗒吸了两口说，有这等事？吴老九这是要发疯啊，越来越不像话了！

李铁匠想了想，又说，也许他是扯虎皮上山吓唬人，也许他是杀鸡给猴看，反正咱觉得，他心眼子没使到正地方……那个啥，你家要是有人摊上了那档子事，还真不大好弄……你，得赶紧想法子。可惜咱没门路，跟那边的人递不上话，帮不了你。

老头儿从鼻子里哼了一声说，只听说吴老九狠，但他的狠咱从没亲眼见识过，倒是见过他手下的那个金团长，着实不是个东西，自个儿五毒俱全，啥坏事都做过，竟然狗戴礼帽硬装正经人，吆五喝六地带人抓那些吸大烟的人，抓那些跟土匪有牵连的人，听说咱镇上被抓去的那几个，麻溜溜地又给放回来了，为啥？还不是有人帮他们暗中使了钱啊，如今这世道，有钱能使鬼推磨，哪还有什么公道可言。

一直闷头不语的汉子突然发了话，小声咕哝着提醒老头儿说，叔，别说了，这话要是传到人家耳朵眼里，就麻烦了，咱就是有三头六臂，恐怕也躲不过去……万一那个啥，可就——真的断了香火了啊……

老头儿瞪汉子一眼，骂道：没用的东西，都像你一样骨头软，咱们穷人就没个出头的时候！

也许是意识到话说过了头，老头儿猛地站起身，拽了汉子就走，临出门时，不忘回头讪笑着看看李铁匠和水娃子，半是叮嘱半是央求地说，俺老了，老糊涂了，嘴上缺个把门的，一秃噜又说多了，刚才的话，算俺没说。

放心吧，咱心里有数着呢，李铁匠笑着答。送两人出门，李铁匠回头若无其事地招呼水娃子继续忙活。

也许是记挂着刚才老头儿说过的话，水娃子拉着拉着风箱就走了神儿，觍着脸，嬉笑着问师傅：听说您老有个相好的，你们好到哪一步了？拉过手吗？亲过脸蛋儿吗？

李铁匠打个愣怔，若有所悟地白了徒弟一眼说，臭小子，没正形，问这个干吗？像叫春的猫一样——发情啊？

水娃子叹口气说，没听老头儿说世道乱啊？俺怕媳子还没找上，女人的手都没摸过，就被糊里糊涂拉去挨了枪子，砍了头，那该有多窝囊、多冤屈啊！

李铁匠摆摆手说，去，瞎操心，车到山前必有路，天塌下来有地接着呢，怕他个毬啊？！说完，闷头又忙活起来。

虽然师傅总是装作若无其事的样子，通过他脸上不经意掠过的凝重的神色，水娃子还是看得出来，师傅这时心里也不平静，也揣着一大堆愁事儿。平时忙活的时候，两人都顾不上想愁事，渐渐地，就把愁事淡忘下了。刚才一老一少突然横插上一杠子，不经意又触痛了他们的神经，迫使他们又想起那堆愁事来。穷人家的男娃子，最大的愁事，莫过于攒钱娶媳妇，娶了媳妇，才能成家立业，才能传宗接代，光宗耀祖。水娃子早就听说，师傅跟他邻家闺女巧玲相好，却没听他主动提起过这事，兴许师傅心里还没实底儿，攒的钱还不够买彩礼，所以才羞于张口。

见师傅有些不高兴，水娃子转移话题说，师傅，这小屋里闷得慌，尤其是刚才那爷儿俩来过后……您，给咱拉个闲呱儿吧，你那飞刀扔得那么准，咋练成的啊？跟哪个山头上的师傅学的啊？属于哪门哪派啊？

徒弟的问话勾起了师傅的兴趣。李铁匠眼睛一亮，索性用铁钳把烧了一半的铁坯夹出来丢到一边，坐在炕沿上，一边抽烟袋锅，一边兴致勃勃地打开了话匣子：也好，咱也觉得心里堵得慌，反正现在又不是很忙，正好跟你拉拉闲呱儿，倒倒苦水，说来话长，咱那手绝活得来可不轻松……

十多岁正是贪玩好耍的年龄，年少时的李铁匠是村里出了名的调皮捣蛋鬼，他曾用弹弓打断了王媒婆家一只老母鸡的腿，王媒婆当时没发现是他干的，站在大街上，用她那三寸不烂之舌和乡村泼妇特有的骂街方式，不点名也不道姓地把村里的熊孩子骂了个遍，把熊孩子的爹娘、祖宗八代也骂了个遍。看了王媒婆气急败坏的样子，李铁匠躲在角落里捂着嘴巴直乐。他不止一次听大人们念叨，王媒婆是个会睁着眼说瞎话的势利眼，为了巴结她那些有钱有势的主子，打着说媒提亲的幌子，没少糟践穷苦人家的闺女。他早就看她不顺眼，现在终于有了出气的机会。李铁匠打小就爱打抱不平，做梦都想练就一身绝世武功——三拳两脚就把那些骑在老百姓头上拉屎的恶霸地主打个稀里哗啦。

李铁匠的家在李家村，走街串巷的买卖人、手艺人三天两头来村里转悠，有磨剪子戗菜刀的，有卖针头线脑的，也有说书唱戏、玩把式卖艺的，等等。那天村里来了一帮由一家四口组成的玩把式卖艺的草台班子，表演的绝活，一下就把他的魂儿勾跑了。

南来的，北往的，年老的，年少的，都来瞧一瞧看一看啦，有钱的捧个钱场，没钱的捧个人场，俺们初到贵宝地，承蒙各位老少爷们儿抬举，俺先给大家鞠个躬……

身材魁梧、面色黝黑刚毅的男班主敲着铜锣，扯着沙哑的嗓子说了一大堆好听的话后，表演开始。首先上场的是一男一女两个小孩子，男孩翻跟头，舞枪弄棒；女孩对折着身子钻铁皮桶，脚蹬点着的煤油灯盏转圈儿。接下来出场的是孩子的娘，把一根长长的鞭子舞得像游龙，用鞭梢当刀，把女儿举到胸前的一尺见方的草纸切成两半，接着又切成更小的两半。

最后出场的是男班主，他让儿子两手平伸，身子紧贴在一块直竖的木板前，然后倒退着走出七八步远站定，用黑布蒙上眼睛，从腰中的皮囊中抽出一把一拃多长的明晃晃的飞刀。没等围观的人明白是咋回事儿，他已挥动手臂，把十几把飞刀尽数扔出。飞刀闪着锃亮的银光，带着飕飕的风声，如箭一般飞向木板，准确无误地插在男孩身子周围。插在男孩头顶上的那把飞刀，离男孩的头皮看似只有一指的距离。围观的人都惊呆了，愣了好一会儿才猛然醒过神来，先是不约而同地嘘了声，接着开始狠劲儿地鼓掌叫好。

班主扔飞刀的惊险场面给李铁匠留下了很深的印象，他也想练就一手那样的绝活，做一个行侠仗义的江湖好汉。班主不仅飞刀扔得好，拳脚也十分了得，这更让李铁匠佩服不已，脑海中不时映现出班主勇斗蟊贼的画面。班主领着老婆孩子跑江湖卖艺，没个固定的居所，演完这一场，不知道下一场在何方。有一次在赶往下一场的路上，走着走着天就黑透了。眼看前不着村后不着店，又累又乏的他们只得露宿野外——把行李垛成墙挡风，地上铺个毡子，和衣拥在一起，倒头就睡。天当被，地当床，四周黑咕隆咚的，望不见熟悉的灯火，也听不见熟悉的狗吠声，只有满天的星星不停地眨着眼睛，只有忘我的秋虫不知疲倦地低吟浅唱。

一家人迷迷糊糊地进入梦乡，全然不知几个尾随而来的黑影正悄悄地靠近他们。几个心怀歹意的蟊贼早就盯上了他们的钱袋。先前班主敲着铜锣，举着盘子，向看杂耍的人统共讨要了多少赏钱，几个人心里都有数儿，只是没找到机会下黑手，见一家人露宿野外，沉沉地睡去，便忙不迭地围拢上来。岂不知班主警觉得很，不等他们靠近，早被他们猫样的脚步声惊醒，暗自做好了防范准备，用第三只眼睛不动声色地死死盯住他们。几个蟊贼不知深浅，竟大着胆子去拽班主护在身下的钱袋，没承想，冷不丁吃了一跃而起的班主几记拳脚，哼都没来得及哼一声，就像被大风刮起的麦个子一样接连栽倒在地……

要不是班主手下留情，放几个蟊贼一马，恐怕他们早被打得七窍流血，小命不保了。那班主算得上顶天立地的汉子，身怀绝技却从不轻易出手，不得已出手时也会分个轻重，能不伤人就不伤人，得饶人处且饶人。李铁匠发誓也要练就一身好功夫，做一名像班主那样行侠仗义的好汉。说干就干，他用自家的铁匠炉，偷偷打造了一把一拃多长的飞刀。他给飞刀安上木头把，为了让它更好看一些，又在木头把上系了束红线穗。李铁匠视飞刀若珍宝，得空就拿出来舞弄一番，一边舞弄，一边找感觉揣摩投扔的要领。

他先对着固定的目标练——用石灰在土墙上、在树上画个小圆圈，那小圆圈便是他投射的目标。后来他又对着活动的目标练，专扎那些飞行轨迹飘忽不定的蜻蜓、蚱蜢和知了。练到十拿九稳的时候，他又加大了难度——闭着眼睛盲扔，这一招他始终没有练成，为此心里总像拧了个疙瘩一样不爽快。有一次他路过村外的槐树林，被树上叽叽喳喳的麻雀叫声吵得心烦，想也没想，掏出飞刀便扔了上去。树上的麻雀扑棱棱全被吓飞，飞刀没伤着麻雀的毫毛，也没有立马落下来，而是挂在了高高的细枝丫上，摇晃着，颤动着，像是在抱怨他的鲁莽，一副可怜兮兮、惹人疼怜的样子。李铁匠一看急了眼，飞刀是他的宝贝，不能就这样丢了，得赶快把它弄下来。

一时找不来长竹竿之类的辅助物，弹弓也没带在身上，要想把飞刀取下来，并不容易。他用小石子、土坷垃当弹丸打飞刀，没打着。他一边仰着头用眼锁定飞刀，一边慢慢地靠近树干，运足气力使劲踹一脚后扭头就跑，希望通过树的晃动把飞刀震下来，可惜树太粗壮，摇晃的劲儿传到树梢已变得非常微弱，那飞刀像深深嵌入了树枝一样纹丝不动。无奈之下，他只好爬树去取。他弓着身子，手脚扒着树干，像猫一样一蹿一蹿地爬至树的半腰处，刚要抬头看看他离飞刀还有多远的距离，那飞刀吧唧一下自己掉了下来。不偏也不斜，飞刀的尖头正好扎在他从破裤裆中裸露出来，并高高翘起的屁股蛋子上，扑哧一声闷响，在上面劐开了一道血口子。一股凉飕飕的冷气和钻心的疼痛，从屁股那儿陡地传遍他的全身。哎呀娘哎，李铁匠脱口尖叫了一声，扑通一声跌落在地上……

这下可把他爹吓坏了，也气坏了，用拳头点着他的脑袋瓜儿大骂不止：不知天高地厚的败家子、瘪犊子、王八羔子，你这不是要弄小刀片子，而是在玩命啊！啧啧，幸亏扎着的是屁股蛋子，要是扎着你那小命根子，那咱老李家还不绝后啊！臭小子，就凭你那傻了吧唧的样儿，要是能把杂耍练成，那咱家的猪也能爬墙上树了！

娘也帮腔数落他：儿啊，你就听你老子一句劝吧，天生没那本事，就别去胡折腾，老老实实打你的铁，比干啥都强……

听完师傅学艺的悲惨经历，水娃子忍不住咻咻地笑起来。笑了没一会儿，又戛然憋住了。外面突然响起一阵慌乱的脚步声和叫嚷声，为了掩饰自己的失态，水娃子尽力憋住笑，假装好奇地出门察看情况。一看，立马吓傻了眼，慌慌张张地转回身，结结巴巴、语无伦次地说，师傅，不好，那伙狗娘养的，像是冲咱们这边来了，咋办啊？俺可连大烟味儿都没闻过啊……

李铁匠打个激灵，手里的烟袋锅差点儿掉在地上。李铁匠没好气地瞪水娃子一眼说，你胡咧咧啥？他们抓人，关咱们啥事儿？说着三步两步跑到门口，一看，也傻了眼。只见几个手拿盒子炮的二流子模样的人正兴冲冲地直奔铁匠铺而来。几个人都是一样的打扮：头戴黑礼帽，身罩黑绸衣，里套白汗褂，挽着袖子，敞着怀儿。脸型模样也差不多，都是贼眉鼠眼，摇头晃脑，一派耀武扬威、横行霸道的架势。

走在中间领头的瘦猴样的家伙，李铁匠看着有点儿眼熟——原来是经常去福来酒馆跟那个骚娘们儿鬼混的小子！也许是熬夜没休息好的缘故，这小子的脸有些浮肿，喊叫的声音明显有些疲沓沙哑：快，快把铺子——围起来，别——让打铁的黑鬼跑了！妈拉个巴子，奶奶个熊，天杀的黑鬼，害得老子——他娘的——酒都喝不安稳！

街上的小贩见势不好，纷纷仓皇躲避。慌乱中，有人碰倒了方桌，踢倒了凳子，茶壶茶碗碎了一地，汤水流了一摊。街面上到处是散落的菜叶瓜果，还有散落的柴火，还有一条裹满泥土、半死不活的草鱼，不知什么时候蹦达到了路中间，嘴巴一张一合，身子一耸一伏地抽动着。一个满头银发、衣着破旧、行动迟缓的卖鸡的老大娘，眼巴巴地看着两只原本老老实实窝在地上、用布条捆了翅膀和双脚的花毛母鸡，突然被一阵疾风刮飞，忽地跌落在离她一丈多远的路中间，装鸡的破筐子也被不知从哪儿刮来的一阵胡风吹跑，骨碌碌滚出老远。对穷苦人家来说，能下蛋的老母鸡金贵着呢，全靠它下的蛋换油盐酱醋呢。如果不是被逼无奈急等用钱，老大娘是不会急着变卖家里的宝贝疙瘩的。正望眼欲穿地等待识货的贵人光临买走她的宝贝疙瘩的时候，那两只鸡却被风刮跑了。老大娘只顾发呆纳闷儿，一时竟忘了去捡。

这时，那帮耀武扬威、骂骂咧咧的家伙刚好走过来。一只被捆了翅膀和双脚的母鸡刚好滚落在小头目的脚下，身子动弹不得的母鸡吃力地抬起头，咕咕咕地惨叫着。小头目认为母鸡挡了他的路，没好气地一脚踢过去。这家伙没把母鸡踢飞，却踢起了一片纷纷扬扬的花色鸡毛，一根鸡毛飘落在旁边矮个的嘴巴上，矮个呸地吐掉鸡毛，刚要发火骂娘，又猛地打住，随即把满腹怨气发泄在了母鸡身上，朝母鸡身上狠狠地补了一脚。母鸡被踢飞，啪嗒一声跌落在老大娘跟前，身子猛地抖了两下，头一歪，脚一蹬，断了气。

终于回过神来的老大娘扑上去抱住母鸡的尸体，声嘶力竭地哭叫着：俺的鸡，俺的鸡啊……

那帮家伙看也不看她，继续朝铁匠铺子冲过来。急了眼的老大娘跪着爬出几步，一把扯住了落在后面的其中一个家伙的裤腿，哭喊着说，还俺的鸡，快还俺的鸡，俺要拿它给娃儿换药呢，你们这帮兔崽子，一脚就把它踢死了，这是要俺的老命啊……

被扯住裤腿的家伙面黄肌瘦，好像正闹痢疾，走路有些跛，见一时无法脱身，气急败坏地把眼一瞪，抬手就要朝老大娘的脑门开枪。老大娘吓呆了，她没想到这家伙真敢动枪，头一晕，手一松，扑通一声瘫倒在地上。

眼睁睁看着这帮家伙像疯狗一样向自己扑过来，李铁匠不由得打个哆嗦，用烟袋锅使劲捅了一下还在发呆愣神的水娃子，颤抖着声音催促他说，快跑，这帮家伙要找咱的碴儿，要对咱——动真格的啦！

水娃子恍然醒悟似的撒腿就跑，一边跑一边提醒师傅：师傅，师傅，扔飞刀，快扔飞刀！

李铁匠斥道：扔，扔你娘个头啊，没见他们手里都拎着盒子炮啊！说着，随手从门边拽起一个两耳铁锅当盾牌，沿屋墙根快速转到屋后，连滚带爬地出溜下高坡，向着河边没命地飞奔过去。

第十三章

水娃子直奔石桥方向跑去。他一边蹦蹦跳跳地跑，一边吱吱哇哇地乱叫，像是故意吸引那帮家伙的注意力。那帮家伙不理他，看都懒得看他一眼，眼睛始终盯着李铁匠，一窝蜂地紧跟在李铁匠的屁股后面追，一边追一边骂骂咧咧，气急败坏地朝他放枪。附近树上的鸟儿被枪声惊飞，尖叫着仓皇飞走。一只麻雀好像被吓傻了，或者直接被吓死了，从树枝上吧唧一下掉落在地上。不知从哪儿蹿出来的一只大黄狗，正要扑上去咬落地的麻雀，被随后响起的枪声吓了一大跳，一眨眼跑没了影。这帮家伙像是疯了一样，一枪接一枪地打，看样子是要置李铁匠于死地。李铁匠叫苦不迭，近乎仰躺着向坡下滑。子弹呼啸着，贴着他的耳朵边飕飕地飞。有颗子弹擦到了他的耳垂，一阵烧灼样的酥麻过后，抽筋般的战栗从耳垂迅速蔓延到整个头部。他感到一股冰凉咸涩的血流过腮帮，流进嘴角，脑袋又麻又痛，快要爆裂似的。

子弹尖利的呼啸声犹如死神的魔爪，胡乱撕扯着、冲击着他紧绷着的神经，他的神经支撑不住，轰然坍塌了。他的神志变得恍惚起来。他隐约看到，先前还清清爽爽的天上飘满了殷红的流云，阳光也被浸染成了血红色，一抹一抹地泼洒开来。他的目光飘飘忽忽，好像已从身体上剥离出去，融入进了那片雾蒙蒙的流光虹彩里。

他的身子虽已出溜下坡沿，身后的景象却依然在他眼前晃荡。他隐约看到，随后跟过来的几个家伙站在坡顶上，先是愣了一会儿，接着探头探脑地向坡下看了看，像突然回过神来似的，张牙舞爪、虚张声势地一边大声喊叫，胡乱放枪，一边试探着往坡下爬，试了几下又猛地把脚缩了回去。也许是坡沿上丛生着的一片一片的酸枣灌木把他们吓住了。急于表现和立功的矮个家伙，像火燎了屁股的猴子，在坡顶上没头没脑一阵乱窜，把李铁匠慌乱中丢在坡顶上的铁锅踢得当啷啷直响。

他娘的，慌什么？还不快追！要是让黑鬼跑了，揪下你的破葫芦头来当尿壶！小头目尖声骂了句，狠狠地踹了矮个屁股一脚，差点儿把他直接踹下坡去。

李铁匠对屋后的高坡十分熟悉，往坡下出溜时，他本能地绷直身子，使身子像木桩一样直溜，刚好从酸枣灌木丛中一处不大的缝隙中钻了过去。在钻的过程中，他身上的围裙松脱，挂在灌木突出的枝条上，像旗帜一样颤动着，像是对那帮疯子的嘲笑和示威。他依稀看到，绿叶覆盖下的青枝条上长满殷红色的针刺和底部圆溜溜、上面带尖头的酸枣。酸枣跟花生粒一般大小，青中透红，十分可人，似乎还能闻到一种沁人的甜香。他忘了死神正对他紧追不舍，脑中竟萌生了顺手摘下一把酸枣的奇怪念头。他没有摘到酸枣，来不及伸手，身子就轰地坠下去了。甜香可人的酸枣一晃而过，随即呈现在眼前的是一簇一簇的杂草、荆条和成片的拉拉秧，他裸露的大腿、后背被拉拉秧的尖刺划伤，火辣辣地疼。他踩落的土块扑簌簌地向坡下滚落，碎土滚到坡下，积成一堆。大的土块则蹦过河岸的土坎，忽地向上一跃，在空中划出好看的弧线，扑通扑通落进水里，溅起一簇又一簇转瞬而逝的浪花。

他看到，靠近河岸的缓坡上长有一棵碗口粗细的柳树，树下的坡面上积满陈年朽败如泥、散发着潮润腐朽气息的落叶杂草，比上面的陡坡松软多了。滑到缓坡处时，他的屁股压到了一个圆溜溜、鼓囊囊的东西，并听到咕嘎一声东西被挤压的闷响，身子本能地向上一弹。原来是只模样丑陋的癞蛤蟆。癞蛤蟆鼓着肚子，瞪着两只黑豆样的小眼睛，身上长满褐色的小疙瘩，受到挤压时，小疙瘩里喷出一束束白色的毒液，毒液没有溅到他裸露的皮肤上，但能闻到它又腥又辣的石灰粉样的气味。他向上一挺身子越过癞蛤蟆，脚快要触到树干时，下意识地用脚蹬住地面，身向前倾。他想起身晃过树干，身子却不听使唤，在惯性作用下继续向前冲去。失去平衡的他近乎翻滚着径直撞向树干。砰的一声，他脑袋撞在了树干上，眼前突然一黑。震落的柳叶飘飘摇摇坠落，在河水粼粼波光的映衬下，别有一番景致。

短暂的眩晕过后，他感觉额头上鼓起一个大包，刚要抬手去摸，一声尖利的爆响把他的手震得猛地一抖。一颗子弹呼啸着飞来，正好击中他额头撞过的树皮，在上面崩出一个新鲜的弹坑。他本能地伏下身子，倒吸了一口凉气。可恶的狗杂种，差点儿一枪结果了咱的性命！他非常气恼，但深知现在不是跟他们拼命的时候，必须尽快逃离，容不得半点儿的迟疑。看看前面宽宽的河道和湍急的河水，他心一横，纵身跳了下去。

前几天下过几场大雨，这时的河水仍很大，很浑浊，依稀可见从上游漂下来的朽木，顺着水流若隐若现地沉浮着，一闪就过去了。还有淤积在岸边的棒子秸、麦秸、枯草，以及各色布头、笤帚疙瘩、破鞋烂帽等物件，缠绕在东倒西歪的芦苇秆上，一片洪水肆虐过的狼藉惨象。为了避免被岸边的芦苇、水草绊住腿脚，他拼尽全身气力，借助脚蹬土坎反弹的冲力，像鲤鱼跳龙门一样，嗖的一下跃过岸边的芦苇丛，钻入波浪翻涌的河水中。在入水的一瞬间，他隐约看到，一根滑溜溜的草绳样的东西在水面上一沉一浮，还有扭曲的天空、流云、河岸和树木的倒影，被他溅起的水花冲得七零八落，倏地便消失了，沉没了。

潜入水中后，他感觉舒服多了，也安全多了。河水淹没了他的身体，把他迅速冲离落水的位置，那帮家伙一时很难发现他确切的踪迹。有了水的浸润，他身上的擦伤不再那么疼痛。靠近河中间的水底，比芦苇丛生、水草淤积的岸边清朗多了，也通畅多了。没了芦苇和水草的羁绊，他在水中游动起来并不吃力。但由于河水很浑浊，看不清方向，他只能憋住气息，凭着感觉，用手把着河底的淤泥、沉沙和鹅卵石，顺着水流的方向拼力向前游去。他潜在水底，仍能隐约听到岸上那帮疯子嚓嚓的叫嚷声，子弹打在水面上的砰砰声，以及波浪翻涌的哗哗声。围裙滑脱后，他身上只剩下一件勉强可以遮羞的破短裤，破短裤被水流鼓起，像女人迷人的嘴唇，似触非触地亲吻着他那光溜溜的部位，身上继而产生了一种麻酥酥的感觉。游动过程中，偶有滑溜溜的沉浮物或游鱼随水流碰到他的身上，立马又漂离开去。在水中被东西偶尔轻轻触碰的感觉，同样十分美妙。

约莫已游出很远一段距离，他凭着记忆，奋力向对岸游去，直到钻入对岸的芦苇丛中，才放心地浮出水面，大口大口地喘气。下流的河道变得非常宽阔，河水不再那么湍急。世界似乎已恢复先前的平静，已听不到那帮家伙发疯般的叫嚷声和啪啪的枪声，只听到河水缓缓流淌的哗哗声，以及岸边咩咩的羊叫声。循声向岸边一看，只见一个小男孩牵着一只小羊羔立在河边。小男孩像刚玩过水，光着脚丫，也只穿一条勉强遮住裆部的破短裤，脸上和身上沾满泥巴，灰不溜丢的像个泥猴子。小男孩看着同样狼狈不堪的李铁匠，嘿嘿地傻笑。小羊羔每喝一口水，都会抬头咩咩地叫上一声，好像对李铁匠的狼狈样儿也充满了好奇。李铁匠尴尬笑笑，为了不打搅小羊羔喝水，特意拐个弯儿爬上岸去。一个包着灰布头巾、背着一捆柴火的小媳妇刚好路过河边，被突然从河中爬上岸的李铁匠吓了一跳，看他只穿着一条破短裤——那破短裤湿漉漉地紧贴他身上，把他粗壮的阳物轮廓清醒地显露出来，脸上顿时掠过一丝羞红，以为李铁匠是个玩水摸鱼的闲汉，不屑地看他下身一眼，若无其事地走开了。

李铁匠若有所悟，慌不迭地捂紧裆部，跌跌撞撞地爬上一处高坡，在高坡紫叶槐丛中蹲下身，勾着脖子、不无警惕地四下望望，见四下再没人注意自己，才吁了口长气。回想自己狼狈逃窜的过程，他脑中突然闪过一个大大的问号：好好的，为啥突然变成了这样？莫非自己做错了什么，被那帮家伙抓住了把柄？或者是遭人诬陷，被当成了倒霉的替死鬼？他百思不得其解，觉得要弄清真相，需费些周折去仔细打听，但现在还不是时候，现在最要紧的是逃命，远离那帮疯子的视线。为了避免引起路人的怀疑，李铁匠决定把身上弄干爽一些再走。他扒下湿漉漉的破布鞋和破短裤，拧去上面的积水，搭在紫叶槐枝上晾晒。他朝铁匠铺所在的方向望望，只见铁匠铺上空飘着一团灰蒙蒙的雾气，那雾气是由铺子里冒出的烟火、热气形成的，今天风小，那雾气久久没有消散。那里看似非常平静，看不出有啥异样。也许那帮家伙见抓不住他，就灰溜溜地回去向他们的主子报告去了；或者根本就没把抓他的事当回事儿，又忙着喝酒吃肉，跟福来酒馆的骚娘们儿打情骂俏去了。

想到事情可能还有转圜的余地，可能并没有预想的那么糟糕，李铁匠揪着的心慢慢放松下来，不时抬头望望日头，期盼着天尽快黑下来，他好摸黑回去打探一下情况，回铺子里拿几件衣服，带几个打铁用的物件，最要紧的是把他掖在炕席下的飞刀取出来。远处隐约传来的一阵骚动打断了他的遐想，他循声抬眼一望，立时惊讶地张大了嘴巴。只见铁匠铺上方忽地腾起一股浓烟，依稀可见有火苗在房顶上闪动，似乎还能隐约听到柴草噼噼啪啪的爆燃声和房梁咔嚓咔嚓的断裂声。不好，这帮龟孙子要烧咱的铺子！李铁匠脱口喊叫了一声，忽地站起身来，就要跑回去救火，跑出几步猛然发现自己还光着身子，忙又蹲下身来，倒退着去摸短裤。眼看那浓烟和火苗越来越大，李铁匠知道现在前去救火为时已晚，不禁长叹一声，一屁股瘫坐在地上。他直勾勾地望着陷于火海中的自己辛辛苦苦经营起来的铺子，心里在滴血，像针扎一样疼痛。他把牙齿咬得嘎嘣响，用拳头使劲捣着地面，在心里暗暗发着毒誓：总有一天，咱要让这帮龟孙子、王八蛋血债血偿！

眼睁睁地看着自己的铺子被烧，李铁匠却束手无策，叫天天不应，叫地地不灵，连个申冤说理的地方都没有。那帮家伙，一看就知道是吴老九的得力干将——国民党县保安团金团长的手下，金团长是个心狠手辣、杀人不眨眼的主儿，他的手下也都是蛮横霸道、如狼似虎的坏种。对不务正业、走上邪道的人狠点儿也就罢了，若对安分守己的平头百姓也是如此，那就实在说不过去了。罢了，罢了，你就是再有理，跟他们也掰扯不清，甚至连张口说话的机会都没有，什么公道王法，还不是任由他们说了算！他们说你黑你就黑，说你白你就白，看你不顺眼，随便给你罗列个罪名就够你喝一壶的。你要是不服气，他们就拿枪伺候你，把你打死了也就打死了，像踩死一只不会说话的蚂蚁一样简单。本该替老百姓主持公道的人，却不讲公道，黑白不分，甚至变着法儿鱼肉百姓，这样一来老百姓能有个好？能安生吗？想到那帮人还会继续追杀他，根本不给他喘息和申辩的机会，李铁匠气恨交加，巴不得立马跟他们拼个你死我活，但一瞅空空的两手，又犹豫了。他妈的，既然你们昧着良心硬把咱当成土匪，咱就当一回真土匪给你们看看！李铁匠在心里愤愤地骂着，扭头向黑虎山方向大踏步走去。

黑虎山因形状像只黑色的老虎而得名。它是大自然鬼斧神工的杰作。其山峰由灰黑色的岩石组成，从浓密的葱翠松涛和缥缈如烟的丝带状云雾中喷薄而出，高高耸立于群山之中，呈一飞冲天、气吞山河的飞跃状：虎头高高地昂起，虎背稍稍下压，虎尾微微上翘，大有将周围群山、松涛踩于脚下的架势。黑虎山山寨建在虎脊梁上，由七八座大小不一的庭院串联而成。云雾缭绕下的寨子，犹如天宫仙境。黑虎山三面都是悬崖峭壁，只有北面陡坡上有条羊肠小道，从山脚蜿蜒通向虎尾。黑虎山地势非常险要，路越往上越难走，经过陡峭处时，上山的人需紧紧抓住道边的灌木、杂草向上攀爬。上山难，下山更难，稍不留神就会跌落悬崖，命丧山谷。

时令已近晚秋，天气仍十分闷热，正午时分的阳光尤其明亮，像火苗一样炙烤着大地。大地在烈日炙烤下，蒸腾着白茫茫的雾气，泛着些许果实成熟后的金黄亮色。田里的庄稼大部分已被收割，散落着零星秸秆，裸露着土地被吸干养分后的黄褐色的斑驳褶皱，依稀透出秋尽冬来的萧疏气息。生活在黑虎山下的农人，秋天以种植棒子（玉米）为主。收完棒子，秋收便完成大半，只剩下零零散散的高粱、谷子、大豆、地瓜、棉花等。秋收虽已接近尾声，田里却仍是一派紧张忙碌的景象，随处可见头戴斗笠、肩搭毛巾、身穿汗褂、手握镰刀、面色黝黑的老农，以及头蒙方巾、牵着牲口来回驮运庄稼的农妇。

李铁匠头顶烈日，沿着田间小道，向着黑虎山踽踽而行。汗水浸渍耳垂、额头和背上的伤口，火辣辣地疼。他随手从路边扯下两片蓖麻叶，扣在头上充当遮阳的斗笠。被晒蔫的蓖麻叶软塌塌地贴在头上，反而使他感到更加闷热，他戴了没一会儿，便一把将它揭掉了。他不时手搭凉棚向黑虎山方向望望，远处的山峦在阳光照射下泛着白茫茫的光，黑虎山山峰就隐没于那片白光雾气里。

离黑虎山看似还有很长的一段路程，他走得有些疲累，几次折转身，愣怔一会儿又猛地转回头去，继续向前走。他心里七上八下的，也不知道这次上山顺不顺利。他早就听说，山上的土匪头子——大杆子老马不是个善茬儿。大杆子本名叫马狗子，自封大号钻天虎老马。据说这家伙非常崇拜《水浒传》中的人物矮脚虎王英，模样跟王英长得也十分相像——又矮又胖，眉毛很长，瞪着一双色眯眯的眼睛，一笑起来脸上的横肉便拧成一团。这家伙无时不巴望着也像王英那样，娶个像扈三娘那样的俊媳妇，但总是不能如愿。李铁匠想，孬好不计，这些年自己在朱庙镇上也混出了一点儿人样，算得上一条堂堂正正的汉子，要不是走了背字儿，哪会投到他马狗子的门下，听任他的摆布！

李铁匠一边走，一边胡思乱想，在田里忙碌的乡亲不时向他投来好奇的目光，好像在问：你这伙计，不像个干庄稼活的，大热的天，不好好找个阴凉地儿窝着，光着膀子跑出来胡晃悠啥？李铁匠感觉天热得出奇，身上被阳光晒得麻酥酥地疼，而乡亲们探询的目光同样十分灼热，令他浑身上下不自在，老远瞅见看似相熟的乡亲，赶紧低下头去躲开。

越往山里走，田野越空旷，似乎还能感受到阵阵清凉的山风吹到身上。靠近黑虎山的田里，很少见到收庄稼的乡亲，不少田地已经荒芜，只听到蚂蚱翅膀噗嗒噗嗒的扇动声和一阵阵知了、蝈蝈的鸣叫声。有蚂蚱不时扑到他的身上，在他身上慢慢地爬动，正要伸手捉它时，它猛一蹬腿，又噗嗒噗嗒扇动着翅膀飞走了。蚂蚱飞行时，它那舒展开来的膜状的柔韧而透明的内翅，在阳光辉映下闪耀着七彩的光芒，让人对它顿生几分好感，感觉它虽是祸害庄稼的害虫，却有着几分灵性之美和可爱样子。蚂蚱虽小，也是一条生命。李铁匠在心里默默地发着感慨：小东西，飞走了好，免得命丧咱掌下，变成一摊黄绿色的腥臭烂泥！蚂蚱、蝈蝈和知了不知人间的愁苦，无视尘世的纷杂和寒秋严冬的临近，正在做最后的狂欢。这些无忧无虑的小家伙，倒也活得自在。好好快活一下吧，等天凉了，你们就叫不出声，也蹦跶不动了。

也许是人迹罕至的缘故，前面的羊肠小道被疯长的浓密的灌木和杂草遮掩，不仔细看很难辨清它蜿蜒伸向哪里。李铁匠用手扒拉着灌木和杂草，步履艰难地向前行走，突然感到头皮一阵发麻，只听嗖的一声，一道线状的白蒙蒙的影子紧贴他身边飞了过去，随后听到清脆的啪啪声渐渐远去，犹如一块土坷垃坠入深水中，倏地便沉没了，消失得无影无踪。他没看清那影子到底是何活物，仍不由得打了个激灵。他早就听说，黑虎山上生活着一种毒蛇，能贴着草尖儿飞，发出像牧羊人甩鞭子一样的啪啪声响，人要是被它咬到——哪怕是轻轻地咬上一小口，也会立马丧命。他没见过那种蛇，也没看清刚才那活物的狰狞面目，但听它发出的声响，就知道它十分厉害，杀气腾腾。幸亏它只是与他擦肩而过，并没有像金团长手下的那帮疯子一样主动暗算他，攻击他。明枪易躲，暗箭难防，生性刚强、不轻易服软的他，面对不期而遇的危险和威胁，仍禁不住倒吸一口凉气，不由自主地加快了前行的步伐，尽量躲开浓密的荒草、灌木，挑裸露地皮、空旷干爽的地儿走。

走着，走着，忽然又听到扑棱一声，循声一看，只见一只长有花色羽毛的长尾巴鸟儿从前面低凹处腾空而起，嘎嘎叫着向远处飞去。李铁匠身子本能地向边上一闪，等看清飞去的是只长尾巴花斑野鸡，顿觉眼前有新奇的亮光闪了一下，心头迅即涌上一股难得的莫名的快感。那只花斑野鸡兴许正在窝里孕育小生命，是他这个不速之客的脚步声把它吓跑了。要是能趁机抄了它的老窝，捡上几枚野鸡蛋，那他就能凑合着吃一顿了。

走近一看，却大失所望，野鸡飞起的地方原来是个几丈见方的石坑。石坑显然是以前的采石人采完石头后留下的，随处可见不规则的灰褐色的碎石劣石，从板结的灰土中露出来。坑壁上长有稀疏的狗尾巴草，坑底是一汪浅浅的积水，水面上漂着一块一块的墨绿色的苔藓。因了苔藓的辉映，那水呈现淡绿的颜色。水底像有蚯蚓在微微地蠕动，仔细一看，却是一根土黄色的细小枯枝漂浮在水底。从水边踩踏的模糊痕迹看，野鸡显然刚在这里喝过水。李铁匠突然感到十分口渴，不由自主地用手轻轻拨开水面上的苔藓，捧起水来尝了尝。他尝到了一股又麻又涩的怪味，但久渴后饮水的快感瞬间冲淡了那股怪味，只觉喉咙里痒痒的，像有无数爪子在那里抓挠，像有无数大口在那里张着等水喝。李铁匠索性放开喉咙，咕嘟咕嘟喝了个够。

李铁匠拍拍鼓胀的肚皮，美美地打了个饱嗝，刚要起身离开，一眼瞥见对面坑沿上窝着一摊白花花的东西，仔细一看，原来是只羊羔的尸体。看样子它已死去很久，也不知道它是被雷劈死的还是被其他动物咬死的，刚才下坑喝水时，竟没有注意到它。羊羔尸体已严重腐烂，污秽不堪，周围的泥土也被浸染成了深红色。羊羔的头已腐烂，萎缩成骷髅，与身子近乎断开，只粘连着一点皱巴巴的薄薄的皮。羊羔的内脏已被掏空，也只剩皱巴巴的一层，上面满是板结的血污、上下蠕动的蛆虫和来回飞跑的蚂蚁。一只大马蜂这时刚好飞过来，在羊羔尸体上空盘旋，发出嗡嗡的叫声，像是在呼唤同伴前来聚餐。大马蜂几次俯冲到尸体上，又倏地弹飞起来，继续在尸体上空嗡嗡嗡地盘旋。

李铁匠看看羊羔的尸体，又低头看看那汪积水，猛然意识到了什么，肚中突然翻起一股浊浪，呼呼地往上蹿，一下一下猛烈冲击着他的喉咙。他终于忍不住，哇哇地大吐起来。随着肚中浊浪的翻滚，涌出，他身子不停地打着摆子，只觉地动山摇，天旋地转。眨眼间，他就吐了个底朝天，感觉胃液和胆汁都吐干净了。肚中像有无数只爪子在疯狂地撕扯着他的五脏六腑，然后把撕扯下的一片片血肉从喉咙里也一块抛了出来。最后只剩下空壳一样的躯体忽地坍塌、瘫软成一堆。

他蹲下身子，眼瞅着自己吐出来的那摊白花花、黏糊糊、带腥臭味的污物，感觉肚中还有东西在翻腾，啊呕啊呕惨叫着，张大嘴巴继续往外吐，却再也吐不出东西来。他用手指试着去抠喉咙，也只抠出一点儿黏糊糊的痰液。李铁匠哭笑不得地摇摇头，心想，这下倒好，还没正式上山呢，就弄成了这般邋遢样子，马狗子看了自己的狼狈相，能愿意收留自己吗？不能急着上山，得赶紧找个地方歇一歇，恢复一下精气神儿，初次见面，就让马狗子看了笑话，以后咋在山上混？这样想着，李铁匠强忍着肚中的绞痛，拖着软弱无力的身子，慢慢地爬出石坑，一步三晃地向长有松树和杂木的崖坡背阴处走去。

把肚子里的水和其他东西吐干净后，他感觉喉咙更加焦渴难耐，嘴唇像被火燎了一样，瞬间起了一层皱巴巴的干皮。他随手从路边摘了一把酸枣，将酸枣含在嘴里，慢慢地嚼着。有了酸枣汁液的浸润，他感觉喉咙和嘴唇舒服多了。

终于走到崖坡背阴处，他忙不迭地躺倒在毛茸茸的杂草丛里，像好几天没合眼的人突然摸到了炕席一样，不管天不顾地地歇息起来。崖坡背阴处的杂草没经阳光的曝晒，分外葱翠清凉，好像还带有几分朝露的潮润气息，从烈日下突然走进这片阴凉里，犹如突然被泉水浇淋了一样爽快。李铁匠决定美美地睡一觉，至于上山入伙的事，先不用急着去想。他闭上眼睛，感觉仍有团白花花的光在头顶上空晃荡，耳际仍萦绕着大马蜂嗡嗡嗡的叫声，脑中则飞着一团浓重的云雾，似乎还杂糅着白花花的腐尸和呕吐物的影子。他被这团模糊而沉重的云雾慢慢地拽入了梦乡。没了尘事的烦扰，他睡得分外甜香，他梦见自己畅游在猛龙河里，手不经意抓住了一条滑溜溜的金色的鲤鱼，他想把鲤鱼拿到眼前看个仔细，那鲤鱼却倏地化作一道金光，飞入漫天的激湍里；他看到无数彩蝶在翩翩飞舞，就飞舞在铁匠铺的上空，铁匠铺好好的，像从来没被焚烧过一样，铺子上空萦绕着袅袅的烟气，从里面隐约传来叮叮当当的打铁声，他断定在里面打铁的一定是他的徒弟水娃子……

李铁匠正沉沉地睡着，突然被一阵说话声惊醒，打个激灵爬起来，见太阳已临近西山，脸盘变得大而火红，不像正午时分那样白亮刺眼。山野上蒙着一层朦胧的雾色，预示着傍晚即将来临。说话声像是从山上传来的。李铁匠猫着腰爬上崖坡，通过树木枝叶间隙向声音传来的方向张望。只见两个人影从山上的小道上像幽灵一样飘下来。两人是一样的打扮：头戴破斗笠，上穿脏兮兮的白汗褂，下穿补丁摞补丁的灰土布裤子，脚蹬破布鞋，高高地挽着裤脚，腰中别着个鼓囊囊的烟袋样的东西。看两人的穿戴，极像收割庄稼的农夫，只是手中少了镰刀、锄头等收秋用具。两人像是走惯了山路，在崎岖不平的羊肠小道上行走，如履平地，给人的感觉就像从山上飘下来的。两人没有沿山路继续向下走，而是径直向李铁匠待的地方走过来。李铁匠趴下身子，出溜下崖坡，屏住呼吸，藏在杂草丛中。因一时没摸清两人的来路，他不能轻易暴露自己。随着两人越走越近，其夹杂土话和黑话的对话声，他听得越来越清晰。

只听其中一个说，临下山前，俺见你扔过银圆，你是不是想用它来卜一卦？傻小子，说你脑袋瓜子里缺根弦儿吧，你还老是不信，啧啧，你拿的那可是袁大头啊，两面都是大脸盘子，不管你咋扔，还不是一个熊样儿？是年长者的说话声，声音明显带有几分沙哑。

叔，你别动不动就拿俺当小孩子训好不好，俺那也是跟大杆子（大当家）学来的，每次下山前卜一卜吉凶祸福，心中好有个数儿，能躲的祸事尽量躲着点，不承想正好让你瞅见了，实话告诉你吧，俺早用指甲盖在其中一面头像的鼻梁子上挖了个小坑儿，你看着它两面都一样，俺却一眼就能瞅出它的差别来！答话的是个十七八岁的年轻人。

年长者从鼻子里发出嗤的一声说，臭小子，长能耐了啊？可别长点儿熊本事就挎挲，就不知道自个儿姓啥好了！安子啊，你就听叔一句劝吧，山上没那么好混的，该夹住尾巴的时候就把尾巴夹紧点儿，别动不动就咋咋呼呼，好像别人都不如你能耐似的，哼，你能耐个屁啊，到现在连枪把子都要不顺溜，就凭你那两下子，真到了关键时候，恐怕连自己咋就土（死）的都不知道！唉，俺真后悔把你带上了山，你小子要是有个三长两短，俺咋向你爹娘交代啊！

安子说，叔，你咋老说些丧气话，咱又没做亏心事，怕啥？不就是卜个卦嘛，咋又扯出那么多拉拉秧来？哼，要不是昨晚上做了个噩梦，俺才懒得费那脑筋哩！

长者说，臭小子，俺向着你才跟你叨叨两句，别不知道好歹，你只要不把叔的话当屁话听，叔保准你越混越有出息，好娃子，昨晚上做啥噩梦了？你卜的那一卦咋样？是不是不大好？看把你给挂挂（焦虑）的，一早起来就蔫了吧唧的，像霜打的茄子一样！

安子说，叔，你等一下……安子没急着答话，而是憋着劲儿哼哼起来。随后传来一阵窸窸窣窣的声音。

李铁匠正纳闷儿，忽见头顶上有亮光一闪，一道圆弧状的银亮的水线朝他的脑袋直滋过来，接着便闻到一股浓浓的尿骚味。热乎乎的尿液滋到他头顶上，又喷溅开去，发出哗啦哗啦的声响。李铁匠闭上眼，屏住呼吸，巴望着那小子早点儿尿完。那小子却长了个猪尿泡，尿起来没完没了，先浇了他一头一脸，接着又尿了他一身。李铁匠气不打一处来，右手不自主地向边上摸了摸，恰好摸到了一块带尖带棱的石块，他想立马跳出去踢那小子一脚，用石块把他裤裆里的玩意儿剜下来，但转念一想又忍下了。大人不记小人过，这一老一少显然是山上的小喽啰，犯不着跟他们过不去，何况他们并不知道崖坡下还藏着个大活人！

等安子把他那猪尿泡里的尿水倒干净，两人并没有急着离开，而是坐下来，接着前面的话题又拉起了二话（闲话），像是在打发时间，等天黑后再行动。两人踩落的泥土扑簌簌地滚下崖坡，刚好落在李铁匠湿漉漉的头顶上。大部分碎土沾在了他头上，没沾在头上的也尽数落到了他身上。土沾在身上，麻酥酥地痒，他只顾听两人说话，倒也没觉出有啥不舒坦。

只听安子说，叔，昨晚俺做了个噩梦，梦见咱们在路上走，突然从路边蹿出来一条龇牙咧嘴的大黑狗，那黑狗忽一下咬住了俺的手腕子，俺跳着高儿、转着圈儿甩它，总也甩不掉，俺扯着嗓子喊：叔啊，叔哎，快掏枪打它狗日的，你倒好，耳朵眼里像塞了棉花套子（团儿），没事人一样继续向前走……梦见被狗咬，不是个好兆头，怕是要遭小人算计，俺担心这次下山可能会出岔子，咱们得多长个心眼儿，看事不好赶紧出水（逃跑）！

安子叔嗯了声说，不管怎么说，还是小心一点儿好，以后你要是再做这样的梦，叔教你个法儿排解，保准灵验，黑晌（夜里）跌了（睡觉）做了噩梦，一猛丁醒过来的时候，啥也先别干，先把枕头翻过来，那梦也就跟着翻过去了，要不就等到天亮太阳露出头来的时候，把梦见的灾祸说给钩子（外人）听，天机不可泄露，泄露了就不灵验了。

安子激动地说，叔，你说得对，说说就没事了，天机一泄露，神仙也抓瞎，就像拉屎头子一样，拉不出来时憋得难受，拉出来就舒坦了，屎憋在肚子里的时候只能臭咱自己，把它拉出来就跟咱没关系了，爱臭谁臭谁去！听说大杆子也做过一个很差劲的梦，梦见寨子被雷劈了，紧接着起了大火，把寨子烧了个精光，大杆子一猛丁醒过来，就再也困（睡）不着了，坐在屋前的石凳上等天亮，太阳刚露出头来，他就照你的法子，把梦到的祸事跟干巴婆和杏儿说了，说了就太平了，寨子一直稳稳当当的，牢固得像个铁筒子。

安子叔说，快闭上你那臭嘴，俺那法儿可从来没对钩子（外人）说过！哼，自个儿事都顾不过来，哪有心思管别人！再说了，他的事，还用咱们操心？安子你给俺记好了，少管闲事少吃屁，不该说的别轻易去说，不该管的别轻易去管，保准对你有好处——没孬处！

安子说，嗯，一拃不如四指近，还是叔向着俺，叔，不是俺吹牛，在山上俺最服你，下了山也一样，你懂的真多，凭你的本事，应该当……他不识货，老拿宝贝疙瘩当驴粪蛋儿踢，你还死心塌地跟着他，到底图个啥？哼，哪里的黄土不养人？有本事，还怕没地方使？

安子叔说，放你娘的狗臭屁，这样的话你也敢说？幸亏眼下只有咱爷儿俩，要是……以后说话放机灵点儿，别老这么粗声大气，像撒尿一样到处乱喷，你不知道隔墙有耳啊？

两人陷入了短暂的沉默，随后嘟囔的话声音压得很低，但因离得很近，李铁匠还是听了个真切。

只听安子嘻嘻一笑说，正因为跟前没钩子（外人），咱才敢掏心窝子嘛，叔，你啥都好，就是心肠细了点儿，软了点儿，咱心里亮堂，没那么多弯弯绕，说的呢，都是些大实话，就是钩子（外人）听见了也没啥好怕的。

安子叔说，唉，该说你啥好啊，你脑袋让驴踢了吗？咋老是不开窍呢？莫非你真把俺说的话当屁话听了？如今这世道，乱得让人心慌，不心细能行吗？你想过没有，山上那么多弟兄，为啥他独独派咱爷儿俩下山？

安子说，为啥，还不是因为你资格老，想拉拢你啊，至于俺，嘿嘿，肯定是沾了您老人家的光，他让俺替他到县城武成王庙里上炷香，还不让俺对你说，嗨，这又不是见不得人的事，有啥不能说的嘛！叔，他指派你干啥去？往东还是往西？咱们是不是就在这儿分手？

安子叔说，去，又来了！俺看你小子就是欠揍，刚嘱咐你的话又忘了，俺再念叨一遍，你可给俺记扎实了：有些事远没有你想的那么简单！不该打听的少打听，不该说的不要乱说，该装聋子装聋子，该装哑巴装哑巴，在山上混，有些事知道得越少越好，掺和得越少越好，知道得多容易引火烧身，要是掺和多了呢，就怕连腿也拔不出来，到时候呀，有你好受的。

安子说，叔，有那么严重吗？听说大杆子很讲义气，从不亏待弟兄。

安子叔呸地吐口唾沫说，人是会变的啊！他呀，再也不是以前的那个好大哥了，你没见他看人的眼神总是怪怪的，说话神神道道、阴阳怪气的，动不动就朝人冒火，心思呢，也全花在了小娘们儿身上，连烧火做饭的干巴婆也不放过，那干巴婆还是俺带上山的，那时山上缺个烧火做饭的，俺下山办事时恰好碰上了沿路要饭的干巴婆，就决定赏她口饭吃，把她带上了山，原以为她是个上了年纪、没人稀罕、脏不拉几的要饭婆，等她洗巴干净，换上一身干净衣裳，立马换了个俊模样，别提多水灵了！她这一露真相不打紧，把弟兄们的魂儿都勾跑了，一个个眼珠子整天围着她转悠，大杆子也一眼就看中了干巴婆，不管人家愿意不愿意，硬把她抢过去睡了，你说说，他做的这是啥事嘛！唉，也难怪他会变成这样，遭了那么多难，受了那么多屈，换了谁都会憋闷难受，正好找个女人发泄一下，只可惜了那个俊丫头……

安子说，叔，这就是你的不对了，山上数你资格老，咋不劝劝他？

安子叔说，哼，能劝的话，早劝了！他呀，谁也不服，就服咱这儿的国民党县长吴老九，你知道他服吴老九啥吗？服吴老九的狠劲儿！他说了，为啥那么多人都怕吴老九？因为吴老九心狠手辣，不管你多么硬气，只要栽到吴老九手里，保准没个好！所以啊，在江湖上闯荡，没点儿狠劲儿是不行的，要想让别人怕你、服你，就得狠一点儿，再狠一点儿，狠到别人狠不到的地步，就像腌咸菜一样，一定要腌得透透的，那样才出味，让人吃一口就忘不了……他还说，人啊，要么一点儿都不坏，要么就坏透顶、臭到家——这样别人才会怕你三分，让你三分，敬你三分，把你当个厉害人物看待，甚至当神仙一样供着……

扑棱棱一声，附近树上像有鸟儿被惊飞。两人突然噤了声，愣怔一会儿，只听安子叔不无慌张地催促安子说，不好，像是有人下山来了！咱们只顾拉二话（闲话），差点儿误了时辰，快分头赶路吧，明天晌午再到这里碰头，你头一回单独行动，得把臭毛病捂严实了，可别光顾着要，把正事耽误了，事要办砸了，哼，俺可没法帮你擦屁股！俺嘱咐你的话，可都记扎实了？

安子抖抖索索地答应着，嗯，嗯哪，记下了。

两人像被狼惊扰的兔子一样，仓皇爬起身，一个向东，一个向西，一眨眼的工夫窜没了影。

第十四章

　　嘚嘚嘚，驾驾驾，小马驹跑得快，拉上平面（饭桌）摆上菜⋯⋯

　　扎着羊角小辫，额头上点着红胭脂，穿着红肚兜，打扮得像小哪吒的杏儿，得意扬扬地骑在马狗子背上，挥动着用小木棍和硬针子（红缨枪）线穗做成的小马鞭，一边催促小马驹快跑，一边用稚嫩的童音唱着大人教她的儿歌。又矮又胖的马狗子，四肢着地，卖力地爬着，呼哧呼哧喘着粗气，不时晃晃脑袋，抖抖身子，发出像马叫一样的咴咴声，冷不丁还打个响鼻，把杏儿逗得咯咯直笑。马狗子驮着杏儿，在屋地上来回转圈儿，转着转着头就晕了，额头忽地撞在桌子腿上，马狗子忍着疼痛，若无其事地继续爬，继续转。

　　两人正玩在兴头上，忽见门口有黑影闪了一下。是干巴婆。蒙着头巾、面容姣好的干巴婆，两手捧着一只盛满汤的灰瓷碗，小心翼翼地走进门来，看了屋里的情形，愣了一下，缩着身子立在门角，小声提醒马狗子说，大杆子，您的头疼药熬好了！

　　马狗子没好气地摆摆手说，滚，没见大王正巡山啊？把药放桌上，该干啥干啥去。

　　是，干巴婆答应着，小心地躲避着脚下的障碍物，捧着碗七扭八拐地走到桌前，把碗放下，又觉得不放心，犹疑了一会儿，又把碗向桌中间推了推，觉得放稳当了，才扭着好看的身段，小心万分、七扭八拐地走出门去。

　　干巴婆刚走，又有一团黑影在门口闪了一下。来人没有进门，单膝跪在门前，双手抱拳，大声说，报，大杆子，有个叫李铁匠的汉子来拜咱的山头。

马狗子打个激灵，手摸索着伸向背后，轻轻地拍了拍杏儿的小屁股蛋儿说，乖娃儿，快下来，爹有正事要办。

不嘛，就不嘛，俺还没玩够哩，杏儿娇滴滴地说，一边使劲扭动小屁股，把马狗子晃得更加头晕。

马狗子火了，尖叫着说，下来！

尖叫声把杏儿吓了一大跳，差点从他背上一骨碌摔下来。杏儿万分扫兴地噘起小嘴，乖乖地从马狗子背上出溜下来，眼中噙着委屈的泪花，恋恋不舍一步三回头地走出门去，临出门口时，不忘囿着小脸朝来人凶了一下。

马狗子大模大样地爬起身，轻轻地掸了掸身上的尘土，端坐在太师椅上，板着面孔、蹙着眉头问来人：慌什么，又不是吴老九来了，你说什么？李铁匠，哪个李铁匠？他长什么样？

来人从鼻子里发出嗤的一声说，是朱庙镇上开铁匠铺的那个李铁匠，高高的，黑黑的，这家伙像是遭了大难，到咱这儿避风头来了。

是会扔飞刀的李铁匠啊？马狗子若有所悟，霍地站起身，伸出手做了个请的动作说，快请。

是，来人答应着，起身就要离开，不想又被马狗子摆摆手拦住。

马狗子把来人招呼到跟前，咬着来人耳朵，小声叮嘱一番。来人连连点着头，快步走到院门口，正要转身合上院门，见马狗子也跟了过来，有意无意地向他做了个刀劈的手势。来人心领神会地点点头，按马狗子的意思去招呼李铁匠。

李铁匠赶到山上的时候，太阳已落山，大地弥漫着朦胧的雾色，远处的田野、山峦、树木、村庄渐渐变得模糊。山上黑得晚，在山下看到的已黑下来的天，因了天光的辉映，又变得明亮起来。西天边仍能看到飘浮着的一抹一抹的晚霞，一弯纸片样的月亮在天穹上忽地大起来，清晰起来，好像它早就在那儿等待了很久似的。

在纸片样的月亮衬托下，瓦蓝色的天空变得分外深邃和旷远，山风无遮无拦地吹拂在身上，让人感到阵阵凉爽，仿佛从闷热的初秋一脚踏进了萧疏的秋末——寒冷的冬天正一步一步逼近山川和大地。眼前的山寨也依稀透着萧疏的气息，并没有想象的那样高大恢宏。首先映入眼帘的是造型奇特的寨门，说它是寨门，其实并没有门，只有两个用石块垒成的高高的门垛子，以及塞满路口的，用捆绑在一根长木杆上的带刺的酸枣树枝做成的笆篱。笆篱像特殊卫兵一样把守着寨门和路口。寨门两边的石垛子上设有专门用来瞭望和射击的四方空洞，先前还能看到有长枪从那里伸出来，还有来回晃动的人影，后来就见那守门的人直接站在了石垛子顶上。

只有一左一右两个土匪在把守寨门和路口。两人见李铁匠光着膀子，赤手空拳，不像是来找碴儿的厉害角色，便放松了警惕和戒备，端着枪站起身，目光在李铁匠头顶上瞟来瞟去，根本没有把他放在眼里的样子。

忽地，石垛上又出现了一个又矮又胖的人影。李铁匠一眼认出，这人便是刚才前去传信的土匪小头目。小头目对两个守门的土匪小声交代了两句，然后用手掌罩着嘴巴，对着李铁匠大声喊道：喂，下面的爷们儿听好了，俺们大杆子说了，你想入伙，得先答应俺们一个条件，要是行呢，你就言语一声，要是不行呢，就快点儿滚你娘的蛋，哪来的回哪去！

这位兄弟，你说这话就有点见外了，俺既然来了，就没打算回去，还请这位兄弟在大杆子面前帮俺多说几句好话，至于你说的条件嘛，俺能做到的，决无二话！李铁匠双手一抱拳，恭恭敬敬地问，有什么条件，还请小老弟明示。

小头目说，你先答应再说，爷们儿放明白点儿，上哪山砍哪山的柴，别瞎着狗眼拜错了山门，在黑虎山寨，只有俺们大杆子说了算！

这俺明白，俺非常乐意跟随大杆子——走南闯北，只是，李铁匠犹疑地说，现在俺该怎么做才能合大杆子的心意，你总得让俺多少知道一点儿眉目吧！

小头目说，这么说，你答应了？

嗯，只是……李铁匠想把心里的疑虑说出来，那就是大杆子要是让他杀人放火，欺压良善，他该怎么办，那种事他是决不愿做的，也违背他上山入伙寻机报仇的初衷，但面对小头目居高临下、气势汹汹的问话，他又犹豫起来，话到嘴边又咽了回去。

小头目不给李铁匠分辩的机会，听到他讷讷地应了句，赶忙向两个把门的土匪使了个眼色。两个土匪飞也似的跑下石垛子，把堵住路口的笆篱抬到一边。随即就见小头目腆着肚子走过来，朝李铁匠不容置疑地招一下手说，老实儿点，跟着走！

李铁匠紧随小头目走上石垛子，步入后面的长廊，一边走一边好奇地东张西望。他发现长廊围堰和围墙全用石块垒成，显得非常结实牢固，围墙上隔不远就留有一个用来瞭望和射击的方形孔洞。看到它，很容易让人联想到长城，只是眼前的这一小段建在山梁上的城墙要粗糙和简陋许多——墙面垒得很不规整，中间的走道也只做了简单的平整，并没有铺设石阶，乍一看很像跑马巡逻的简易通道。长廊呈上宽下窄的斗字形，越往里走越宽阔，跟长廊连接的是连成一片的七八座院落组成的山寨。前面的几座院落像是新建不久，石基、山墙、围堰、围墙，全用石块垒成，屋顶覆盖着还未朽透变黑的土黄色麦秸。后面的几栋灰砖瓦房，看起来要宽大许多，可依稀看到飞檐斗拱、雕梁画栋的痕迹，像破败的财主庄园或荒废已久的破庙。这庄园或破庙，表面上看似冷清，内中实则充满生气，能看到炊烟从庭院中袅袅升起，也能隐约听到人来人往的脚步声和说话声。

李铁匠头一回上黑虎山，头一回见到在高高山梁上建的房屋，心里充满了好奇和感慨，对建造这些房屋的泥瓦匠、石匠们佩服不已，脑中不觉萌生了一个奇怪的念头，觉得要论建房盖屋，他这个铁匠指定派不上太大的用场。

一路好奇地察看着，胡思乱想着，不觉进入最前面的一座热热闹闹的院落，说它热闹，是因为院子四周围拢了一帮乱哄哄的土匪，这些人像是在那静候多时，大都歪着脑袋斜楞着眼，有的抱着枪杆子，懒洋洋地靠着石墙假寐；有的围成一堆，在地上做着赌博的游戏；有的用石块或木桩当坐凳，跷着二郎腿，抱着烟袋锅吞云吐雾；有的把头凑在一起，小声嘀咕着什么，不时发出嘿嘿哈哈的怪笑声。还有一个土匪竟然大模大样、旁若无人地对着墙根哗啦哗啦地撒尿。一个年长点的土匪，正指挥着四五个年轻点儿的土匪，挥舞着镐头、铁锨，在院子正中埋一根三丈多高的木杆，木杆顶上挂了个滴溜当啷的东西。

看到李铁匠走进院来，一帮人不约而同地呀了声，不管是站着的、蹲着的，还是背对着的，都把目光转向李铁匠。看了李铁匠的狼狈相，一帮人又不约而同地发出一阵哄笑声。土匪们用各种——或好奇或鄙夷或愤慨的眼神打量李铁匠，一派高高在上、神气活现、扬扬自得的架势。李铁匠俨然成了他们眼中待宰的猎物。有个土匪急不可耐地流露出刽子手的狰狞面目，堂而皇之地用枪头对着李铁匠的脑袋瓜瞄准，嘴里还发出夸张的啪啪声。

由于李铁匠身形高大，模样显眼，大家的目光和心思都集中在他身上，忘了他身边还站着小头目。受到冷落的小头目有些气恼，突然从腰中掏出盒子炮，朝天上比画了一下。本以为他要放枪，却没有。

小头目使劲跺下脚，骂道：都他娘的安稳点儿，一霎不咋呼会死啊？

听到叱骂声，大家这才注意到他，不约而同地噤了声，直勾勾地看着小头目和李铁匠。

小头目余气未消，三步两步冲到院中间，朝正在埋木杆的一个小子的屁股上狠狠地踹了一脚，气呼呼地说，你他娘的不会快点儿啊，等天黑了，你能看清个球啊？！

被踹的小子一蹦三尺高，哎呀尖叫了一声，回头见是小头目，刚要骂出口的脏话又生生地咽了回去。

年长的土匪忙不迭地催促说，快点儿，快点儿，差不多就行了。

几个土匪好像还有别的差事要办，手忙脚乱地埋好杆子，没有留下来和其他土匪一起围观看热闹，而是拎着镐头、铁锹，急火火地往后院去了。

等埋杆子的人离开，小头目回头看看傻愣愣的李铁匠，用手指着木杆顶上的东西说，喂，听说你飞刀要得不孬？哼，到了咱这儿可别瞎吹，是骡子是马得拉出来遛遛才知道！爷们儿看好了，那顶上挂的是大杆子仇人家的小月孩（婴儿），为了表示你忠心无二，你用飞刀把她扎死吧，听好了，别一刀毙命，最好耍个花样让大家伙开开眼！

周围的土匪一听，不约而同地嘘了声，瞪大眼睛，眼巴巴地看着李铁匠，焦急地等待着好戏上演。

李铁匠抬头一看，不禁倒吸一口凉气，他没想到木杆顶上挂着的东西竟然是一个用小花被紧紧包裹起来的婴儿。随着山风的吹拂和木杆的微微晃动，那襁褓来回地摇晃，冷不丁就要摔下来的样子。天还没有黑透，院落里没有掌灯，借着傍晚微茫的天光，李铁匠隐约看到，那婴儿正下意识地做着挣脱死神的努力，小腿在包裹她的小花被中不停地踢腾，稚嫩的小脸蛋因憋闷而发红发紫，小嘴无力地翕动着，发出微弱的嘤嘤的喘息声抑或求救声。可怜的孩子，无辜的孩子，竟然被人当成耍物玩弄——真是作孽啊！

李铁匠不由自主地打个冷战，心头迅即涌上一股莫名的怨气，他把眼一瞪，气呼呼地质问小头目：孩子又没有什么过错，为啥平白无故要她的性命？

小头目被李铁匠凶巴巴的样子吓了一跳，手不自主地握紧了枪把子。小头目强作镇定地把眼一瞪，虚张声势地大声说，谁让她是大杆子仇人家的孩子，活该！大杆子的仇人也是弟兄们的仇人，大家说对不对？

周围的土匪纷纷响应小头目的号召，发出兴奋的幸灾乐祸的呼叫声：对，杀死她，快杀死这个小贱种！

李铁匠并没有被他们的气势吓倒，把脖子一梗说，俺还是那句话，孩子没有错，俺不能平白无故就要了她的性命，这事俺干不了！哼，早知道你们这么不讲道理，俺说啥也不会上山来！说着就要转身离开。

小头目一个箭步蹿到他前面，用枪顶住他的下巴骨，恶狠狠地说，不许走，他娘的，你以为这是赶集啊，想来就来，想走就走？

周围的土匪也忽地警觉起来，手忙脚乱地纷纷把枪对准了他。

李铁匠苦笑着摇摇头说，你们——到底想干什么？

小头目说，大杆子吩咐的事，你干也得干，不干也得干！实话跟你说吧，小贱种的脖子上套着绳子，即便你不把她扎死，一会儿她也得被绳子勒死，现在你把她扎死，快一点儿送她上路，是对她好，可以让她少受点儿罪！小头目一边说，一边不怀好意地朝李铁匠笑了笑，那笑容特别瘆人，让人不寒而栗。

听了小头目的话，李铁匠心头一震，下意识地望望木杆顶上，隐约看到那襁褓中的月孩已奄奄一息，仿佛连出气的气力都没有了，但因山风的吹拂，那襁褓仍在微微地晃动。越晃动，脖子上的绳索便勒得越紧。

李铁匠眉头一皱，突然有了主意，冷着脸催促小头目说，快点儿，拿来。

小头目说，拿什么？小头目一时没有回过神来，以为李铁匠要夺他的枪，手不自主地抖了一下。

李铁匠用手推开小头目的枪，没好气地说，你不是要咱扔飞刀扎她吗？飞刀呢？咱来得匆忙，身上可连个铁片也没有带。

小头目说，要喝血虎啊？——不早说！小头目若有所悟地点点头，左手麻利地从腰背后拔出一把明晃晃的匕首，递给李铁匠，右手仍举枪对着李铁匠的下巴骨，生怕人高马大的李铁匠冷不丁把他打翻在地。

李铁匠接过匕首（土匪称喝血虎）来掂了掂，感觉那匕首还算锋利，只是做工有些粗糙，明显不如自己亲手打造的小巧，使起来肯定也不顺手。只能将就着用了！李铁匠定定神，在心里默默地念了句老天保佑，用眼迅速瞟了一眼悬挂襁褓的绳头，使劲一跺脚，一扬手，一道银光忽地从他手中射出，直冲杆子顶上飞去。

看热闹的土匪不约而同地呀了声，齐刷刷地抬头去看，预想的惨象随即浮现在他们眼前：飞刀扑哧一下刺穿月孩的心脏或斩断她的脖颈，把一块小孩拳头大小的血肉生生地剜了下来。那团黏糊糊的血肉，好似一个龇牙咧嘴、活蹦乱跳的怪物，喷吐着血沫子，扭动着，飞舞着，极不情愿脱离月孩身体似的，在空中翻了好几个跟头，才扑哧一声掉落在地上，最终摔成无数带血的碎末四处飞溅，有的落在人头顶上，有的扑打在人身上，有的沾在石墙上，眼前顿时血红一片，空气中充斥着咸涩的让人发疯抓狂的血腥怪味。那团血肉被剜掉后，月孩身上多了个很大的血窟窿，血沫子从窟窿里咕嘟咕嘟冒出来，犹如鲜红的蓓蕾绽放、爆裂……

与土匪预想的完全不同，李铁匠只想把悬挂襁褓的绳头斩断，然后在襁褓掉落的一瞬间，他一个箭步冲上去把襁褓稳稳地接住……先把孩子救下来再说，至于接下来怎么办，他顾不上多想。但实际情形却没有他预想的那么乐观，在他扔出飞刀的节骨眼儿上，突然刮来一阵风，木杆和襁褓猛地摇晃起来，飞刀本是冲着绳头去的，这时却改变了方向，直冲月孩的头部扎去……不好！李铁匠打个冷战，原本要冲上去接襁褓的他，像突然被人点了穴位一样僵住了，眼巴巴地看着飞刀径直扎向月孩稚嫩的小脸蛋……只听咔的一声脆响，月孩的脑袋瓜像破碎的西瓜一样，被劈成了八瓣。飞刀挂在月孩残破的脑袋上，摇摇欲坠。看样子，飞刀已将月孩的脑袋瓜劈烂，月孩性命难保。但奇怪的是，他并没有看到血肉横飞、鲜血四溅的惨象，只看到几块碎裂的泥块样的东西扑簌簌地掉落在地上。正要欢呼雀跃的土匪们见真实情况与他们预想的不一样，一时也傻了眼，不知道刚才到底发生了什么。

黑虎，你这是在干什么，人家来投奔咱，你怎么能这样对待人家！

正纳闷儿时，突然听到吱扭一声响，堂屋中间通向后房过道的大门被人推开，紧接着闪出两个背长枪、提着马灯的土匪，分左右两边站定，随即就见一个体态臃肿、眉开眼笑的胖子从门里慢慢地拱出来。不用多问，一看就知道，胖子便是黑虎山赫赫有名的大杆子——自称钻天虎老马的马狗子，刚才跟黑虎喊话的正是他。

马狗子径直走到李铁匠跟前，双手一抱拳说，哇，原来是飞刀老李啊，幸会，幸会，弟兄们有眼不识泰山，得罪了，黑虎这小子太莽撞，把事做过头了……不过，他也是一片好心，他的本意是想让你表一表诚心，露一手绝活给弟兄们看看，好让弟兄们打心眼里服气你，好了，啥也别说了，既然你诚心投奔咱，那就是咱贴心贴背、同生共死的好弟兄。马狗子看看周围那些仍不明就里的土匪，抬高嗓门问：弟兄们，大家说，李铁匠的飞刀扔得好不好？

善于察言观色的黑虎马上附和说，好！周围土匪像得了号令似的，也纷纷大声说好。但声音听起来底气明显不足，不像是真心喊出的。

马狗子摆摆手，示意黑虎把残局收拾一下。黑虎答应着，招呼两个土匪把木杆放倒，把拴在上面的襁褓解下来。借着马灯的亮光，李铁匠和周围看热闹的土匪终于看清，那襁褓里的月孩原来是个染了油彩、形象逼真的泥娃娃。泥娃娃捏得真是太像了，差点儿瞒过了在场所有人的眼睛。泥娃娃不光捏得像，口中或肚腹中好像还设了发声的机关，风一吹，就会发出嘤嘤的啼哭声。这么精巧的物件，一定出于泥人丁之手，莫非泥人丁也在山上？李铁匠下意识地四下望望，没有寻到他意想中的那个人物，却被土匪们不屑和怪异的眼神扎得生疼，一种被羞辱的恼怒和怨愤陡然涌上他的心头。

李铁匠看看被刀劈烂脑袋的泥娃娃，又瞥了若无其事的马狗子一眼，没好气地嘟囔说，这，这……不是拿咱当猴耍吗？

马狗子好像没有听到他的嘟囔声，踮着脚跟亲昵地拍拍他的肩头说，咱说过了，只要你过得了这一关，咱就拜你为山上的二杆子，黑虎，咱的这层意思，你有没有对老李和弟兄们说？

黑虎讷讷地说，这个，那个，嗯哪……黑虎支吾好一会儿，也没说出个所以然来。

马狗子说，老李人仗义，飞刀耍得好，咱敬重他是条顶天立地的汉子，已经拜他为二杆子，以后呢，你们都对他客气点儿！

见大家还在发呆愣神儿，马狗子突然冷了脸，使劲跺下脚说：他娘的，都傻不愣登的想啥呢，咱说的话，都听到了没有？

土匪们被他的跺脚声和问话声吓了一大跳，忙不迭地抱拳，讪笑着向李铁匠施礼。

马狗子满意地点点头，吩咐黑虎说，快去和你干娘说一声，让灶房再加几个好菜，今儿个咱要为老李接风，喝他个一醉方休！弟兄们，都给咱放开肚皮使劲灌，谁先服输——谁就是大围女养的！

一听说喝酒，一帮人来了精神，一个个摩拳擦掌，嗷嗷直叫，像要上战场拼杀似的。那些对李铁匠口服心不服的，或对大杆子的草率举动颇有微词的，都暗自憋足了劲儿，打算在酒桌上找碴儿杀杀二杆子的威风，变着法儿敲打他一下：弟兄们跟着大杆子出生入死，打拼多年，才闯荡出了今天的这番天地，你他娘的算老几，不就是会打铁，会扔喝血虎吗？竟然刚上山就想骑在弟兄们头上吆五喝六，做梦去吧！姓李的你放明白点儿，可别得意忘形，捡了便宜还卖乖，忘了自己爹娘姓什么，哼，没有弟兄们的抬举，你连狗屎都不如……

黑虎偷眼看看马狗子说，这，这……您不是说今儿个是杏儿……见大杆子对李铁匠这么器重，他心里也有些不甘心，撇撇嘴，欲言又止。

马狗子摆摆手说，嗨，杏儿现在还是个小屁孩，没那么多讲究，对了，黑虎，你顺便让灶房烧点洗澡水，让老李上桌前先洗两把，啧啧，看把老李热的，汗都把头发溻湿了。

李铁匠说，客气了，客气了，咱刚上山就……李铁匠没想到马狗子这么热情，还破天荒拜他为二杆子，心里有些过意不去，怕扫了马狗子和其他弟兄的兴致，一时又不好推托，只好硬着头皮随他们去吃酒。也许是条件反射的缘故，这时他突然感到肚子一阵绞痛，咕咕直响，这才猛然意识到他这一天非但没有正儿八经吃东西，反倒因为误喝脏水而吐了个底朝天，是该找点儿好吃的东西慰劳一下干巴巴的肚子了。

吃酒的地方不远，走不多远就是。馋人鼻子长，饿人同样鼻子长，李铁匠老远就闻到了从那里飘出来的饭菜香味。这是一个位于寨子中间的宽大的古色古香的院落，院子两边木柱上挂有数个大红纱灯。纱灯发出的红光洒满院落，把天光、星光、月光都挤跑了，把山梁外穹形的夜空也映得通红，触手可及似的。有零星飞虫围着纱灯乱舞，影影绰绰的，犹如飘飞的花瓣清影，搅得那满院红光和人影物影也如水波一样荡漾。

院子中间摆满大小差不多但新旧不一的方桌和条凳。堂屋正门前的供桌上摆有三牲（猪头、鸡、鱼）供品，点着两根洋油大蜡烛，因烛光的照耀，屋前比别处更为明亮和显眼。上首的桌凳看起来规整许多，末首那些黑乎乎的老旧方桌和条凳则破损严重——但好像并不影响临时将就着使用和觥筹交错的喜乐氛围。桌上摆满各种菜肴，蒸腾着袅袅的热气，飘散着浓浓的香味，有油亮可人、浓香扑鼻的叫花鸡、酱牛肉、烤羊腿等大菜，也有花生米、豆腐干、拌黄瓜等开胃清口的小菜，必不可少的还有一大坛酒和一摞喝酒用的黑瓷大碗。

一道黑影，沿石墙边并排着的几个黑乎乎腌菜缸间的空隙窜来窜去，估摸是一只经不住香味引诱的松鼠或野猫也跑来凑起了热闹。来凑热闹的不光有松鼠或野猫，屋顶上也趴了个跟野猫仿佛大小的活物，因这活物恰好躲在一片不大的暗影中，又很少活动身子，只有眼珠间或一闪，放出萤火虫一样飘忽不定的亮光，让人依稀认出它是个活物，至于它是不是另一只专门负责放风的野猫或松鼠，影影绰绰的，看不真切。能够看得真切的是几只吊挂在屋檐下的蝙蝠。蝙蝠抽动着皱巴巴的翅膀，晃荡着跟老鼠一样丑陋瘆人的嘴脸，像吊死鬼一样倒挂在廊檐下，悠哉乐哉地荡着秋千。很难想象，在夜色笼罩下的黑魆魆的荒山野岭之间，竟然还存在这样一个充满烟火味的所在。常听人说，山有多高泉水就能涌多高，只要有人住的地方，就少不了老鼠、苍蝇、蚊子等与人相伴而居的生灵。此说似乎很有道理。

除了风大凉快一些，山上的生活环境跟山下没大区别，何况自己已被马狗子拜为二杆子，在山上也算是个有头有脸的人物，李铁匠像终于回到自家地盘似的，走来走去的也没感到有啥不自在。他把浑身上下冲洗干净，穿上马狗子让人准备的对襟无袖汗褂，在黑虎引领下，神清气爽地走进乌泱泱的院落中。

刚踏进院子没几步，气定神闲、健步如飞的李铁匠突然感到脚下一绊，身子瞬间失去平衡，像倾倒的木桩子一样直挺挺地向黑虎身上扑去……

他胡乱揪着黑虎的衣角勉强立住身子，脑袋却仍处于眩晕中，像一脚跌入深谷、一头扎进梦中似的，眼里尽是晃动的脑袋瓜，挥舞的胳膊，上下翻飞的碗筷和涎水四溅的嘴巴，耳朵里塞满嗡嗡嗡的声响，像有无数马蜂在围着他尖叫。他隐约看到，黑压压的人群中，有几双阴骘的眼睛正死死地盯住他，还有几个嬉皮笑脸的人朝他做着怪异的手势。晃晃悠悠的纱灯，也像突然被人施了魔法，变成一个个巨大的火球向他飞过来，眼看就要撞到他脸上的时候，却又忽地定格在不远处的木杆上。他隐约觉察到，几个心怀叵测的家伙正暗中打他的主意，准备出他的洋相，只是在众目睽睽之下，暂时还不敢轻举妄动。更多的人对他的到来无动于衷，连看都不看他，继续交头接耳，嬉笑打闹，沉浸于自己的世界中。

李铁匠紧跟着黑虎，深一脚浅一脚、迷迷瞪瞪地走到灯光明亮的上首座位。只有马狗子笑呵呵地坐在那里。马狗子怀里揽着个四五岁的小女孩——李铁匠断定这小女孩就是黑虎先前提到的杏儿。杏儿扎着羊角小辫，穿着小花褂子，模样非常可爱。杏儿一刻也不闲着，坐在马狗子大腿上扭来扭去，一会儿拽拽他的衣角，一会儿揪下他下巴上并不算长的胡须，一会儿用手把着桌沿，鼓着腮帮子朝桌上的菜肴哈气。

二杆子来了！黑虎走上前去，哈着腰小声提醒了他一句。

坐吧，一家人都到了，只等你了，马狗子心思在孩子身上，漫不经心地朝李铁匠摆摆手，接着吩咐黑虎：招呼大家一声，开席吧！

黑虎点点头，踮起脚尖，挺直脖子，对着乱哄哄的人群高声喊道：人都到齐了，开席吧！黑虎的喊声犹如一块石头投进翻滚咆哮的河水里，转瞬就被淹没了。

一帮人继续像马蜂一样嗡嗡嗡地乱叫。马狗子嗔怪地白了黑虎一眼，嘴巴嚅动着，也不知道他嘟囔了句什么。黑虎像受了羞辱一样脸一红，突然掏出枪朝天放了一枪，枪声如闪电一样在空中炸响，在人们头顶上炸响，把夜空撕裂了，把人们的神经也撕裂了，连纱灯、房屋、石墙、桌凳乃至地皮也随着猛地打了个哆嗦。有的人误以为有贼人来偷袭，吓得出溜一下钻到了桌子底下。在廊檐下荡秋千的几只蝙蝠全都吓昏了，吧唧吧唧全掉在了地上。杏儿吓得从马狗子大腿上扑通一声跌在了地上。马狗子也不由得打个哆嗦，直勾勾地看着黑虎。

黑虎把枪举到嘴边，把上面残留的硝烟吹了吹，若无其事地继续喊道：他娘的，还是这玩意儿好使，你们耳朵眼里都塞了驴毛了啊？闷着个头儿都在那呱唧啥？咱把嗓子都快喊破了，你们竟然听不着！听好了，现在人都到齐了，开席吧！

猛然回过神来的马狗子眼一瞪说，黑虎，你这个王八蛋，谁让你随便放枪了？就你有个破枪啊？再胡来——咱把你的枪和裤裆里的玩意儿一块缴了！马狗子使劲一拍桌子，冷着脸狠狠地剜黑虎一眼，接着霍地站起身——觉得还不够高，又吃力地爬到高高的条凳上站好，换了副温和的笑脸，居高临下、若无其事地朝大家摆摆手说，没事了，没事了，黑虎枪不小心走了火，开席吧，大家放开肚皮喝，今天是个好日子……

杏儿不知什么时候爬起身来，抱着马狗子的脚脖子，仰着小脸，抖抖索索地问：爹，大王真的要来巡山了吗？

马狗子低头看看杏儿，没理她，转头对着众人不无动容地大声说，今天是个好日子，到底是啥好日子，大家可能还不是很明白，那咱就给大家说道说道，大家要是觉得咱说得在理，那就放开肚皮使劲喝，咳咳。马狗子干咳了两声，继续说，一呢，去年的今天，咱把杏儿接上了山，杏儿这孩子，命苦啊，不说了，不说了，既然是个好日子，还提他娘的那些伤心事干吗！咱再说说二，咳咳，这二呢，就是咱黑虎山又添了一员打头的猛将虎将干将神将铁匠，他就是飞刀老李，他的本事大家都见过了，以后大家好好地跟他学一学，关键时候，这喝血虎比那些焦壳（快枪）、灰筒子（土炮）好使，你看不见它的影儿也听不到它的声儿，糊里糊涂地就丢了性命，所以这活儿一定要学会，丑话说到前头，以后谁要是再扯后腿，咱就——卸掉他娘的后腿！

马狗子的话引来一片哄笑声。一帮人已从刚才的惊吓中回过神来，听了马狗子的训话，个个精神激奋，有的不等大杆子把话说完，就急着叫好，拍他的马屁：大杆子说得对，大杆子说得好！吼吼，练好喝血虎，做替天行道的好汉！其他人也争相附和：吼吼，好好，练练，做好汉！

马狗子笑着摆摆手说，咱说过，只要弟兄们好好跟着咱干，咱保证天天让弟兄们吃香的喝辣的，好了，废话不多说了，大家快放开肚皮喝吧。

马狗子话音刚落，就有人大声催促说，大杆子英明，大杆子神武，喂，你们还愣着干吗，还不快放开肚皮使劲吃啊，喝啊。边上的人马上回应说，喝，喝，他娘的，谁要是先服输——谁就是大闺女养的！

酒席场子又陷入一片混乱中，只听到吱吱的桌凳扭裂声，酒坛子或酒碗猛地掼在桌面上的咚咚声，哗啦哗啦的倒酒声，噼里啪啦的夹菜声，砰砰的碗碟撞击声，吧唧吧唧的咂嘴声，嗡嗡的说话声、笑骂声，还夹杂着打嗝儿声和肆无忌惮的放屁声，各种声音混杂在一起，震得人耳朵直发麻，脑袋直发胀。被黑虎的枪声猛然惊醒，不动声色、静观其变的李铁匠听了这乱糟糟的声音，头又晕乎起来，眼里又迷瞪起来，傻乎乎地坐在那里，一时竟忘了端酒拿筷子，直到坐在他旁边的黑虎用胳膊肘捅了他一下，才猛地打个激灵回过神来，忙不迭地端起酒碗向马狗子敬酒，一看却愣住了。

刚才还趾高气扬地对着众弟兄训话的马狗子，这时却像头温顺慈祥的母马，蜷缩着身子低着头，把杏儿亲昵地拥在怀里，用筷子夹着菜，一口一口地喂她。喂完菜，又端起酒碗让杏儿嘴贴着碗边舔，杏儿好像早就闻惯了酒味，喝惯了烈酒，刺溜一下舔上一口酒，接着像大人一样很享受地咂咂小嘴，逗得马狗子哈哈大笑。杏儿感觉舔酒不过瘾，用手把着酒碗想大口大口地喝酒，马狗子不让，硬生生地把酒碗夺过去，猛地掼在桌上。马狗子在放酒碗的一瞬间，不经意瞥见李铁匠在盯着他看。

马狗子若有所悟地笑笑，摸摸杏儿的头说，去，找你干娘耍去，爹有正事要办。

杏儿咕嘟着小嘴，极不情愿地从马狗子怀里钻出去，恋恋不舍地走出几步，突然又扭回头来问：爹，等你喝完酒，咱们继续玩大王来巡山好吗？

马狗子说，好，爹答应你。

说话算数？杏儿又问。

马狗子答：算数！

杏儿一听，高兴地找她干娘耍去了。马狗子怔怔地望着杏儿走远，长长地舒了口气。

马狗子收回目光，看看李铁匠说，老李啊，刚才你也看到了，山上的这帮弟兄都是个顶个的好汉，也都是个顶个难缠的叫驴犟种，这段时日，咱心里堵得慌，山上的事管得少，全靠黑虎在撑着，你来了就好了，以后啊，你要好好替咱训训这帮叫驴犟种兔崽子。马狗子竖起大拇指，朝李铁匠诡秘一笑说，你啊，就好比那八十万禁军教头豹子头林冲，身上有股英雄豪气和让人望而生畏的狠劲儿，黑虎身上也有股狠劲儿，但他的狠劲儿还差得远，好多时候不是从骨头缝里发出来的，而是硬装出来的，所以他现在只能当徒弟，不能当师傅。

马狗子招呼李铁匠和黑虎一起端起酒碗，咕嘟咕嘟一口气把酒喝干，动情动容地又说，黑虎啊，你小子也别不服气，干爹跟你说的都是大实话，你想出人头地，以后要学的东西多着呢，不过话又说回来，你比安老三可强多了，安老三也算是山上的老人了，不管办啥事都很妥帖，只是心肠软了点儿，老话说得好，一岁不成驴，到老驴驹子，又说生就的骨头，长就的肉，哼，他啊，最多只能当老三，说啥也当不了老二。

黑虎一边向马狗子敬酒，一边讪笑着说，是，是，干爹教训的是。

马狗子瞪他一眼说，你小子心眼子还是不够使，你敬咱酒干什么，老李头一回上山，先敬他！

李铁匠忙不迭地双手端着酒碗站起身，向黑虎施了一礼说，黑虎兄弟，以后还请你多多照顾，来，干！说着一仰脖，咕嘟咕嘟把一大碗酒喝个精光。

黑虎毫不示弱，一仰脖，把手中端的一大碗酒也咕嘟咕嘟喝了个精光。

好！马狗子高兴得使劲一拍桌子，震得桌上的碗碟砰砰响，周围的人这时都有了醉意，个个面红耳赤，醉眼蒙眬，这点儿动静丝毫没有引起他们的注意。

马狗子向李铁匠点点头，嬉笑着问：怎么样？这火山子（酒）比山下坑里的水好喝多了吧？

李铁匠说，啥？嗯哪，好喝，咱有好些日子没捞着喝这么纯正的酒了。

几碗酒下肚，身板硬朗、酒量很大的李铁匠也有了醉意，但人醉心不醉，他恍惚觉得马狗子的话不大中听，话中好像夹杂着不屑、讥讽和挑衅的意味。李铁匠暗下寻思：莫非他看到自己喝山下石坑里的水了？还是手下弟兄不经意瞧见了，过后又向他报告的？马狗子说话神神道道的，也不知道他心里到底咋想的，大家正喝到兴头上，他突然蹦出这么一句屁话来，到底是何用意？

接下来马狗子说的话，更让李铁匠摸不着头脑。马狗子面带笑容地说，老李啊，咱有句话一直想问你，既然咱们现在是一家人，一家人不说两家话，是不是？所以咱要是捅着了你的心口子，揭了你的伤疤子，你可别见怪啊，咱一直没弄明白，你铁打得好好的，咋突然跑到山上来了？要知道，这土匪的名号可没有你想的那么好听啊！

李铁匠说，这，这个……真是一言难尽啊！李铁匠把情况简单一说，一想起自己遭遇的飞来横祸，心里就直冒火。

马狗子说，这伙狗杂种，越来越不像话。听了李铁匠的悲惨遭遇，马狗子也愤愤不平，气不打一处来，不无同情地看看李铁匠，接着向黑虎使了个眼色说，去，派几个弟兄连夜下山打听一下，看到底是哪个不长眼的砸了二杆子的铺子，顺便向山下趟线的（探路者）、递眼线的（报信人）知会一声，看看县城那边最近有没有什么动静。黑虎答应着，起身安排去了。

桌上只剩下马狗子和李铁匠，两人只顾生闷气，一时都忘了喝酒吃菜。突然发现这边冷了场的几个喝得醉醺醺的弟兄，摇摇晃晃地走过来敬酒，但未等凑到桌前，就被马狗子不耐烦地轰走了。

马狗子劝李铁匠说，兄弟，想开点儿，天塌下来有地接着呢，没啥大不了的，这样更好，心里无牵无挂，可以甩开膀子大干一场了。

李铁匠叹口气说，哪有那么容易啊。心里怏怏不快的他，借着酒劲儿，发起了牢骚：屋漏偏逢连阴雨，咱最近真是倒霉透顶，眼睁睁地看着铺子被人毁了，咱竟然一点儿招儿都没有，没了落脚之地，只好慕名投奔大杆子您来了，但这一路很不顺溜，热草鸡、渴草鸡的咱喝了一肚子脏水，哇哇吐了个底朝天，倒在崖坡下草窝里睡了一觉，好歹缓过一把劲儿来，没料想又被那个叫安子的小子滋了一头尿水……大杆子您给评评理，咱为啥这么倒霉？

听了李铁匠的话，马狗子好像很吃惊，也很生气，凶相毕露地咧了咧嘴，想说什么却没有说出口。

马狗子沉吟一会儿，突然霍地站起身，把酒碗使劲儿往地上一摔，骂道：他娘的，这小子莫非吃了熊心豹子胆不成，竟敢朝着二杆子头上撒尿，黑虎，黑虎哪去了？

酒碗尖厉的碎裂声和马狗子的叫嚷声，终于把一帮醉鬼给惊动了，一个个像突然入了定一样面面相觑，不知道又发生了什么天塌地陷的大事。喜怒无常的马狗子这时却换了副模样，满脸堆笑，像没事人一样朝大家摆摆手，若无其事地说，没事了，没事了，大家继续喝，继续喝。

第十五章

　　不知不觉，李铁匠也喝醉了。他醉眼蒙眬，头重脚轻，只见酒水、汤水和涎水如浪花一样四处飞溅，人影、灯影如柳絮一样乱舞飘飞。夜色如纱，苍穹如盖，他身子轻飘飘的，像浮在半空中，脚下像踩在一团软绵绵的棉絮或云彩上，飘飘悠悠，东摇西晃，眼看就要跌落的节骨眼儿上，突然冲过来两个同样飘飘如飞的矮个家伙，用鹰爪一样的手从两边托住他的胳肢窝，带着他一路狂奔，腾云驾雾一般飞到一低矮昏暗的屋门前。架他的人收不住脚，拽着他扑通撞进门去，两人是撞进去了，人高马大的他半截身子却被门框挡在门外。他的上身随着惯性向前扑去，只听砰的一声闷响，他的头刚好磕在门框上。在酒精的麻醉下，他没感觉到疼痛，只觉额头上有蚂蚁在胡乱爬动，麻酥酥的有点儿痒。架他的人没有松手，也不管他伤不伤，疼不疼，继续对他又拉又拽，又抬又抱，终于将死猪一样的他拖入屋中，一人抱着他的两肩，一人拽着他的两腿，像扔麻袋包一样，扑通一下把他撂在靠墙的土炕上。炕有点儿小，他大半个身子躺在炕上，小腿和脚只能耷拉在炕沿上。飘飘如飞的他终于挨到了炕面，有了着落，但扔被一团朦胧的雾色包围着。

　　他感觉他的灵魂已经出窍，幽灵一样浮在半空，忽闪着虚无的影子和支离破碎的嘴脸，莫名其妙地看着躺在炕上的他的皮囊躯壳。他的目光好像也已经逃离，像挣脱牢笼的鸟儿一样胡飞乱舞。他的灵魂在飞，目光也在飞，且具有神奇的无所不及的穿透力。透过那团朦胧的雾色，他隐约看到，炕头一侧墙上的木橛子上，挂着一盏点亮的马灯。马灯玻璃罩有点儿脏，沾了一层灰白色的粉尘，使灯光亮度大打折扣。灯罩里的火舌影影绰绰，魅影一样忽闪着，蹿跳着，不时发出噗的一声爆响，随着那声爆响，灯光倏地亮了一下，又倏地恢复了原样，原来是倒霉的蚊虫扑进火苗中，瞬间被烧成烟灰。

借着微茫的灯光，他四下巡睃，恍惚觉得这间卧房看似简陋，但还算整洁，炕席像刚刷洗过，泛着黑红油亮的光泽。炕边的条凳上摆放着火镰、火石和一个老旧的铜烟袋锅，旁边还有一个草纸包，里面包着一小撮发霉变黑的碎烟叶，散发着浓浓的烟辣味。对面墙上挂着一只六角斗笠、一把牛角号，还有一把明晃晃的大砍刀。墙角放着一只黑乎乎的柳条箱，箱顶上摆放着两双破草鞋，搭着一件灰白色的土布汗褂。这卧房不仅门框低矮，窗户也小得可怜，三尺见方的样子。窗户纸残缺不全，龇着毛刺状的茬口，风一吹，噗啦噗啦直响。

看着看着，一道寒光忽地刺中了他。他下意识地抬头去看，发现一只山野间常见的灰白色的石龙子趴在房梁上。石龙子伸着尖尖的滑溜溜的脑袋，瞪着两只花椒粒样的小眼直勾勾地看着他。随即听到扑棱一声响，原以为是与他对视的石龙子失神从房梁上掉了下来，仔细一看，那家伙仍稳稳地趴在房梁上，眼神里似乎还带有轻蔑的意味。他心头涌上一股莫名的怨气，握紧拳头对着房梁胡乱挥舞、捶打起来。他感觉他的拳头像木棒槌一样沉重，捶打在房梁上——准确地说，他捶打的只是房梁虚无的影子——就像捶打在湿漉漉的衣物上，发出扑哧扑哧的声响。灯光、扑棱声、魅影、物影都被捶散了，像落花飞絮一样四处飘扬。那团缠绕他的雾色也被捶打声搅动，像乌云一样翻滚着，无声无息地撕扯着他的神经，他的目光，他的皮囊，以及他脑中残存的一点意识。他感觉身子在一个劲儿地往下沉，往下飘，最终裂成一片片、一丝丝，慢慢融入无边的混沌迷蒙中。

送他回房休息的人也不清醒，迷迷糊糊、飘飘如飞地架他进屋，又迷迷糊糊、飘飘如飞地走出屋去。两人刚离开，一团黑影又滚进门来，说话声飘飘忽忽，像风一样轻，像纱一样柔：老李啊，你的窝还没拾掇好，委屈你先在这将就一宿吧，安老三爱干净，炕上虱子少，你就安安稳稳地睡上一觉吧……来人伸出一只胖手，轻轻地拍了拍他的肩头，轻飘飘、昏沉沉的他，竟然经不住这轻轻一拍，像一片吸足水分、摇摇欲坠的落叶忽地沉入深水中。他的眼皮变得非常沉重，眼前晃动的影子越来越模糊，脑中的影像却越来越清晰、鲜活起来，仿佛进入了另一个神奇的世界……

一个似曾相识的人影从他脑海中忽地浮现出来，慢慢地向他靠近，渐渐地高大起来。是干巴婆。干巴婆扭着好看的身段，迈着轻盈的步子，端着一碗茶水笑盈盈地走进屋，不无羞怯地挨着条凳边坐下，张着水汪汪的大眼睛，含情脉脉、不声不响地端详他。干巴婆的脸和手又白又嫩，他想摸摸她的脸，摸摸她的手，却感觉身子很沉重，像粘在了炕上一样。他试了多次，终于将手抬了起来，眼看就要摸到她时，她却忽地闪开了，只抓了一把虚无的影子。她飘然而去，只留给他一个妖娆的背影。他欣喜地发现，干巴婆头上不是扎着辫子，而是挽着球形发髻。成婚后的女人才把脑后的头发盘起来，按说她已经被马狗子睡了，也就是马狗子的女人了，这样打扮也没啥好奇怪的。

心里正琢磨着，忽见干巴婆又折回身来，且变了另一副模样，仔细一瞅，原来是巧玲。

巧玲，你咋来了？他大喜过望地问。

巧玲说，懒蛋，还不快起来，太阳都晒到屁股了。

他说，巧玲你来了，真好！你第一次看俺困觉吧？俺想搂着你一起困觉，这个念头俺想过多次了，白天想，夜里想，打铁的时候也想。

巧玲嗔怪地白了他一眼说，丢死人了，你脸皮咋比你娘的棉裤腰还厚！说完扭着好看的腰肢转身就走。

他急了眼，追着她的背影说，巧玲你别走，俺有话要对你说，俺积攒的彩礼钱有一大摞了，过几天俺就上你家提亲去！

巧玲不答话，继续往外走。他爬起身去追，却扑通掉下了炕，炕下有个坑，坑里有积水，和山下他喝过脏水的那个石坑一模一样，他好生奇怪，石坑怎么跑到了山上？莫非它也像蛤蟆一样长着腿儿？他喊，巧玲，巧玲，快拉哥一把！巧玲还是不答话。

他看到有人影在窗前晃动了一下，一闪就不见了，他料定巧玲并没有走远，正候在门外等着他。但他没有急着爬起身去追，他知道，男子汉不能轻易向女人服软。他喜欢躺在坑里仰望她的影子，想象她的样子，像小时候躺在草垛上仰望夜空上的明月和繁星——尽管那时候已是清晨，晨曦透过小窗洒满小屋。他听到如波荡漾的婉转鸟鸣声不停地传入耳廓，他听到被晨露打湿翅膀的知了还没开始一天的放歌，只是遇到危险时，才不自主地发出吱的一声鸣叫，蜻蜓点水一般，扑打着潮湿的翅膀仓皇飞走。他还隐约听到了山野万物的喘息声，如丝如缕地吹过来，又如丝如缕地消散了。忽地，响起一阵嘈杂的声响，夹杂着叽叽喳喳的说话声，仔细一听像是一群大马蜂在叫，嗡嗡的叫声像闷雷一样难听。听了那嘈杂的声响，他的脑袋又开始发胀发昏，神志不清。

他隐约看到，他在山下石坑看到的爬满蛆虫的羔羊的尸体，不知什么时候被挂在了直冲他头顶的房梁上，未等他看真切，那团脏乎乎的东西，冲着他的脑门，呼哧一下就落了下来。只见血肉横飞，污水四溅，铺天盖地的污物瞬间将他笼罩。那团如泼的污秽中，游动着几只乳白色的蛆虫，蛆虫扭动着身子，挺着两根尖尖的触须，径直向着他的嘴巴冲下来。眼看污物就要浇到他的脸上，眼看蛆虫就要钻进他的嘴中，头晕目眩、神魂颠倒的他不由得打个激灵，就地打了个滚。

他没有滚出门去，却又蹦到了炕上。一只无形的大手从炕席里伸出来，从炕洞里伸出来，从背后死死地揪住他，他拼力挣开一点儿，立马又弹了回去。那团乌七八糟的东西，最终还是追着他的脑袋落了下来，落到离他脸只有一寸多的距离时，他终于看清，那团污物根本不是什么羔羊的腐尸，而是先前被他劈碎的大小不一、带尖带棱的泥娃娃的碎片，紧接着碎片落下来的还有他先前扔出的飞刀，飞刀带着飕飕的风声直冲他的脑门扎下来。不好！他打个冷战一骨碌爬起身，一看自己仍好好地躺在炕上，先前看到的可怕情形原来是梦境！

李铁匠揉揉惺忪的睡眼，见小屋里的摆设与他睡梦中看到的大致一样，只是条凳上多了个铜脸盆，盆沿上搭着条灰白色的折叠起来的湿毛巾。毛巾有些发干起皱，看样子已放在那儿很久。一缕阳光透过窗棂照进小屋，使小屋里变得十分亮堂，同时充满了闷热的气息，夹杂着汗臭味和酒臭味。青砖铺成的屋地上有斑驳的呕吐物的痕迹，那污物想必是他吐出来的，但他没有一丁点儿印象，更不知道是谁帮他清理的。他见阳光有些白亮刺眼，不像早晨时候那么柔和，想必已过午时，不禁苦笑着摇摇头，后悔昨晚不该喝那么多酒，昏昏沉沉地睡了这么久，连饭都没捞着吃，让弟兄们看了笑话。

屋外传来一阵扑棱扑棱的响声，夹杂着叽叽喳喳的说话声。李铁匠爬起身，整了整汗褂，好奇地走出门去查看。他住的小屋属于偏房，一出小屋便是一个宽大的厅堂兼过道，厅堂前后门都大敞着，门外不时有人影来来回回地走动。声音是从前院传来的。前院比昨晚喝酒的地方略小，能依稀看到几块灰黑色的山石从地面上隆起来。两边围墙全用石头垒成。墙边埋了几根木柱子。李铁匠惊讶地看到，紧挨着的三根木柱上绑了三个灰头土脸的男子，边上围拢了一帮弟兄，对着绑在木柱上的三个人指指点点，嘀嘀咕咕。见李铁匠走出屋门，一帮人立马噤了声，自觉地闪到两边，木呆呆地看着李铁匠走过去。被绑在木柱上、也不知道被太阳暴晒了多久的三个人，像快要旱死的蔫了吧唧的棒子秧，软塌塌地竖在那里。被汗水湿透的衣衫，皱巴巴地贴在他们身上，其中一个下巴上还挂着几滴黏结的汗滴。三个人都耷拉着脑袋，奄奄一息的样子。

看三人的打扮和模样，李铁匠依稀认出，最年轻的瘦高个应该是安子，中间慈眉善目的年长者应该是安老三。至于另一个头深埋胸前，脸被乱草样的头发盖住，好像在做忏悔或祈祷的年轻人，他一时还认不出是谁。见李铁匠走过来，三个人都打了个激灵，但各人的惊讶表现又不尽相同。安子愣怔一会儿，随即把脖子一拧，一副不愿搭理李铁匠的样子。做忏悔或祈祷的小子猛地抬了抬头，迅即又耷拉下去，垂得比先前还要低。只有安老三面带尴尬的笑容，不住地朝李铁匠点头。绑安老三的绳子很松，一挣就掉的样子，因而他活动起来要灵活许多。

李铁匠正要问安老三这是咋回事儿，忽听安子朝空中呸地吐口唾沫，没好气地嘟囔说，哼，小心眼，小人一个，咱又不是故意的，要是早知道你藏在那里，咱宁愿憋死也不尿。

安老三脸色一紧，囧着脸打圆场说，您就是大名鼎鼎的飞刀老李——也就是咱们山头上刚来的二杆子吧？安老三有眼不识泰山，得罪了，得罪了，小毛孩子太冒失，说话没轻没重，二杆子你大人大量，千万别和他一般见识。

这，这……莫非……李铁匠若有所悟，用手使劲一拍大腿说，真是大水冲了龙王庙，一家人不认一家人，这——肯定是个误会。

李铁匠顾不上多想，就要上前帮安老三解绳子。

安老三一看，脸色陡然一紧，颤抖着声音说，别，别，千万别。

李铁匠打个愣怔，把手迅速缩了回来。

李铁匠看着三人，哭笑不得地摇摇头，问安老三：这到底是咋回事儿？是谁把你们绑在这儿的？

　　安老三向李铁匠挤挤眼，说，这事跟其他人没关系，要怪就怪俺们做事莽撞，山上弟兄这么多——俺的意思是说，管着这么一大摊子不容易，总得讲个章程，定个规矩，不管到啥时候，都不能没了章程，乱了规矩，犯了错受惩罚，天经地义，俺们没啥好说的，二杆子就不要操心过问了。

　　李铁匠终于明白了安老三的意思，点点头说，你等着，咱去去就来。

　　别，别，二杆子千万别，安老三急眼道。

　　李铁匠不理会，转身把一个围观的弟兄招呼到跟前，不容置疑地吩咐说，快点儿，带咱去见大杆子！

　　李铁匠在笑吟吟、屁颠颠的手下引领下，很快见到了大杆子马狗子。马狗子正跟杏儿玩大王巡山的游戏，见李铁匠到来，忙不迭地爬起身，掸掸身上的土，请李铁匠到宽大的忠义堂里坐下，一边吩咐干巴婆倒茶，一边笑着问李铁匠：怎么样，昨晚睡得还好吧？

　　李铁匠说，嗯，还行，让大杆子费心了。

　　李铁匠正要问马狗子三人被绑的事，忽觉手上一紧，一看，原来是干巴婆给他倒水时，不小心把几滴热茶水溅到了他手背上。干巴婆明显有些慌张，红着脸看他一眼，马上把目光移开了。李铁匠打个激灵，心头陡然涌上一股莫名的冲动。干巴婆长得确实很好看，比他睡梦中见到的还要好看，他真想好好地看看她，但碍于马狗子在身边，他不敢造次。

　　李铁匠强作镇定、若无其事地端起茶杯，也不管茶水烫不烫，滋溜喝上一口，咂巴咂巴嘴说，老马啊，咱有句话不知当讲不当讲？

　　马狗子摆摆手，示意干巴婆带杏儿到别处去玩，然后瞥李铁匠一眼，扑哧一乐说，有话你就直说吧，咱们弟兄俩，有啥当讲不当讲的。

　　是这样……李铁匠把他看到的三人被绑的情况一说，一边说，一边偷眼打量马狗子。

　　马狗子不动声色听李铁匠说完，长长地叹了口气。

　　马狗子站起身来回踱了两步，忽地又坐到椅子上，用手使劲一拍椅子把手说，虽说安子朝你头顶上撒尿是个误会，但这事好说不好听，罚他晒晒太阳，让他长点儿记性，不光对他有好处，其他人看了，也会变得规矩一点儿，老话说得好，子不教父之过，侄子犯了错，他安老三也脱不了干系，让他跟着受罚也是应该的，他们两个，稍稍吓唬一下就行了，至于麻脸，哼，咱恨不得活扒了他的皮，这小子也不知道是喝昏了头，还是吃错了药，竟敢在半夜偷偷摸进你睡觉的屋里，趁你昏睡时对你下黑手，幸亏黑虎及时发现，要不然——恐怕这时你已经走在去阎王殿的路上了。

李铁匠说，真的，有这事？咱咋不知道？李铁匠既吃惊，又气愤，但转念一想，心里又坦然了，满不在乎地笑笑说，算了，请大杆子看在老李的面子上，饶了他吧，咱心里清楚得很，好多弟兄对咱口服心不服，这也难怪，咱刚上山就被你这么器重，说实话，不光弟兄们看了眼疼，咱心里也没着没落的，不踏实啊。

马狗子勉为其难地点点头说，好吧。接着朝门外招招手说，黑虎，既然老李这么说，就放了他们三个吧。黑虎不失时机地出现在门口，双手抱拳答应着，转身放人去了。

马狗子不无赞许地看看李铁匠说，咱没看走眼，老李你既有胆量，又有肚量，是个干大事的人。接着他话锋一转说，不过，话又说回来，马善被人骑，人善被人欺，明枪易躲，暗箭难防，不怕得罪君子就怕得罪小人，咱们过的是刀尖上舔血的日子，有些事、有些人不得不防，夜里就算睡着了也要睁着一只眼，别像你前面的老二一样，正坐在油条铺前大口地吃着油条，糊里糊涂地就被人打成了筛子，眼都没来得及眨一下，哼都没来得及哼一声。

也许是不经意又勾起了伤心的往事，马狗子眼睛有些湿润，目光茫然地注视着前方。李铁匠不了解实情，一时不知怎么劝慰他，默默地坐了一会儿，起身告辞说，您先歇着，咱去看看安老三。

马狗子打了个激灵，一把将李铁匠拉住，把他按回到座位上，叹口气，一脸懊丧地说，别急着走啊，咱话还没说完呢，昨晚连夜下山打探消息的弟兄回来了，你知道他们为啥要烧你的铺子，一定要置你于死地吗？

李铁匠眼睛一亮问，为啥？

马狗子没有急着往下说，而是好奇地打量李铁匠几眼，神神秘秘地问：你老实跟咱说，你是不是给那边的人打过大刀片子？

李铁匠说，啥？什么大刀片子、小刀片子？随即若有所悟地一咧嘴说，嗨，咱打的刀多了，这边那边的哪分得清，咱就是吃这碗饭的，人家找到咱的头上，咱不能轻易驳人家的面子，咋了？这也出岔子了？谁吃饱撑得没事干盯上咱的脚后跟了？他娘的，打个大刀片子犯哪门子王法了？铡干草，砍柴火，切肉切菜剁骨头，谁家用不到这玩意儿？

马狗子看看李铁匠，使劲一拍大腿说，这就对了，他们想对付你，所以才找借口往你身上栽赃，他们手里有枪杆子，有上面宁可错杀一千不可放过一人的狗屁命令，对付你这个穷铁匠还不容易？随便给你头上安个罪名就够你喝一壶的！打探消息的弟兄回来说，他们在朱庙镇上贴出告示，说你私通共党，是死罪！

李铁匠叫苦不迭，愤愤不平地说，胡闹，简直是胡闹，这不是明摆着欺负人吗？他娘的，这世道，哪儿还有咱们穷老百姓的活路啊！幸亏咱一咬牙上了山，要不然，被他们逮了去，能有个好？

马狗子说，老李你说得没错，他们这样胡闹下去，保准像兔子的尾巴——长不了，依咱这个老江湖的眼光来看，跟那边的人有来往也没啥不好，说不定还真是条光明大道，只是，唉，没想到你现在还蒙在鼓里，无风不起浪啊——老李，朱庙镇那么多人，为啥人家偏偏盯上了你？这事啊，大有来头，得从你那个相好的叫巧玲的妹子说起……

马狗子冷不丁说出的一句话，把李铁匠惊得目瞪口呆。

说来话长，马狗子说，别看你老李跟巧玲是邻居，但对她的身世不一定了解。巧玲的亲爹跟张庄的张财主是堂兄弟，原本也拥有祖上传下来的上百亩良田，是个富得流油的主儿——别人家还在用火镰和火石的时候，他家早用上了洋火（火柴）；别人还在抽烟袋锅，他早抽上了老刀牌纸烟——但他生来就是个不安分、心里装着大念想的人，他放着好好的日子不过，竟然为了那个大念想，变卖家产，携金带银，投身革命去了。这一去就是好多年，是好是歹也没个音信，家里只剩下孤苦伶仃的巧玲和她娘艰难度日。巧玲娘既恨男人，又巴望着男人快点儿回来，盼呀盼呀，却盼来了一个不幸的消息：孩他爹已战死沙场，连尸骨也找不到了。巧玲娘悲伤过度，一夜之间哭瞎了一只眼，另一只眼也不大好，勉强能看清一拃多远的东西。男人没了，婆家也没法儿待了，婆家人嫌弃巧玲是个女娃，不愿留，准许她一块带走。她便带着巧玲嫁到了你们李家村。后来发生的事情想必你都知道了。巧玲的后爹是个老实巴交的铜锅匠，可他偏偏也是个八字带凶的命，那天他正守着一大堆家什和破锅烂盆埋头忙活，忽然冲过来几个当兵的，对他连吓唬带训斥，连拖带拽地强行把他抓走了。巧玲后爹糊里糊涂被抓了壮丁，一去也没了音信。巧玲娘悲伤过度，又哭瞎了另一只眼。

　　老李你说说，巧玲娘儿俩命有多苦，所以你要好好待人家。可惜，以后你连这个机会都没有了。别急眼，听咱慢慢跟你说。巧玲娘不死心，求爷爷告奶奶，托人到处打听铜锅匠的下落，三托两托，就托到了巧玲她大伯张财主的头上，看在死去的堂弟的情面上，张财主勉强答应帮她想想办法，没想到香没烧好，却把小鬼引了出来。张财主找这个，托那个，糊里糊涂地就找到了国民党县保安团金团长的门上。金团长跟队伍上的人熟，只要他肯出力，打听个人应该不是难事，可他没把心思用到正地方，听说巧玲妹子模样长得挺俊，就动起了歪念头，想让巧玲当他的二房。金团长那天带人下乡公干，无意中瞅了巧玲一眼，这一瞅心里就痒得不行，巴不得立马把巧玲抢到手。金团长对张财主软硬兼施，让张财主做主，把巧玲许配给他。张财主很为难，硬着头皮去跟巧玲娘说，话刚说出口就被巧玲娘吐了一脸唾沫。巧玲娘骂张财主香臭不分，窝囊透顶，正事办不成一点儿不说，还要糟践自家人一把，把自家娃儿硬往火坑里推，哪有这样当大伯的啊！张财主碰了一鼻子灰，灰溜溜地走了，再也不敢对娘儿俩提这事。事情并没有到此为止，接下来发生的事兴许更让你恼火。老李你别急，听咱慢慢说。

　　这事发生得有点儿急，你待在镇上埋头打你的铁，恐怕做梦也想不到会出这档子事。金团长听说巧玲娘儿俩不识抬举，就决定来硬的。就在前几天，他带着一帮手下，把巧玲家团团围住，硬生生地把巧玲娘儿俩绑走了，听说当天晚上就硬逼着巧玲入了洞房。啥？这事你咋没听说？哼，等你听说黄花菜早凉了。你以为金团长是吃素的？他呀，做事狠着呢，他听说你跟巧玲相好过，就对你恨得牙根痒痒，就来了个一不做二不休，决心置你于死地而后快，这样也好让巧玲死心塌地跟着他。啥？你说啥，为啥你娘没有给你通风报信？别提了，你娘现在也是泥菩萨过河自身难保，金团长的人把她看得死死的，还扬言说她要不老实，就一枪崩掉她的脑袋壳。别说你娘了，就连村里那些平素很有威望、说话很有分量的人，也都吓得不敢吭声儿。金团长的人说你犯的是死罪，凡跟你有牵连的人一个都跑不了，啧啧，你听听，这样谁还敢替你说话？那不是找死吗？

狗娘养的金团长，咱要操你八辈祖宗！你硬生生地抢走咱心爱的女人还不算完，还要置咱于死地而后快，你他娘的还是人吗？简直就是吃人不吐骨头渣滓的恶狼！咱和你不共戴天，咱要杀了你这个狗娘养的，咱要揪下你那秃瓢来——当尿壶使，咱要挖出你的心肝肺来——看看是不是比锅底灰还要黑！他娘的，气煞老子了！咱活这么大岁数，还是头一回受这么大的窝囊气！耐着性子听马狗子说了一大堆，李铁匠只觉胸中有股火气噌噌地往上蹿，他霍地站起身，语无伦次地骂了两句，转身就要往门外冲。

老李你要干啥去？马狗子问。

还能干啥去，报仇去！他娘的，不报此仇，咱没脸活在世上！李铁匠没好气地答。

你这不是去报仇，而是去白白送死！哼，你的那点儿仇算什么，咱跟金团长的仇比你要深得多、大得多！马狗子厉声嚷了句。他的嚷叫声把李铁匠吓了一大跳。李铁匠回头直勾勾地看着马狗子，一时没弄明白为啥他的火气也这么大。

马狗子摇摇头，叹口气，起身把傻愣愣的李铁匠又拉回座位上，换了温和的语气说，老李别急，金团长那边兵强马壮，咱们现在还不是他的对手，咱们山头上虽说有上百号弟兄，但多是乌合之众，三个人不顶人家一个人，手上的家伙更是五花八门，比破铜烂铁好不了多少，你说说，咋跟他们拼？所以这事不能急，得从长计议。

哼，站着说话不腰疼，被抢的又不是你的女人，这事你当然不急了！李铁匠心里窝着火，没好气地小声嘟囔说。

谁，谁在门外？滚出来！马狗子突然又嚷叫了一声。

是俺，干巴婆低着头，怯怯地走进门来，结结巴巴地问马狗子：您的头——疼药，还——熬吗？

马狗子瞪干巴婆一眼说，滚，老子现在清爽得很，你，成心给咱心里添堵是不是？马狗子不耐烦地摆下手，又说，以后没咱的传唤，就远远地待着，咱正跟老李说正事呢，冷不丁全让你搅和了，还不快滚！

干巴婆打个哆嗦，忙不迭地走开了。

马狗子看看李铁匠，若无其事地笑笑说，老李啊，咱知道你心里窝着火，难受得要命，一心想着怎么样才能快点儿报仇雪恨，可是，你想过没有，要是算计不周，仇没报成，反倒白搭上自己的性命，岂不是正合人家的心意？那帮狗娘养的兔崽子巴不得你快点儿去送死呢！

李铁匠说，那咋办？难道就这样等着，等到什么时候才是个头？李铁匠气愤难平，牙齿咬得嘎嘣响。

马狗子吁口长气说，会有机会的，只是现在时机还不成熟，老李啊，还记得咱跟你提起过的你前面的老二吗？他呀，就是因为太心急，不听咱的劝说，风头正紧的时候，非要下山去报仇，结果……马狗子眼中闪着泪光，又回忆起了那段伤心的往事。

马狗子说，老李啊，你知道咱为啥一见你就感到特别亲吗？那是因为你长得太像咱的拜把子弟兄——人送外号滚山雷的二弟，也就是你前面的二杆子老二，他呀，也像你这么高大威武，只是飞刀要得不如你好，但若比打枪、抢大刀片子，你不一定是他的对手。二弟是个性情豪爽的人，对待弟兄朋友那真是没得说，正因为他是个直肠子，心里没多少弯弯绕，才经不住小人的花言巧语和挑唆，最终上了金团长手下那个外号叫瘦猴的王八蛋的当，被那小子害得好惨，山上的弟兄也都跟着遭了殃。那时候咱们刚刚起家，虽说占据了黑虎山这个易守难攻的地盘，但要粮没粮，要枪没枪，和一伙要饭的叫花子没啥两样。这样下去可不行，不被困死，也会饿死。咱和几个弟兄商议，决定派几个可靠的弟兄下山去搞几条像样的枪，有了枪才能在山上站稳脚跟，那些财主大户才会怕咱们，乖乖地送钱送粮给咱们，要是软的不行就来硬的，对于那些不识抬举、要财不要命的财主大户，干脆连他娘的窝一块端了。当然了，手里有了真家伙才敢这样说话，要不然就是说大话，放空炮，屁用也不管。

二弟主动把这档子事担了下来，带人急火火地下山去搞枪。二弟这人真不简单，他带着几个弟兄，靠仅有的一支猎枪和几把大刀片子，硬是从财主大户手里抢了五条枪回来，包括两支马枪，一支双筒枪，一支毛瑟手枪。手里有了真家伙，二弟的胃口和胆子越来越大，有一次他竟然带人打了民团巡逻队的伏击，又弄了五支汉阳造快枪回来，他不光弄来了枪，还弄来了不少子弹。有了枪，有了弹药，再对付那些财主大户就好办多了。没过几个月，咱山头上就积攒了不少粮食和金银财宝。但看到大多数弟兄手里握的仍是硬针子、大刀片子，甚至连这个都没有，咱心里还是有些慌，夜里睡觉总觉得不踏实。咱把心思转弯抹角地说给二弟听，告诉他搞枪的事不能停。二弟说，现在咱有钱了，搞几条枪还不容易？去买啊！后来果真就买了，二弟带人化装成做绸缎生意的商人，跑去青岛，花大价钱从日本商人手里买了八支日本造九响枪、两支德国造五响钢枪和两千发子弹。二弟心里那个急啊，带着货急火火地往回赶，巴不得立马飞回山上，没想到，唉，半路上却出了岔子，他们中了一伙不明身份的人的埋伏，稀里糊涂地被包了饺子……二弟当时没敢把货半路被抢的事对咱明说，只说路上被人盯了梢，为了安全起见，他临时把货藏在了山下的一处地方。

二弟这人很仗义，只是有点儿死心眼，好钻牛角尖，丢枪的事又不全怪他，他不该把责任全揽到自己头上。为这事，他饭吃不香，觉睡不好，没几天人就瘦了一大圈。他再三下山打听那批货的下落，巴望着有一天把货夺回来，要么就空手套白狼，再搞点新货回来，这样对咱和弟兄们都有个交代。他打瞌睡的时候，有人偏偏送来了枕头。他下山搞枪的事，不知怎么传到了金团长手下瘦猴的耳朵里，瘦猴通过中间人找到二弟，开门见山地问他是不是想搞枪，保安团承担着剿匪的任务，枪支弹药损耗是常有的事，那边可以帮他搞一批货，货的成色一点儿不比他从青岛买的差，价格嘛，便宜一半还多……中间人还向他透露了这样一个秘密，说保安团从其他土匪手里缴获的那些零散枪支，其实都是他们先前送出去的。二弟被中间人的花言巧语说动了心，私下一合计，觉得这生意大有赚头，不仅能挽回上次的损失，另外还能再捞一笔，便爽快地答应了人家。

二弟带着几个心腹弟兄，把山上的金银财宝偷拿下山，按事先和人约定好的方式前去交易。那是个没有月光的深夜，四周黑得像锅底，空荡荡的山野连个鬼影子也看不到，只听到山风低沉悠长的呜咽声和风吹树叶、草丛发出的沙沙声。在一处黑魆魆的山林小道上，忽然出现了几个黑影子——正是二弟他们，他们挥舞镐头、铁锹，很快在小道边挖出一个墓穴大小的土坑，随后把准备好的一大包东西小心地放入坑中，上面盖上一层树叶和浮土。几个人埋好宝物，飞快地退到远处藏好，瞪着眼睛，支棱着耳朵，死死地盯住土坑，仔细倾听土坑方向传来的动静。耐着性子等了约莫一炷香的工夫，终于听到远处传来一阵窸窸窣窣的声响，那声音时断时续，飘飘忽忽。随后就见几个黑影子从暗处忽地钻出来，像小鬼一样猫着腰看了看土坑，爆发出一阵嘿嘿哈哈的怪笑声。其中一个对着身后的山林打了声呼哨，又引来十多个黑影子。一帮人也不点亮火把，摸着黑把坑中的东西挖出来，又摸着黑将用麻袋包着的一大捆长条状的东西埋入坑中，然后迅速跑进山林，消失于无边的黑夜之中。

等来人贼似的仓皇离开，二弟赶忙招呼几个弟兄跑过去，小心地把东西挖出来，抬了就走。走着走着，二弟突然发现那包东西颤颤悠悠的有些异样，心里不由得一惊，脱口喊了声，慢着。二弟的喊叫声把大家吓了一跳，抬麻袋的两个弟兄打个冷战，差点儿失手把麻袋包丢到地上。二弟摆摆手说，别慌，把东西放下来，让咱先瞅一眼，咱咋看着麻袋包轻飘飘的，装的不像是枪杆子啊。抬麻袋包的弟兄也恍然察觉到了异样，忙不迭地放下麻袋包，边上早有弟兄取出火镰和火石，嚓的一声点亮火绒，引着火把。在明亮的火光照耀下，二弟抢先一步伏下身，小心地把捆麻袋口的草绳解开，然后拽着另一头，一点儿一点儿地把麻袋往外抽。里面装的东西慢慢地显露出来——先是露出几根乌黑油亮的枪筒，几个人不由得眼前一亮，但马上又黯然了，因为他们吃惊地发现，乌黑油亮的枪筒只有外层的寥寥几根，其余全是黑乎乎的烂木棍。预感不妙的二弟使劲一扯麻袋，那捆东西扑通一下全倒了出来，失去平衡的他身子晃了两下，差点儿摔个倒栽葱。二弟定定神，上前看了又看，确认那捆东西里只有五条破枪时，顿觉一股浊气忽地塞满了他的胸口……

二弟被瘦猴骗了，骗得好惨，那一大包财物原本是要换二十多条好枪的，最终换来的却只有五条破枪。二弟做梦也不会想到，瘦猴那个王八蛋根本不把他这个黑虎山二杆子放在眼里，竟敢明目张胆地骗他、欺负他，把他里外骗了个干净，连叉裆都没得穿了。二弟哪受过这等窝囊气，本来上次糊里糊涂丢了枪，他就很窝火，这回更是气得差点儿吐了血。几个心腹弟兄劝他说，留得青山在，不怕没柴烧，兴许上次的枪就是瘦猴这个狗杂种抢去的，不能白白便宜了这小子，得想办法报仇，明的不行就来暗的，他不让咱们有好日子过，咱们也不让他有好日子过。几个弟兄辗转打听到，瘦猴这个王八羔子不光心眼不中使，肚子里的花花肠子也不少。他有好几个相好的，其中一个便是朱庙镇福来酒馆的老板娘。这小子经常去找那个骚娘们鬼混，咱们不妨趁他鬼混的时候干他一票。二弟把眼一瞪，恶狠狠地说，行，就这样办！都给咱听好了，一旦逮住了这小子，立马给咱崩了！

二弟带人埋伏了好多天，终于趁着夜黑风高把瘦猴堵在了骚女人的炕头上。等二弟他们毫不费力地干掉蹲在门外站岗放风——实际已经睡着了的瘦猴的两个手下，摸到骚女人的炕头前时，瘦猴这小子竟然毫无察觉，还在搂着女人呼呼大睡。二弟举着马灯照了照炕头，见两个狗男女睡得正香，突然被灯光刺了眼，也没有马上醒过来，只是嘴角嚅动了两下，呓语了两声，歪头又睡。二弟一看瘦猴那丑陋中带有几分安详的嘴脸，气不打一处来，随手一扒拉，就把光溜溜的他扒拉到了地上。只穿着肚兜和花叉裆的骚女人被惊醒，哎呀尖叫了声，一看黑洞洞的枪口正对着她的脑门，立马用手捂了嘴巴，缩着身子抖成一团。

瘦猴以为在做梦，奔拉着眼皮，两手胡乱抓来抓去，嘴里还骂骂咧咧：臭婊子，又来兴头了啊？还没浪够啊？好，等着，一会儿干死你个狗日的！

啧啧啧，都到这时候了，这小子竟然还念着那档子破事。

二弟飞起一脚，把正摸索着起身的瘦猴踹倒在地。

瘦猴打个激灵，终于醒过神来，见二弟正用枪指着他的脑门儿，恶狠狠地看着他，马上明白了是怎么回事儿，身子一软扑倒在二弟面前，磕头如捣蒜，语无伦次地连声求饶：各位大爷，对不住了，是俺一时糊涂，黑了你们的东西，可俺也是替人办事，身不由己啊，求各位大爷、爷爷饶俺一条狗命吧，俺保证想办法把黑你们的东西弄回来，俺发誓，俺要是有半句假话，就——天打五雷轰，不得好死！

二弟朝瘦猴呸地吐口唾沫说，放屁，老实交代，咱从青岛买来的那批货是不是也是你小子黑下的？

瘦猴愣怔一会儿，若有所悟，哭咧咧地连声说，冤枉啊，冤枉啊，真的冤枉啊，你说的那事，俺根本就不知道，俺发誓，俺就黑你这一回，求各位大爷，不，爷爷，高抬贵手，饶俺这一回吧，以后你们让俺做什么，俺就做什么……

看了瘦猴信誓旦旦、一把鼻涕一把泪的可怜相，二弟心里一动，心想，这小子不像在说假话，留着他，兴许还有用处，现在要是一枪崩了他，就怕财宝和枪更难找回来了。这样一想，二弟有了主意，用枪点着瘦猴的脑门说，好，老子就信你一回，给你三天时间，把黑咱的东西乖乖地送回来，要不然，哼！

瘦猴把头磕得砰砰直响，连声说，大爷放心，爷爷放心，小的不敢糊弄爷爷，要命也不敢。

二弟这一手软，闯下了大祸。瘦猴是个阴险狡诈的二皮脸、狗杂种、王八蛋，他当面说得好好的，过后却翻脸不认人。这家伙添油加醋地向金团长报告说，黑虎山上的土匪太猖狂，根本不把保安团放在眼里，对保安团的剿匪行动早就看不顺眼，怀恨在心，这次公然向保安团的人发起挑衅，打死打伤好几个团兵，抢走枪支若干，还扬言说要揪下团长的脑袋来当尿壶使……金团长一听暴跳如雷，咬牙切齿地发誓一定要铲平黑虎山寨。金团长带人气势汹汹地来攻打山寨，由于山寨地势险要，易守难攻，他们攻打了好几次，都没成功。心狠手辣、睚眦必报的金团长并没有因此罢手，他派人守住山下的路口，一心想困死咱们，岂不知山上的存粮充足，足够咱们吃半年的。咱不止一次劝二弟，越到这时候，越要沉住气，千万不要轻易下山，可急于报仇的二弟根本不把咱的话当回事儿，竟然背着咱，顺着绳子从后山的悬崖峭壁出溜下山，摸进县城找瘦猴算账。唉，这账哪有那么好算啊，你猜后来怎么着——咱不说你也能猜得到，没等他摸着瘦猴的人影，他就被瘦猴的人盯上，被祸害了。

第十六章

　　从马狗子那里回来后，李铁匠变得特别烦闷，眉头拧得像疙瘩，一会儿像无头苍蝇一样窜来窜去，一会儿又像丢了魂一样木呆呆地坐着，眼睛直勾勾地望着虚空，半天不说一句话。原本就跟他隔了一层、像躲瘟神一样躲着他的弟兄们看他铁青着脸，冷不防就要发疯抓狂的样子，这时更不敢轻易接近他。安老三和四杆子、五杆子一起去拜望他，他也爱搭不理的。他可能还在跟安子和麻脸怄气，但是，有气也不能乱发啊。半夜里，他卧房里突然传出霍霍的磨刀声。住在对面偏房的安老三半夜被磨刀声惊醒，再也无法入睡。那霍霍的磨刀声刀子一样剜着他的心口，拉扯着他的神经，让他一阵阵地战栗，一阵阵地疼痛。

　　磨刀声打破了黑夜的宁静，把安老三的睡意全赶跑了。惶恐不安的安老三悄悄溜出屋门，躲到远离偏房的石墙的暗影里，瞪大眼睛注视着李铁匠屋里的动静。他虽然躲在暗处，却没有丝毫的安全感。刺耳的磨刀声穿透黑暗，执拗地钻进他的耳朵眼里，他像被捆绑了腿脚的待宰的羔羊一样惊恐不安，瑟瑟发抖。他一边焦急地察看，一边蹙着眉头琢磨，觉得李铁匠这样闹腾实在没有必要，有气不妨撒到明处，半夜磨刀吓唬人实在不像大丈夫所为，莫非他非要跟咱拼命不成？人不可貌相，海水不可斗量，这家伙看似头脑简单，四肢发达，性情豪爽，没想到也是个小肚鸡肠之人。他表面上装得很大度，求马狗子放了三人一马，但心里想的也许正好相反，那就是君子报仇，十年不晚。他半夜里磨刀，明摆着是向三人发出警告，告诉三人放老实点儿，放明白点儿，要不然，他会新账旧账一起算……

安老三隐约看到，院门过道和墙头上不时有人影晃动，其中一个人影很像干巴婆，干巴婆朝李铁匠住的偏房远远地瞅了几眼就匆忙走开了。看来被磨刀声惊扰的人不止他一个。莫非这事也把大杆子惊动了？唉，老李啊，你人看着挺厚道的，没想到也这么鲁莽，心肠也这么硬，跟实心的石头蛋子一样。你上山没几天，脚跟还没站稳，板凳还没坐热乎，就想给弟兄们来个下马威，跟弟兄们撕破脸皮闹翻天啊？哼，这样下去，不出乱子才怪。就这样，磨刀声响了半夜，安老三的心也揪了半夜。天放亮了，红红的太阳升起来了，霍霍的磨刀声仍响个不停，只是在山寨喧嚣的遮掩下，不再像夜深人静时候那么刺耳罢了。安老三再也按捺不住，觉得有必要把这事向大杆子通报一声，让大杆子赶紧拿个主意，要是李铁匠一时冲动，用飞刀扎伤或刺死山上的弟兄就晚了。安老三向来不爱管他人的闲事，不想牵扯是非之中，但这次他无论如何是躲不过去了。

安老三硬着头皮见到马狗子时，马狗子正团着肉球样的身子，窝在宽大的太师椅里，用白布擦拭一把油光锃亮的勃朗宁手枪。马狗子一边擦拭，一边翻来覆去地端详，就像在把玩一件稀世珍宝。安老三还是头一次见马狗子这么仔细地擦拭手枪，心里不由得一惊，原本想好要说的话倏地跑没了影。

安老三哈着腰，两手抱拳向马狗子施了一礼，讷讷半响，才吞吞吐吐、语无伦次地说，多谢，大杆子开恩，放了，俺们，那个啥，本来，安子，也要来向您道谢，不，谢罪的，但是他……

算了，以后多长点儿记性就行了，马狗子打断他的话说，老三啊，咱也有难处啊，不得不做做样子给弟兄们看啊，你心里不要有疙瘩，说到底，咱们才是出生入死的好弟兄，你，明白咱的意思吗？

安老三连声说，明白，明白。安老三突然想起了自己的来意，轻轻地叹了口气说，只是，就怕他二杆子心里的疙瘩解不开，俺看他脸色不大好看，从半夜里就开始磨刀，明摆着是要……

安老三耳边仿佛又响起霍霍的磨刀声。他下意识地回头去看，见门口倏地闪过一个人影，看那人的身形和身手应该是黑虎，黑虎是大杆子的干儿子，也是大杆子的贴身保镖，就是他带人把安老三爷儿俩和麻脸绑起来示众的，也是他亲手把捆三人的绳子解开的，这家伙鬼鬼祟祟地躲在门外想干啥？莫非……

黑虎，有事吗？

安老三正纳闷儿，忽听马狗子招呼道。随即就见黑虎闪进门来，神秘兮兮地四下看看，哼哼唧唧，欲言又止。

马狗子若有所悟地摆摆手说，没事，说吧。

黑虎说，报告大杆子，您让俺查的事有眉目了！果不出您老人家所料，那东西果真是……黑虎看看安老三，突然把话打住，不往下说了。

马狗子说，咱知道了，你先下去吧。

马狗子心不在焉地朝黑虎摆摆手，又得意地摆弄起手枪来。

黑虎答应着，转身走出几步，突然扭回头来，莫名其妙地瞥了安老三一眼，吓得安老三猛地打了个哆嗦。安老三心里开始翻腾不止，从黑虎的神色上不难看出，大杆子要查的事好像与他有些牵连，黑虎的目光像刀子一样锋利，无声无息地撕扯着他的脸皮，让他感到阵阵的酥麻和疼痛。这种感觉并不是现在才有的，至于始于什么时候，他不知道，也不想知道。

马狗子看看安老三，忍不住扑哧一笑说，放心吧，他不是冲你和安子去的，也不是冲麻脸去的。接着话锋一转问：咱最近倒是经常见老四贼头贼脑，东跑西颠，像在鼓捣什么事，你帮咱盯着点儿，虽说大家都是出生入死的好弟兄，但是……话，咱不多说了，你明白咱的意思吗？

安老三若有所悟地说，明白，明白，只是，俺还是有些不放心，俺担心的不是安子，而是麻脸，麻脸这次把二杆子得罪得不轻，万一……

马狗子说，你，你，唉，咱已经说说过了他不是冲你们去的，你咋还没完了？好了，这事不要再提了！马狗子不无恼怒地瞪安老三一眼，像突然想起了什么似的问：小六在山下已经待了好长时间了吧？要不让老五换他回来？

安老三一时没搞明白马狗子后半句话的意思，试探着看看他，赶忙又把目光移开，含含混混地说，也好，也好。

马狗子说，算了，算了，这事以后再说吧，老五心眼儿多，会来事，却不如小六胆大心细，这趟线、递眼线的活儿，还是让小六干比较合适。

马狗子摇摇头，又说，唉，要是老二还活着就好了，老三啊，你最近的活儿干得不错，你刚弄来的那批货咱看过了，这样吧，差点儿的分给弟兄们练练手，好的让黑虎先收好，指不定啥时就能派上大用场，就像咱手中的这把勃朗宁手枪——对了，你知道咱手里的这把枪是咋弄来的吗？

安老三嘿嘿谦笑着说，那个啥……看样子挺不错，也只有您配使这样的宝贝玩意儿。

马狗子说，什么那个啥，你小子别的不会，就会打哈哈拍马屁，实话告诉你吧，这枪是老二从瘦猴手里抢来的，总有一天，咱要用这把枪砸了瘦猴的脑袋，替就土的老二报仇，哼，子弹比那飞刀可快多了——是吧？他娘的，要报仇，还得靠这玩意儿！

马狗子举起枪，朝安老三的脑门瞄了瞄，嘴里发出啪的一声，吓得安老三脸色一紧，猛地打了个哆嗦。马狗子哈哈大笑着说，看把你吓的，你啊，啥都好，就是胆子太小，心肠太软，以后得改改这熊脾气，要不然，你这老三的位子可真就坐不稳当了，老三啊，记住大哥的话，快去忙你的活儿去吧。

从马狗子嘴中得知，李铁匠这次闹腾另有原因，黑虎要查的那件事好像也与他无关。从马狗子说话的语气和腔调不难看出，马狗子对他安老三还是很信任的，至于信任不信任别人，他不想费心思，也懒得去管。安老三心里悬着的石头总算落了地，但他还是有些不放心，打算到二杆子那里再探一探口风。

从大杆子那里离开，他感觉心里敞亮了不少，感觉阳光分外明亮柔和，山寨里熟悉的一切，突然变得很亲切，很美好。心情好了，步子迈得也分外轻松，不知不觉就来到他住的院落。老远听见二杆子屋里传出噼噼啪啪的声响，像是碗盆被打翻在地发出的声音。预感不妙的他三步并作两步跑过去，惊讶地发现一个熟悉的人影，正一手罩着耳朵贴在二杆子住的偏房门边，另一只手紧紧按在腰间的盒子炮上。等看清那人是四杆子薛老四时，安老三不由得倒吸了一口凉气——大杆子说得没错，薛老四这小子真的不太老实。

怕薛老四生是非，安老三向薛老四一个劲儿地使眼色，做手势。薛老四终于发现了他，但懒得搭理他，只是朝他摆了摆手，继续趴在门上听屋里的动静。安老三摇摇头，悄悄地走上去，一把拧住薛老四按枪的手腕子。毫无防备的薛老四疼得龇牙咧嘴，却不敢大声叫嚷。安老三拧着薛老四的手腕子，硬把他拽到自己的偏房，然后轻轻地把门带上，关严。

安老三嗔怪地剜薛老四一眼说，老四，你这是干什么？让二哥——二杆子看见了多不好啊！

薛老四说，他不是咱二哥，他只是个打铁的，咱二哥早就入土了！

薛老四眼一瞪，又说，日你娘老三，你二哥二哥地叫得这么热乎，莫非你跟他是一伙的？他才来几天啊，你就和他钻进一个裤筒里了？

小声点儿！安老三侧耳听听门外的动静，压低声音说，老四你——嗨，不知道实情就不要满嘴胡咧咧，俺刚从大哥那里回来，听大哥的意思，二杆子这是要急着找人报仇，但并不是冲着咱们来的。

薛老四说，是想找金团长——金光头的人报仇吧？听说他相好的被金光头的人抢走了，金光头诬陷他是共党，非要割下他的脑袋来示众，他被逼得走投无路才跑到山上来避风头……

薛老四若有所悟地点点头，又说，要照这样说，他的仇人也是咱们的仇人，怪不得老五说这家伙从大哥那里回来后就开始发疯，看来大哥没少跟他叨叨金光头那个秃驴——老王八蛋的坏处。

安老三朝对面努努嘴说，就算——是吧，咱们——就不要火上浇油了，看他的样子也是个火暴脾气，万一惹恼了他，说不定真能把天捅出个窟窿来。

薛老四啐口唾沫，从鼻里哼了声说，呸呸，瞎吹罢了，是骡子是马拉出去遛遛才知道，咱看大杆子也不一定真的信任他，所以才派人暗中盯着他，咱过来的时候，老远瞅见干巴婆鬼鬼祟祟地在他屋旁转悠，不管怎么说，干巴婆也算是大杆子身边的人，她来盯铁匠的梢，保准是大杆子支派的……咱早看明白了，要是早知道铁匠因为躲避金光头的追捕才上的山，大杆子说啥也不会收留他，大杆子跟金光头是有仇，但还不至于因为一个穷铁匠，就冒这么大的险，蹚这么大的浑水！

正说着话，突然听到对面屋门吱扭一声响，两人不约而同地打个激灵，忙不迭地趴到门缝上察看。对面屋门虚掩着，四周静悄悄的，屋里也静悄悄的，听不到霍霍的磨刀声和摔碎东西的噼里啪啦声了。闹腾了这么长时间，估计铁匠已经累了，兴许这会儿正倒在炕头上呼呼大睡。

安老三皱着眉头想了想，拍拍薛老四的肩头，小声叮嘱他说，要不你先回去吧，有什么事咱会及时告诉你的，记住，以后做事机灵点儿，让人抓住把柄就不好了！

薛老四点点头，挺了挺胸脯，整了整衣襟，大大方方地推开门，迈着四方步若无其事地径直向前院走去。

安老三望着薛老四离开的背影摇摇头，正要把门合上，李铁匠突然像一堵墙一样闪现在他的面前。李铁匠的突然出现把安老三吓了一大跳。被挡住视线的他只觉眼前一黑。在身形高大的李铁匠面前，他感觉自己很猥琐，很渺小。他想躲开，腿脚却不听使唤——实际上也没地方可躲。他搞不懂自己为啥这么怕李铁匠，总觉得亏欠了他什么，落了什么把柄在他手里。

安老三嘴巴打着哆嗦，脱口问了句：哦，原来是——二杆子啊！你，不——磨刀了？话刚出口又觉得不妥，忙又补充道：你，吃了吗？

李铁匠没有急着答话，操着因疲惫而略显沙哑的嗓音反问：刚才来的那人是薛老四吧？看他的样子很像咱的一个老熟人。

安老三心头一震，说，谁？哪个老熟人？

李铁匠说，就是金团长手下的那个——瘦猴。

安老三说，嘿嘿，二杆子你真会说笑，薛老四怎么能跟瘦猴相比呢。

安老三目光躲躲闪闪的，哈着腰请李铁匠进屋，忙不迭地给他泡茶倒水。

李铁匠摆摆手说，快别忙活了，咱来不是和你喝茶拉二话的，直说了吧，咱想求你帮个忙，你道上认识的人多，路子广，能不能带咱下山跑一趟？

安老三说，二杆子你太客气了，有什么事需要兄弟效劳，你尽管吩咐就是了。也许是猛然意识到话说得有点儿过头，安老三忙又补充说，只是，不知道二杆子这次下山——要做哪行生意？

李铁匠说，明人不做暗事，咱想让你带咱跑趟县城，去找金团长、瘦猴那帮狗日的算算账，你放心，你只要帮咱找到那帮狗杂种的窝就行了，其他事就不用你操心插手了。

得知李铁匠的真正来意后，安老三舒了口气，紧绷着的神经渐渐放松下来。他在心里暗暗打定主意，只要李铁匠不再揪着安子的事不放，不管李铁匠提出啥要求，他都会答应，并尽力帮助他。但是他又觉得，不能由着李铁匠的性子胡来，那样非但帮不了他，反而把自己也搭进去。

安老三皱着眉头想了想，不无担忧地提醒李铁匠说，大哥——大杆子——

他知道——你——要下山吗？

李铁匠笑笑，没答话。

安老三若有所悟地说，二杆子你有所不知，现在县城的城门被当兵的把得严严的，不好进啊，听安子说，县城来了一支队伍，大街小巷乌泱乌泱的全是兵。

李铁匠说，咋了，你怕了？别忘了，往小了说，咱的仇人也是大杆子的仇人，也是你二哥——也就是咱前面的二杆子的仇人，往大了说，也是咱们整个黑虎山山寨的仇人，咱一进山门，大杆子就让咱用飞刀扎死他仇人家的小月孩，明摆着他也像咱一样急着报仇嘛。

李铁匠用手使劲一拍大腿，又说，还有，县城来队伍有啥稀奇的？俺村里也经常来队伍哩，他们练他们的兵，打他们的仗，关咱们屁事，快别啰唆了，你肯定有办法帮咱混进县城。

安老三走到门边，探出头去四下望望，忽地又缩回头来。安老三把门关上，插上门闩，朝李铁匠嘘了声说，你别忘了，金团长和他们是一伙的，而你恰恰是他们要抓的共党，你这时候去，明摆着是要送死啊。

李铁匠说，慢着，你说这话倒是提醒了咱，老三你老实跟咱说，你是不是跟那边的人有联络？

安老三说，有，不，没——联络，你想——做啥？

李铁匠说，别急，咱只是想问问那边的人，咱无非帮他们打了几把大刀片子，咋就平白无故背了个天大的黑锅，他们是不是该给咱一个说法？由于心怀怨气，李铁匠控制不住自己，说话的声音又高了起来。

安老三撇撇嘴说，俺看还是算了吧，你没听说啊，他们是真正为老百姓打天下的队伍，你去跟他们胡搅蛮缠，不怕老百姓戳你的脊梁骨啊？

李铁匠说，哈哈，你想哪儿去了，是金团长硬把咱当成那边的人，咱想不认也不行啊！——听你的意思，你跟他们走得挺近乎？

安老三说，不不不，那个啥，二杆子，你是想让他们——帮你报仇——吧？那好吧，既然二杆子有这个意思，俺可以帮你去试一试，俺知道他们常在柳树崖一带活动，你想啥时去？

李铁匠说，现在，就现在，老子一刻也等不及了。

李铁匠是个急性子，盘算好的事说干就干。在他的坚持和催促下，两人匆匆换上破衣裳，戴上破斗笠，腰里扎条破草绳，插把破镰刀，像急于收秋的庄稼汉一样，急火火地往山下走去。天上飘着一团一团棉絮似的白云，太阳不时被白云遮住，在山间投下一片滚动的阴影，身处阴影的人们像喝了甘泉一样清爽。但清爽的感觉转瞬即逝，随着云团的飘移，一束束彩色的阳光，像箭一般穿透、冲散云雾，天地又忽地白亮起来。没有云层遮挡的时候，阳光分外白亮刺眼，无遮无拦地直射下来，使山野变得像蒸笼一样闷热。山野上空蒸腾着一层白蒙蒙的雾气，树叶杂草蔫了吧唧，快要枯萎的样子。天热人容易犯困，一个个站岗放哨的弟兄像快要被晒蔫的棒子秸秆一样，挺不起腰杆，打不起精神来。他们喜欢躲在荫凉里打瞌睡，听到周围有动静，才猛地打个激灵醒过神来，慌不迭地爬起身，手忙脚乱地四下察看一番。等看清迎面走过来的是二杆子和三杆子，一帮人纷纷绷直身子，赔着干笑向两人点头问好。

安老三干咳两声，指着前面的两个石垛子，抬高嗓门对李铁匠，同时也对其他人说，二杆子刚来，对山上的情况还不大了解，咱陪他到处转转。二杆子你看到了吧，那就是寨门，门楼子在金团长带人围攻山寨时毁掉了，现在只剩下两个干巴巴的石垛子，大杆子说，两个石垛子如同两块石碑，看到它就会立马想起仇人来。

李铁匠不无好奇地围着石垛子看了看，依稀可见石垛子上布满指头肚大小的黑褐色的弹坑和炮火焚烧过的斑驳痕迹，由此可知安老三所言不虚。李铁匠脑海中勾勒着那场战斗的惨烈画面，若有所思地拍拍两块所谓的石碑，跟随安老三继续向前走去。

走出寨门，视野变得开阔，心里也敞亮了不少。行走在山脉高处，放眼远望，山下的景况尽收眼底。只见山上植被繁茂，除了满山苍翠的松柏，还有零星分布的红叶黄栌、柿子树，以及紫叶槐、小叶女贞、荆条等丛生灌木。正逢野花开得最盛、果实最红的时节，火红色的黄栌树叶，金黄色的柿子，青中透红的酸枣，加上各种颜色的野花和一片片火红的高粱，为山野增添了不少鲜亮的色彩和蓬勃的生气。李铁匠上山时心情烦躁，又适逢傍晚天色昏黄时分，没顾上看这山野的景色，现在从高处俯瞰远眺，发现蒙着一层白蒙蒙雾色的山野分外缥缈旷远，满眼的苍翠如波似涛，连飘浮在山峦上空的丝带状白云，也像被他远远地抛在了脚下。他感觉自己身轻如燕，飘飘欲飞，仿佛置身于朦胧的仙界幻境。

路边荆条丛中突然传来扑棱棱一声响，打破了他美好的幻觉。他打个激灵，收回目光，惊讶地看到路边荆条丛的枝条在猛烈地抖动，像有兔子在里面活蹦乱跳。李铁匠想也没想，随手从腰间拔下镰刀，刚要扔，又愣住了。只见荆条丛中忽地蹦起一个光着屁股的男子，是五杆子范老五。范老五不如薛老四个头高，但比他胖，长了一副富态相，脸上总是堆满笑。

安老三向李铁匠使个眼色，问范老五：你小子鬼鬼祟祟的，窝在那里瞎鼓捣啥？不怕二哥——二杆子用刀把你当野兔子宰了啊？

范老五一边提裤子，一边嬉笑着答：嘿嘿，那个啥，老子在解手呢。

安老三又问：寨子里有茅房，你为何不去那儿解手？就不怕蚂蚁、长虫（蛇）咬了你的屁股蛋子？

范老五不急也不恼，朝安老三努努嘴说，这还不是跟你和安子学的啊！放心吧，咱练过金钟罩铁布衫，不怕咬，也不怕扎，嘿嘿，你看这外边多敞亮啊，上这里解手，比上茅房清爽多了。

安老三说，老五，你——他娘的就是比别人古怪！安老三摇摇头，朝范老五呸地吐了口唾沫。

听了两人拿腔拿调的对话，李铁匠忍不住笑出了声。对李铁匠来说，茅房和解手都是新鲜词儿。除了那些财主大户，本地农户都喜欢把用石墙或笆篱围起来的猪圈当茅房。他们解手不叫解手，叫上圈或上栏。李铁匠觉得安老三和范老五都有些好笑，安子也一样，说话老是阴阳怪气，可着劲儿挤对对方。他忽然想起安子朝他头上撒尿的事来，好奇地上上下下打量范老五，看他是不是也和安子一个德行。范老五提上裤子，嬉笑着朝两人拱拱手，若无其事地转身走出几步，又猛地扭回头来，朝李铁匠莫名其妙地挤了挤眼。李铁匠以为范老五在嘲弄他，心头陡然涌上一股莫名的怨气。

安老三说，这也怪不得老五，说着，扯下李铁匠的衣角，向他使个眼色，示意他继续往前走，随后故意说话给他听似的，喋喋不休地数落起山上的茅房来。

安老三叹口气说，不怕二杆子你笑话，弟兄们跑到外面来解手——也是没法子的事，这么大的寨子，只有一间用石墙和木板间隔起来的比猪窝大不了多少的茅房，你去解手，碰巧有人在蹲坑，那就只能眼巴巴地等着。茅房除了地方小，还很脏。好在山上都是爷们儿，解手不像女人那样讲究，不必非去茅房，不用东躲西藏，随便找个旮旯儿就能解决。小解最好办，石墙边、墙角、旮旯儿都可以办，讲究点儿的爬到石墙外，钻进崖坡下的树林、草丛中办，不讲究的一出屋门就办。为了炫耀自己粗壮有力，年轻人喜欢像调皮的小孩儿一样站到石墙顶上或悬崖边上，朝着山下的松林哗啦哗啦地撒尿。至于大解，就不能像小解那样随便了，再怎么内急，也要尽量把它拉得远一点、隐蔽一点，说啥也不能把自己臭着。只是苦了那些经常从墙角、旮旯儿巡逻经过的人，走着，走着，冷不防就会踩上一脚臭屎。

自打山上有了女人，也就是干巴婆来了后，大家再解手就不像先前那么随便了。大家自觉地把山上唯一的茅房让出来给干巴婆用，甘愿四下寻找隐蔽的地方解燃眉之急。但即使躲得再远，藏得再隐秘，心里也老感觉不踏实，老觉得背后有双女人的眼睛死死盯着自己，解手时一边哼哼哈哈地使劲，一边做贼似的左顾右盼。因为四处找地方解手而被树枝、荆棘划伤，被崖壁、石头磕伤的事时有发生。喝醉酒的人神志不清，走路不稳，再干这事就更危险了。冯瘸子的瘸腿就是这样落下的。那天夜里他喝多了酒，像往常一样摸索着出门找地方撒尿，不知不觉就走到了山崖边，一脚没踩稳，骨碌碌滚下了崖坡，幸亏他慌乱中揪住了崖坡上的杂草，才没有滚到山下摔死。他的脚脖子扭折了，醉醺醺的当时没感觉到疼，胡乱揪着毛刺样的杂草大发脾气：死老婆子，咱知道你稀罕这件羊皮袄，但也不能睡觉也穿着它啊？毛毛糙糙的，多扎人啊！……这事一时间成了山上弟兄们争相传说的笑话。

解手本是摆不上台面的小事情，现在却成了不容小看甚至关系到生命安危的大事情。大杆子看在眼里，急在心里，首先让他挂念的是干巴婆。他让人在干巴婆住的屋旁边，单独给她垒了个茅房。安老三感叹说，别看大杆子表面上对干巴婆爱搭不理，其实内心里还是很在乎她的。正所谓一日夫妻百日恩，百日夫妻似海深。

听安老三絮叨到这里，李铁匠哑然失笑，由范老五想到了安子，又由干巴婆突然想到了巧玲，心头涌上一股酸涩的滋味。李铁匠突然改变了主意，觉得当务之急不是去柳树崖，而是去县城，到那里，一则可以找金团长和瘦猴报仇，二则可以看望一下巧玲，看看她现在到底怎么样了。安老三见他铁了心要去冒险，心里虽有些担心和不乐意，却不好驳他的面子。

为了早点儿赶到县城，两人走的是不绕弯子的能跑马车的官道。奇怪的是，今天道上看不到一辆胶皮轱辘马车，驮庄稼、驮粪的牲口也少见。路上走着的，多是推着独轮车运送棒子秸秆的庄稼汉，或背着地瓜蔓子、柴火等，被肩上的重物压得不得不佝偻着身子踽踽而行的农妇。路边的田地参差不齐，长势好的庄稼大都被收割，田里散落着零星的秸秆和枯黄色的叶子，风一吹，沙啦沙啦直响。不时有石龙子在田里出溜出溜地飞跑。路边草丛里冷不丁蹦出只癞蛤蟆，像故意恶心人似的，在路人脚下蹦来跳去，一边蹦跳，一边咕嘎咕嘎地瞎叫。未被收割的庄稼多是长势差的棒子，叶子枯黄卷曲，秆子还没有人的小腿高，一副未及抽穗就要枯萎的样子。山坡地土壤贫瘠缺水，庄稼长得好还是不好，全看老天爷的脸色。黑虎山周边的庄稼今年长势还算不错，但土地都由地主豪绅把持着，庄稼长得好，高兴的只能是他们，佃户、长工、没地种的穷人，依然穷得叮当响，没个翻身的时候。庄稼收成好还是不好，跟他们似乎关系不大。可以说，即便是再富饶的地方，也少不了穷得叮当响不得不外出逃荒要饭的穷人。听说某个地方庄稼收成好，逃荒要饭的就会成群结队，蜂拥着往那儿跑。

越靠近县城，路上的行人本该越多，今天却有些反常。路边见不到一个摆摊卖茶水、小吃和瓜果梨桃的小贩，仅有的几家店铺也都大门紧闭。经过的几个村落都死气沉沉，听不到鸡叫狗吠声。村落上空飘浮着袅袅的黑烟，村里隐约传来女人嘤嘤的哭泣声，空气中充溢着东西被焚烧后的焦煳怪味。地上随处可见散落的菜叶、面粉、秸秆、棒子，还有一堆一堆的烟灰和四处飞扬的鸡毛，看情形像有土匪刚来打劫过。看了眼前的情形，两人预感不妙，心忽地提到了嗓子眼儿。小心翼翼地又向前走了没多远，忽听到前面传来一阵嘈杂的声响，循声一看，只见路边横七竖八地歇息着一队人马，几个路人远远地瞅见他们，像耗子见了猫一样四下奔逃。李铁匠和安老三也慌忙离开大道，沿道边的土坎悄悄地摸上去，暗中观察、揣测这帮队伍的来路。

这队人马约莫有四五十人，都背着长枪，这里一堆，那里一堆，有的靠着墙根、树干假寐，有的围在一起抢吃东西，一个个歪戴着帽子斜瞪着眼，像吃了败仗的残兵败将。说他们是残兵败将吧，却看不到一个缠着绷带的伤者。他们的穿着打扮也不尽相同，有穿灰蓝色衣服的，也有穿草黄色衣服的，有头戴钢盔的，也有戴圆筒布帽的，有打着绑腿、脚蹬布鞋的，也有穿黑皮长靴的。靠近路边的地方，支着一口大锅，大锅上面升腾着袅袅的烟气和热气。锅里正煮着什么东西，可隐约听到汤被烧沸发出的咕嘟声。一个长着络腮胡子、模样凶巴巴的老兵正挽着袖子，蹲在锅灶边忙活。老兵嘴里叼着一支烟卷，左手拎着一只落汤鸡，右手一把一把地往下薅着鸡毛。边上还有几个年轻的士兵，围拢在一起，每人手里掐了一个黑乎乎的烤棒子，大口地吃着，脸上、嘴上沾满烟灰，像偷吃了东西的灰老鼠。看这帮人的模样打扮，应该是一支国军杂牌队伍，也不知道他们是路过这里还是要到县城集结。看他们懒懒散散、吊儿郎当的样子，不像是去打仗，而是专门来打劫老百姓捞油水的。

　　两人猫着腰，绕了个大圈子，好不容易拐到前面，躲开那队人马的视线，眼看临近县城城门口，正要呼口长气的时候，忽听前面传来一阵嗒嗒的马蹄声，定睛一瞧，前面的官道上迎面走来一队人马。这队人马穿戴整齐，清一色的灰蓝色军服，大檐帽子。两个军官模样的人骑着枣红色高头大马走在最前面。两人腰中束着牛皮腰带，别着王八盒子，看架势不是一般的小人物。后面紧跟着的，是一长溜背着长枪的士兵，中间押着一个被反绑了胳膊的汉子，汉子衣衫不整，脸上和身上满是血污，像刚被严刑拷打过。一行人顶着烈日缓缓地向前行进。骑马走在前面的一个军官突然勒马停下，手搭凉棚望望天上的日头，嘴里不知嘟囔了句什么，好像在骂老天爷不长眼，故意作践他们。另一个军官也有同感，他一边骂骂咧咧，一边摘下帽子不停地往脸上扇着凉风。摘下帽子扇风的军官是个光头，他鸟蛋样的头颅在阳光照射下显得格外油亮显眼。李铁匠傻愣愣地站在路中央，忽地被光头的亮光扎了眼，一股怒火迅即涌上他的胸口。

　　李铁匠气鼓鼓地问安老三：你快给咱好好瞅一瞅，那个走在前面的家伙，是不是金光头？

　　安老三自言自语似的嘟囔说，咱跟金团长只远远地打过几次照面，只知道他是个秃子，长着一脸横肉，说话有些磕巴，眼前的这个光头有点儿像，但个头好像稍稍矮了点儿。

李铁匠说，骑在马上不大显个头，你再仔细瞅瞅，看准了赶紧吱一声。

还是认不扎实，安老三摇摇头，若有所悟地说，你想干什么？他们那么多人，不好惹啊！

李铁匠说，没事，他们押着的那人，像是个要犯，他们不会轻易丢下要犯不管的，路上碰到有人骚扰，估计也不会紧着追，管他是不是金光头，先揍他一下子再说！该死的王八羔子，这回总算让咱逮着你了，看刀！没等安老三回过神来，李铁匠掏出飞刀便扔了过去。

飞刀带着飕飕的风声，像箭一样直冲光头的咽喉扎过去。李铁匠本想扎光头的脑袋壳，在扔出飞刀的一瞬间突然改变了主意，他不想再像上次扎小月孩一样有所闪失，手不自主地往下一压，在扔出飞刀的同时，脑中迅即浮现出光头被飞刀扎中后的惨象：飞刀扑哧一下扎进他的咽喉，在上面扎出一个血窟窿，鲜血随即喷溅而出，把旁边的军官也溅了一身血污。光头——不，但愿他就是金团长那个狗杂种，像个破麻袋包一样，从马上扑通一下栽倒在地上……被扎穿咽喉、栽倒在地上的金团长，像垂死的癞皮狗一样急速地扭动了几下身子，头一歪，腿一蹬，便咽了气……

实际情形却是这样的：

骑在马上的光头军官正一手牵着缰绳，一手拿着帽子往脸上噗嗒噗嗒扇着凉风，忽见一道银光带着飕飕的风声朝他飞过来，他下意识地一拽缰绳。正驮着主人闷头走路的枣红马冷不丁被主人一拽，还以为前面有条壕沟，照主人的意思得四蹄腾空，一跃而过。马兴奋地咴咴叫了两声，高高地昂起头颅，抬起前蹄，作飞跃状。飞刀不偏不斜，正好扎中它的鼻梁骨。马疼得惨叫一声，前蹄重重地踏在地上，砸起一阵飞扬的尘土。马的头本能地甩来甩去。兴许是李铁匠用力过猛的缘故，那飞刀深深地嵌入马的鼻梁骨，直挺挺地立着，马怎么甩也甩不掉。马打着摆子，勉强立住身子，眼看就要瘫倒的样子。骑在马上的光头随着惯性忽地趴在马脖子上，接着又被颠得前俯后仰，东倒西歪，最终扑通一下滚落在地。

一帮人愣怔一会儿，猛然回过神来，纷纷举起枪，噼里啪啦拉上枪栓，嗷嗷尖叫着向李铁匠冲过来。早就预感不妙的安老三掏出盒子炮，朝像疯狗一样追过来的官兵胡乱放了两枪，扭头拽了李铁匠就跑，一边跑一边咧着嘴叫苦：哎呀呀，这回你可闯大祸了，哎呀呀，这回你可把俺害苦了，把俺的小命也搭进去了，哎呀呀，跑得了跑不了全看老天的造化了，哎呀俺的亲娘老子哎，快跑呀，快往路边小树林里跑呀，快往大山里面跑呀，快把你吃奶的力气使出来跑呀，你个大老粗、惹祸精、丧门星……

子弹呼啸着，贴着他们的耳朵边飕飕地飞，有的打向空中，有的打在地上，有的打在树上，有的打在草丛中，打起一阵阵烟雾飞尘，烟尘中飞扬着断枝、落叶、鸡毛、鸟毛、草屑，弥漫着浓浓的硝烟气味。两人尽量压低腰，左躲右闪，蹦蹦跳跳，眼看就要完蛋的紧急关头，路边草丛中突然蹿出一帮衣衫褴褛、蓬头垢面的叫花子。兴许这些叫花子正窝在路边树荫下、草丛里睡大觉，突然响起的枪声惊扰了他们的好梦，误以为那帮官兵是冲他们来的，吱哇乱叫着四散奔逃，丢下一地没来得及带走的乱糟糟的物件，有没来得及套上身的破衣烂衫，还有破筐子、窝头和打狗棍等。叫花子的突然出现，分散了追兵的注意力，追兵们看着前面晃动的人影和满地狼藉的东西，举着枪东瞄西瞄，一时不知打哪个好。

李铁匠和安老三趁乱跑进路边的小树林里，一刻不停地向着大山深处拼命跑去。

第十七章

两人跑进山里，回头见追兵没有跟上来，才停下脚步，呼哧一下蹲坐在地上。山里特别幽静，听不到白日闹市和村落的喧嚣声，只听到画眉、杜鹃等清脆悦耳的啁啾声，啄木鸟嘟嘟嘟的啄击声，短尾巴鹌鹑咕咕咕的求偶声，以及风吹树叶、杂草发出的沙沙声。山野上空蒙着一层白蒙蒙的雾气。山林苍翠中透着暖红，那抹暖红是秋天柿子树焕发出的色彩。安老三看看自己因仓皇逃窜而扯裂的汗褂和叉裆，对李铁匠的怨气忽又涌上心头。

安老三埋怨李铁匠说，这回服气了吧？飞刀扔得再准，也没有枪好使！哼，要不是咱们跑得快，要不是那帮叫花子突然冒出来给咱们打掩护，咱俩早完蛋了。他正要数落李铁匠两句，倒倒肚子里的苦水，扭头一看李铁匠，却哑然失笑。这家伙倒好，一眨眼的工夫，背靠着一棵粗大的松树睡着了。睡着了也不老实，嘴巴翕动着，呼呼噜噜地不知在呓语什么；两手胡乱抓摸着，好像还在和人打架。没心没肺的家伙，闯了这么大的祸，也能睡得着！安老三哭笑不得地摇摇头，眯着眼回想刚刚发生的惊险场景，想着想着，也打起了盹儿。

迷迷糊糊的也不知睡了多长时间，两人相继打了个激灵醒过来，睁眼一看，天色已近黄昏。

李铁匠自嘲一笑说，一迷糊就睡过去了，你咋也睡着了？

安老三揉揉惺忪的睡眼说，还不是让你给逼的啊！

李铁匠说，咱没心没肺，躺在刀尖上也能睡着，他娘的，不会把正事也耽误了吧？

安老三说，哼，睡了一觉，就把闯的祸忘了？

李铁匠一拍大腿说，想起来了，咱刚干了一件惊天动地的大事，可惜没干成，他娘的真是太可惜了，那马要是不仰脖子，咱保准一刀废了那家伙！

安老三撇撇嘴说，你啊，就是只煮熟的鸭子——嘴硬，还没认准那人是不是金光头，就急着下手，结果怎么样，被人追得屁滚尿流，算了，不跟你说了，说了也没用，咱只想问你，接下来该咋办？俺可不想再陪你去送死！

李铁匠沉吟了一会儿，说，老子也没想到会弄成这样，听你的，去柳树崖吧，问问那边的人，咱这样算不算立功！说着起身就走。

安老三哭笑着摇摇头说，你，你——真拿你没办法！他一边说，一边爬起身一溜小跑着去追他。

安老三像变戏法一样，从挂在腰间的烟袋包中摸出两个烙饼，递给李铁匠一个。

李铁匠一把抓过饼子，一边大口地嚼着，一边呼呼噜噜地说，你小子行啊，还藏了这么一手，看来这些年土匪没白当。

安老三说，那就好好学着点儿吧，你个大老粗！

李铁匠点点头说，嗯，要是再来点儿大葱和面酱就更好了。

安老三说，美得你，有饼子吃就不错了。

两人一边吃，一边往柳树崖方向走。赶到柳树崖村时，天色已黑透，深邃而悠远的钢蓝色天空上，无数星斗在忽明忽暗地闪烁，山峦、田野和村落被朦胧的夜色笼罩，远处若隐若现、若即若离、神秘莫测的灯火，让人感到既亲又惶惑不安。蜿蜒不平的山路，在天光、星光的辉映下，泛着惨白的颜色。两人深一脚浅一脚地走着，只听到秋风掠过草尖和棒子秸秆发出的沙沙声，秋虫飘忽悠远、如波荡漾的鸣叫声，以及万物精灵低沉悠远的喘息声。路边不时有坟包状的黑影出现，在迷蒙夜色的笼罩下，显得十分诡秘吓人。小心地走近仔细一瞅，那黑影原来是一堆一堆的庄稼秸秆。两人老感觉身后有黑影尾随，猛地转回头去瞧，却啥也看不到。

前面终于现出村落、房舍灰蒙蒙的轮廓，空气中充溢着山村特有的夹杂着牛粪味的烟火气味。借着微茫的夜光和星光，依稀可见村落上空飘着袅袅的炊烟，不时有飞尘、飞鸟或流星从烟雾顶上一掠而过。两人正沿着入村的大道，深一脚浅一脚地摸索着往前走，忽见前面拐角处蹿出一个黑影，汪汪尖叫着径直向李铁匠扑过来。

早有预感的安老三一把将李铁匠扒拉到身后，脱口喊了声：别咬，浑蛋，连你安大爷也不认得了？

扑过来的是条看似非常凶猛的黑狗，被安老三冷不丁一呵斥，像突然被敲了一闷棍似的前腿呼哧一下扑在地上，随即又像受了戏弄似的，不停地蹿跳着，发疯般地试着扑咬李铁匠这个生人。

正在这时，乌蒙蒙的夜色中突然传来一个男子的呵斥声：大黑，别咬，一边儿去！

黑狗停下扑咬的动作，打着旋儿转了两圈，嘴中发出不服气的呜呜的威胁声。随着话音前面又冒出一个高大的黑影，是个跟李铁匠身形差不多的小伙子。小伙子手中握着一把长枪，背后插着一把明晃晃的大刀片子，刀把上的流苏在夜色下闪着殷红的亮光。

男子把长枪背在肩上，上下打量李铁匠几眼，不无疑惑地问安老三：你咋来了，也不提前吱一声，这位是？……

安老三嘿嘿谦笑着说，大牛，你在站岗啊？他呀，是李铁匠，自家人，你背的那把大刀片子就是他打的！

大牛若有所悟地点点头，又不无好奇地上下打量李铁匠几眼说，你是来找尹先生的吧？他正好在屋里头。

正打算跟黑狗拼命的李铁匠被突然的变故惊得目瞪口呆，愣怔了好一会才回过神来，朝大牛嘿嘿一笑算是打了招呼。两人随大牛进入一个看似十分普通的农家院落，走进一间低矮的小屋。小屋靠墙放有锄头、木锨、耩子等农具，中间搁着一张老旧黑漆方桌，桌上点着一只油灯，一个戴圆边黑框眼镜、四十岁上下的清秀男子，以及两个戴老头帽、嘴叼烟袋锅、面色黝黑的汉子，正围坐在昏黄的油灯下，小声商量着什么。见大牛等人进来，几个人赶忙把话打住，直勾勾地盯着三人看。大牛走过去，伏在眼镜男子耳朵边小声嘀咕了几句。眼镜男子忽地站起身来，双手握住李铁匠的手激动地说，好，好，好，欢迎，欢迎，欢迎。

寒暄过后，大牛把屋里的人依次向李铁匠作了介绍。对戴眼镜的教书匠尹先生，李铁匠早有耳闻，并不陌生。尹先生去济南城念过书，后来回乡办学堂，教穷苦孩子识文断字，老百姓一说起他，都连竖大拇指。早在来时的路上，安老三就提醒过他：尹先生是柳树崖村农会的领头人，是个很有学问、心里装着大念想的人，对这样的人一定要敬重，别动不动就说脏话，把土匪习气带出来，那样会显得咱们很没教养。李铁匠早就仰慕尹先生的学识和为人，今日终得一见，心里非常激动，激动中又夹杂些许莫名的惶恐，扭扭捏捏地不敢轻易多说话。尹先生说话很亲切，很动听，管自己人叫同志，说到自己时，不说俺，也不说咱，说我。李铁匠一下就被他很有磁性和魅力的声音吸引住了。

听了两人的惊险遭遇，尹先生点点头说，你们不畏强权，敢于和反动势力作坚决的斗争，精神可嘉，难能可贵，我坚信，作恶多端的人绝没有好下场，但是，当下我们还有更重要的事要做，你们可能已经听说了吧？日本人侵占了我国的东三省，他们烧杀抢掠，无恶不作，估计很快就会把魔爪伸到我们这地方来，国难当头，匹夫有责，每个人都应该积极行动起来，有钱的出钱，有力的出力，不管大家之间有着怎样的积怨宿仇，都应该以民族大义为重，摒弃前嫌，求同存异，团结一致驱逐日寇，把小鬼子赶出中国去！但是，有些人却不把民族大义放在心上，不去想办法抵御外侮，驱逐倭寇，却忙着对付、抓捕、残害自己的同胞！你们路上看到的那个被抓捕的汉子，很可能就是我们的同志！

旁边叼烟袋锅的汉子叹口气说，这不，俺们正商量着……汉子话说到一半，忽见大牛向他使眼色，赶忙把话打住了。

心领神会的尹先生朝李铁匠和安老三笑笑说，老李同志，安老三同志，二位跑了这么远的路，一定累坏了吧？大牛，你领他们去西屋歇息，有什么事明早再说吧。

李铁匠坐着没动，安老三向他使眼色，并用胳膊肘捣了他一下，他也不理会。

李铁匠闷头坐了一会儿，霍地站起身，用手使劲一拍桌子，语无伦次地说，咱想好了，咱要跟着尹先生干，跟着大家伙儿干，不瞒你们说，咱早就听说你们是为穷苦老百姓干事的人，所以才打心眼里愿意帮你们，说实在话，咱早把自己当成你们的人了，尹先生叫咱老李同志，说明他也把咱当成自己人了，尹先生，咱说得没错吧？

不等尹先生答话，李铁匠又说，好了，一家人不说两家话，咱保证，从现在开始，咱要学岳飞精忠报国，咱要对得起祖宗八代，咱要当个顶天立地的汉子，咱决不当像秦桧那样的让人戳一辈子脊梁骨的奸臣孬种！

听了他的话，一家人先是一惊，随即相视一笑。

尹先生沉吟一会儿，站起身亲昵地拍拍李铁匠的肩膀说，好，说得好！你能有这样的想法，你能下这样的决心，我很高兴，也很欣慰，其实啊，我们早就看好你这个人了，你为人正直，疾恶如仇，是个响当当的汉子，是个难得的好同志，只是……

尹先生请李铁匠坐下，看看安老三，意味深长地说，这个，安同志你应该清楚，现在我们的处境非常艰难，吴老九根据上面的指示，纠集了各路人马，对我们的人进行疯狂的抓捕和迫害，我们的组织尤其是一些刚刚成立的支部，除秋家峪小木匠领导的支部还算完整外，大都遭到破坏，损失惨重，区委赵书记指示我们组织发动的农民暴动也不得不暂时搁下，我们现在最缺的是枪支和弹药，这事还得请安同志帮着多想想办法，鉴于当前的严峻形势，我的建议是……

尹先生用手指指安老三，又指指李铁匠说，你们两位同志，还是暂时留在山上为好，一则可以帮我们搞些武器弹药，二则嘛，据我所知，你们山上有上百号弟兄吧？这些弟兄大多是穷苦人出身，是被地主豪绅、反动势力逼得走投无路才落的草，要是能把他们引上正道，把枪口对准日本鬼子，对准那些背弃民族大义、卖国求荣的反动势力和汉奸走狗，那该是多大的功德啊！

安老三朝李铁匠努努嘴说，尹先生放心，您交代的事，俺们一定尽力去办，是吧，二杆子——老李同志？

李铁匠若有所悟地点点说，好吧，就照你说的办！

从柳树崖村回来后，李铁匠心里又多了个让他揪心挂肚的念想，不管是走在路上，还是躺在炕头上，心里始终放不下这个念想，得空就反复琢磨它，想着，想着，就会莫名地激动起来，浑身上下充满了劲头。李铁匠是个爽快人，只要认准了的事，就会憋足劲儿，天不怕地不怕地往上冲，九头牛也拉不回来。他帮马狗子整队伍，立新规，搞得有声有色，有模有样。他让安老三教他打枪，一练就是一整天，从早练到晚，饭都顾不上吃。他每天早上天不亮就爬起身，围着寨子来回转悠。等太阳快露头的时候，他就在崖坡顶上坐下来，望着东方的朝霞发呆愣神。从变幻莫测的云朵里，从漫天飞舞的霞彩里，他看到千军万马在奔腾、在厮杀，也看到流光溢彩、祥云瑞气扑面而来。随着红红的太阳慢慢升起，这一切又逐渐变幻成另一番景象。阳光穿云破雾，把光芒像箭一般抛撒开来，使天地变得分外明亮清朗。天上飘着的云朵不再阴沉，像怀春的少女，绽开娇羞的笑颜。李铁匠不由自主地伸开臂膀，做出要拥抱太阳和云朵的样子，嘴里还不停地嘟嘟囔囔。

李铁匠的举动，首先引起了安子的注意。他发现二杆子这人城府很深，别看他平时装得像个大老粗，大大咧咧啥也不在乎，其实心眼儿很多，兴许早把弟兄们算计了个遍。他想起一句俗语，叫老实皮面心翻腾，意思是说表面老实的人，不一定真老实。这句话用来说二杆子再贴切不过。安子找到安老三，把自己的忧虑说给他听。

安子说，叔，二杆子是不是还惦记着俺朝他头上撒尿的事？

安老三说，没有的事。

安子说，人心隔肚皮，你知道他心里咋想的？俺老感觉他对俺有意见，这次练武艺打把式，他老是盯着俺的脚后跟不放，俺一个动作做不好，他就朝俺吹胡子瞪眼，哼，要不是看在叔的面子上，俺早和他翻脸了。

安老三瞪安子一眼说，好赖不分的东西，他那是向着你，让你多学点儿本事，你倒好，竟然狗咬吕洞宾不识好人心。

安子脖子一梗说，叔，你别老替他说话好不好，俺知道你最近和他走得挺近乎，但是也不能不防着点儿啊，你知道四杆子咋说你吗？四杆子说，你都快和铁匠钻进一个裤筒里去了！

安老三说，放他娘的狗臭屁，要这么说，咱俩是不是也穿着一条裤筒子？

本想讨巧邀功的安子被安老三劈头盖脸一通臭骂，委屈得眼泪都快流下来了。他搞不明白，一向对他很疼爱的三叔，为啥突然变得这么薄情寡义。他越发觉得二杆子这人不简单，像老狐狸一样善于给人灌迷魂汤，三叔被他灌得连亲侄子都快不认了。安子心里虽不服气，却不敢明着顶撞三叔，只能任由他训斥。看了李铁匠的变化，像安子一样心生疑窦和担忧的还有黑虎。黑虎把自己看到的、听到的、想到的，一句不落地说给马狗子听。

黑虎不无担忧地对马狗子说，干爹让他整队伍，教弟兄们打大刀，练飞刀，没让他插手管其他事吧？他倒好，蹬鼻子上脸，胳膊伸得越来越长，啥事也想插手，以后啊，恐怕连干爹你也不放在眼里了。

马狗子蹙着眉头沉吟一会儿，说，他最近都忙些啥？

黑虎说，还能忙啥，忙着整队伍、立新规、练打枪呗，他把寨门上边的那块高台子改成靶场，说是教大家练枪，实际是为了自己练枪，他打起靶来一点儿也不怜惜子弹，几天工夫就糟蹋了上百发，对了，他有时还在寨子里瞎转悠，整个寨子都被他摸遍了，连咱们藏在山坳密林里的马场也让他找着了，他得空就去那儿练骑马，说什么骑在马上打枪扔飞刀感觉就是不一样，每个人都要好好练一练……这家伙最近除了举止有点儿反常，说话也稀奇古怪，经常跟身边的人念叨岳飞，说什么国仇家恨比儿女情长更重要，像岳飞那样的人物才是顶天立地的好爷们儿、大英雄……

马狗子把黑虎说的话翻来覆去琢磨了好几遍，若有所悟地点点头说，他这样也没啥不好，前段时间山上确实很乱，看把弟兄们挎掌的，就差上墙爬屋揭瓦了，让二杆子这个天不怕地不怕的大老粗管一管也好，只是，咱有点儿不明白，他前些天还嚷嚷着下山找金团长和瘦猴报仇，现在咋突然变消停了？

黑虎说，干爹您忘了，那天他去报仇，仇没报成，反被人追得屁滚尿流，小命都差点儿丢了，他呀，应该是尝到苦头，不敢轻易冒头了。

马狗子说，你不说咱差点儿忘了，那次是安老三陪他去的吧？他们最近好像走得挺近乎，你看出什么不好的苗头来了吗？

黑虎想了想说，没看出来，安老三懂得怎么练兵带队伍，换了别人办这事，安老三也会帮着支招儿出点子，别忘了，他可是从国军队伍里跑出来的。

马狗子点点头说，安老三是国军逃兵，铁匠知道吗？

黑虎说，应该不知道吧？这事安老三捂得很严实，别人好像都不知道。

马狗子说，也好，也好。说着，把黑虎招呼到跟前，咬着他耳朵小声叮嘱一番。

李铁匠发现，他背后又多了几双盯他梢的眼睛，他每日的吃喝拉撒睡好像也都处在黑虎等人的严密监视当中。他很看不惯这种瞅人脚后跟、背后向人使绊子、捅刀子的小人伎俩，却无计可施。山上的大多数弟兄对他还是口服心不服的，眼里只有大杆子，凡事都看马狗子的脸色，听从马狗子的号令。要不是和马狗子有约在先，马狗子早把约定好的事跟弟兄们作了交代，整队伍啦，立新规啦，根本没人听他摆布；要不是马狗子一门心思找称心如意的压寨夫人，只顾烧香念佛祈求长生不老，他也不会这么快就有出头露脸的机会。说来说去，这山头还是马狗子说了算，他这个所谓的二杆子，只是个替东家扛活的长工。他觉得一团无形的乱麻正缠裹着他的手脚，一团无形的阴云正笼罩在他的心头。他感到很愤怒，很烦躁，想撕掉那团乱麻，冲散那团阴云，却空有一腔义愤，不知道该把劲往哪儿使。

山上忽又热闹起来，张灯结彩，大摆酒席，据说是马狗子不知从哪儿又弄来一个漂亮的闺女，准备连夜成亲圆房。李铁匠看不惯马狗子的所作所为，懒得关心他的亲事，得到准信儿后，也没有主动去向马狗子恭贺道喜，直到马狗子接连派人来请了他三次，他才硬着头皮去喝喜酒。今天马狗子和他身边的几个亲信都穿得很光鲜，清一色的黑绸缎长袍马褂，一个个油光粉面，喜不自禁，像偷吃了豆饼、兴奋得胡蹦乱跳的马驹。酒糊里糊涂喝到一半，李铁匠才弄清楚，今天成亲的不是马狗子，而是黑虎。所谓的新娘也没有想象的那么俊俏，胖乎乎，黑乎乎，跟黑虎倒是挺般配。李铁匠触景生情，又惦念起巧玲来，一想到巧玲，他胸口就像堵了块石头，吐不出也咽不下。怅然若失的他，只看到酒碗上下翻飞，酒水菜水横流。他的目光牵拉着他的魂儿，追逐着巧玲模糊的影子，在朦胧月光、殷红色灯光里穿行，在乱糟糟的杯盘里穿行，在如波荡漾的酒水里穿行……不知不觉，他又喝多了。

夜里，他醉意蒙眬地躺在炕上，满脑子晃荡的全是巧玲的影子。他极力勾勒她以前的模样，想象她现在的样子。一会儿抚掌大笑，一会儿又捶胸大哭。他想念巧玲，就像巧玲娘没日没夜地想念铜锅匠，巧玲娘经常端坐在家门口的石阶上，用她那空洞的眼睛，直勾勾地望着空洞的远方，嘴里念念有词：这人啊真不经念叨，说曹操曹操就到，俺念叨你一会，就梦见你一回……

巧玲娘说得没错，这人啊真不经念叨。李铁匠恍然发现，他的想念原来可以像箭一样射向远方，那箭闪着银光，带着流彩，穿越山脊，穿越密林，穿越河沟，径直飞向县城，飞向巧玲现在住的那栋大宅院里。听到风声的巧玲飞奔出屋，来不及整理散乱的秀发，来不及扣上旗袍的最后一粒纽扣，迫不及待地顺着他用想念利剑穿成的桥，一路向他飞奔而来。巧玲像七仙女下凡一样，轻飘飘地飞进他的卧房，飞到他的炕头前面。她飞到跟前，他才看清，巧玲穿的不是旗袍，而是一身浅绿色的小碎花衣衫，头发也没有想象的那么散乱，俊俏的脸上挂着好看的红晕，红晕中荡漾着两个浅浅的酒窝。巧玲摘掉脑后的发髻，满头秀发像黑色瀑布一样奔泻而下。巧玲脱下薄如蝉翼的衣衫，摘去粉红色的肚兜，露出白皙的脖颈、白皙的臂膀、白皙的胸脯……

李铁匠只觉一股热浪向他扑来，瞬间笼罩了他，淹没了他。他感觉自己正在被一种从未有过的快感融化，手不自主地抓摸着，揉搓着。巧玲亲切动人的喃喃话语不停地钻入他的耳廓，流进他快要被快感融化的肺腑里：傻样儿，头一回碰女人吧？早就想要俺这身子了吧？想要就拿去！俺知道你是个好人，是个顶天立地的汉子，以后俺就是你的人了，快带俺下山去吧，俺愿意一辈子服侍你，以后就是住窝棚吃糠咽菜，俺也乐意……

李铁匠被铺天盖地的热浪冲击得头晕目眩，被莫名的快感弄得神魂颠倒。巧玲的喃喃话语像火炭一样烫着他，让他更加眩晕迷醉。蒙眬中，他见一个火星样的东西忽地蹦到他的身上，接着倏地钻进他的皮肉中，他不由自主地抖了一下，疼了一下，嘴中随即蹦出一句不可思议的话：你，不是已经被那王八蛋糟蹋了吗？巧玲不答话，只用滚烫的身子紧紧拥住他。两滴晶莹的泪滴顺着她漂亮的脸蛋滑下来，顺着她白皙的脖颈滑下来，顺着她滚烫的胸脯滑下来，一直滑进他的嘴里。他尝到了泪滴咸涩的味道，也品出了另一种莫名的怪味，一种不祥的预感和怨气随即涌上他的心头。他没好气地嘟囔说，既然这样，你还来找俺干什么？你走吧，过你阔太太的好日子去吧！他挣脱开她的拥抱，猛地推了她一把，随即骨碌一下爬起身。

他迷迷瞪瞪地睁开眼一看，立时惊呆了。借着不知什么时候点亮起来的昏黄的油灯灯光，他惊讶地发现，刚才钻进他被窝跟他亲热的女人并不是巧玲，而是干巴婆。干巴婆正抱着他亲热，冷不防被他狠狠地推了一把，扑通一下从炕上滚落到地上，身子晃荡了好几下才稳住。干巴婆披散着头发，光着白花花的身子，眼中闪着委屈的泪花，眼巴巴看着李铁匠。

李铁匠从炕头上随手抓起自己的一件褂子扔到干巴婆身上，眼睛对着墙摆摆手说，怎么是你？上次趁俺喝醉酒摸俺炕头的人是不是也是你？你到底想干什么？

干巴婆扑通跪倒在地，泪眼婆娑地说，二杆子，俺知道你是个好人，你就行行好要了俺，带俺下山去过安稳日子吧，大杆子他不是人，连畜生都不如，俺在山上实在受够了。

还没从慌乱中完全醒过神来的李铁匠，听了干巴婆那火辣辣的话语，脸上像被火燎了一样难受。李铁匠语无伦次地说，别这样，千万别这样，好好说，穿上衣服好好说，嗨，你把俺当成啥人了！俺堂堂七尺男儿，怎么能干偷鸡摸狗的事呢，俺可不想被人戳脊梁骨！

干巴婆打个激灵，慌不迭地抓起自己的衣服往身上套，一边穿衣服一边抽泣着说，俺眼不拙，俺能看出来，你早就稀罕俺，俺也打心眼里稀罕你，从第一次服侍你——就是你刚上山喝醉酒那回，俺就知道，你跟他们不一样，是个有情有义的好爷们儿，俺要是找上你这样的好男人，那是俺八辈子修来的福分。

李铁匠说，千万别这样说，你是大杆子的人，应该好好服侍他才对，再说了，俺心里早就有人了。

干巴婆好像听懂了李铁匠的言外之意，心怀愧疚似的，默默地穿好衣服，不声不响地收拾起屋里的东西来。

李铁匠哭笑不得地摇摇头说，你咋还不走啊，深更半夜，孤男寡女待在一间屋里算咋回事儿啊？说着，下意识一回头，吃惊地发现干巴婆手里托着一个用花布包着的东西。

干巴婆一手托着一个看似非常珍贵的物件，一手小心地一层一层揭开包在外面的花布。随着花布慢慢揭开，一对闪着绿光、晶莹剔透、似曾相识的翡翠玉镯忽地闪现在他的眼前。

李铁匠一把抢过玉镯来看了看，瞪干巴婆一眼问：这东西怎么在你手里？

干巴婆早就心中有数似的，并没有想象的那样惊慌。她在炕头边上的条凳上坐下来，低着头长长地吁了口气说，是你相好的巧玲妹子托人送来的！

李铁匠心头一震，说，不会只有一对镯子吧？

干巴婆说，你说得没错，她不光托人送来了你们定情的信物，还捎了话过来。

李铁匠盯着干巴婆说，她咋说的？

干巴婆说，她要你别再想她了，权当没有她这个人，唉，你可能还不知道吧，巧玲妹子已经怀上娃娃了！

李铁匠说，放屁，不可能的，怎么可能！这话你听谁说的？

干巴婆吞吞吐吐地说，是，大杆子。

李铁匠说，那大杆子又是听谁说的？

干巴婆说，好像是范老五。

李铁匠简直不敢相信自己的耳朵，木呆了好一会儿，才打个哆嗦回过神来。李铁匠把手镯使劲往炕上一摔说，乱，全乱套了。

李铁匠胡乱穿上外衣，跳下炕，像无头苍蝇一样来回转了两圈，见干巴婆还傻乎乎地坐在那里，心头不觉又蹿上一股莫名的火气。李铁匠用手指着干巴婆的鼻梁骨没好气地说，贱货，浪货，不要脸的骚娘们儿，忘恩负义的坏东西，滚，快滚，咱再也不想见到你！

干巴婆被他的叱骂声吓了一大跳，眼中闪着委屈的泪花，默不作声地站起身，一步三回头地走了。

木呆呆地看着干巴婆离开，李铁匠忽又觉得这火发得毫无理由，干巴婆对他一片痴情，虽然对他亲热得有点儿过头，但并没有做对不起他的事，怎么能随意朝她撒气呢？可是，不朝她撒气又能朝谁撒气呢？巧玲啊巧玲，咱知道你有难处，心里不好受，可是……李铁匠失魂落魄地走出卧房，走出院落，一屁股蹲坐在崖坡隆起的山石上，望着漆黑的夜空发呆，他感觉先前缠裹他手脚的乱麻更加杂乱，笼罩在他心头的阴云更加浓重，他像一只迷失了方向的野狗，在漫漫黑夜里东窜西窜，想咬人却无从下口……

正坐着生闷气，忽见眼前飘过一个鬼魅样的黑影。黑影从崖坡上的树林里钻出来，猫着腰，沿着石墙根摸到他住的偏房边上，稍稍停顿了一下，忽地翻进他住的院落中。看那贼人鬼鬼祟祟的样子，要么是来盯他的梢，要么是来偷他的东西。他恍然记起，因出门走得匆忙，门没有关，油灯没有吹灭，玉镯还搁在炕上没有收起来。他慌不迭地爬起身，悄悄地摸上去，想看看那贼人到底想干什么。借着微茫的夜光和屋内油灯散发出的昏黄的灯光，李铁匠瞧见贼人猫着腰趴在窗台上，先侧耳听了听屋里的动静，接着用手指沾着唾沫小心地抠破窗户纸，把眼紧贴在纸洞上使劲往屋里瞅。贼人穿一身紧身黑衣，脸上蒙着黑布，看不清面容，看他轻车熟路的样子，一定没少干这样的坏事。李铁匠心里压着的火忽地又冒了上来，拔出飞刀便扔了过去。飞刀带着飕飕的风声，扑哧一下扎在窗棂上。贼人吓得身子一抖，连滚带爬地翻过墙头，溜走了。望着贼人狼狈逃窜的背影，李铁匠禁不住哈哈一笑。

自打李铁匠用飞刀向蒙面人发出警告后，再没有见人明目张胆地盯他的梢，或半夜摸他的屋墙根。日子似乎安稳了不少，平静了不少。但平静的只是表面，他内心一直波澜起伏。收到巧玲托人捎回来的镯子，尤其是听说她已经怀上娃娃后，李铁匠的心凉了半截，人像霜打的茄子一样蔫了吧唧，老长时间支棱不起来。日子就像天上的流云，慢慢地飘过来，又慢慢地飘走了。山上的草绿了，又黄了；花开了，又枯了。天上的大雁飞走了，又飞回来了。寒来暑往，一晃又是一个秋天。秋天本是收获的时节，但由于世道不太平，今年的秋天依然不好过。山下荒芜的田地越来越多。李铁匠经常望着那些荒芜的田地发愁，不知道什么时候才能改变这种不景气的状况，让所有的穷苦人都能吃上饱饭。巧玲的影子已淡出他的记忆，再也凑不成完整的样子。心情渐渐平复下来的李铁匠，一门心思琢磨他的那个大念想。他抽丝剥茧般排除各种阻力和干扰，经过无数个日夜紧锣密鼓的忙活，事情终于有了眉目。

这天，马狗子突然心血来潮，由黑虎陪着下山去县城基督教堂做礼拜。马狗子说他信了好多年菩萨，几乎天天给菩萨烧香上供，巴望着菩萨保佑他，保佑他一家人都长命百岁，但菩萨好像不领他的情，也许需要保佑的人太多，菩萨忙不过来，根本顾不上理会他。于是，倒霉的事儿老是追着他的脚后跟跑。大前年，他得了疯癫病的苦命的妹子，糊里糊涂地跌进只有一尺多深的水沟里淹死了。去年他身子骨一向很硬朗的老娘，也跟着妹子去了。老娘只是被一块鸡蛋大的土坷垃轻轻地绊了一下，就一头栽倒在地上咽了气。杏儿最近也不安稳，老在半夜里突然醒过来，像疯了一样胡乱抓摸，大哭大闹。杏儿说有个披散着头发的疯女人老在半夜里来找她，摸她的小脸蛋，亲她的下巴骨，或趴在她耳朵上哭哭啼啼。马狗子猜想一定是妹子的魂儿缠着杏儿不放。他求菩萨跟那边的妹子好好说说，别再缠着杏儿不放，杏儿还小，经不起折腾。但无论他怎么祈求祷告，杏儿半夜哭闹的症状就是不见好转。他思来想去，就想到了县城里的洋教堂，想到了那里的高鼻梁大胡子牧师。

马狗子难得下山一次，对李铁匠和他笼络的弟兄来说，这是个趁机起事的好机会。李铁匠把大家召集到一起，学着尹先生的样子，挥舞着手臂慷慨陈词：国难当头，匹夫有责，鬼子都打到咱家门口，欺负到咱头顶上了，仅柳树崖那边，就杀害了咱们好几十口人，听说尹先生也受了伤，你们说，咱们该怎么办？

小头目胡宝捏紧拳头，义愤填膺地说，还能怎么办，跟那帮狗杂种拼了！作为堂堂七尺男儿、血性汉子，决不能再窝在山上当缩头乌龟！

李铁匠点点头说，说得好，鬼子杀咱们的亲人，烧咱们的房子，毁咱们的庄稼，抢咱们的粮食，糟蹋咱们的妹子，咱们老躲着不出头，对得起列祖列宗吗？对得起那些被小鬼子祸害的乡亲吗？

小头目强哥使劲一拍桌子说，你说吧，怎么干，俺们都听你的！

胡宝说，赶紧把大旗挑起来吧，不能再拖了，山下的人可都在眼巴巴地等着咱们呢！

年纪最大、平时不大爱说话的灶房帮厨师傅赵老伯，猛地吸口烟袋锅，若有所思地望望窗外说，二杆子说得没错，强哥和胡宝两位小兄弟也说得没错，眼瞅着天越来越冷，等天寒地冻，大雪封了山，再拉人马下山就不好办了，听说山下的情况比咱们想的还要糟糕，小鬼子沿着胶济铁路往东一路烧杀抢掠，吴老九听到风声，早滚他娘的毯了，听说金团长那帮狗杂种摇身一变，成了日本人的狗腿子，再不敲打他们一下子，这帮狗日的还不知道咋折腾好呢。

安老三看看赵老伯，摇摇头说，就怕心急吃不了热豆腐，上次咱帮尹先生搞的那批货，大杆子好像听到了点儿风声，已经追问咱好几次了，他让黑虎手下的人死死盯着咱，范老五也明目张胆地跟咱作对，一见面就阴阳怪气地敲打咱，薛老四这人倒是还有点儿骨气，咱拐弯抹角地试探过他几次，把尹先生和二杆子教导咱的话说给他听，他听了很受用，拍着胸脯说一定照咱说的办，可是咱又怕他心直口快，嘴上缺个把门的，弄不好会拖咱们的后腿，坏了咱们的大事。

李铁匠白了安老三一眼说，咱早就跟你说过，薛老四嘴不严实，有些事尽量不要让他掺和，你就是不听！对了，薛老四他人呢？咱不是让你死活也要把他拉过来吗？

安老三哭丧着脸说，这家伙腔上像抹了油，咱把山上找了个遍，也没瞅见他的人影。

李铁匠摆摆手说，那就先不等他了，尹先生说过，啥都能等，就是打小鬼子不能等，小鬼子多待一天，老百姓就多受一天的罪！咱早想好了，大杆子不在家，山上的事应该由咱二杆子说了算，咱想以带人到马场打靶的名义，把人拉下山去！事不宜迟，老三你赶紧把人招呼起来，排好队等着，等咱从大杆子老窝里掏出那些东西，一起下山！

大家刚要分头去准备，负责望风的安子突然慌慌张张地跑过来说，不好了，大杆子提前回山了，四杆子被他抓起来了！

众人一听，面面相觑。

李铁匠使劲一拍大腿说，他娘的，一定是薛老四走漏了风声，真是成事不足败事有余！

强哥眼一瞪说，软的不行，那就来硬的，咱们现在就行动，先把马狗子拿住，再逼他打开放武器弹药的密室！

安老三皱着眉头想了想说，这样行吗？他身边还有黑虎呢，那可是个杀人不眨眼的狠角色啊，万一……

李铁匠说，不用怕，别看他表面上装得很凶狠，实际骨头比谁都软，再说了，咱逼他下山抗日，是给他和弟兄们指条明路，总有一天，老马会理解咱的这份苦心的。

安老三说，可是，他手下还有不少死党，跟他们火拼，咱们不一定能赚到便宜，弄不好……

李铁匠眼一瞪说，那你说怎么办？

安老三沉吟一会儿，神神秘秘地凑到李铁匠旁边，咬着他的耳朵小声嘀咕了一阵。李铁匠点点头说，那就先照你的意思办，你和安子抓紧去探听一下情况，看事不好抓紧发个信号！

安老三去了没一会儿，便慌慌张张地跑了回来，带着哭腔、上气不接下气地说，完了，完了，该死的薛老四，捅大娄子了，咱们的大事，让他搅黄了！

第十八章

　　安老三四下找寻薛老四的时候，薛老四正躲在干巴婆的专用茅房旁边齐腰高的杂草丛里，屏着呼吸，仔细倾听茅房里的动静。一早他碰见范老五，范老五惊讶地打量他几眼，说，看你小子的脸色不大好，昨黑晌（昨晚上）是不是又没睡好觉？是不是又想女人了？

　　范老五朝他诡秘一笑，把嘴巴凑近他耳朵边，神神秘秘地小声说，想看女人吗？

　　范老五嘴巴里发出的热气和臭气熏得他脸皮和耳朵有点儿痒，但范老五说的话很动听，一下就把薛老四的心揪住了。薛老四只觉胸口忽地涌上一股热血，一种莫名的亢奋像游龙一样在他身体里冲来冲去。他激动得嘴巴直打战，说话的腔调都变了：想——呀，当然——想了，可是——没的——看啊！

　　范老五朝茅房方向努努嘴说，去那儿看呀，大杆子今天要下山，那个啥，还不尽着你看呀！

　　薛老四若有所悟地说，真有你的，咋不早说啊。说着就要往茅房那边跑。

　　范老五一把拽住他，眼一瞪说，你急啥？大杆子还没走呢！记住，一定要小心点儿，别光顾着看女人，让人给逮住了，那样你就吃不了兜着走了，哼，到时你可别怪咱没提醒你！

　　薛老四惦记着范老五的叮嘱，没有急着去扒茅房的墙头，而是像贼一样窝在旁边的杂草丛里，耐着性子等大杆子、黑虎离开。干巴婆的专用茅房建在院墙外侧，往里是杂物间和睡觉的偏房，再往里是连接前后院的过道，过道另一边是灶房。住在后院的大杆子外出，必须经过中间的那个过道。大杆子和黑虎的脚步声，薛老四老远就能听出来。太阳慢慢升高，薛老四估摸大杆子很快就会下山。他透过杂草的缝隙，瞪大眼睛盯着茅房。被晨露濡湿的衣衫黏糊糊地贴在身上，有蚂蚁在他脖颈上爬来爬去，他也懒得理会。一股无形的野火正在他身体里熊熊燃烧，烧得他晕晕乎乎，飘飘欲仙。茅房围墙用较为规整的石块垒成，用木棍撑起的尖形房顶上覆盖着苇箔和厚厚的草甸子。房顶与石墙连接处，留有几个呈长条状的透气孔。不用进入茅房，也能想象出里面的样子。他的目光在茅房上空飘了一会儿，倏地钻进了茅房里面。他隐约看到，吊挂在门框上的铁门鼻子泛着油亮的光，简陋的木门下部沾有斑驳的泥巴。进门便是一大块青石铺成的高台，台面上依稀可见尿液的残迹，台下是三尺多深的粪坑，坑面盖着一层皱巴巴的黄土，一只蜜蜂正悠闲地飞来飞去，一边飞一边嗡嗡地歌唱。

他恍然发现，平时看起来很不起眼的窝棚样的茅房，非但没有想象的那么脏，反倒别有一番诗情画意。那是片神奇的野地，那是片能让他眩晕迷醉的荒原，那里没有臭气熏天的污物——污物和臭气已被干土盖住，只有嗡嗡歌唱的蜜蜂，只有让他激情奔涌、血管爆裂的女人的裸影。听到一阵熟悉的杂沓的脚步声穿过过道后，他感觉身上的那股野火烧得更加猛烈，他被野火烧得神魂颠倒，飘飘欲飞。一阵又一阵的眩晕过后，他终于听到了让他兴奋、让他窒息的声响。只听茅房木门吱扭一声响，接着传来女人娇喘的声音，窸窸窣窣解衣带的声音，哼哼唧唧用力的声音。薛老四被迷人的声音牵引着，鬼使神差般地钻出杂草丛，像中了魔一般，手舞足蹈、蹦蹦跳跳地蹿过去，忽一下就爬到了石墙上。通过透气孔往里一看，他立马惊呆了。干巴婆抬着白花花的屁股，正对着他的脸娇喘着，哼哼唧唧地用力。那团白花花的影子在膨胀，他的眼睛也在充血膨胀。他的呼吸变得非常急促，脑中被白花花的影子塞满，快要窒息似的。他看到一股铺天盖地的热浪奔涌着，翻卷着，瞬间将他淹没。他身子不由自主地扭动着，嘴巴不停地打着哆嗦，梦呓似的嘟囔说，好，好看，要，要啊……

正在解手的干巴婆打个寒战，回头瞥见一个贼眉鼠眼，瞪着吓人的充血的眼睛，嘴角流着哈喇子的男人，正扒着墙头偷看她，吓得哇呀尖叫了一声，裤子也顾不上提，跟跄着向茅房外边跑。慌乱中，干巴婆的头撞到了木门上，干巴婆站立不稳，差点儿摔倒。随着身子的摇晃，她白花花的屁股也跟着左右晃动。薛老四眼睛紧盯着干巴婆的屁股，身子不由自主地往前一蹿，头出溜一下就钻进了透气孔里，头是钻进去了，肩膀和手却卡在外面。他腿胡乱踢腾着，手胡乱抓来抓去，嘴里语无伦次地嘟囔着：要啊，要啊，姑奶奶别跑啊……

干巴婆仓皇跑掉了，但她白花花的屁股影子仍在薛老四眼前晃荡。他想抓住那个影子，狠狠地亲上两口，实际抓到手的却只有生硬的石墙。

被欲念冲昏头脑的薛老四，正扒着茅房墙头，对着干巴婆的背影胡言乱语，突然感觉后脊梁骨上猛地一颤，随即听到啪的一声闷响，接着从背上传来一阵火辣辣的疼痛。毫无防备的他哪经得住背后这一闷棍的打击，身子像失去支撑的烂泥，呼哧一下瘫软下来。没等他弄明白是咋回事儿，几只铁钳般的大手已死死掐住他的胳膊和大腿，把他从墙头上扑通一下拽到地上。不等他爬起身，那几只大手又反剪了他的胳膊，推着他跟跟跄跄地往前走。疼痛像突如其来的暴雨，转瞬浇灭了他的欲火。他感觉身子不再那么燥热，只是头仍晕晕的不是很清醒。因胳膊被反剪并高高地抬起，他的腰不得不弯下去，头不得不勾下去，屁股不得不翘起来。他感觉自己就像一只被反剪了翅膀的落汤鸡，被几只铁钳般的大手拎着，脚不沾地地往前飞走。从崖坡上飞到院子里，从院子里又飞进过道里，穿过过道又飞进后院里。杂草、路面、石墙和房舍的倒影急速地向后闪去。扭送他的几个人自始至终都没有说话，但他能清晰地听到他们咬牙切齿的声音，他还听到干巴婆在不远处哭天抢地。天地仿佛已倾覆，乾坤仿佛已倒转，而他正处于天地急速塌陷的旋涡里。

跨过一个高高的门槛后，反剪他胳膊的大手突然一松，飘在半空的他身子猛地往下一坠，呼哧一下跌在地上。他前身趴卧在地面上，又酸又麻的胳膊和屁股仍高高地向上翘着。他看到地面上铺着大而厚实的灰砖，知道自己已被扭送到忠义堂里，接下来面对的将是大杆子暴跳如雷的训斥。干巴婆是大杆子的女人，他偷看干巴婆解手，等于坏了大杆子的名声，和往大杆子头上扣屎盆子没啥两样，大杆子不会轻饶了他。但转念一想，他心里又坦然了，觉得这也算不上什么大事，只要大杆子不拿它当回事儿，也就稀里糊涂地过去了。

薛老四呼口气，试着活动了一下筋骨，装作若无其事的样子，慢慢地爬起身，轻轻地掸了掸身上的尘土，随手抹掉不知什么时候沾在额头上的一根蜘蛛网，下意识地扭回头一看，见黑虎和两个身材魁梧的手下正恶狠狠地盯着他。一股莫名的火气陡地涌上他的心头，他没好气地大声问：你们干什么？抓咱干什么？那一闷棍是哪个狗日的敲的？

黑虎眼一瞪说，是老子敲的，咋的？你他娘的干了龌龊事，竟然还这么张狂！说着，抬腿就是一脚，正好踹在薛老四屁股蛋子上，薛老四站立不稳，扑通一下又扑倒在地上。

薛老四急眼道：黑虎你疯了，妈拉个巴子，河边无青草，从哪儿跑出来你这个多嘴驴？老子看干巴婆解手，关你屁事啊！薛老四骂骂咧咧地刚要爬起身反击，不想被黑虎的两个手下死死按住，动弹不得。

马狗子突然走了过来，用手扳起薛老四的下巴看了看，朝两个大个子手下摆摆手说，你们两个先下去吧。马狗子并没有想象的那么恼怒，脸色很平静，语气很随和。

马狗子把薛老四搀扶起来，摇摇头说，老四啊，你这是咋了？大清早的，这是喝晕乎了，还是根本就没睡醒？

黑虎没好气地白了薛老四一眼说，你小子就装吧，看你能装到啥时候！

马狗子说，兄弟啊，这就是你的不对了，怎么能干这种事呢，多么下流啊！看把干巴婆给逼的，又是要上吊，又是要跳崖的，你不知道脸面对女人有多重要啊？你偷看她的光腚，让她以后咋见人？说吧，你总共偷看过她几回，除了光腚还看到啥了？那茅房黑虎媳妇也在用，你是不是也偷看过她的光腚？啧啧，人家可是刚过门的新媳妇啊！

薛老四抬头看看马狗子，赶忙又把头勾下去，小声嘟囔说，只偷看过干巴婆这一回，还没看清她就跑了，咱只看到一片白花花的影子，哼，看一眼又能咋的，她又没少一根毫毛，有必要寻死觅活吗？大哥你有必要这样兴师动众吗？

听了薛老四嘟囔的话，黑虎气得脸色发青，身子直打哆嗦，抬腿又要踹薛老四，被马狗子摆摆手拦住。

马狗子哭笑不得，耐着性子劝薛老四说，越说越不像话，别人要是偷看你媳妇的光腚，你乐意吗？老四啊，别怪黑虎揍你，你啊，就是欠揍！哼，还红口白牙地说什么只偷看过这一回，鬼才相信你说的话！唉，看在咱们弟兄一场的情面上，咱准许你把你做的龌龊事说说清楚，好好认个错，保证以后不再背着咱胡作非为，这事就算过去了。

薛老四感觉马狗子的话绵里藏针，不大中听，心里不觉又涌上一股莫名的火气，没好气地嘟囔说，只许州官放火，不许百姓点灯，干巴婆又不是你明媒正娶的媳妇，你急啥眼嘛，你能搂着她困觉，凭啥咱看她一眼就不行？

薛老四嘟囔的话，戳到了马狗子心里的痛处。马狗子气得脸色发青，浑身发抖。马狗子跳着脚，用手点着薛老四的鼻子说，日你娘老四，给你脸你都不要，你他娘的算什么东西，咱本想让你好好认个错，要是觉得你情有可原，兴许咱心一软就饶了你，没承想到现在你还嘴硬，你，这是要成心气死老子，故意跟老子作对啊！

马狗子一会儿跳着脚大骂薛老四，一会儿又像疯狗一样窜来窜去。马狗子的目光不经意间落在摆在条案上的两把明晃晃的大砍刀上。马狗子随手将砍刀抄在手里掂了掂，把其中一把当啷一下扔在薛老四跟前，咬牙切齿地说，既然你死不认错，那就用它来说话吧！

薛老四打个冷战，看着地上闪着寒光的大刀片子，结结巴巴地问：这，这是要——干吗？

马狗子举着大刀，摆出拼杀的架势，气汹汹地大声说，不给你点儿颜色看看，你就不知道山神爷的鸡巴是石头做的，妈拉个巴子，你要是有种，要是觉得自己还是个爷们儿，就拿起刀来跟咱拼个你死我活，你要是把咱砍倒了，从此以后干巴婆就是你的女人，你愿意咋弄就咋弄！要是咱把你砍倒了，那就活该你倒霉！

马狗子朝黑虎使个眼色，又说，黑虎你别插手，这是俺们弟兄俩之间的私事，俺们两个是死是活都不关你的事。

薛老四看看地上的大刀，又偷眼看看黑虎，见黑虎像凶神恶煞一样站在旁边，眼睛死死盯着他，手紧紧按在腰间的盒子炮上。薛老四被马狗子和黑虎气汹汹的样子吓得倒吸了口凉气，两腿不由得一软，扑通一下跪倒在马狗子面前，连声求饶说，大哥，大哥，你饶了俺吧，你饶了俺吧，俺知道错了……

马狗子愣怔一会儿，呸地朝薛老四吐口唾沫说，孬种，贱货，你也有认怂的时候！作为你的拜把子大哥，咱可以念兄弟旧情饶了你，但黑虎和其他弟兄能不能饶你就得另说了，世上没有不透风的墙，你背着咱做的那些脏事，别以为咱不知道，你指使麻脸暗算铁匠老李，要不是老李大人大量，替麻脸求情，咱那时就想顺藤摸瓜把你揪出来，有些事过去了就过去了，咱不想再追究，但是，有些事咱实在忍不了，咱最不能容忍的是你竟然和金团长暗中勾结，害死了和你情同手足的拜把子二哥，真是丧尽天良！有句话怎么说来着，对，就是那个啥——是可忍孰不可忍！

薛老四哭丧着脸说，这话从何说起啊，咱以前的确说过铁匠的坏话，也曾想从背后扔黑石头砸他，但从没想过要害死他，至于跟金团长暗中勾结害死拜把子二哥，更是没影的事，这样的罪名，咱要命也担当不起啊！

马狗子说，你啊，就是那茅坑里的石头，又臭又硬，难道非要等到见了棺材才掉泪吗？你说没有和金团长暗中勾结，那老二去青岛特意给他相好打造的银手镯怎么会在你手里？咱听老二亲口说过，他那手镯是在被人打了伏击，仓皇撤退时丢掉的，现在竟然从你屋里头搜了出来，你还有什么话好说？

薛老四尖叫着说，冤枉啊，冤枉啊，那手镯是俺捡的，在俺屋门口捡的！

马狗子说，放你娘的狗臭屁，你咋不说在你炕头上捡的啊？咱已经让黑虎查验过了，一丝一毫都不差，事实都明摆着，你就不要再耍赖皮了，那样只会罪上加罪，让别人更加瞧不起你！

马狗子把手里的大刀使劲往地上一摔，招呼黑虎和候在门外的两个大个子手下说，把他绑起来——绑到柱子上，黑虎，你抓紧把二杆子、三杆子、五杆子喊过来，让他们来做个见证，把其他弟兄——除了那些站岗放哨走不开的，也喊过来，咱要当着众弟兄的面说说他的罪状，至于怎么惩罚他，咱想听听大家伙儿的意见。

黑虎和两个手下忙不迭地跑上来，不由分说把薛老四按倒在地，反剪着胳膊捆了个结实。

薛老四拼命挣扎着，不停地喊着冤枉，喊着喊着，不由自主地大骂起马狗子来：姓马的，你这是要借刀杀人啊，既然你无情，就别怪俺无义，有种你把老子放了，老子和你单挑！

马狗子轻蔑一笑，嘱咐黑虎说，他要是再敢胡说八道，你就把他的舌头割下来，要是割了舌头他还不老实，那就把他的心剜出来，把他肚子里的下水扒出来，咱倒要看看，是他的嘴皮子硬还是咱的刀子硬！

黑虎一听，抬手狠狠地扇了薛老四一巴掌。薛老四被打得眼冒金星，想骂，又嘎的一下憋住了。

李铁匠和安老三接到信儿，急匆匆地赶到捆绑薛老四的院子里时，那里已黑压压围满了人。两人被黑虎手下领到上首依次排开的椅子上坐下。正对上首位置，院子中间临时竖起的粗大木柱上，绑着蔫头耷脑的薛老四。薛老四乱糟糟的头发上挂着几根灰白色的蜘蛛网，瘦削的脸因恼怒或羞愧而扭曲变形，显得比平时更加难看。他眼睛直勾勾地瞪着，张大的嘴巴里塞满了破布。薛老四衣衫不整，身上沾满灰土和泥巴，裤裆和裤腿上湿漉漉、皱巴巴的，很显然，他已经因过度紧张或害怕而吓尿裤子了。围观的弟兄不时对着他指指点点，议论纷纷。马狗子冷着脸坐在上首中间椅子上，眼睛直勾勾地看着薛老四发呆。平时脸上总是堆满笑容的范老五，像突然变了个人一样，也冷着脸泥塑一样端坐着，眼睛直勾勾地望着虚空，不知道在寻思什么。得知薛老四因为偷看干巴婆解手而被抓，李铁匠松了口气。看了薛老四可怜兮兮的样子，他想替薛老四求情，又怕正在气头上、生性多疑的马狗子不给他面子。也不知道马狗子从薛老四嘴里掏出其他要紧的东西来了没有，要是薛老四说走了嘴，把他们要办的大事说了出来，形势就大为不妙了。这也是李铁匠暗自担心、不敢轻易多说话的原因。

对薛老四的审问，由黑虎挑头进行。黑虎搬了个条凳过来，选了个靠近木柱、大家都能瞧见的位置放好，然后吃力地爬到条凳上。因站立不稳，他身子摇晃了两下，差点儿从条凳上摔下来。两个大个子手下一看，赶紧上去搀扶他。黑虎没好气地把他们推开，试着挪了挪脚，觉得站稳当了，才挺着胸脯，扯着嗓子，居高临下地发了话。

黑虎列举了四杆子的种种劣迹：他心黑手辣，经常抢别人东西吃，经常呵斥打骂手下的弟兄，经常刁难、欺负他看不顺眼的弟兄；他小肚鸡肠，经常在背后说人坏话，动不动就向人扔黑石头、使绊子，动不动就说脏话骂人顶撞大哥——怕他像疯狗一样乱咬人，咱索性用破布堵住了他那个窟窿眼子；他野心很大，早就盯上了二杆子这个位子，为了抢这个位子，他不择手段，用心险恶……总的说来，薛老四犯下的大的罪状有三条，一是偷看干巴婆解手，二是唆使手下暗算二杆子，三是勾结、串通大家公认的仇敌害死拜把子二哥。他偷看干巴婆解手已被抓了现行，他做的另两桩事虽然没有被抓现行，但也有确凿的证据。

薛老四好像不愿或不屑搭理黑虎，尽力把头扭向一边，听凭他数落。

黑虎挥舞着手臂，列举完薛老四的罪状，突然将手使劲往下一劈，大喊了声：带证人干巴婆上堂！

一家人被他的喊话声吓了一跳——黑虎显然把院子当成了县衙的公堂！

头发散乱、面容憔悴、有气无力、哭哭啼啼的干巴婆被黑虎媳妇挽扶着，慢慢地走上场来。急不可待的黑虎催促她说，说吧，他怎么偷看的你，不要怕，大杆子和一干众弟兄都能替你做主！

干巴婆吃力地抬起头来，一见薛老四，就像见到前世冤家似的，疯一般扑上去又撕又扯，一边撕扯一边尖声哭叫：呜呜，你不要脸，呜呜，你偷看俺的光腚，呜呜，俺没脸见人了，呜呜，俺不活了……

薛老四自知理亏，闭着眼勾着头，任凭干巴婆朝他撒气。

黑虎摆摆手，让媳妇把干巴婆挽扶下去，接着把麻脸喊上场来。麻脸像个羞羞怯怯的小姑娘，用长头发盖住半边麻坑脸，勾着头站着，不时偷眼打量薛老四和黑虎。

黑虎一看麻脸就来气，想踹他，但站在条凳上施展不开腿脚，只好耐着性子催促他：麻脸，给你个将功补过的机会，你老实交代，那次你对二杆子下黑手，是不是薛老四——四杆子指使的？是还是不是，你只需点头或摇头就行了。

麻脸把头使劲勾下去，算是回答了黑虎的问话。黑虎摆摆手让麻脸下去。

木呆呆地看着麻脸走远，薛老四猛地打个哆嗦，突然发了疯，他头使劲摇晃着，身子使劲扭动着，嘴里咿咿呀呀的像要表达什么。黑虎不理他，只顾忙着向大家展示重要的物证：一对银光闪闪、造型像凤凰、打造得非常精致的银手镯。薛老四看到银手镯，眼睛都绿了。

原以为薛老四只是因为偷看干巴婆解手被抓，没想到他干的龌龊事远不止这一件。李铁匠、安老三和在场的其他众弟兄都有些始料未及。听了薛老四犯下的累累恶行，一帮人都非常气愤，有的对着薛老四尖声叫骂，有的朝他吐口水，有的朝他扔石块、土坷垃，有的凑在一起气哼哼地说着什么。

黑虎见火候已到，回头看看马狗子，得到他的默许后，抬高嗓门向着众人大声问，薛老四罪不可恕，大家说应该怎么处置他？

黑虎话音刚落，就有人大声叫嚷：宰了他，宰了他！

其他人也争相附和：宰了他，宰了他！

黑虎摆摆手，示意大家保持安静。黑虎蹙着眉头想了想说，照咱们山寨的老规矩，应该剁掉他的手脚，砍掉他的命根子，把他丢到野坡里喂狼，可咱们的大杆子不忍心要他的小命，大杆子是烧过香拜过佛的人，他心地善良，不想杀生，这么善良、有情有义的大哥，竟然摊上薛老四这么一个无情无义的拜把子弟兄！大杆子不忍心看薛老四走向绝路，又不能不惩罚他，可把他给愁坏了。

黑虎顿了顿，又说，大杆子信任咱，让咱看着处置这件事，咱左思右想，也没想出个妥帖的办法，这样吧，咱们先每人吐他一口唾沫，让他长长记性，至于接下来怎么办，回头再说吧。

没等大家回过神来，黑虎已从条凳上跳下来，一溜烟蹿到薛老四跟前，左右开弓，狠狠地扇了薛老四两巴掌。黑虎鼓了鼓腮帮，喉咙里咕噜咕噜响了两声，嘴巴像决口似的猛地一张，一大口带有黏糊糊痰液的唾沫喷薄而出，一滴不落地全落在薛老四的头上和脸上。薛老四扭曲变形、脏兮兮的脸上又添了青紫和白花花的颜色。糨糊一样的唾沫、痰液黏在他的头发上、额头上、眉毛上、鼻子尖上、裂开的嘴唇上、塞在嘴里的破布上、尖尖的下巴上、稀疏的胡须上，样子十分滑稽。

李铁匠实在看不过眼，提醒马狗子说，这样做不大好吧？

马狗子说，有啥不好的？这已经算轻饶他了，你要是不忍心看下去，就先回去歇着吧！

李铁匠摇摇头，霍地站起身，头也不回地离开了。安老三欠了欠屁股，也想跟着离开，犹豫了一下，又坐了回去。李铁匠离开没一会儿，强哥、胡宝和赵老伯等人趁人不注意，也偷偷地溜走了。

惩罚继续进行。黑虎的几个手下，像早就串通好了似的，自觉地排好队，照黑虎的样子，依次上前吐薛老四唾沫。其他人也自觉地排在队伍后面等着。黑虎的几个手下吐得都很卖力，有的歪着头吐，有的梗着脖子吐，有的跳着脚吐。吐之前，都先稍稍酝酿一下情绪，吸气尽量把喉咙里的痰液挤上来。几个人的唾沫吐得一个比一个刁钻，一个比一个黏稠。排在后面的人还没捞着吐，薛老四的脸已糊满白花花的唾沫和痰液，像刚从糨糊里捞出来一样。薛老四的眼睛被污物糊住，不得不紧紧地闭着。他的鼻孔眼也被糊住，喘气声变得越来越急促，鼻孔处的唾沫和痰液随着呼气吸气一伸一缩，发出扑噜扑噜的声响。薛老四脸上的唾沫和痰液越积越多，唾沫和痰液顺着脸颊不住地往下淌，往下滴，很快，他的脖子和胸口上，肩膀和上衣上，也变得白花花、黏糊糊的一片。有的人看薛老四模样可怜，朝他吐唾沫时留了余地，动作做得很夸张，喉咙里发出呼噜呼噜的声响，最后吐在薛老四脸上的却只有少许唾沫星。

人多，队伍排得很长，前面的人把薛老四吐成了大花脸，后面的人又把他吐成了落汤鸡。因心态不同，气力有别，他们吐的唾沫有大有小，有浓有淡。有的人早就看薛老四不顺眼，朝他脸上吐起唾沫来毫不留情，不小心吐偏了，觉得很可惜，已经扭头走开了，又慌忙跑回来补上一口。有的人觉得吐一口不过瘾，索性把唾沫和口水连成串往外吐，看似一口气只吐了一口，实际吐出的唾沫和口水，比别人好几口吐的都多。

有的人跟薛老四没有过节，觉得薛老四再坏也跟自己没有关系，胡乱吐他一口便草草了事。有的人跟薛老四关系比较疏远，说不上喜欢他，也说不上憎恨他，不吐他吧，又显得自己很不合群，只好随大流走过场，在吐之前，不忘对着薛老四耳朵小声念叨一句：四杆子，得罪了，他们让这么做，咱不得不听啊。

有的人觉得朝薛老四脸上吐唾沫，是极不厚道、侮辱人格的下流行为，在心里一个劲儿地替薛老四惋惜：老四啊，你这是何苦呢，你咋这么不长眼呢，偏偏偷看干巴婆解手，你这不是从老虎腚上拔毛自找难看吗？受过薛老四欺负的人，虽然非常恨薛老四，但又怕他秋后算账，想吐又不敢吐，犹疑了好一会儿，才勉强把一口不稠不稀的唾沫吐到他脸上。

今天行为反常、大大出乎众人意料的有两个人。一个是麻脸。按说麻脸跟薛老四关系最铁，他今天的表现却差点儿惊掉了大家的下巴。他不仅吐了薛老四一大口浓痰，还不怕薛老四脸上的污物脏了自己的手，拉开架势，狠狠地扇了薛老四一巴掌。由于薛老四脸上全是黏糊糊的唾沫和痰液，巴掌打上去，发出噗的一声闷响，随着那声闷响，薛老四脸上的污物四下飞溅，大部分落在了麻脸的脸上和身上，引起围观人一片唏嘘声。麻脸因用力过猛，闪了个大大的趔趄，差点儿摔个狗吃屎。麻脸这一巴掌并没有赚到多少便宜，也没有赢得大家的叫好声。

另一个行为反常的人是瘸子。瘸子平时待人很刻薄，老是摆出一副苦大仇深的凶模样，好像大家都欠了他什么似的。他喜欢欺凌弱小，看别人摔倒，巴不得再踏上一只脚。他平时在背后骂薛老四骂得最凶，这次他却很仗义，一扭一拐地走到薛老四跟前，看着薛老四发了会儿呆，众人正期待着他下狠手，他却辜负了大家的期望，只是朝薛老四脸上轻轻地吹了口气，便一扭一拐地走开了。看他那架势不像是朝薛老四脸上吐唾沫，而是帮薛老四把糊在脸上的脏东西吹下来。

安老三目睹了薛老四受罚的整个过程，他眼睁睁地看着薛老四被人戏耍却一点儿办法也没有。薛老四被押走，众人都散去后，他仍坐在椅子上发呆愣神，直到范老五冷不丁拍了他肩膀一下，他才打个激灵回过神来。安老三失魂落魄地回到卧房，一屁股蹲坐在屋地上，眼睛直勾勾地望着虚空，人像突然傻了一样。

李铁匠来陪他默默地坐了一会儿，长长地叹了口气说，老三啊，别伤心难过了，薛老四他自作自受，怪不得你，你快帮着想想办法，看接下来怎么办？

安老三两手揪着头发，露出很痛苦的样子，带着哭腔说，俺头疼，俺的头快要炸了，俺不知道，俺不知道啊……

李铁匠哭笑不得地摇摇头，看老三蔫了吧唧、魂不守舍的熊样子，估计一时半会儿也想不出个正经办法来，问他也是白问。

李铁匠起身离开安老三卧房，又去找强哥和胡宝商量。

强哥做了个刀劈的手势说，留着他也是个祸害，不如……

胡宝说，这样不妥吧？情况可能并没有咱们想的那样糟糕，今天咱们准备拉人马下山，薛老四可能还不知道，因为三哥根本就没有找到他，咱觉得，就算薛老四被大杆子抓住了，也不用太担心，薛老四是个直肠子，耳根子很软，只要他觉得在理，谁的话都听，但听过的话不一定往心里搁，说不定早左耳朵进右耳朵冒了。

强哥说，不怕一万，就怕万一，要想不留后患，就得下狠手，等真的那个啥了，再后悔就晚了。

胡宝摇摇头说，看棋至少要看三步，对待大杆子这种老谋深算、心狠手辣的人，更应该多长个心眼儿，强哥你想过没有，不管怎么说，干巴婆也算是大杆子的女人，薛老四偷看干巴婆解手，等于往大杆子头上扣屎盆子，别看大杆子装得很宽容很和善，其实早把薛老四恨到了骨头缝里，说不定连整死他的心都有了，但大杆子很鬼，不想担害死拜把子弟兄的坏名声，所以才没有急着下手，咱要是贸然结果了薛老四，岂不是正合了他的心意？万一让他抓住了把柄，咱们就更加被动了。

李铁匠点点头说，胡宝说得没错，这可能是个圈套，咱们千万不能胡来。

李铁匠和两人商量的结果是按兵不动，静观其变。惴惴不安地等到第二天一早，马狗子突然派人来给李铁匠传话，说薛老四不小心摔死了，让他赶紧过去帮着处理后事。李铁匠问传话的弟兄这到底是怎么回事儿，一个大活人，咋一转眼工夫就摔死了？传话的弟兄支支吾吾地说他只管传话，至于薛老四怎么摔死的，他也不大清楚。

薛老四的尸首搁在忠义堂中央，用一张破竹席卷着，竹席外面捆着草绳，上面沾有快要干结的大片血迹、零星草屑和泥巴，薛老四露在外面的乱蓬蓬的头发和脏兮兮的两脚上也沾有血迹、草屑和泥巴。李铁匠赶到那时，恰好看到马狗子跪在地上，抱着竹席筒子痛哭流涕。黑虎、范老五和一帮弟兄神情肃穆地围在一边，也陪着马狗子掉眼泪。

李铁匠一看马上明白了七八分，上去把马狗子搀扶起来，扶他到旁边的椅子上坐下，劝他说，大哥你别太伤心，事已经发生了，说啥都晚了，你得保重好身体，薛老四的后事怎么料理，你得拿个主意！

马狗子没有搭理李铁匠，有气无力地抬抬手，示意黑虎把卷着的竹席打开。一向很凶狠、很暴躁的黑虎，这时却变得异常冷静。黑虎蹲下身子，慢慢地把草绳解开，失去束缚的竹席扑棱一下向两边伸展开来，竹席弹在地面上，发出啪啪的一连串闷响，血肉模糊的薛老四尸首随即清晰地跃入大家的眼帘。

薛老四满身血污，从头到脚没一点儿干爽地方，身上散发着浓浓的血腥味和夹杂着潮乎乎青草泥巴气味的臭味。他的头和脸已严重变形，分不清哪是鼻子，哪是嘴巴，依稀可见上面还沾着一层干结的唾沫和痰液，唾沫和痰液外面又糊了一层斑驳的血污和泥土。他身上穿的灰褂子、灰裤子被刮得七零八落，沾满血污、草棍和泥巴，大腿根部血污最为浓重，那地方像受过一次严重的创伤。

范老五指着血肉模糊、惨不忍睹的薛老四尸首，哽咽着，断断续续地向大家介绍惨剧发生的经过。范老五说，薛老四做下了龌龊事，觉得丢了大脸，没脸在山上继续待下去，就想着偷跑下山——肯定是这样的，没错……他挣脱开捆绑他的绳索，打昏看守他的两个弟兄，趁着夜深人静往山下跑，因黑虎在寨门那儿加派了看守，他知道从那儿很难逃脱，便打算从后山顺着绳子出溜下山，唉，狗急了跳墙，人急了犯傻，他呀，真是急昏了头，大白天都没人敢冒那险，他竟然半夜顺着绳子摸索着从那儿下山……下着下着，他就出了大丑遭了大罪了，他裤裆被长在半山腰的一棵小松树刮了一下……他的命根子肯定被松枝刮烂糊了，要不然他不会疼得两手把持不住绳子，扑通一下就摔下崖去……啧啧，这下他可惨大了，从那么高的地方摔下去，他能有个好？唉，崖下面的陡坡要全是杂草就好了，可惜除了杂草还有碎石，他扑通一下摔在上面，噼里啪啦打了不知多少个滚，最后才被一棵碗口粗的松树拦腰挡住……

黑虎伏下身去，用一块干净白布仔细擦拭薛老四身上的脏物，一边擦一边哽咽着说，四哥，你走好，到了那边记得活仔细点儿，可千万别再犯傻了，说一千，道一万，是你自己找难看，怨不得弟兄们啊，看在兄弟情面上，那个啥，即便你犯下了这么大的罪过，大杆子也不忍心重罚你，你偏偏想不开，非要和人对着干，本来大杆子心里就不好受，你这不是硬往他心口上撒盐嘛？唉，四哥啊，该说你啥好呢，好多事你做得确实很不厚道，到死也没给人留点儿好，算了，不说了，二杆子说得对，现在说啥都晚了。

听了黑虎的诉说，马狗子突然扑通一下又跪倒在地，跪爬到薛老四尸首跟前，哭天抢地、怒气冲冲地说，黑虎啊，你赶紧叫人把山上的所有绳子找出来，都给咱烧了，连块绳子头也别留下！咱不想让弟兄们再出一丁点儿的意外！还有，从现在起，不经咱的准许，谁都不能私自下山，这几天咱要替四弟诵经超度亡灵，谁也不要打扰咱！说完，马狗子霍地站起身，向后堂头也不回地大踏步走去。

第十九章

　　几乎就在薛老四被抓的同时，现任日伪军侦缉队金队长和手下得力干将瘦猴，得到探子关于黑虎山寨情况的紧急密报，觉得问题非常严重和棘手，连忙慌慌张张地跑去向鬼子龟田中队长报告。五短身材、面目狰狞的龟田正蹙着苦瓜脸站在队部作战指挥室里察看地图，一边看一边用戴雪白手套的手砰砰砰地捶打桌面，随着手的捶打和身子的晃动，挂在他腰间的军刀像被激怒的毒蛇一样向上一蹿一蹿。龟田身后的墙上挂着膏药旗，龟田的影子在膏药旗上胡蹦乱跳，像打了鸡血的小丑在歇斯底里地表演。金队长点头哈腰地走进指挥室，后面紧跟着点头哈腰、媚态毕露的瘦猴。金队长尽量把腰压低，勾着头结结巴巴地向龟田报告情况，一边说一边偷眼打量龟田，不时被他恶鬼样的模样吓得打个冷战，不等龟田表态发话，便哈以哈以地表示自己的忠心。瘦猴说话还算利索，金队长没有表达清楚的意思，他都小心翼翼地帮着作了补充。

　　听完两人的报告，龟田气得暴跳如雷，牙齿咬得嘎嘣直响，小胡子快速地抖动着，脸面更加狰狞难看。龟田蹦着高儿使劲扇了金队长两巴掌，骂道：巴格，你不是说——不费一枪一弹——就能让他们——乖乖地投降吗？他们不老实的——干活，你咋不早点儿——报告？

　　金队长吓得浑身直打哆嗦，鸡啄米一样点着头，连声说着哈以。

　　龟田抬腿狠狠地踹了金队长一脚。金队长身子摇晃了几下，勉强稳住，低着头一个劲儿地向龟田赔罪：太君息怒，太君息怒，小的该死，小的该死，看在小的帮太君围剿柳树崖八路的情面上，求太君饶过小的这一回吧……

关键时候，金队长说话没有打磕巴，比平时顺溜了很多。

龟田一把推开金队长，朝站在后面的瘦猴一瞪眼，把佩刀唰的一下抽出半截，厉声说，巴格，你的良心——也大大地坏了坏了的！

瘦猴看到一道寒光朝自己飞来，接着感到脖子上一凉，心里喊着完了完了，扑通一声便瘫倒在地上。原以为脑袋瓜不保的瘦猴，下意识地用手摸了摸脖子，发现他的脑袋瓜仍好好地长在上面，这才意识到刚才看到的那道寒光只是错觉。瘦猴慌不迭地爬起身，一看，龟田不知什么时候已跑到电话机旁，正抓着电话叽里咕噜、哈以哈以地说着什么，听话音好像在向他上面的主子报告情况，请求作战任务。

按照鬼子驻县城司令官的命令，龟田中队所属松本小队，联合国民党投降派、大汉奸许本中率领的伪军一个营，和金光头率领的侦缉队，像群饿狼一样气势汹汹地朝着黑虎山扑来。正在忠义堂为薛老四诵经超度亡灵的马狗子，听到鬼子突然大举进犯山寨的消息，吓得差点儿瘫软在地上。鬼子来势汹汹，山炮都架上了，山寨怕是守不住了，得赶紧挪地方，他让黑虎火速组织人马转移，黑虎哭丧着脸说下山的道路已被鬼子和伪军封锁，要想转移，比登天还难。

马狗子使劲拍下大腿说，他娘的，老子经营了十多年的寨子，难道就这样毁了？

话音刚落，就见高个子手下拿了封信慌慌张张地跑进来说，不好了，金光头，要咱们，马上投降……

黑虎抢过信去看了看，朝大个子一瞪眼说，浑蛋，这样的信你也敢接，你咋不一枪崩了那个送信的？

大个子一愣，一时不知说啥好。

马狗子摆摆手让大个子退下，问黑虎，信上怎么说？

黑虎一咧嘴说，信上说，鬼子的大队人马已把山寨团团围住，限您天黑之前交出山上窝藏的所有八路，还说只要您乖乖地缴械投降，从此归顺鬼子和伪军，金队长可以不计前嫌，封你为侦缉队的副队长！要是拒不投降，负隅顽抗，他们就将山寨踏为平地，把山上人杀个精光，把山寨烧个精光，连根草也不留下……

马狗子一听气不打一处来，把信抢过去撕个粉碎，跳着脚骂道：放他娘的狗臭屁，想让老子投降，没门儿！黑虎，你赶紧招呼人抄家伙，跟这帮狗日的拼了！

黑虎知道马狗子正在气头上，说的话难免缺乏考虑，所以站着没挪窝。

马狗子跳着脚儿发了一通火，像突然泄了气的皮球一样瘫坐在椅子上。马狗子两眼直勾勾地望着虚空，人像突然傻了一样。

范老五闻讯跑过来，小声劝马狗子说，大哥，您消消气，越到这时候越要冷静，看如今这阵势，硬拼怕是不行了，不如……俗话说得好，大丈夫能屈能伸，留得青山在，不怕没柴烧，还有那个啥——退一步海阔天空，识时务者为俊杰，当年刘备不是也投靠过曹操吗？

马狗子打个激灵，一脸干笑地问范老五：你的意思是让咱暂时委屈一下，先低三下四地舔舔他的脚丫子，过后再找机会揪下他的秃瓢来当尿壶使？

范老五尴尬地笑笑说，大体——就是这么个意思。

马狗子眼一瞪说，胡说八道，咱是堂堂正正的钻天虎，他是心狠手辣的地头蛇，咱跟他有不共戴天之仇，根本就尿不到一个壶里去，让咱舔他的脚丫子，你还不如一枪崩了咱……

马狗子用手点下范老五的鼻梁骨，又说，哼，他就是请咱去当爹，咱也不去！范老五你给咱听仔细了，咱不会投降鬼子和伪军，也不想入八路的伙，咱只想占山为王，过自己的快活日子，谁要是再劝咱投靠鬼子和金光头，咱就让他和薛老四一样下场！

范老五打个冷战，苦笑着摇摇头，小声嘟囔说，大哥，瞧您这话说的，也太那个啥了哈，兄弟也是一片好心嘛。范老五向黑虎使个眼色，希望他帮着说说话，打打圆场，黑虎把头使劲一扭，没搭理他。范老五讨个没趣，灰溜溜地离开了。

范老五前脚刚走，李铁匠和安老三后脚就走了进来。马狗子清楚他们的来意，不等他们开口，抢先说，你俩来得正好，有话就直说吧，等吃了枪子升了天，再想说就晚了。

李铁匠和安老三面面相觑，一时没有领会马狗子的意思。

马狗子叹口气说，咱早就知道你们与八路那边的人有联络，咱也知道最近你们一直在背着咱鼓捣事，你们想找机会替柳树崖惨死的乡亲和你们牺牲的同志报仇，这咱没意见，但你们不该拉山上的其他弟兄去冒险，更不该老是瞒着咱，为这事咱心里一直拧着疙瘩，事到如今，咱也没啥好说的了，大是大非咱还能分得清，不管怎么说，你们都是好样的，咱呢，好歹也算个爷们儿汉子，虽说也犯过不少糊涂，做过不少傻事，但要咱当汉奸走狗，干那种对不起祖宗八代的缺德事，咱说啥也做不到！那个啥，你们放心吧，咱不会把你们交出去的，但能不能躲过这一劫，就看你们自己的造化了。

李铁匠终于明白了马狗子的意思，朝他双手一抱拳，不无激动地说，大哥您说这话就有点儿见外了，大哥是爷们儿汉子，小弟也不是怂货孬种，大哥您说吧，怎么打，俺们听你的。

安老三说，二杆子说得对，只要能打鬼子，在哪儿打都一样，要不这样吧，俺们去前面顶着，大哥你抓紧想想办法，看能不能从别的地方突围出去。

李铁匠说，好，就这样办！大哥你放心，只要咱还剩一口气，就不会让那帮狗杂种向前挪动一步，除非他们——从咱尸首上踏过去！

马狗子点点头说，好样的兄弟，关键时候，还是你铁匠兄弟靠得住！接着吩咐黑虎：快去拿两挺捷克式轻机枪来交给二杆子！

黑虎撇撇嘴，站着没动。

马狗子脸色一沉说，快去，命都快保不住了，还留着那玩意儿干啥？陪葬呀？

黑虎打个激灵，极不情愿却又无可奈何地取机枪去了。李铁匠和安老三不敢耽搁时间，不等轻机枪拿到手，便急火火地向寨门赶去。

马狗子特意让黑虎保藏，以备不时之需的枪支弹药，放在一个非常隐秘的山洞密室里。黑虎山因其山峰形似一只灰黑色的老虎而得名，向南高高昂起的虎头是黑虎山山峰的最高处，即虎头峰；向北延长翘起、与虎头峰遥遥相对的山峰叫虎尾缝。山洞就处在虎头峰的后山腰部位上。黑虎山上有十几个或大或小、形状不一的山洞。位置最高且有水源的只有这一处。山洞处在一条通往山顶的小路边上。小路在洞外径直折向山顶。从山洞往下的路还算平坦，往上则变得狭窄陡峭，非常难走，人攀爬时需抓紧路边的杂草藤蔓才能保持身体的平衡，听脚下踩落的灰褐色的风化碎石扑簌簌地向下滚落，这时人的心就会揪成一团，生怕一不小心踩空滚落山谷，性命不保。

山洞的洞口不大，且被杂草遮掩，从远处看很难发现它。洞口呈不规则的半圆形状，只有半人多高，成人只有弯下腰才能进入。进入洞口后便豁然开朗，首先映入眼帘的是一片狭长的开阔地带，估摸三五十号人进入里面都能活动自如。只是两侧和顶上的奇形怪状的山石有些刺眼，有的像小鬼脸一样丑陋，有的则像尖刀一样锋利，给人一种阴森恐怖的感觉。好在地面还算平整，裸露和突出来的山石，像是被先人们有意削平和打磨过，在水汽和露珠的浸润下，泛着光滑油亮的柔光。洞顶上依稀可见有波纹状的影子在晃动，并能隐约听到咕噜咕噜的冒泡声和水流声。循声便可望见山洞内侧有一汪泛着粼粼波光的泉水。比水瓮口大不了多少的泉水池面，跟水瓮口一样圆，不像是天然形成的，却也看不到丝毫人工挖凿的痕迹。池水只有一尺多深，清澈透底，底部的细沙中有几束细小的泉眼在涌动，吐起一串串细小的水泡，呈线条状接连不断地咕噜咕噜冒到水面，在水面上荡起一波波圆环状的涟漪，慢慢地膨胀伸展到池沿，倏地便消散了。

山洞里的泉水池像个聚宝盆，从来就没有人见它干涸过，更为神奇的是你刚把里面的水取走，它立马又恢复原样，水面总是保持在同一位置上，既不溢也不亏。泉水不仅清冽甘甜，喝了还能抗病，延年益寿。生活在山寨上的人们都知道这汪泉水弥足珍贵，也非常理解大杆子派几个心腹手下在此日夜把守的良苦用心。山上的大多数人隐约听说这山洞里除了有神奇的泉水，在山洞的最内侧，还有一个被人用钢钎和铁锤生生开凿出来的洞穴和密室。但这只是道听途说，极少有人见过。借打水名义去过山洞、察看过山洞的人不在少数，都没有发现密室存在的痕迹，都不相信里面真的藏着秘密。世上没有不透风的墙，传说的东西并不都是空穴来风。山洞里的密室是真实存在的，而且跟人们传说的几近一致。几个杆子包括一部分小头目都知道这事，但都讳莫如深。密室门是用一整块山石做成的，无论是颜色还是纹理，都跟山洞内壁一样，跟其扣合得严丝合缝，浑然一体。密室里面现在放着不少金银珠宝和上好的武器弹药，开密室的机关只有马狗子和黑虎知道。

正因密室里放的都是看家宝贝，即便到了生死存亡的危急关头，黑虎也不舍得把这些宝贝轻易送人，但干爹的命令他不得不听。黑虎闷闷不乐、忧虑重重地走出忠义堂，穿过自己和几个心腹手下住的院落，接着进入干爹和杏儿住的院落。干爹住的院落，山上的弟兄包括几个杆子，不经传唤是不敢轻易进入院中的，要到后山去，只能走院子两边窄窄的过道，唯独黑虎可以畅行无阻。经过堂屋中间的过道，他见干爹卧房门紧闭，四下瞅不见杏儿的人影，心中不觉涌上一股莫名的酸涩和失落，好像周围美好的一切很快就要化为乌有似的。干爹喜欢清静，住在山寨最靠里也最宽敞的院落里。这所院子后面本来还有一座只有一间屋大小的庙堂，早先生活在山寨上的人都爱去那里烧香拜佛，祈求平安。干爹上山后，也去那烧过几回香，后来不知怎么就不去了，把佛龛和香炉请到了忠义堂中。老庙堂年久失修，破败不堪，最终倒塌在一场突如其来的暴风雨中。现在那里早不见了庙堂的痕迹，连一块残砖断瓦也找不见了。没了老庙堂阻挡视线，使得干爹卧房后面分外敞亮，房后山脊和山峰景象尽收眼底，天色好的时候，甚至能看清在山洞前站岗的人是谁。

走在通向后山的崎岖山路上，黑虎老远望见山洞前空荡荡的不见一个人影，不禁心生疑惑，他记得今天应该由大胡和小胡哥儿俩把守洞门的，这会儿两人却不知跑哪儿去了。狗日的，一定是偷懒睡大觉去了，越到关键时候越掉链子，看咱怎么收拾你们。黑虎愤愤地骂了一句，不由得加快了步伐。走过山脊，刚要拐向上山的那条蜿蜒小路，他下意识地一抬头，吃惊地看到从山洞那斜刺里蹿出一个巨大的火球，火球被浓烟包裹着从洞口喷出，迅即爆裂开来。只听轰隆一声巨响，仿佛整个山峰也被震得剧烈摇晃起来。灰黑色的烟尘紧跟着冲天而起，瞬间弥漫了整个山脊。被震落的山石和土块骨碌碌滚落山谷，发出一阵阵扑通扑通的闷响。落石砸中崖下的松树枝干，发出一阵阵咔嚓咔嚓的断裂声。

黑虎被巨大的气浪推着翻了好几个跟斗，像个从高处滚落的麻袋包，头朝下重重地砸倒在地，啃了一嘴泥土和乱草，脸上被碎石和杂草划出数道血口子。这时的黑虎没感觉到疼痛，笨拙的身子突然变得分外灵活，人刚扑倒在地，立马打个激灵，又敏捷地蹦了起来。他一把抹掉脸上沾的尘土和杂草，瞪大眼睛向山洞方向张望。他惊讶地看到，山洞洞口已被轰塌，塌陷的碎石和泥土封死了洞口，那里仍有火苗在闪，仍有袅袅的烟气在升腾，他头顶上的天空尽被黑色的烟雾笼罩，空气里充满了硝烟和灰土的味道。他惊讶地看到，一棵长在崖坡上的碗口粗的松树被拦腰砸断，断裂处呈尖刺状，露着淡黄色的新鲜茬口，特别醒目和扎眼。他清晰地听到，一只只被震昏震死的鸟儿从附近的树枝上啪嗒啪嗒坠落，稍远处侥幸躲过一劫的鸟儿则凄厉尖叫着接连仓皇飞走。

是鬼子开始打炮了吗？明显不像啊。黑虎不敢相信自己的眼睛，用手使劲揉揉眼，又仔细看了看，断定爆炸来自洞口或洞内，明显是有人故意将它炸毁的。是谁这么歹毒？在这节骨眼儿上对咱下黑手？黑虎不寒而栗，不由得倒吸了口凉气，迅即又火冒三丈，气冲斗牛。黑虎哇呀哇呀尖叫着疯跑过去，扑倒在塌陷的洞口石堆上，两手没命地刨挖起来，鲜血瞬间染红了他的双手，染红了他手掌下的碎石和泥土。黑虎正没命地抛挖，突然听到远处传来一阵乖戾的笑声，他打个激灵扭头去看，没看到人影，又扭回头去继续刨挖。刨挖了没两下，他又打个激灵停下，傻呆呆地看看脚下，又扭头朝远处望望，恍然大悟似的霍地蹦起身，哇呀哇呀尖叫着向山寨里面跑去。他老远便闻到一股从忠义堂里飘出来的血腥气味，预感大事不好的他，心忽地提到了嗓子眼儿。忠义堂房门大敞着，他三步并作两步冲进去，一眼瞥见干爹跪在香炉前面，像睡过去了一样。他喊了多声爹，爹就是不应声。走近一看，吓得哇呀尖叫一声，身子连着倒退好几步，差点儿摔个倒栽葱。

黑虎扑通跪倒在地，跪爬到干爹面前，发疯般地哭喊：爹，爹，你这是怎么了，你到底怎么了？是谁打了你的黑枪？你说，你快说啊……

无论黑虎怎么哭喊，马狗子没有丝毫反应。其实他在黑虎赶来前就已气绝，再也听不到来自人间的任何声响了。他两手向前伏地，两腿并拢，屁股翘起，仍保持跪拜祷告的虔诚姿势，头上血肉模糊，侧歪着倒在地上的血污里，后脑勺上多了个花生粒大的弹孔，头上和脸上沾满红色的血水和灰白色的脑浆，血红的眼珠子瞪得溜圆，样子十分恐怖吓人。看样子他死得很不甘心，在濒临气绝的刹那间，仍试图瞪大眼睛扭头去看打他黑枪的人是谁。他明显是被人从背后近距离射杀的，而且杀他的人极有可能是他的一个熟人。这人该是谁呢？谁这么大胆，敢对大杆子动手？黑虎气恨交加，咬得牙齿嘎嘣直响。他抹把眼泪，霍地站起身，从腰中拔出勃朗宁手枪，对着虚无的目标指来指去，一边胡乱比画，一边语无伦次地大声叫嚷：妈拉个巴子，日你亲娘八辈祖宗，这是哪个狗杂种打了俺爹的黑枪，有种你给俺滚出来！他在堂内喊叫了几声不见动静，又气冲冲地跑到堂外去大声叫嚷。

黑虎的叫嚷声突然打住。一支黑洞洞的枪口顶着他的脑门，逼着他倒退进堂内。是五杆子范老五。平时脸上总是堆满笑的范老五，这时却换了副冰冷的凶巴巴的面孔。

范老五朝黑虎脸上呸地吐口唾沫，厉声骂道：喊呀，喊呀，有种你再喊呀，妈拉个巴子，你平时骑在弟兄们头上作威作福的劲头哪儿去了？说着抬腿狠狠地踹了黑虎裆下一脚。

黑虎疼得直咧嘴，却不敢喊叫出声。急昏头的黑虎，没想到范老五会突然出现在他面前，更没想到范老五会突然举枪顶住他的脑门。他还以为范老五听到喊叫声，特意跑来帮他的，他一点儿防备也没有，要不然手里的勃朗宁手枪也不会被范老五轻易踢飞。什么都不用解释了，事情明摆着，山洞一定是范老五指使人炸毁的，打死干爹的人也一定是他。没想到这家伙隐藏得这么深，这么阴险狡诈，这么心狠手辣。黑虎不相信范老五这么绝情，却又不得不面对残酷的现实。黑虎害怕范老五不容他求情，一枪便结果了他的性命，吓得冷汗直冒，腿肚子直打哆嗦。

黑虎不想白白送死，他想试着求求情，求范老五高抬贵手，放他一马。这样也可以拖延时间，时间一拖延，兴许就有转圜的机会。虎落平阳被犬欺，黑虎再也没有了以往的威风，半低着头，可怜兮兮地央求范老五说，五叔，您老轻一点儿，小心枪走火，您老消消气，就是真想要侄儿的命，也该让侄儿死个明白吧。

范老五眼一瞪说，少废话，老子不吃你那一套。

黑虎说，五叔，亲五叔，您老这是说的哪里话，咱俩前世无怨今世无仇，您为啥要跟俺过不去啊。

范老五说，要怪就怪你干爹那个老东西。

黑虎说，干爹怎么了，他是不是有地方得罪您老了？他现在已经——就土了，您老也该解气了吧。

范老五说，他得罪的不是俺，是已经升天的老二，咱要替天行道，替老二报仇，替他讨回公道。

黑虎说，五叔，您老说的话俺咋越听越糊涂，您不是说，老二是薛老四那个王八羔子害死的吗？

范老五从鼻子里哼了声说，你以为咱眼瞎呀，就薛老四那个直筒子，哪有那么多花花肠子，他呀，还不都是受了马狗子的指使。

黑虎哭咧咧地说，这话从何说起啊，俺干爹——大杆子怎么会是那样的人呢。

范老五没言语。

黑虎以为范老五走了神，刚要试着偷眼打量他，突然听到范老五一声断喝：跪下。

黑虎打个冷战，两腿一软，扑通一声跪倒在地。

范老五换了个姿势，用枪顶住黑虎的后脑勺，嘿嘿冷笑着说，也好，让你死个明白，到了那边，也好对老东西有个交代。范老五顿了顿，又说，黑虎你这个小鳖羔子给老子听好了，你干爹干的坏事，犯下的罪孽，可不止一件两件，别的先不说，当年二杆子老二是替你干爹死的，这个咱不说你也应该心知肚明，他竟然昧着良心扬言说是老二不听劝阻，自己跑去送死的。还有，那次老二拿山上的财物去换枪，肯定也是老浑蛋同意并指使的，山上的财物放在山洞密室里，不经老浑蛋同意，谁能拿得出来？老浑蛋太阴险，太狡诈，让别人替他卖命，却毫不顾惜别人的性命，别人稍有怠慢，他就给人穿小鞋，就从背后捅人刀子。他蛮横霸道，贪婪成性，干巴婆刚上山时，多水灵的一个大闺女啊，看她现在被老混蛋都糟蹋成啥样了。他小肚鸡肠，薛老四只是偷看了干巴婆的光腚一眼，他就怀恨在心，非要置薛老四于死地而后快，还堂而皇之诬陷薛老四，说他自己丢了脸想不开才自寻死路的，这事——黑虎你这个王八蛋也脱不了干系。哼，咱已经忍他很久了，别看他整日烧香拜佛，装得像个大善人，实际上比谁都坏，比谁都心狠手辣，别人一不合他的心意，他就下毒手报复，连拜把子弟兄都不放过，咱送他下地狱，不光是为死去的老二和薛老四报仇，也是为被他糟蹋的干巴婆和山上那些被他刁难欺负的众弟兄讨个说法，讨个公道。

范老五说的每句话好像都很在理，黑虎听得胆战心惊，冷汗直冒。照范老五的说法，干爹马狗子确实罪孽深重，该死。好在范老五并没有过多地数落他黑虎，兴许范老五这会儿根本没心思也顾不上想他犯下的种种罪状。这样一想，黑虎稍稍放宽了心，又动了向范老五求情求饶的念头。

黑虎假装很气愤地说，听了五叔您老说的话，俺这榆木脑袋终于开了窍，原来干爹马狗子这么坏，简直就不是人，幸亏五叔您及时给俺提了醒，要不然——俺还被他蒙在鼓里呢，五叔您说的没错，老东西他确实该死，他死了也怨不得旁人，谁让他犯下那么多罪孽，就算咱们饶了他，老天爷也不会轻易放过他。

范老五点点头说，算你识相，你小子总算说了句人话，放了句正屁。

黑虎咧咧嘴，赔着干笑，极力讨好范老五说，幸亏五叔眼明心亮，一眼就看透了老家伙的丑恶嘴脸，一眼就看穿了他的险恶用心，要不然，还不知道有多少弟兄要遭他的黑手呢，五叔，俺可一直都把你当亲叔看待，俺可从来没做对不起您老的事啊，您老别拿枪顶着俺好不好，俺——害怕啊。

范老五朝黑虎吐口唾沫说，你他娘的也知道害怕，这些年你做的坏事还少吗？你说，老东西做的那些龌龊事，哪一件你没有掺和，不都是你像狗一样跑前跑后地替他忙活吗？

黑虎打个寒战说，五叔您老别生气，俺那是受了他的蒙蔽，才做下了不少糊涂事，侄儿知道错了，看在俺对您老无二心的份儿上，您就饶侄儿一条狗命吧。

范老五略作迟疑，用枪口顶了下黑虎的后脑勺说，想让老子饶了你也可以，但你必须听咱的，让你的那帮弟兄也都听咱的，现在大杆子死了，你就是大家心目中的大杆子，只有你能拢得住、震得住、管得住他们，你不会眼睁睁地看着一个个弟兄白白去送死而不管吧？

黑虎说，五叔，您想让俺怎么做，俺听您的，都听您的。

范老五说，好，那就照咱说的去做，一会儿你跟咱一块去前边，让大家乖乖地放下武器，要是有人胆敢不听，你就让你的心腹弟兄把他脑袋挑了，记住，一定不能手软。

黑虎说，五叔，您的意思是让——山上的弟兄都——投降——当汉奸——吗？

范老五没好气地踢了黑虎的屁股一脚说，放你娘的狗臭屁，哪有你说得那么难听，再说了，投降又怎么了？当汉奸又怎么了？总比白白送命强吧！这叫留得青山在，不怕没柴烧，先过了这个坎儿再说，咱这样做也是替众弟兄着想，给大家伙谋条后路，你小子明不明白？

黑虎若有所悟地连声说，明白，明白，俺听您的，俺听您的。

怕黑虎不老实，范老五始终不敢放松警惕，用枪口死死顶住黑虎的后腰，喝令他站起身，准备押着他往寨门那走。黑虎假装磕伤腿扭伤了腰，颤颤悠悠、抖抖索索地站起身，站起身只顾痛苦地呻吟，并不急着往前走。

范老五没好气地用枪口使劲顶了一下他的后腰，催促说：快走，你小子要是敢耍花招，看老子不一枪崩了你。

黑虎一咧嘴说，俺腿受伤了，手也受伤了——上面还流血呢，腰也快断了，疼，疼——疼啊。

范老五使劲踢了他一脚，骂道：少装蒜，你要是不想活了，老子现在就崩了你。说着，把枪口又向前顶了顶。

黑虎打个寒战说，别，别呀，五叔，俺听您的，这就走，这就走。黑虎慢慢地挪动步子，一步三晃地往堂外挪。

范老五见他还想拖延时间，咬着牙冷冷一笑说，听说你那个黑地瓜蛋媳妇已经怀上你的小杂种了？现在你最好给老子放老实点儿，哼，就算你不替自己着想，也得替你媳妇肚子里的孩子着想吧？

黑虎打了个激灵，回头吃惊地看着范老五问：你，你——把俺媳妇——怎么样了？

范老五眼一瞪说，没怎么样，只要你老老实实听咱的，咱保证她不会少一根毫毛，要是你不乖乖听咱的，那咱就不敢保证了，哼！

黑虎像泄了气的皮球一样身子一缩，带着哭腔说，好，好，那就好，她不会有事的，有五叔照顾着，咋会有事呢。

黑虎失魂落魄、跌跌撞撞地大踏步向前走去。范老五紧随其后，眼睛死死盯住他，随他晃动的腰肢不断变换和调整着瞄准的姿势。两人像串在一起的一对蚂蚱，晃晃荡荡地从忠义堂里出来，穿过堂前的天井，拐出院门，顺院落中间通连的过道，径直向寨门方向走去。寨子里的弟兄都跑去前面迎敌去了，院落里空荡荡的，看不见一个人影。黑虎看了，心里不觉又涌上一股莫名的酸涩和惶恐。也不知道媳妇现在是好是歹，是死是活，寨子是他的家，是他扎下的根，有抚养他长大的干爹，有他最心爱的女人，现在他却要抛弃它，远离它，他每踏出一步，就会远离寨子一大步。他正一步步走向深不可测的深渊，很有可能再也回不到山寨里去了，这怎能不让他伤心和难过。黑虎没想到自己会沦落到这般田地，越想越憋屈，越想越难过，想着想着，禁不住哇呀哇呀大哭起来。

范老五被黑虎突然发出的哭声吓了一跳，没留意脚下，被路上突然出现的一块拳头大的碎石晃了一下眼，下意识地移动双脚去躲它，冷不丁闪了个大大的趔趄，身子瞬间失去平衡，踉跄着倒退了好几步，摇晃了好一会儿才勉强站住。

早就暗暗憋足劲儿，伺机扭转被动局面的黑虎，回头见范老五差点摔倒，像一头发了疯的黑熊，不失时机地猛扑上去。黑虎凭借自己肥大的身躯和蛮力，一头便把站立未稳的范老五撞翻在地。他像饿虎扑食一样扑在范老五身上，一手狠命地抓住范老五握枪的手脖子，并试着抓起他的手腕使劲往地上磕，试图把他的枪甩掉。另一只手则死死抓住范老五的另一只手。他用头没命地顶住范老五的左耳根，迫使范老五把头歪向一边，把下面的脖子露出来。黑虎张开大嘴，猛地咬住范老五的脖子，生生地咬下一大块皮肉来。鲜血喷溅了黑虎一嘴一脸。

范老五疼得吱哇乱叫，身子猛地抽搐痉挛，手里紧抓着的枪终于啪嗒一声掉落在地。几近昏厥的范老五打个激灵又醒过神来，发疯般挣扎着，也不知他哪来那么大的蛮力，竟然一扭身把黑虎翻扑在地上，咬牙切齿地用头当锤头使劲磕黑虎的嘴脸，砰的一声磕飞了黑虎的一颗上门牙，砰的一声又磕飞了另一颗上门牙。黑虎不甘示弱，一用力又把范老五翻倒在地，用没了上门牙的大嘴狠命地咬范老五。范老五拼命躲闪着黑虎血淋淋的大嘴，瞅准机会用头继续撞他的下门牙。两人拼命扭打在一起，一会儿黑虎把范老五扑翻在地，一会儿范老五又把黑虎扑翻在地。经过一番拼死搏斗，年轻力壮的黑虎渐渐占了上风，范老五不甘心屈服落败，做着最后的垂死挣扎。

黑虎瞅准时机，猛地掐住范老五血肉模糊的脖子。范老五被掐得喘不动气，眼睛瞪得越来越大，手胡乱抓来抓去，腿胡乱踢来踢去。

眼看范老五就要断气的时候，附近突然传来一声断喝：住手！

黑虎被突然传来的断喝声吓了一跳，扭头一看，立时傻了眼。只见麻脸用枪押着他媳妇出现在两人面前。媳妇衣衫不整，头发凌乱，像刚被人凌辱过。她嘴中塞着破布，因两手向后被反绑着，头不得不向前倾，身子不得不向前弯。平时喜欢用长发盖住半边麻坑脸，见了黑虎低声下气的麻脸，这会儿却把头发抿向一边，高高地昂着头，布满麻坑的脸上流露出非常难看且瘆人的冷笑。

黑虎脱口喊了声：麻脸，你这个狗杂种，你想干什么，不想活了？

麻脸并没有被黑虎气汹汹的样子吓倒，狠命地踹了黑虎媳妇一脚。黑虎媳妇向前踉跄了几步，差点扑倒在地。

麻脸又冷笑了一声，用枪顶着黑虎媳妇的脑袋说，快住手，要不然，老子一枪崩了她！

黑虎媳妇拼命地摇着头，塞着破布头的嘴中发出沉闷的咕噜咕噜的声响，也不知她想说什么。黑虎打个寒战，掐范老五脖子的手不由得一松。范老五趁势骨碌一下爬起身。

范老五爬起身，张大嘴巴狠命地喘了几口粗气，又干咳了几声，才稳住神，一手捂住流血的脖子，抬起另一只手向麻脸竖了竖大拇指说，麻脸兄弟，好样的。

范老五扭头看看呆坐在地上的黑虎，气不打一处来，疯狗一样扑过去，狠狠地踹了他两脚。踹完还不解恨，没头没脑地来回转了两圈，突然瞥见他那把掉落在地上的盒子炮，赶忙跑过去捡起来。黑虎媳妇一看不好，拼命地朝黑虎摇头使眼色，嘴中咕噜咕噜地说着什么，黑虎傻愣愣地看着她，一时没有领会她的意思。自觉受了侮辱、气急败坏的范老五这次没有手软，从背后对准黑虎的后胸，砰砰就是两枪。猝不及防的黑虎扑通一声栽倒在地。黑虎媳妇一看，也猛地昏厥过去，一头栽倒在地上。范老五若无其事地把枪举到嘴边，吹了吹上面残存的硝烟，又拽起衣角来轻轻擦了擦枪筒子。范老五把枪插进腰中，从贴身小褂上刺啦撕下一片布条，缠住血肉模糊的脖子。

傻呆呆地看范老五忙完这一切，麻脸才若有所悟地打个激灵说，五哥，这娘们儿怎么办？

范老五不假思索地说，还能怎么办？难道你想留着她给你做小呀？不怕她在饭里下老鼠药把你药死啊？

麻脸有些为难，却不敢不听范老五的命令，把头扭向一边，一咬牙，扣动了扳机。

麻脸看看倒在血泊里的黑虎和黑虎媳妇，不无惋惜地叹口气，囚着脸说：

五哥，黑虎媳妇她——是不是——有点儿可怜啊，她——还怀着——孩子呢。

范老五眼睛一瞪说，可怜什么？你想报仇，就不能心慈手软。

麻脸从鼻子里嗯了声，讷讷地说，俺是担心，一会儿二杆子他们要是发觉不对头，来找咱们的麻烦怎么办？

范老五想了想说，不用怕，咱已经给金队长发信号了，为了配合咱们的行动，金队长那边的人已经开始进攻了，铁匠和安老三他们这会根本脱不开身，自己小命都不一定保得住，哪顾得上管咱们。

麻脸下意识地侧耳去听，果真听到从寨门那儿传来密集的枪声。麻脸心领神会地点点头说，五哥你咋发的信号，俺咋没看见。

范老五说，傻蛋，那爆炸声就是信号，金队长听到山上的爆炸声，就知道咱们的第一个计谋失败了。

麻脸一愣神说，五哥，黑虎现在死了，是不是说明咱们的第二个计谋也失败了？接下来咱们该怎么办？

范老五说，还能怎么办，一把火把山寨烧了！

麻脸下意识地四下望望，面露难色地说，五哥，这么好的山寨，一把火烧了太可惜了，再说火要是烧大了，咱俩也没地躲啊。

范老五想了想说，你说得对，那就先留着吧，兴许将来还能派上用场。范老五说完，拽了麻脸就往山下走。

麻脸有些犹豫，问范老五：五哥，咱们这是要去哪？

范老五说，去寨门。

麻脸猛地站住脚说，那——不是去——送死吗？

范老五眼一瞪说，他们又没看见大杆子和黑虎是咱们杀的，你怕啥。

麻脸点点头说，也对。

两人一前一后向着寨门方向走去。正走着，范老五突然一把将麻脸拽住，冷着脸问他：山后那几个站岗的都解决掉了吗？干巴婆呢，杏儿呢，是不是也一块干掉了？

麻脸点点头说，都干掉了，只是……

范老五一愣神问：只是什么，说，是不是还有漏网的？

麻脸突然抬手扇了自己两巴掌，带着哭腔说，五哥，对不住了，但这事也不能全怪俺，俺找遍了所有角落，也没瞅见干巴婆和杏儿的人影，兴许她们早跑下山去了。

范老五说，这个咱早就想到了，马狗子这个老狐狸，不会想不到这一步，兴许早送她们娘儿俩下山去了，咱现在想问的不是干巴婆和杏儿，而是问黑虎指派在后山上站岗的那几个有没有全干掉！

麻脸哭丧着脸说，都干掉了，不，还有一个……

范老五说，是谁，是不是看守山洞和密室的大胡？

麻脸小声说，是小胡，俺赶到时，正赶上小胡跑野坡里拉屎去了，左等右等不见他回来，怕误了咱们的大事，俺就那个啥……五哥，那小子万一还活着，会不会对咱们接下来的行动大为不利啊？

范老五狠狠地瞪了麻脸一眼，迅即又换了副温和的面孔，亲昵地拍拍他的肩膀，安慰他说，不用怕，就算他看见是咱们干的，他也不敢吱声，别忘了山洞和密室今天是他看守的，现在山洞毁了，他能摆脱了干系？咱们要是反咬一口，硬说他监守自盗毁了山洞，他也干瞪眼拿咱们没辙。

麻脸松口气，紧随范老五继续往寨门方向走。走出没几步，范老五突然又把他拽住，蹙着眉头说，你的担忧也不是没有一点儿道理，万一小胡那小子还活着，以后说不定真敢找咱们拼命，真敢给咱们捅大娄子，这样吧，你先去前面盯着他们，不到万不得已，不要轻举妄动，咱呢，再回头去瞅一瞅，看能不能把这小子给揪出来。

麻脸有些犹豫，又不敢不听范老五的话，硬着头皮答应着，犹疑地向前走出几步，又猛地转回头来说，五哥，有件事俺一直没搞明白，听说山洞密室里藏着不少金银财宝，咱们为啥要把它炸毁啊？

范老五机警地左右看看，狠狠地剜了麻脸一眼说，傻蛋，说你心眼子不够使，一点儿都不冤枉你，不把它炸毁，难道白白送给日本人啊？再说了，咱们只是把洞口炸塌，封死，里面的东西又没炸坏，等以后风平浪静了，咱们再想办法慢慢地把它挖出来，到时候那些东西还不都是咱们的？记住，这事以后对谁都不要提起，要是走漏了风声，哼，到时可别怪五哥翻脸不认人。

麻脸若有所悟地点点头，脑中晃荡着财宝的影子，脸上挂着扭曲的笑纹，扭头乐颠颠地向前走去。

第二十章

　　李铁匠和安老三带人急火火地赶到寨门前沿阵地。激战还没开始。守寨的弟兄们摆好架势，密切注视着山下的动静，气氛显得既紧张又沉闷。有的人蹲得腿脚发麻或趴得脖颈酸疼，不由自主地站起来想伸个懒腰，不等站直身子立马被旁边的人一把又按了回去。有的人忍不住骂骂咧咧，骂小鬼子真他娘的可恶，要打就快点儿打，真他娘的磨叽。大家都深知寨门阵地的重要性，寨门阵地万一被攻破，整个寨子就完了，后山的路走不通，弟兄们退也没处退，躲也没地躲，只能背水一战，和伪军小鬼子拼杀到底，直到剩下最后一口气，流完最后一滴血。危急关头，大家都没有胆怯退缩，个个摩拳擦掌，做好了和敌人死拼的准备。

　　李铁匠和安老三猫着腰走到阵地最前沿，趴在石垛子上，露出半个脑袋，机警地向山下观望。山下小路边的灌木和杂草丛中，埋伏满了敌人。隐约可见有刺刀的寒光在闪，一支支黑洞洞的枪口正对着寨门。从敌人隐约晃动的影子不难辨出，埋伏在最前面的，光着头穿黑色衣服的一小撮人，是金队长的爪牙；中间一片穿浅黄色衣服，戴大檐帽的人，应该是伪军大汉奸许本中的人马；最后面穿草黄色衣服，戴屁头帽的为数不多的人，则是穷凶极恶的小鬼子——松本小队长的手下。

　　见敌人埋伏着不动，李铁匠心生疑惑，拍拍安老三的肩头说，这帮龟孙子在打什么坏主意，咋都趴着不动啊。

安老三说，他们好像在等大杆子的回信。

强哥若有所悟地冷笑一声说，这帮狗杂种，还以为写封信就能把咱们吓趴下，让咱们乖乖地降服他们，简直是白日做梦，痴心妄想。

胡宝帮腔说，哼，一会儿就让他们尝尝咱黑虎山老爷们儿的厉害。

安老三朝强哥和胡宝嘘了声，示意他们少安毋躁，然后把李铁匠拉回石垛子后面，猫着腰走到人少的一边，皱着眉头叹口气说，这帮杂种来者不善，明显是有备而来，看样子是想把咱们往死路上逼，现在的形势对咱们来说非常不利，咱粗略算了一下，敌人统共有三百多号人，汉奸许本中号称带了一个营的人马过来，实际人数应该只有一个连多一点儿，但他们手里的家什好，弹药也足，咱们跟他们硬拼肯定要吃亏，好在咱们占据的地形非常有利，可以居高临下打击敌人，敌人真要强攻，估计也赚不了多少便宜，咱担心的是他们用炮轰，那就麻烦大了，听说他们不光带了一些迫击炮，还带了一门九四式山炮过来，那炮的威力可不小，咱们那些破家什根本禁不住它的轰炸，别说寨门了，就算是整个山寨，也禁不住它几炮轰。

李铁匠愣了愣说，老三你懂得怪多的，这人啊，往往懂得越多越胆小，你自己胆小也就算了，不要再吓唬旁人好不好，不要动不动就长他人志气，灭自己威风好不好，你见过真正的山炮吗？它长得圆的还是方的，它真正长啥样你知道吗？

安老三说，咱当然——不，不知道，没亲眼瞅见过。

李铁匠撇撇嘴说，那你咋一听说山炮就吓麻了，这不是自个儿吓自个儿吗？哼，咱没打过大的阵仗，但也是从枪林弹雨中、从刀尖上闯荡过来的汉子，咱死都不怕，还怕什么山炮，大不了，咱拿炸药包把它轰了。

安老三看看李铁匠，自语似的嘟囔说，按说他们没必要带山炮过来，咱们又不是八路主力，根本用不着摆那么大的阵势，下那么大的血本，只是，不怕一万就怕万一。

李铁匠说，你胡叨叨啥，哪有什么大炮的影子，咱刚才趸摸过了，山下边根本瞅不见大炮的影子，连炮架子毛毛也瞅不见。

安老三笑笑说，二哥你别急，没有当然最好，但是，你有所不知，万一鬼子真带了山炮过来，是不会摆到你看得见的位置上的，他们只要把山炮架到虎尾峰上，就能把炮弹直着打过来，够咱喝一壶的。

安老三话音刚落，突然听到从山寨上方传来轰隆一声巨响。守寨的弟兄不约而同地回头向山上张望。

有人脱口喊了声：不好了，小鬼子开始打炮了。

山上的弟兄们从没见过这么大的炮火，一听到喊声便慌了神，有的人慌慌张张地抱头一通乱窜，还有人索性头朝下扑通趴在地上。急了眼的小头目强哥和胡宝高声叫喊：别乱跑，快趴下，小心弹片。

听到炮声，李铁匠也禁不住打了个哆嗦，囧着脸朝安老三撇撇嘴说，看来真让你蒙对了，鬼子真有大炮哩。

安老三惊恐地朝山上望望，没言语。奇怪的是，轰隆一声巨响过后，没有再响第二声，而且那响声好像是从虎头峰那边传来的，距离寨门阵地很远，危险似乎并没有料想的那么近。

大家一看刚要松口气，不料山下的敌人突然开了火。密集的子弹呼啸着飞过来，有的人躲闪不及，被击中要害，扑通歪倒在血泊里。守寨的弟兄们慌忙进行还击。枪声爆炸声顿时响成一片，有啪啪啪的手枪点射声，有嗒嗒嗒的步枪射击声，有突突突的机枪扫射声，有手榴弹爆炸发出的轰隆声，夹杂着人发疯般的冲杀声和凄厉的惨叫声。子弹呼啸着打在石垛子上，又倏地弹飞出去，发出砰啪、啾啾的声响。阵地上硝烟滚滚，火光冲天。李铁匠一看急了眼，一个箭步冲上去，迅速加入战斗中。安老三一把没拉住他，不得已也随他冲了上去。

让大家颇为不解的是，今天敌人这仗打得有点儿蹊跷，打炮不往寨门上打，也不往山寨里面打，却往空荡荡的山顶上打。刚轰完炮，又开始打枪。猛打了一阵枪后，火力突然小了下来，只用两挺歪把子机枪封住寨门，并没有趁着优势火力和兵力，向山上发起冲锋。再后来连机枪声也稀了。好像只要寨门上的人影不晃动，人不露头，那机枪声就不会响。

安老三让强哥和胡宝坚守阵地，让人把死伤的弟兄抬下去，又强行把李铁匠拽到一边，喘着粗气说，这样下去可不行。

李铁匠恼怒地说，那你说咋办。

安老三说，敌人好像在故意拖延时间，咱们没有硬家伙，弹药又少，这样耗下去咱们早晚要完蛋，要是有挺机枪就好了，兴许还能顶一阵子，他娘的，黑虎这个王八羔子，咋还没把机枪拿过来啊。

李铁匠气呼呼地说，这小子平时看着挺硬气的，没想到关键时候却成了软蛋怂包，要不咱去迎迎他吧。

安老三说，还是咱去吧，咱怕你们两个一言不合顶起来，那样岂不是乱上添乱。说着，安老三招呼安子和另外一个叫瓦子的小兄弟，跟他一起上山去取机枪。

安老三刚离开，山下突然传来一阵嘶哑的喊话声：山上的弟兄们，快投降吧，你们已经被包围了，再不投降，只有死路一条，只有死路一条啊。

李铁匠猫着腰跑到前面看了看，只见一个瘦削的黑影子，畏畏缩缩地躲在一块靠近寨门的山石后面，拿着一个卷成喇叭状的铁筒子，扯着嗓子喊：山上的弟兄们，你们的大杆子——钻天虎马狗子，早卷了钱溜号了，你们竟然还在这儿傻乎乎地替他卖命，何苦——啊，太君说了，只要你们乖乖地投降，只要你们没有私通八路——以后也不要去投奔八路，就——放你们一条——生路，就——饶你们一条狗命。

李铁匠看这人有些面熟，仔细一瞅，原来是瘦猴。狗日的瘦猴还这么张狂。李铁匠气不打一处来，透过石垛子上的孔洞，刚要举枪瞄准瘦猴射击，却见旁边一直趴卧着的弟兄大富，端着枪忽地爬起身，嘴里骂了句——放你娘的狗臭屁，也不仔细瞄准，朝着瘦猴的人影就是一枪。子弹呼啸着飞过去，砰的一声打在铁筒子上，在上面穿出了一个鸡蛋大的窟窿。瘦猴吓得哇呀尖叫了一声，屁滚尿流地又滚回先前埋伏的地方。大富打完枪，刚要缩回身，一梭子子弹突然飞过来，扑哧扑哧全打在他的身上……气急败坏的瘦猴还在喊话，只是声音断断续续，抖抖颤颤，变得更加嘶哑难听。

再说安老三。他带着安子和瓦子离开寨门阵地，刚爬上前面的一个土坎，忽见从上面的山路上，连滚带爬地跑下来一个灰头土脸的人影。仔细一瞅，原来是把守山洞的小胡。小胡样子非常狼狈，像刚从灰窝里爬出来一样，身上和脸上沾满烟灰，棉衣多处撕裂，龇着灰白色的茬口，头发像刺猬毛一样扽挲着，腰带勉强束住棉裤，一扯就掉的样子。

安老三一看慌忙跑上去，一把拽住小胡的棉袄领子，焦急地问：小胡，你怎么跑下来了，黑虎呢？他没去山洞那儿找你吗？

小胡没搭腔，人像傻了一样，张着嘴巴，瞪着眼睛直勾勾地看着虚空，身子软塌塌的眼看就要倒下。安老三一手揪着他的衣领，一手狠狠地扇了他两巴掌，大声说，小胡你怎么了，你醒醒，你是不是被炮弹炸伤了，炸傻了？黑虎他人呢，没和你在一块吗？还有你哥大胡，都死哪儿去了？

小胡绷直身子，语无伦次地嘟囔说，完了，完了，山洞炸了，宝贝没了，枪也没了，完了，完了，全完了。

安老三说，小胡你说什么，你再说一遍，山洞炸了，咋炸的？谁炸的？你说，你快说呀！

小胡眨巴眨巴眼，终于认出了安老三，脑中嗡嗡的像有无数蚊蝇在叫，只看到安老三嘴巴在急速地一张一合，却听不清他在说什么。小胡歪着脑袋问安老三：啥，啥，你说啥，俺听不清，俺听不清啊。

年龄不大却十分机灵的瓦子提醒安老三说，三叔，快别白费力气了，小胡哥的耳朵好像被震聋了。

安老三摇摇头，用手指指寨门方向，示意小胡快去增援，然后领着安子和瓦子，继续向山寨里面走去。

安子试探着问安老三：叔，小胡说的话是不是真的，万一山洞真被炸了，咱们是不是就——拿不到——机枪了？

安老三紧咬嘴巴，没答话。一旁的瓦子也想问他点什么，看他脸色冰冷，嘴张了张，又猛地闭住了。

安老三欲哭无泪，心如乱麻，不好的消息一个接一个地传来，一向老练稳重的他一时也没了主张，不知道接下来该怎么办。他感觉自己就像一只无头苍蝇，没头没脑地胡飞乱撞，脑中嗡嗡的塞满了各种嘈杂的声音：黑虎，大杆子，马狗子，机枪，捷克式机枪，歪把子机枪，马克沁重机枪，山炮，四一式山炮，九四式山炮，砰砰，啪啪，轰轰，浓烟，火光，鬼子，伪军，汉奸，龟孙，魔鬼，恶魔，王八蛋，杂种，狗日的……

正晕头涨脑、气哼哼地闷头走着，突然听到前面传来啪的一声枪响，二个人吓了一跳，本能地向路边一闪，猫下腰，拔出枪，机警地四下睃巡。枪声是从山寨最前面的院落门口传过来的，随着一声枪响，一个人影跟跄着从院门里闪出来，扑通栽倒在地上，紧接着从后面又跑出来一个熟悉的人影。安老三一看那人，吃了一惊。

倒下的人是麻脸，紧接着跑出来的是五杆子范老五。范老五好像很生气，从背后打死麻脸还不解气，又冲上去照他的尸体狠狠地踹了两脚。

安老三脱口喊了声：老五，你干什么？

范老五打个激灵，扭头见喊话的是安老三，边上还有两个弟兄举着枪对着他。他先是愣了愣，随即像受了天大的委屈一样扑通跪倒在地，痛哭流涕地大声说，大哥啊，黑虎兄弟啊，你们死得好惨啊，俺已经替你们报仇了，麻脸这个黑心肠的狗东西，王八蛋，他不是人啊……

安老三若有所悟，跑上去，没有急着搀扶他，随后跑过来的安子想去搀扶范老五，也被他摆摆手拦下。

安老三看看倒在血泊里的麻脸，又看看泪流满面的范老五，大声问：这是咋回事儿，到底是咋回事儿？

范老五抹把眼泪，抬头眼巴巴地看看安老三，用手一指倒在地上的麻脸说，他——反水了，他——趁乱杀死了山后站岗的几个弟兄，还杀死了大哥和黑虎兄弟，他——把放机枪的山洞也炸了……

安老三问，你咋知道大哥是他杀的，你咋知道山洞是他炸的？

范老五狠狠地瞪了一眼地上的麻脸说，俺早就看他贼眉鼠眼不像个好东西，就特别留意他的脚后跟，俺——亲眼看见他杀了黑虎和黑虎媳妇，至于其他，是俺用枪指着他的脑袋逼问出来的，俺——本想把他押到众弟兄面前，像对待薛老四一样，让弟兄们每人吐他一口唾沫，然后活剥了他的狗皮，俺——没想到他会跑，没办法——俺只得开枪结果了他。

范老五偷眼看看安老三，用手使劲拍打着自己的胸口说，都怪俺，都怪俺心肠太软，早就看他心怀鬼胎，却没有早点儿拿住他，三哥你还记得不，二哥铁匠刚上山那天晚上，就差点被他抹了脖子，后来他又想祸害薛老四，薛老四待他不薄，他也下得去手！大哥让黑虎把他绑在柱子上惩罚他，他又开始记恨大哥和黑虎，今天终于让他逮住了机会，唉，没想到麻脸这么阴险，这么歹毒，简直就是恶狼托生的，只要他记恨过的人，一个都不肯放过……

安老三若有所思地点点头问：你脖子的伤是咋回事？

范老五说，嗨，别提了，俺只想着卸了他的枪，忘了他腰里边还别着把喝血虎，冷不丁挨了他一下子，幸亏俺躲闪及时，要不然就完了。范老五恍然醒悟似的，用手捂了捂脖子，咧着嘴，咬着牙，从牙缝里发出丝丝痛苦的呻吟声。

安老三朝安子使了个眼色，接着朝范老五摆摆手说，你腿是不是也受伤了？那个啥，山上的事你不用管了，让安子和瓦子扶你先去前面歇着去吧。

范老五哽咽着喉咙说，三哥你呢，你要干啥去？

安老三叹口气说，去看看大哥，送他最后一程。

范老五慢慢地站起身来说，三哥你一个人行吗？

安老三说，没事，你们先到前面等着，咱去去就来。说完扭头进了院子。

看三叔匆忙离开，安子傻愣愣地站着，被瓦子猛地扯了一下衣角，才打个激灵回过神来。瓦子朝安子递个眼色，笑着上去搀扶范老五，被范老五不耐烦地一把推开。范老五像无视两人存在似的，一手捂着脖子，一手紧握着盒子炮，一瘸一拐地兀自向山下走去。安子和瓦子不约而同地撇撇嘴，不紧不慢地跟在后面。瓦子像小大人似的，冷不丁叹了口长气。

安子说，瓦子你咋了，是不是看麻脸死了，你心疼啊？

瓦子说，呸，才不是呢。

瓦子冷不丁拉住安子，抬高脚跟，咬着安子的耳朵根小声说，安子哥，你有没有发现，五杆子他，他……

安子说，他咋了，都啥时候了，有话快说，有屁快放。

瓦子嘘了声说，小声点，别让他听见，俺老觉得五叔——五杆子，他今天有点反常，平时他老说咱啊咱的，今天竟然说起了俺，像突然矮了半截似的。

安子说，没看出来，说俺又咋了，说咱又咋了。

瓦子说，有名头的人，才称自个儿为咱，俺听说书的先生讲过，早先的皇太后就称自个儿为咱。

安子说，唉，乱套了，一眨眼的工夫全乱套了，这山上发生的事，俺越来越看不明白了。

瓦子朝安子挤挤眼说，关键是，他脸色也有点儿反常，一会儿刮风一会儿下雨，以前他可不这样，好像三叔对——那个谁，也起了疑心了。

两人突然瞥见范老五停下脚步，回过头来冷冷地看着他们，赶忙把话打住，小跑着追上去。

看了黑虎和马狗子等人死后的惨状，安老三眼中噙满泪水，心里一个劲儿地滴血。情况紧急，他顾不上帮他们收尸，火急火燎地在寨子里和炸毁的山洞口转了一圈，又急忙跑回寨门前沿阵地。敌人开始试着发起进攻，冲了好几次都被李铁匠他们拼命打了回去。阵地简陋的防御工事损毁严重，用来做掩体的寨门石垛子眼看就要被炸平，原本平坦的高台上，被小鬼子的迫击炮弹炸得坑坑洼洼。有的弟兄为了节约子弹，索性用石块当炮弹，向敌人头顶上狠狠地砸去。滚滚的硝烟遮蔽了半个天空，焦土被弟兄们的鲜血染红，在残阳的辉映下，仿佛整个山寨也浸没于血色中。守寨的上百号弟兄已死伤过半，寨门下的山路和陡坡上，堆满了敌人的尸体。激战还在继续。李铁匠一边让赵老伯带人用麻袋装土加固工事，一边指挥弟兄拼命阻击敌人一波又一波的进攻。松本小队长没想到黑虎山寨这么难攻，更没想到山上的人这么顽强，像疯狗一样吱哇乱叫，用枪逼迫着许本中和金队长的人马往前冲。两队人马硬着头皮往前冲出一段路，立马又被打得屁滚尿流地滚了回去。

安老三冲上阵地看了看，用命令的口气对灰头土脸、浑身沾满血污的李铁匠说，到后面去，咱有话对你说。

李铁匠说，你说什么。

安老三靠近李铁匠重复说：快到后面去，咱有话对你说。

李铁匠终于听清了安老三的话，没好气地用手推了他一把说，有屁快放，咱没工夫听你瞎咧咧，你要是怕死，赶紧滚一边去。李铁匠扭头瞥了安老三一眼，若有所悟地说，枪呢，你拿的机枪呢？

安老三说，咱正想跟你说这事呢，快到后面去。安老三说着，猫着腰先下了阵地。

李铁匠犹豫了一下，也跟着下了阵地。李铁匠生气地追着安老三的背影问，老三你搞什么名堂，让你去拿机枪，咋空着手回来了？

安老三猛地扭过头来，眼一瞪说，咱还想扛门大炮过来呢，可咱得有啊！

李铁匠一愣神说，咋了，出岔子了？你快说呀，到底怎么了？

安老三耐着性子，把山上发生的情况简单一说。李铁匠一听急得来回转圈儿，嘴里一个劲儿地嘟囔：弟兄们眼看就没子弹了，你机枪弄不来，弄些弹药来也行啊，这可咋办，这可咋办。

安老三说，咱倒有个主意，只是……

李铁匠眼睛一亮说，你快说呀，真急死人。

安老三下意识地朝虎尾峰方向望望，一把扯住李铁匠的胳膊说，这事得你去干，别人恐怕干不成，后山有条小路直通虎尾峰，你带几个人过去，从虎尾峰穿插到敌人阵地左后方，冷不丁干他一票，兴许就能打乱敌人的阵脚，让山上的弟兄们麻利冲出去。

李铁匠说，你不是说虎头峰上有小鬼子架的山炮吗？

安老三说，咱仔细踅摸了，不会有山炮的。

李铁匠说，那也不行，后山没长绳子下不去，山上的绳子都让老马那个糊涂蛋烧光了，再说了，后山的小路咱也不熟。

安老三说，你放心，绳子咱早留好了，一会儿让安子领你去拿，咱在后山还藏了些枪支弹药，原本是给尹先生预备的，还没来得及送下山，你们赶紧去拿些带上，尤其要多带几颗手榴弹，快去吧，时间不等人，这边由咱照应着，就算咱只剩一口气，也要把头顶在寨门上。

李铁匠一咬牙，一跺脚说，好吧，老三你可要把寨门守好了，要是把它丢了，咱跟你没完。

安老三点点头说，好，接下来就看二哥你的了，咱让腿脚灵活的安子和瓦子跟你去，多个帮手，就多分胜算。安老三说完，转身飞跑着去招呼安子和瓦子。

听到呼喊声，安子和瓦子飞跑到安老三面前。安老三见两人也灰头土脸，浑身沾满血污，冷着脸问，五杆子呢，咱让你们盯着他，你们咋跑前面打仗去了？

安子一咧嘴说，叔，俺没看住他，一不留神，让他溜了。

瓦子偷眼看看安老三，支支吾吾地解释说，俺们看前边打得紧，一着急，就……

安老三摆摆手说，先别管他了，现在咱有件更要紧的事要你们去办，那个啥，安子你先过来，咱有话单独对你说。

安老三伏在安子耳朵上叮嘱一番，说完招呼两人跟着李铁匠，火速赶往后山。瓦子身子灵活，腿脚麻利，像兔子一样蹦跳着跑在最前面，没一会儿就把李铁匠和安子甩出一大截。

李铁匠气喘吁吁地跟在安子身后，心中有好多疑问，忍不住断断续续地问上几句。

李铁匠说，你三叔刚才对你说啥了。

安子说，他要俺好好跟着你，要是你同意，就让俺认你作干爹，二伯是咱山头上的一杆大旗，旁人可以倒，就你不能倒，跟着二伯混保准有出息。

李铁匠说，他这是要交代后事啊，哼，放心吧，咱决不让你叔死在前头。

李铁匠顿了顿，又说，你叔还说啥了。

安子说，他说路上要是碰到干巴婆和杏儿，千万把她们看护好，杏儿这孩子太可怜。

李铁匠打个愣怔说，杏儿不是大杆子的亲闺女吧，他亲爹到底是谁啊？

安子说，听说是他二妹被人糟蹋后生下的孽种，至于杏儿亲爹是谁，谁也搞不清。

李铁匠说，这话咋说的。

安子说，当年金光头为了逼大杆子下山投降，抓了他的妹子，把人糟蹋得不成样子，二杆子——也就是俺前面的二伯，替大杆子出头单刀赴会，结果中了埋伏。

李铁匠说，这么说，你先前的二伯是替大杆子死的。

安子说，理应是这样，但大杆子从没承认过，也不让旁人说。

李铁匠摇摇头说，大杆子和黑虎他们又是咋死的？

安子说，五叔说都是被麻脸祸害的，可谁也没有亲眼看见，也不知道他说的话是真是假。

李铁匠叹口气说，他娘的，真是乱上添乱，祸不单行啊。

三个人终于赶到虎头峰。站在高高的峰顶上，视野变得分外开阔。连绵的山峦和无边的旷野上蒙着一层灰蒙蒙的雾气。天上乌云翻滚，如千军万马在奔腾厮杀。入冬后白天变得越来越短。快要落山的太阳，时而被乌云遮住，使得本就灰蒙蒙的天地忽又黯淡了许多。慢慢地，火红的太阳又钻出乌云，羞怯地露出头来，脸上挂着轻纱样的流云，抛洒的红光染红云朵，使得西天也如鲜血染红的战场。寨门那边仍炮火连天，硝烟滚滚而起。噼噼啪啪的枪声和轰隆隆的爆炸声接连传来，三人听了心里更加焦灼。

抢先一步爬上峰顶的瓦子，麻利地把绳子一头拴牢在山顶一块突起的石头上，像胸有成竹的将军指挥小兵一样，招呼安子和李铁匠说，安子哥你先下，二伯你第二个下，一会儿让安子哥在下面接着你，俺断后。

安子顺从地答应着，紧了紧腰带，朝手上吐口唾沫，两手交叉着来回搓了搓，然后探出头向崖下看了看，又倏地缩回头来。

瓦子说，咋了安子哥，怕了，这时候可不能当缩头乌龟啊。

安子抖抖索索地说，没——怕。

李铁匠说，安子，你起开，让咱先下。

安子脸一红说，别，还是让俺先下吧。说着使劲憋口气，抓紧绳子试探着往崖下出溜。

胆子本就不大的安子，这会儿更加紧张和害怕。他感觉自己像飘在深渊上空，稍不留神就会坠入死神张着的大口中。他身子不停地抖动着，抓绳子的双手瞬间被冷汗濡湿，慌乱中踩落的碎石扑簌簌掉落崖下。他脑中变得一片空白，好像他的魂魄也随着碎石掉落了一样。

心急如焚的瓦子把着绳子上头，耐着性子提醒他说，安子哥，别慌，别怕，两手一定把紧绳子，身子一定别乱晃，眼尽量别往下看，实在不行，你就把眼眯起来。

回过神来的安子，顺从地眯上眼，两手慢慢倒着，用脚试探着往下出溜。费了好大劲儿，他终于出溜下了陡崖，一屁股瘫坐在崖下的斜坡碎石堆上，大口大口地喘着粗气。

李铁匠下崖的速度比安子快了许多。人高马大的他反而比瘦小的安子更显灵活，没费多大劲儿就出溜下了陡崖。最后下崖的瓦子，动作更敏捷，像猴子一样把着绳子，两手倒着快速地往下出溜，遇到突出的崖壁时，迅速弓起屁股，用脚踩住崖壁轻轻一蹬，倏地便越了过去。看他下崖那么轻松洒脱，李铁匠禁不住啧啧赞叹，感觉这小子不是在飞越陡崖，而是像玩杂耍的高手表演绝活。

安子早看傻了眼。他傻愣愣地看着瓦子顺着绳子飞速地下滑，突然尖着嗓子发出一声惊呼：不好！

下到崖壁半空的瓦子猛地停下，歪着头朝下边望望说，咋了安子哥，你喊啥。

安子霍地站起身，惊恐万分地用手指着山顶说，不——好，上边——有人。顺着他手指的方向一看，果真见山顶上多了个模糊的人影。人影先是探出头来朝下望了望，立马又缩了回去。随即从上面传来咔嚓咔嚓的刀砍绳索的声音。

李铁匠一看急了眼，大声招呼瓦子说，快下来，有人在砍——绳子，绳子——快断了。

绳子开始剧烈地抖动，摇晃，发出砰砰的断裂声，震落的碎土碎石像冰雹一样纷纷扬扬坠落。猛然回过神来的瓦子一看不好，顺着绳子急速地下滑。他还是稍稍慢了一步，在他下到离崖底只有两丈多高时，绳子砰的一声全断掉了。瓦子拽着断掉的绳子急速地坠落，眨眼之间，扑通跌落在崖底斜坡上的碎石堆上，又翻着跟头急速地向坡下冲去，最后被斜坡上一块高高隆起的岩石挡住。晕头转向的瓦子躲闪不及，一头撞在岩石上，昏厥过去。李铁匠和安子刚要扑上去救瓦子，忽见有石头从崖顶上飞下来。一块块或大或小的石头呼啸着，朝他们的头顶猛砸下来。李铁匠一边躲闪，一边掏枪朝崖顶上射击。崖顶上的人影消失了，但仍不时有石头从上面滚落下来。

李铁匠让安子掩护着他，飞跑着冲过去，把瓦子抱到一块巨大的岩石后面躲好。急红眼的李铁匠跪下身子，摇晃着瓦子的肩头大声说，瓦子你醒醒，快醒醒。瓦子头上、脸上被撞得血肉模糊，一动不动地躺在地上。

用枪把崖顶上的人影逼退，随后跟过来的安子也扑倒在瓦子身边，泪流满面地大声呼喊：好兄弟，你醒醒，快醒醒啊。

瓦子嘴角扭动了一下，像是有话要说，却说不出来。李铁匠赶忙把耳朵伏在他嘴边。瓦子气若游丝，拼尽最后一丝气力，终于从牙缝里断断续续艰难地挤出了几个字：大——个——子。

李铁匠大声说，瓦子你说什么，什么大个子，大个子是谁？瓦子没有应声，努力撑开被血污黏结的眼皮，无比留恋地看了看血红的天空，头一歪，没了气息。

安子眼泪汪汪地提醒李铁匠说，瓦子不行了，呜呜。

李铁匠回过神来,霍地站起身,一把抓住安子的袄领子说,快说,崖顶上的那个狗杂种是谁,老子要亲手宰了他。

安子一咧嘴,呜呜哭着说,瓦子说得没错,那人的确像大个子,也就是黑虎原先的手下——那个眼眉上长着黑痣,给大杆子送劝降信的家伙。

李铁匠望望空荡荡的崖顶,抱着头痛苦地蹲下身,随即捏紧拳头,狠狠地往地上一捣。

安子也抱着头蹲下去,痛哭流涕地说,呜呜,没想到,真没想到,一直在背后捣鬼的人是他。

李铁匠霍地站起身,没好气地踢了安子一脚说,瓦子不能白死,快走,快领咱去拿枪和弹药。安子抬头傻愣愣地看看李铁匠,没言语,也没挪窝。

李铁匠说,你聋啊,没听到咱说话啊,快带咱去拿枪和弹药,去晚了,你叔他们可就真死到咱们前头了。

安子蜷缩着身子挪出几步,突然哇哇大哭起来,一边哭一边呼呼噜噜地说,没用了,没用了,别说咱赶不过去,就是赶过去也是白白送死,俺现在——终于明白俺叔的心思了,他明摆着是想支开咱们,让咱们活着离开山寨,以便给黑虎山留几个种子。

李铁匠一愣神说,安子,你浑蛋,你小子咋不早说!

安子鼻子抽搐两下说,俺——也是刚刚明白过来。

李铁匠用手点着安子的脑袋说,你,你,唉。李铁匠又急又恼,像无头苍蝇一样来回转了两圈,长叹一声说,安老三,你个老滑头,你这不是对咱好,而是陷咱于不仁不义的境地啊,不行,不能就这么算了。

李铁匠把脖子一拧,用铁钳般的大手一把拽起安子,大声喝令说,赶不过去也要赶,人救不成也要救,这事没得商量,你——快带咱去拿枪和弹药,你要是怕死就留下,咱一个人去。安子撇撇嘴,知道李铁匠铁了心要回去,拦是拦不住的,只好硬着头皮随他去。

安子领李铁匠急火火地去找放枪支弹药的地方。他们来到一处杂草丛生的山坡上,安子不时蹲下身子,用手扒拉着杂草趔摸,趔摸了好一会儿也没找见枪支弹药的影子。

安子摇摇头,自语似的嘟囔说,怪了,咋找不到了,俺记得就藏在这儿啊。

李铁匠说，你快想想，你叔把东西到底藏哪儿了。

安子看看孤零零长在半山坡上的一棵柿子树说，没错，俺记得清清的，货就埋在柿子树下面的山坡杂草丛里。

李铁匠说，是埋在乱草里还是埋在土坑里，你可要想清楚了。

安子说，当然不能埋在乱草里，那样风一刮就露出来了。

李铁匠叹口气说，真拿你没办法，那还犹豫什么，快把草扒拉开找呀。说着，只顾急火火地找起来。

李铁匠弯下身子低下头，用小树枝扒拉着草丛找了一会儿，下意识一抬头，瞅不见安子的人影了。李铁匠大声喊叫了几声，没有应声，跑上高坡四下望望，也瞅不见安子的人影。李铁匠若有所悟地使劲一拍大腿，哭丧着脸说，安子你浑蛋，你——吃了熊心豹子胆了啊，十万火急的节骨眼儿上，也敢耍弄老子，要是让老子逮住你，非把你小子崩了不可！

第二十一章

寨门战斗进入白热化阶段。守寨的弟兄只剩下二十来人，一个个灰头土脸，满身血污。敌人还在疯狂地进攻。

这边突然有人喊了声，俺没子弹了。

那边也有人喊，俺也没子弹了。

安老三扯着嘶哑的喉咙说，节约子弹啊弟兄们，一定等敌人靠近了再打啊弟兄们。

有人支支吾吾地说，那个——啥，不行，咱撤——吧。

强哥厉声说，放屁，不能后撤，后撤更没活路。

胡宝说，快准备大刀，快准备石头，跟小鬼子拼了。

这边马上有人呼应说，跟小鬼子拼了。

那边也有人呼应：跟小鬼子拼了，跟金光头拼了，跟许汉奸拼了。

胡宝握紧大刀片子往地上使劲一戳说：弟兄们，不怕死的一会儿给咱一起往上冲，跟狗日的拼了。

安老三拿的盒子炮早打光了子弹，但他没有吱声。他试着往腰后去摸刀，没摸到，这才忽然想起，他下山走得匆忙，并没有把大刀片子带在身上。安老三回头瞥见身后不远处，一个倒在血泊里的弟兄腰中插着一把大刀片子，赶忙爬过去拿。安老三拽住大刀把刚要往外抽，忽然从前方射来两颗子弹，扑哧扑哧打在他的前胸上。安老三扑通一声歪倒在地上。

胡宝扑上来抱起安老三喊：三哥，三哥，你怎么了！

安老三艰难地抬了抬头，下巴抖了抖，一字一顿地说，后，面，冷，枪……只听他喉咙里咕噜咕噜响了两声，呼哧喷出一口浓浓的鲜血，头一歪，断了气。

胡宝抬头望望硝烟弥漫的后方阵地，没看到有啥异样，咬牙切齿地刚要起身跑过去察看，忽听鬼子和伪军嗷嗷尖叫着冲上了阵地，赶忙拿起大刀片子，挥舞着向敌人冲杀过去。

所剩不多的守寨弟兄纷纷拿起大刀，搬起石头，甚至抢起铲土用的铁锨，与敌人展开了殊死搏斗。有的弟兄被敌人刺中多刀，成了血人，仍拼尽最后一丝气力撕扯着敌人不放。有的弟兄跟敌人扭打成一团，趁机拉响敌人身上的手榴弹，抱着敌人一同被炸飞。有个弟兄搬起石头去砸敌人，冷不防，被一个从背后袭来的敌人刺中后胸，他扑通倒在地上，手中仍高高地举着石头，像举着一面独特的旗帜。胡宝和强哥冲在最前面，挥舞着大刀片子，接连砍死了多个伪军和鬼子，正要继续向前冲杀，不幸被金光头和瘦猴打来的冷枪击中，呼哧倒在血泊里。

守寨的弟兄相继倒下。阵地上洒满他们的鲜血，鲜血染红了阵地，染红了山寨，也染红了他们头顶上的天空。弟兄们倒下了，但他们的热血仍在汩汩地流淌，硝烟仍在滚滚而起，他们勇猛的拼杀声仍在山谷回荡，仍在天边回响。弟兄们倒下了，但好像战斗并没有马上停止。气急败坏的松本小队长像疯狗一样嗷嗷尖叫着，挥舞着长长的腰刀胡窜乱跳，寻找着可能的拼杀目标和对手。血泊里突然爬起一个血人，飞扑在他身上，抱着他一同跳下崖坡，滚进了山谷。跟松本同归于尽的是瘸子。满身是伤、平日走路都不稳的瘸子，在生命的最后一刻，却异常敏捷地给了耀武扬威的小鬼子致命的一击。

等李铁匠从后山绕了不少弯路，好不容易赶回到山寨时，战斗早已结束，天早已黑透。山寨已被鬼子抢掠一空并放火烧毁，一片死寂。黑魆魆的山寨上方仍升腾弥漫着袅袅的黑烟，空气中充满了硝烟的气味、血腥的气味和焦土的气味。被烧毁的山寨里，抑或山寨两旁的山谷里，隐约听到有夜猫子在啼叫，像牺牲弟兄们的亡灵在哭泣，像陷于悲痛中的黑虎山在鸣咽。李铁匠悲痛欲绝，跌跌撞撞地跑来跑去，发疯般呼喊着，还有活的吗，还有活人吗？没有人回答他，只听到夜风掠过松林发出的沙沙声，只听到夜猫子忽近忽远的啼叫声。李铁匠失魂落魄地跑下寨子，用点着的草把子照着亮，摸索着走进山坳密林深处的马场，发现那里也被鬼子洗劫一空，喂马的张老伯和孙老伯被敌人绑在拴马的柱子上，身上满是血窟窿，像被敌人当作活靶子刺杀过。一向刚强的李铁匠禁不住失声痛哭，山上的一个个好弟兄都走了，现在只剩下他孤零零一个人了。他心如刀绞，气恨交加，想报仇却一时寻不到目标。他恨安子没有及时领他火速赶回山寨，他巴不得立马把安子揪出来，狠狠地踹他几脚，狠狠地抽他几个耳光，然后和他一起跪在山寨前，向死去弟兄的亡灵作深深的忏悔。

安子像突然从世界上消失了一样，怎么也寻不到人影。为了方便找人，避免被金光头手下的爪牙发现，李铁匠装扮成蓬头垢面、模样邋遢的叫花子，一边沿路乞讨，一边打探安子的下落。起初他还对安子恨得牙根痒痒，后来随着时间的推移，气慢慢地消了。他觉得安子当时没有及时领他赶回山寨，也是听从了安老三的嘱托，一心想保住他这面大旗，只要他这面大旗不倒，黑虎山寨总有重整旗鼓的那一天。起初他只想把安子揪出来，让他给山上死去的弟兄作个交代，后来却改变了主意，觉得当务之急不是让安子作交代，也不是急着拉人马报仇，而是尽快把安老三藏在黑虎山后山上的枪支弹药拿到手。拉人马需要枪支弹药，光靠锄头镰刀和大刀片子是不行的。要不是因为缺枪少弹，黑虎山寨兴许就不会被伪军和鬼子攻破。柳树崖尹先生的人被鬼子打散，好多百姓惨死在鬼子的屠刀下，其中一个重要原因，也是因为缺枪少弹。在秋家峪跟尹先生遥相呼应的小木匠不敢和鬼子恋战，费了好大劲才跳出鬼子的包围圈，带人去了黑虎山南面的羊角岭一带，在大山里跟小鬼子打起了游击。他们手头最缺的，又何尝不是枪支弹药。找安子，拿枪支弹药，还有比这更要紧的事吗？李铁匠发誓，就是挖地三尺，也要把安子找出来。他找啊找，不知不觉去了麻家台子，赶巧遇上了刚躲过鬼子枪口，又差点三转悠两转悠，落入狼（恶狗）口的凤儿。

听说救命恩人也是个不幸的苦命人，凤儿感到很心疼，想安慰李铁匠几句，却一时不知说啥好。凤儿讷讷半晌，言不由衷地说：二舅，你寻了那么长时间，难道一点儿安子的消息也没打听到吗？

心情渐渐平静下来的李铁匠叹口气说，起先听说这小子回了老家安平峪村，咱去那趟摸了好多天，也没见上他的人影，兴许他根本就没回去过。

凤儿说，那后来呢？

李铁匠说，后来又听说他去找尹先生的人帮他报仇。

凤儿说，你也跟着找去了，是吧，最后找见了吗？

李铁匠说，找见安子，还是找见尹先生？——嗨，哪有那么好找啊，咱不知道安子有没有找见尹先生，反正他们俩咱谁都没见上，凭咱的知觉，咱琢磨着尹先生的人好像就在麻家台子这边活动。

凤儿点点头说，幸亏二舅你找到这边来，要不然俺可就惨大了，唉，没想到野狗也会吃人，啥世道啊。

李铁匠摇摇头，没言语。

凤儿说，二舅，您老都到自家门口上了，咋不进家门，哪怕是进门喝口热水也行啊。

李铁匠好像不愿提这事，不耐烦地摆摆手，霍地站起身来说，你睡了那么长时间，咱还以为你不行了呢，现在你一定饿坏了吧，等着。说着提着砍刀，走到庵棚旁边一堆柴灰前，蹲下身，用刀背小心地挑开柴灰堆，飘起来的烟灰转瞬被风吹跑。李铁匠搭手摸了摸柴灰，感觉它不再烫手，便放心地扒拉起来。

凤儿看李铁匠扒拉灰堆，上来好奇地问，二舅，你找啥？

李铁匠闷声说，给你找吃的。

凤儿咂咂嘴，突然感觉肚中一阵绞痛，像有无数蚂蚁在啃咬她的肠胃。她先前之所以昏倒，多半也是因为饿的。看李铁匠从灰堆中扒拉出一个黑乎乎的泥疙瘩，凤儿眼睛一亮说，二舅，你烧的是叫花鸡吧。

李铁匠说，不是叫花鸡，是叫花兔——叫花野兔，还热乎着呢。

凤儿说，好啊，俺还是头一回吃这玩意儿哩。

眼巴巴地看着李铁匠用刀背把烧硬的外层泥疙瘩敲掉，随即闻到一股夹杂淡淡焦煳味的烧肉的香味，凤儿嘴角不知不觉流下两行涎水。兔肉外层的皮被烧得焦黑，并起了褶皱。撕开焦黑的外皮，便露出里面喷香的嫩肉，颜色跟熟牛肉差不多。

李铁匠把整块烧肉递给凤儿说，快吃吧。

饿急眼的凤儿也不谦让，一把抢过肉来没命地吃起来。凤儿下意识地抬起头，见李铁匠正眼巴巴地看着她，若有所悟地打个激灵，忙不迭地把手里的烧肉递向李铁匠，嘴里一边嚼着肉，一边呼呼噜噜地说，二舅，你也吃点儿吧。

李铁匠笑笑说，咱早吃过了，这个是咱特意给你留的，怎么样，味道还行吧。

凤儿喉咙里咕噜咕噜响了两声，连着打了两个饱嗝说，刚才吃得太急，没尝出来。凤儿咂巴咂巴嘴，仔细咂摸了一下，说，味道还行，有点儿像烧牛肉味，还稍有点儿腥辣味儿。说着，她又拿起烧肉大口地吃起来。

凤儿吃着吃着，突然呆住了。她发现烧肉中间露出的骨茬有些异样，那骨茬明显比野兔的骨头直溜，也大很多。凤儿呆呆地看了一会儿，若有所悟地说，二舅，你到底烧的啥肉，这肉咋看起来不像野兔肉啊？

李铁匠笑笑说，确实不是兔肉，而是野狗肉，就是想咬你脖子的那条野狗的肉，咱把最好的狗大腿留给你了。

凤儿一听，哭丧着脸说，二舅，野狗肉咋能随便吃呢，那野狗——可是啥东西都敢吃啊，说着双手一松，所剩不多的烧狗肉啪嗒一声掉在地上。

凤儿一扭身子，勾着头哇啦哇啦地大吐起来。她喉咙里咕噜咕噜响了好一阵，干咳了好一会儿，吃进肚中的肉，并没有吐出来多少。

李铁匠摇摇头，没好气地埋怨她说，穷人家的闺女，也这么娇气！这年头，咱们穷人有口吃的饿不死，就已经算是烧高香了，你哪来那么多讲究。

李铁匠的话比吃药还管用，凤儿听了一愣神，刚才的恶心感觉倏地便跑没了影。凤儿抹把嘴，囧着脸咧着嘴，朝李铁匠尴尬地笑了笑。李铁匠懒得理会她，默默地把地上的剩肉捡起来，吹了吹上面沾的灰土。接着从怀里拽出一个灰黑色的破布兜，把剩肉捏成团塞进兜里，又把兜塞进怀里，扭头就走。

凤儿忙不迭地跟上去，讪笑着说，二舅，你这是要去哪儿，可不能丢下俺不管啊。

李铁匠闷声说，想让咱管，就乖乖地跟着咱，别那么多熊毛病。

李铁匠三步两步冲到庵棚前，弯腰钻进去，一眨眼又钻了出来，手里多了个黑乎乎的包裹。李铁匠拎着包裹大踏步走到凤儿跟前，把包裹使劲往她脚底下一扔说，快套上，那个啥——你现在穿的衣裳有点儿显眼。

凤儿说，俺那身红的早换下来了，现在穿的是旧的，一点儿都不显眼啊。

李铁匠说，谁说不显眼，一只从水里钻出来的灰鹅和一头从屎尿堆里爬出来的黑猪走在一起，你说显眼不显眼？

凤儿若有所悟地哦了声，把包裹捡起来，打开外层的包袱，抖出两件女人的衣服。衣服看起来很脏，很破旧，也很肥大，还散发着一股难闻的怪味，跟叫花子穿的衣裳没啥两样。

凤儿说，二舅，你从哪儿找来的女人衣裳，天啊——这衣裳该不是你从野坟堆里死尸上扒下来的吧？

李铁匠眼一瞪说，有得穿就不错了，别那么多熊毛病，放心吧，没你想的那么脏，咱好不容易趸摸来的。

凤儿摇摇头，硬着头皮把衣服套上，低下头左瞅瞅又看看，一咧嘴说，二舅，俺现在也成叫花子了，这会儿该和你般配了吧？这会儿该不会引人注意了吧？

李铁匠从地上捡起包袱揣进怀里，闷声说，差不多了，可以走了。

凤儿跟着李铁匠闷头走出一段路，忍不住又小声问了句：二舅，你到底要带俺去哪儿？是要回麻家台子吗？

李铁匠说，不，咱要送你去个安全的地方。

凤儿说，到处闹鬼子，现今哪儿还有安全的地方啊？

李铁匠说，小木匠那里就很安全，他——不是也救过你的命吗，救人救到底，他——不能把人救下，一撂就不管了。

凤儿想说，你不是也救过俺的命吗，更何况你还是俺的二舅，你不会把俺当烫手山芋甩给木匠哥就撒手不管了吧。但话到嘴边，又咽了回去。

凤儿说，二舅，俺去那合适吗，俺可是个女的啊。

李铁匠说，别老叫咱二舅，咱听着别扭，栓子太小，和你不般配，再说你们俩又没正式拜堂入洞房，这门亲事不算数，碰到合适的男人，你就嫁了吧，没人拦着你。

凤儿说，二舅，您老这么说可就见外了，俺可从来没敢那么想，你现在就是俺的亲人，比亲二舅还亲。

李铁匠说，少废话，咱说了不让你叫二舅，还叫。

凤儿说，那叫啥？

李铁匠说，叫老李同志。

凤儿捂着嘴扑哧一乐说，好吧，二舅——不，老李同志，你还没回答俺的问话呢，你带俺去找木匠哥合适吗，俺可是个女的啊。

李铁匠回头瞥了凤儿一眼，倒背起手闷头向前走出几步，闷声说，女的又咋了，花木兰也是女的，不照样上前线打仗吗？你要是怕死不想去，爱往哪儿往哪儿，没人拦着你，咱有事急着办，心里着火似的，没闲工夫陪你瞎转悠。

凤儿说，老李——同志，您老别生气，俺不是那意思，俺的意思是说跟一帮大老爷们儿在一起，不方便，俺怕给您和木匠哥添乱，拖你们的后腿，要不俺去参加妇救会吧，纳鞋底做布鞋，纺纱织布，摊煎饼，抬担架背伤员，俺哪样都干不差。

李铁匠说，去找小木匠问问再说吧，也不知道你的木匠哥肯不肯收留你，游击队讲求男女平等，队伍上倒是不缺女人家，多你一个不多，少你一个不少。

凤儿一愣神说，木匠哥拉的队伍不是叫抗日救亡团吗？咋一眨眼成游击队了？

李铁匠说，只要是咱老百姓的队伍，叫啥都一样。

凤儿赞许地说，了不得，您和木匠哥都很了不得，都是响当当的爷们儿汉子。

李铁匠说，少拍咱的马屁，咱不爱听，有啥了不得的，不就是一个木匠，一个铁匠吗？

凤儿说，正因为是木匠和铁匠，才更了不得。

李铁匠说，这话咋说的。

凤儿没答话，捂着嘴直乐。

李铁匠回头疑惑地看看凤儿，若有所悟地点点头说，你还别说，去投奔小木匠的人，都是冲着小木匠的名号去的，而且多半是手艺人，有木匠，有铁匠，有石匠，有泥瓦匠，有皮匠，有剃头匠，也有锔锅匠，多了去了，咱这个老铁匠再过去，正好烩一锅。

凤儿咯咯笑着说，老李同志，你跟他们那些匠不一样，你比他们厉害多了。

李铁匠一愣神说，尽胡说，能有啥不一样，不都是两个肩膀挑着一个头嘛。

凤儿说，当然不一样了，你不光会打铁，还会耍武艺扔飞刀，飞刀扔得那个准，连玩杂耍的人都服你。

李铁匠说，去去去，又拍马屁，咱说过了，咱不爱听，那个啥，快别胡叨叨了，赶紧走吧，天黑前咱们必须赶到羊角岭下的上羊角村，晚了容易碰上野狼。

凤儿一听说有野狼，不由得打个冷战，回头望望空荡荡的山野，忙不迭地去追李铁匠，巴不得一头撞进他的怀里。

两人沿山脚下的羊肠小道一路向南，走过了很长一段路，仍望不见羊角岭山头的影子。凤儿平时喜欢通过看日头在天上的位置来辨别方向和估摸时辰。现在太阳被灰蒙蒙的云层遮住，看不清它在哪，天灰蒙蒙的，好像黑了些，又好像没黑多少。世道不太平，处处有凶险，大白天野狗都敢朝人身上扑。先前那惊险的一幕老在她眼前晃荡，她总感觉背后有个可怕的影子悄无声息地尾随着她。她每走几步，就不由自主地回头看一下。

李铁匠说，你磨叽啥，还怕野狗啊？有啥好怕的，肉都让你吃了！要不你走前面，咱走后面。

凤儿愣了愣，嘿嘿一笑说，还是算了吧，老李同志，你现在的模样也好看不了多少，俺冷不丁回头一瞅你，也会吓一跳。

李铁匠眼一瞪，刚要说你的毛病咋那么多，忽听前面传来一阵窸窸窣窣的声响，本能地向路边一闪，从腰背后闪电般拔出砍刀，猫下腰机警地朝前面张望。凤儿被他的动作吓了一跳，傻愣愣地站在那里不知所措。李铁匠一眼瞥见她还站在路中间，一个箭步冲过来拉住她，把她拽到路边杂草丛中藏好。凤儿哆嗦着嘴巴刚要问怎么了，只见李铁匠凶巴巴地瞪了她一眼，她慌忙识趣地用手捂住嘴巴，屏住呼吸。

凤儿随李铁匠的目光，机警地向前张望，忽然发现前面多了条弯弯曲曲的并不太深的河沟，河沟里长有稀疏的酸枣灌木和荒草，能隐约看到冰状物反射的寒光，却看不到清晰的冰面或水流。河沟对面是个土坡，山路越过河沟，沿土坡向上折起，通向一座高高的土冈。山路在沟底断开，靠一块块不规则的石头与对岸的路搭连在一起。沟底的那些石块显然没有长久经过水流的浸润，显得并不那么湿滑油亮，而是呈灰褐色的干瘪冻结样。向上折起的山路像把利剑，把高高的土冈切开一道槽状的口子，露出一段槽形的灰蒙蒙的天空，给人的感觉就像山路直接穿进了云层，通向了天边。山路越过河沟后变宽，并多了一条沿河边弯弯曲曲向西延伸的小路，顺小路向西张望，依稀可见一个不大的村落坐落在山脚下灰蒙蒙的雾色里。村落在萧疏荒凉的山野衬托下，透着寒酸、荒败、冷寂的气息。从村落里隐约传来一阵低沉无力的狗吠声。远处一只被惊扰的鸟儿从沟底扑棱一下飞起来，斜刺着向西飞去，倏地便飞没了影，给人的感觉就像鸟儿也飞进了云层，飞向了天边。高高隆起的土冈顶上，有几棵狗尾巴草在寒风中孤零零地飘摇。紧靠土冈下沿堆着两垛棒子秸，李铁匠先前听到的声响好像就是从那里发出来的。凭他的经验和知觉，他断定那地方一定藏有人，而且不止一个。

要是真的遇上匪兵或恶人，凭李铁匠的本事并不难脱身。现在他身边多了个柔弱的女子凤儿，能不能带着她一起脱身就难说了。李铁匠紧握砍刀，眼睛盯住土冈周围，等待着对面的人显露身影，一旦发现苗头不对，赶紧带着凤儿转移。静静地观察了一会儿，对面一直不见有动静。李铁匠以为自己看走了眼，松了口气刚要爬起身招呼凤儿继续向前走，忽觉脑袋后面凉飕飕的有些异样，扭头一看，吃了一惊。他惊讶地发现，两个悄然出现的人影正举着长枪站在他们背后，黑洞洞的枪口正对着他和凤儿的后脑勺。李铁匠拿着刀刚要起身反扑，冷不丁被对方的枪口顶了一下，身子又倏地软了下来。

拿枪对着李铁匠脑袋的家伙，是个衣着破旧、面庞瘦削的小青年。他见李铁匠不老实，用枪口狠狠地顶了一下他的脑袋，喝令道：老实点儿，别乱动，再动，一枪崩了你。

拿枪对准凤儿的家伙，穿着模样也跟刚才那个差不多，只听他压低声音却又不失威严地说，快说，哪儿来的，做啥的？

李铁匠佯装顺从地缩下身子，脑子飞速旋转着，思索着脱身的对策，听了对方有点儿耳熟的喝令声，下意识地抬头仔细一瞅，禁不住哧哧地笑了起来。

李铁匠说，操你娘安子，原来是你小子啊，咱寻了你那么久，你竟然从这里冒了出来。

对方正是安子，李铁匠挖地三尺，费尽周折也没找见的安子。

安子打了个激灵，好奇地上上下下打量李铁匠一番，扑哧一笑说，二伯，是你啊，你咋跑这来了，你——咋变成这副熊模样了。

李铁匠没好气地把安子的枪口拨开，说，你小子长能耐了哈，竟敢拿枪对着老子，说着霍地站起身，抬腿就要踹安子。

　　安子慌忙把长枪背到肩上，嬉笑着赔礼说，对不住了二伯，真是大水冲了龙王庙，一家人不认一家人。

　　身旁的那个小子一看，也赶紧收起枪，两手抱拳向李铁匠赔礼。从河沟对面路边的杂草丛中传来一阵沙啦沙啦的响声，安子朝对面摆摆手，那响声立马又消失了。

　　李铁匠疑惑地看看安子问，你小子在搞什么名堂，这么长时间不见你，你跑哪儿去了？

　　安子嘘了声说，二伯你放心，俺干的都是正事，俺现在有任务在身，不方便跟你细说，你先跟俺避一避，有什么话，过会儿再说。说着，安子拉着李铁匠就走。

　　李铁匠说，还有一个呢。

　　安子扭头看看一脸懵懂的凤儿，说，这位大姐，你也来吧——都是自家人。

　　安子领二人到河沟对面路边的杂草丛中藏好。那里早藏了五六个跟安子一伙的人。

　　硬着头皮窝了约莫一袋烟的工夫，李铁匠忍不住趴到安子耳朵边上，尽量把声音压低了说，那天你撇下咱去哪儿了？

　　安子咬着嘴唇没吱声。

　　李铁匠又说，你小子可把咱害苦了，看把咱都祸害成啥样了。

　　安子还是没吱声。

　　李铁匠有些恼，抬高嗓门儿说，你小子哑巴了啊，快说，你到底——在做啥。

　　安子撇撇嘴，终于开了腔：二伯，你小声点儿，俺们在抓舌头，你闹出动静，会把舌头吓跑的。

　　李铁匠说，抓什么舌头，这么费劲。

　　安子嘘了声说，就是抓两个伪军回去问话，秋队长吩咐的，求求您了二伯，快闭上你那臭嘴好不好，俺知道你想要什么，你要的东西都在俺们手里握着呢。

李铁匠一愣神，狠狠地瞪了安子一眼，想发火又忍住了。

天不知不觉黑了下来，夜色笼罩了整个大地，山峦、田埂、河沟、土冈和村落隐没于夜色中，只能看到其模糊的轮廓。远处的村落里死一般沉寂，看不到袅袅的炊烟在夜色里升起，也看不到熟悉的灯火忽明忽暗地闪烁，只有黑蒙蒙的天空上依稀有星光在闪，只有弯弯曲曲的小路显露着惨白的亮色。突然，从河沟边的小路上传来一阵杂沓的脚步声和哼哧哼哧的喘息声，夹杂着嬉笑声和叱骂声。那声音开始还有些沉闷飘忽，随着距离的拉近，变得越来越清晰和响亮。只见两个摇摇晃晃的黑影，径直朝安子他们埋伏的地方走过来。黑影一高一矮，高个像个领头的，摇头晃脑，一副趾高气扬、得意忘形的样子。矮个点头哈腰，殷勤地侍候着高个，一副媚态毕露的奴才相。

只听矮个奸笑着对高个说，怎么样，俺给你找的这个小娘们儿够味儿吧。

高个歪戴着大檐帽，衣衫有些不整，胡乱挥舞着手臂，哈哈笑着说，够味，真他娘的够味，这娘们儿比福来酒馆的老板娘浪多了。

矮个说，福来酒馆的老板娘早就被瘦猴玩腻了，咋能跟花姐儿比呢，您老要是觉得过瘾，让花姐儿以后多陪陪你。

高个说，前段日子，可真把咱憋坏了，瘦猴这个王八蛋，也不知给金队长灌了什么迷魂汤，非让咱跟你一起上山卧底，山上没娘们儿抱，夜晌（夜里）憋得那个难受啊，憋得蛋子都快爆了。

听了两人说话的声音和对话的内容，李铁匠断定矮个就是五杆子范老五，高个就是原先黑虎身边的眼眉上长痣的大个子手下，这家伙在山上的时候很少说话，装得像个哑巴，没想到嘴巴也这么贫，这么臭。李铁匠很是震惊，他起初只是对两人有所怀疑，并没有亲手抓住他们的把柄，现在听了他们不打自招的对话，他终于明白原来范老五和大个子就是藏在山上的卧底，就是该死的汉奸。李铁匠气不打一处来，想起山寨上那些惨死的弟兄，心头的火气嗖嗖地往上蹿。李铁匠拿着砍刀刚要起身冲上去，不料被安子和另一个弟兄使劲拽住并按下。两人的说话声继续执拗地钻进他的耳孔，像锥子一样扎着他的心头。

只听大个子说，妈拉个巴子，小鬼子真他娘的作践人，小年也不让咱好好过，非让咱们守在炮楼据点里，简直不拿咱当人看。

范老五嬉笑着说，您是小队长，这话可不能乱说啊，会掉脑袋的，不过您说的话也很在理，明天就是小年了，狗日的小鬼子也不放咱回家吃顿团圆饭，送送灶王爷。

大个子说，小年过不过无所谓，咱气的是跟骚娘们儿睡个觉也睡不安稳，要不是听说许司令不定哪霎就来查咱的岗，咱今黑晌说啥也要在花姐儿家过夜。

大个子饶有兴味地咂巴咂巴嘴，又说，花姐儿这个骚娘们儿，很会侍候男人，就是嘴贫了点儿，老叫咱疤瘌眼……

李铁匠再也按捺不住，拿着刀忽地爬起身，一个箭步冲了上去。安子等人一看，也紧跟着冲了上去。一帮人把范老五和大个子团团围住，三下五除二把两人掀翻在地，卸了他们的枪，反绑了他们的双手。范老五和大个子一时没看清打他们伏击的人是安子和李铁匠他们，还以为遇上了半路劫财的蟊贼，胡乱踢腾着，拼命挣扎着，尖声叫嚣着。

大个子骂：浑蛋，竟敢打老子的埋伏，你们瞎了狗眼了，也不看看老子是谁。

范老五也骂：浑蛋，你们是干什么的，也不看看老子是谁，快把老子放了。

李铁匠把砍刀架在范老五脖子上，狠狠地踹了他一脚说，老实点儿，逮的就是你这个狗汉奸。

因天色昏暗，慌了神的范老五并没有看清用刀架住他脖子的人是李铁匠，也没有听出李铁匠的声音来，仍瞪着眼梗着脖子要横：浑蛋，咱可是金队长和许司令的手下，你们敢动老子一根毫毛，咱——让你们吃不了兜着走。

李铁匠鼻子里哼了声，握砍刀的手不由自主地往下一压。

范老五吓得打个寒战，哆哆嗦嗦地说，好汉饶命，好汉饶命，有话好说，有话好说，俺兜里有钱，这就拿给你们。

旁边一个弟兄说，呸，谁稀罕你那臭钱。

接着就有人点起火把，拿到两人跟前来。

安子用火把照住两人的脸，厉声说，老实点儿，睁开你们的狗眼好好看看——看大爷俺是谁。

两人借着火光仔细一看，不禁吃惊地张大了嘴巴。大个子自知大势已去，耷拉下脑袋，像霜打的茄子一样身子软成一团。

范老五比大个子要镇定许多，短暂的惊讶过后，脸上又堆满媚笑，佯装欣喜地对安子说，哇，原来是安子兄弟啊，自打山寨一别后，咱们爷儿俩应该有好长时间没见面了吧，怎么样，你现在混得还好吧，唉，你五叔俺也是被逼得没法子，纯粹是为了混口饭吃，才跑那边找了个差事干。

安子朝范老五脸上呸地吐口唾沫说，狗汉奸，死到临头还嘴硬，你抬头看看，用刀架你脖子的人是谁。

范老五打个激灵，慢慢地抬起头来。虽然李铁匠模样邋遢，像个叫花子，范老五还是一眼就认出了他。

范老五见李铁匠摆出随时砍杀他的架势，两眼凶巴巴地看着他，吓得脸色铁青，扑通跪倒在地上，磕头如捣蒜，连声求饶说，二哥饶命，安子兄弟饶命，饶命啊，千万饶命啊，俺也是身不由己啊，他们抓了俺八十岁的老娘，逼俺替他们卖命，俺——实在是没法子啊……

安子说，放屁，咱早打听过了，你老娘都死了好多年了，你动不动就拿你老娘做挡箭牌，不怕天打五雷轰啊，不怕她老人家的阴魂找你算账啊。

李铁匠说，狗日的范老五，看你慈眉善目，咱原以为你是个好东西，没想到你这么阴险狡诈，心肠这么黑，你这个大祸害，多活一天，就多造一天的孽，咱这就送你上西天，替黑虎山死去的弟兄们报仇。李铁匠说着，拉开架势，就要砍范老五的脑袋。

安子起身拦住李铁匠，一个劲儿地向他使眼色。李铁匠牙齿咬得嘎嘣响，使劲一扭头，一跺脚，把刀猛地往回一抽。凤儿走过来，眼中闪着泪花，用充满同情和爱怜的目光看看李铁匠，想拉拉他的手，拽拽他的衣角，安慰安慰他，手刚伸出来，又忽地缩了回去。

安子将火把熄灭，招呼大家押着范老五和大个子，摸着黑，沿崎岖的山路向羊角岭方向走去。李铁匠和凤儿跟在队伍后面，心里五味杂陈，说不清是喜还是忧。刚才吓得缩成一团的大个子，这时忽又来了精神，像困在笼子中的仓鼠一样，瞪着疤癞眼不停地四下巡睃。

一行人在黑魆魆的山间小路上深一脚浅一脚地行走，爬过几道高高隆起的土岭后，路面忽地亮堂了不少，视野忽地开阔了不少，远处朱庙镇和猛龙河朦胧的轮廓豁然呈现在眼前。朱庙镇方向，依稀可见有灯火在忽明忽暗地闪烁。镇西侧的猛龙河，在夜色笼罩下，像一条沉睡的巨龙，闪着灰白色的亮光，从连绵的山峦中间蜿蜒向北延伸。大个子猛然发现前面的路并没有通向朱庙镇，而是向东拐个大弯，伸向黑魆魆的大山里面。这样走下去，势必离朱庙镇越来越远。大个子一看顿时急了眼，从押他的人手中奋力挣脱开来，哇哇尖叫着没命地向朱庙镇方向跑去。他嘴里喊着救命，像无头苍蝇一样一通乱跑，大檐帽跑飞了，鞋子也磕掉了。大个子跑出没多远，一道寒光突然呼啸着朝他飞过去，他啊呀惨叫了一声，扑通扑倒在地上。安子见大个子逃脱，慌忙吆喝人去追，追出没几步，却见大个子像被石头重重地绊了一下一样扑倒在地上。

安子跑过去，划着一根洋火照着亮，看了看大个子脖子上插的飞刀，朝随后跑过来的李铁匠撇撇嘴说，二伯你下手也太快了，人还没审呢，好歹要留他口气嘛。

被押着随后跟过来的范老五一听，吓得冷汗直冒，两腿一软，差点儿瘫倒在地上。

第二十二章

　　为防止意外再次发生，安子索性用布条蒙了范老五的眼睛，封住他的嘴巴，亲自押着他往前走。一行人继续摸着黑儿，沿黑魆魆的山间羊肠小路，向队伍驻扎地行进。沿途路过几个山村，大都死气沉沉的没有动静，偶尔有瘦骨嶙峋的狗影子从村里跑出来呜呜叫上两声，但叫得毫无底气。那狗好像特别怕人似的，没等你去吓唬它，它就像突然断了气似的哼唧一声缩回头去，再不出声。李铁匠隐约发现有几只野狗或野狼的影子，远远地尾随着他们。不时有两只或数只放着绿幽幽若隐若现寒光的眼睛，像鬼火一样在远处跳跃。虽然能隐约看到它们晃动的影子，却听不到它们窸窸窣窣的跑动声和带有威吓意味的低吼声，只听到寒风掠过杂草发出的飕飕声，风吹过松林发出的沙沙声，以及远处夜猫子瘆人的飘忽悠长的啼叫声。随李铁匠走在队伍后面的凤儿最终还是忍不住跑到了队伍中间，走在中间还是有些不放心，不时回头望望李铁匠，生怕他会突然间被野狼叼走了似的。

　　终于来到羊角岭，沿山间蜿蜒崎岖的羊肠小道翻越几座山丘后，在大山里面的半山腰里，豁然出现两个村落模糊的轮廓。靠下的村落稍大，应该是下羊角村，靠上一点儿的村落稍小，应该就是队伍的驻扎地——上羊角村。深山里的夜空似乎比别处清亮不少，此处的村落似乎也比别处的山村白亮许多，且不像别的山村那样死寂沉闷，一看就是个与众不同的充满生气和活力的所在。借着微茫的夜光和夜空稀疏的星光，李铁匠隐约发现村落上方升腾着袅袅的炊烟样的雾气，忽地感觉身上暖和了不少，如同回到了自己家里，又闻到了熟悉的烟火气味和从灶房里飘出来的饭香味，心头顿时涌上一股莫名的激动和快意。远远地听到有人要进村，村头的土冈上突然冒出几个人影。

安子学了几声猫叫，喵呜喵呜喵呜，喵呜喵呜喵呜……

对方也学了几声猫叫，喵呜，喵呜，喵呜，喵呜，喵呜，喵呜……随即就见几个扛着硬针子（红缨枪）的后生急急地迎过来。

跑在前面的一个后生焦急地问，安子哥，任务完成了吗？

安子嗯了声说，秋队长呢？

后生说，一直在上面等着你呢，张教导员也在。

安子说了声好，招呼人押着范老五快步向村里走去。

李铁匠小时候跟着爹走街串巷揽铁匠活时，曾来过一次下羊角村和上羊角村，但过去了这么多年，对两村的印象早就模糊了。他只隐约记得这里满眼都是石头，石头垒的围堰，石头垒的院墙，石头垒的门垛子，石头垒的房屋，连路面也是用石头铺成。村里的路高低不平，大部分是上坡路，很难走。这里的人穷得叮当响，一个个穿得跟叫花子一样。村里人喜欢围坐在墙根前懒洋洋地晒太阳。李铁匠今夜走进村里，却有了不同的感受，他发现这里似乎比以前规整了不少，路面也干净了不少。身边不时有背着枪巡逻的八路军战士经过，看着他们威武的样子，李铁匠啧啧称奇。他们穿着浅灰色衣服，帽前檐上缝有两个黑纽扣，穿着布鞋，打着绑腿，走路铿锵有力，精神头十足，一举手一投足，都透着威武的气息。他们穿的衣服虽然也很破旧，也是补丁摞补丁，但看起来很干净，很整齐，一看就是训练有素、纪律严明的队伍，比黑虎山寨上的那帮弟兄强多了。穿过下羊角村，接着走进上羊角村。李铁匠隐隐觉得，上羊角村的地势比下羊角村高出不少，村里的树木更繁茂更浓密，夜色反而更清朗，隐隐透出来的烟火气和人气，好像也比下边的村落浓了许多。

回到驻扎地，安子让闻讯跑过来的卫生员小孟照顾凤儿，随即领着李铁匠到自己住的房屋里简单洗漱了一下，给他换了身干净点儿的衣服，然后马不停蹄地领他去见秋队长和张教导员。安子说卫生员小孟是大队上唯一的一位八路军女战士，和张教导员一样，都是上级专门派来支援大队的文化人。小孟脸很白净，走路很轻，说话很柔，举手投足都跟庄户女人不一样，一看就是个很有教养的大家闺秀。村里老人说，就她那小嫩瓜脸蛋，三年不洗都比咱庄户女人的大脸盘子干净。小孟留着二刀毛齐耳短发，打着绑腿，腰中束着牛皮腰带，特别精神，特别亮眼，只要她往屋头上一站，立马就会吸引来一大堆人的目光。

李铁匠问安子是不是也打过她的主意。安子笑笑说，队伍上有规定，打仗年月，不让战士谈情说爱，咱曾转弯抹角地试探过小孟的意思，问她是不是喜欢秋队长，她没有说是，也没有说不是，只说现在她不想谈这事，等赶走了小鬼子，让老百姓都过上了太平日子再说。

李铁匠笑笑说，有意思。

安子说，有意思是啥意思？

李铁匠说，有意思就是有意思，你自己琢磨。

安子说，这方面，嘿嘿，二伯你肯定比俺有经验。

说着话，两人爬上一处崖坡，来到建在崖坡上面的一处院落，走进一间亮着马灯的东厢房里。

秋队长和张教导员正围坐在方桌前商量事儿。不大的黑漆方桌上摆放着一只马灯，一个铅笔头，一张画满了线条的草纸。两人身后的石墙上整齐地挂着两顶军帽，两把带有红线穗的大刀。见安子和李铁匠走进门来，两人忙起身笑着相迎。张教导员模样跟尹先生差不多，文质彬彬，浑身上下透着教书先生才有的儒雅气，只是个头比尹先生稍高一点儿，脸庞比尹先生稍瘦削一点。张教导员戴着黑框圆边眼镜，左边的眼镜腿已断掉，用一根细绳拴在耳朵上。张教导员很热情，说话声音很有磁性，一见李铁匠就笑着迎上来，紧紧握住他的手不放，嘴里连声说着，欢迎，欢迎。接着是秋队长上来跟李铁匠握手。

仔细一瞅秋队长，李铁匠乐了，使劲一拍秋队长的肩膀说，你不是叫小木匠吗？啥时候改叫秋队长了？

秋队长哈哈一笑说，咱本来就姓秋嘛，咱的大名叫秋振山，至于小木匠，那是乡亲们对咱的——那个啥——来着。

张教导员笑着补充说，是爱称，就是疼爱你的称呼。

李铁匠点点头说，还是叫小木匠顺口。

秋队长说，没问题，只要你乐意，咋叫都行。

张教导员让安子在方桌前加了个条凳，拉李铁匠坐下来，赞许地看看他说，李铁匠同志，你们在黑虎山顽强阻击敌人的英雄事迹，安子同志已经跟我们详细地说了，秋队长在我面前不止一次提起过你，对你可是大加赞赏，连竖大拇指啊，秋队长说你是条好汉、硬汉，是个难得的将才，你和安大宝同志——也就是安子的三叔，带领黑虎山寨上的弟兄，给了伪军和小鬼子沉重的打击，狠狠打击了敌人的嚣张气焰，极大地鼓舞了同志们和广大民众抗击敌人的士气和热情，你们的功劳——可不小啊。

秋队长说，老李同志，虽然你还没有正式加入我们的队伍，但我们早把你当成自己人了，你和安大宝同志，还有安子同志，给尹先生那边，还有我们大队这边，搞来不少队伍上非常紧缺的枪支弹药，可以说为革命、为人民作出了巨大贡献，我们大队副队长的位置一直空着，就是给你留的，我和教导员已经商量过了，只要你同意，我们马上向上级提出申请。

李铁匠还是第一次听人称呼安老三的大名，他感到很好笑，安老三起码还有个大名，而他连个大名也没有，他爹活着的时候村里人叫他小李铁匠，他爹没了又叫他李铁匠，一叫就是这么多年。在山寨上的时候，兄弟们见面只喊外号，怎么叫着顺口怎么来，现在突然听张教导员和秋队长一本正经地说话，酸不溜丢地一个劲儿地表扬他和安老三，他一时还真有点儿不适应。要不是看在对方是大队领导的面子上，他早开骂了。

李铁匠如坐针毡地听完两人说的话，感觉脸上和脖子上都烫烫的，像被火燎了一样不舒服。李铁匠尴尬地笑笑说，你们说得太那个啥了，咱不爱听，也受不了，咱是个大老粗，没喝过墨水，不懂那些大道理，只知道做人要实在，办事要实诚，要对得起乡亲们，要对得起祖宗们，让老百姓戳脊梁骨的事咱是决不会干的，咱知道你们都是实心实意为老百姓办大事的人，你们用得着咱的地方，尽管说。

张教导员向秋队长使个眼色，忍不住扑哧一笑说，说得好，说得真是太好了，话虽然说得朴实了点儿，但句句都是真理。张教导员霍地站起身，看看秋队长，又看看李铁匠，说，我刚来大队没多久，队伍上的事，以后还得多多仰仗二位，只要有你们两个人在，我就放心了，哈哈，铁匠配木匠，简直就是绝配，一个硬气，一个精巧，刚柔相济，相辅相成，只要你们俩精诚团结，就没有干不成的事，就没有打不赢的仗！

秋队长说，别呀，你别把自己撇开呀，说到底，教导员你也算是个带匠字的人，你去济南城念过书，后来又到抗日完小教孩子们识文断字，教书的人叫什么，不就是叫教书匠吗？哈哈，这么说来，你跟我们两个在一起干事，可是一点儿也不亏啊。

说着，两人开心地大笑起来。李铁匠和安子一听，也忍不住哧哧地笑起来。

几个人正说着话，忽听门外有战士喊了声报告。只见一个虎头虎脑的战士急火火地跑进来。秋队长脸色一沉说，小于你有啥事，没见我们正商量事啊，要不是十万火急的事，等我们商量完了再说吧。站在一旁的安子也一个劲儿地朝小于努嘴使眼色。战士小于看看屋里来了个生人，若有所悟地哦了声，转身就要跑出门外，不想被张教导员摆摆手拦住。

张教导员跟秋队长交换了一下眼神，招呼小于说，说吧，这里没有外人。

小于打个立正，声音洪亮地说，报告队长，报告教导员，柳树崖的乡亲们再三问，尹先生的尸首啥时能抢到手，他们村里的人可都等着给尹先生出殡办丧事呢。

秋队长一愣神说，怎么，他们还没回去啊？你没说让他们回去等着啊？

小于撇撇嘴说，说了，但他们不肯走。

张教导员摆摆手说，算了，乡亲们的心情是可以理解的，让他们住下吧，小于，一定把乡亲们招呼好。

小于打个立正说声好，转身走出门去，走出门去又猛地转回来，轻轻地把门闭严。

等小于离开，李铁匠吃惊地看看秋队长说，尹先生他怎么了，不是说他只是受了伤吗？什么抢尸首，什么出殡办丧事，这到底是咋回事儿？

安子忍不住插话说，二伯，俺还没顾上跟你说，其实尹先生他……

李铁匠愣了愣，若有所悟地霍地站起身，一把按住安子的肩膀，摇晃着说，尹先生他怎么了，你快说，你快说啊。

安子不答话，只顾咧着嘴，一顿一顿地哭。

张教导员拍拍李铁匠的肩膀，拉他回条凳上坐下，叹口气说，老李同志，你不必太难过，打仗难免有牺牲，尹先生他不会白死的，今天我们找你来，就是和你商量替尹先生报仇的事。

秋队长说，尹先生受的伤本不是什么致命伤，本来养养很快就会好起来的，可惜他在老乡家里养伤的时候不幸走漏了消息，让鬼子盯上了他，鬼子把他祸害了还不算完，还要把他割头示众，现在他的头就挂在朱庙镇据点前的木杆子上。

张教导员说，我们今天让安排长带人抓两个伪军来问话，就是想了解一下朱庙镇鬼子据点和炮楼里的情况，准备把他们连窝端掉。

李铁匠冷不丁使劲一拍桌子说，好啊，盼星星盼月亮，终于让咱盼来这一天，那个啥，你俩要不嫌弃，就让咱铁匠打头炮吧。由于李铁匠用力太猛，震得马灯咔嗒咔嗒跳了好几下，灯光也随着晃动了好一会儿。

秋队长把马灯摆放好，朝李铁匠笑笑说，老李你放心，还有好多硬铁等着你去打呢，保证让你闲不着，你先别急，咱先把情况摸清楚再说。接着朝安子摆摆手说，快把你抓来的那个伪军带过来，咱要连夜对他进行突审。

安子得令而去。李铁匠一听说要审范老五，心里立马又憋上了气。张教导员看在眼里，起身轻轻地拍拍他的肩膀，说，老李同志，听安子说，他刚抓的那个伪军是个大汉奸，害死了不少山上的好兄弟，以前他曾在黑虎山寨上当卧底，据说还是山寨上的五杆子，你和他在山上处过一段时间，你对他的印象怎么样，对他是不是还有几分兄弟情分，依你的意见，想怎么处置他？

李铁匠说，咱跟他早就恩断义绝了，咱恨不得亲手活剐了他。

秋队长说，他现在对我们还有用，至于以后怎么处置他，等请示一下上级再说吧。

张教导员点点头说，那就先这样吧，希望他能好好表现，将功补过。

秋队长说，他犯下的罪孽太深重，不论怎么说，都逃脱不了人民对他的审判。

李铁匠说，这家伙太阴险，太狡诈，别看装得像个老好人，实际一肚子坏水，满嘴没一句实话，简直就是只披着羊皮的恶狼，你们可千万别让他的可怜相和花言巧语给蒙骗了。

秋队长朝张教导员相视一笑说，放心吧，我们又不是三岁小孩儿，哪那么容易上当受骗。

张教导员说，再狡猾的狐狸也斗不过好猎手，何况还有你老李同志在，还怕制服不了他？

李铁匠点点头，又摇摇头，刚想提醒两人几句，忽见门板哗啦一声响，安子和两个战士押着范老五进来了。

失魂落魄的范老五走路有些不稳，看他狼狈不堪的样子，不像是走进门来的，而是像丧家犬一样一头撞进来的。惊魂未定的他惊恐地四下望望，见李铁匠用刀子一样的目光盯着他，身子不由得一紧，猛地打了个哆嗦。

安子厉声说，老实点儿，靠墙蹲好了。

被绑了双手的范老五乖乖地蹲下身，不时偷眼打量屋里穿八路衣服的两个长官模样的陌生面孔。

张教导员摆摆手让安子和两个战士去门外等候，用平静却又不失威严的语气对范老五说，知道我们为什么找你来吗？

范老五像鸡啄米一样连连点着头说，知道，明白，小的一定配合。

秋队长说，说吧，把你知道的都说出来吧。

范老五磕磕巴巴地小声问，说，说——什么？

张教导员说，把你知道的朱庙镇鬼子据点和炮楼里的情况挨个儿说一遍，记住，不能有半句假话，如有半句假话，只会让你罪加一等。

范老五说，明白，小的一定配合，只是……范老五偷眼看看李铁匠，支支吾吾地说，其实，俺去那儿，没待多长时间，这些天，俺一直跟在疤瘌眼屁股后面打转转。

秋队长说，疤瘌眼是谁？

范老五咧咧嘴说，就是那个大个子，跟俺一块上山当卧底的那个。

张教导员说，接着说。

范老五说，其实俺对那边的情况了解得并不多，那个啥，俺只是跟着他们混口饭吃，俺这样的人，鬼子根本瞧不上眼，重要的地方，他们从不让俺接近，连看一眼都不让。

秋队长和张教导员交换了一下眼神，刚要问点儿什么，却见李铁匠霍地站起身，使劲一拍桌子说，范老五你这个不知死活的下三烂，死到临头还这么嘴硬，咱看你是不见棺材不落泪！说着焦急地来回转了两圈，一眼瞥见墙上挂的大刀，一个箭步冲过去，把大刀摘下来握在手里，朝范老五的脑袋晃晃说，你脖子是不是痒痒了，想尝尝这大刀片子的滋味是吧？

范老五吓得扑通跪倒在地，连声求饶说，长官饶命，长官饶命啊，八路优待俘虏，八路不杀俘虏。

李铁匠眼一瞪说，咱现在还没有正式加入八路队伍，你跟咱说这些没用，咱要替大杆子老马清理门户，替黑虎山死去的弟兄报仇。

张教导员起身拦住李铁匠，把他按到座位上坐好，扭头瞥了范老五一眼，哭笑不得地摇摇头说，希望你不要再让我们失望，这样吧，我们问，你来答，你知道什么就答什么。

张教导员想了想说，据点和炮楼里现在大约有多少伪军，有多少鬼子，这个你总该有数吧？

范老五点点头说，有数，有数。

秋队长说，快说，有多少伪军，有多少鬼子。

范老五偷眼看看李铁匠，犹疑地说，两位长官，一看就是有身份识大体的人，俺有个小小的问题想问一下两位长官，是不是俺向你们交代个重大秘密，就可以将功补过，免于一死啊？

张教导员说，相信你对我们的政策早有了解，只要你老实交代，有立功表现，你说的情况我们是会慎重考虑的。

范老五说，可是，只是……范老五偷眼看看李铁匠，吞吞吐吐，欲言又止。

张教导员知道范老五还有顾虑，先是和秋队长交换了一下眼神，接着趴在李铁匠耳朵根上小声嘀咕了几句。李铁匠极不情愿地站起身，把大刀往桌面上一横，三步两步冲出门去。

范老五见李铁匠离开，终于吁了口长气说，两位长官，咱有个重大秘密要跟二位说，咱说了是不是就算立功啊？

秋队长说，你先说来听听。

范老五神神秘秘地说，黑虎山虎头峰山洞里藏有不少枪支弹药和金银珠宝，都是前些年大杆子带人搜刮来的不义之财，为了不让这些东西落入日本人之手，俺已经想法把洞口炸毁，把山洞封死，俺现在就可以带你们去把东西挖出来。

秋队长一愣神说，你说的是真的？

范老五咬着牙发誓说，俺用脑袋担保，俺说的话句句都是真的，如有半句假话，俺情愿被雷劈死。

张教导员说，这事我们已经知道了，你再说说据点和炮楼里的情况。

范老五说，这个，那个，只是，那里的情况，俺真的知道不多啊……范老五闪烁其词，极力掩饰着什么，忽听门外传来一阵霍霍的磨刀声，把他吓了一大跳。

范老五循声透过突然变大了的门缝往外一看，吃惊地张大了嘴巴。只见李铁匠骑在一条凳上，正对门口坐着，身子一起一伏，借着屋里透出的灯光和外面微茫的夜光，用力打磨着什么。仔细一瞅他两手平握着的东西，范老五不由得打个冷战，心忽地蹦到了嗓子眼儿。他隐约看到，李铁匠正在打磨的闪着寒光的东西，正是刺死疤癞眼大个子的那把飞刀，飞刀上面好像还残留着大个子殷红的血迹。李铁匠每磨一下刀，都会停下，把刀拿到脸前看看，接着从头上揪下根头发，对着刀刃轻轻一吹，头发瞬间断为两截，接着又断为两截，斩断的细发飘飘扬扬飞落。刀已经很锋利了，但李铁匠还是不满足，继续发狠地磨着，一边磨一边嘟囔，一副很生气的样子。范老五脑中迅即浮现出飞刀穿透大个子脖子的画面，耳边回响着大个子临死前发出的惨叫声，感觉他的脖子也凉凉的，好像上面有血正从刀扎出的窟窿里汨汨地往外流。范老五吓得身子一软，差点儿瘫倒在地上。秋队长和张教导员也被门外突然传来的磨刀声吓了一跳，秋队长刚要起身去查看，被张教导员摆摆手拦住了。

张教导员朝秋队长使个眼色，像教书先生提醒走神的学生一样，用手指轻轻地敲了敲桌子，以引起范老五的注意。张教导员说，范老五你不要抱什么幻想，其实情况我们都已经掌握了，之所以再问你一遍，是想给你一次立功表现的机会，想必你也看到了，李铁匠对你造的孽可是耿耿于怀，恨不得扒了你的皮，不过，只要你老实交代情况，积极配合我们行动，我可以保证不让他动你，但是话又说回来，如果你不老实交代，对我们打马虎眼、试图蒙骗我们的话，那就不好说了，哼，就他那火暴脾气，我可拦不住。

范老五打个激灵，颤抖着声音说，明白，俺一定交代，俺一定配合。

张教导员说，那好，我再问你一遍，现在镇上有多少伪军和鬼子，都部署在什么地方？为什么扫荡麻家台子的鬼子突然撤回了县城，为什么又派了那么多伪军过来，为什么朱庙大桥西桥头也加派了伪军看守，你们最近是不是有什么重大行动？

范老五知道八路已将情况摸得差不多，再负隅顽抗下去对他并无好处。范老五看看神色凝重的张教导员和秋队长，又偷眼看看门外还在狠命磨刀的李铁匠，像突然泄了气的皮球一样，身子忽地一软，扑通跪倒在地上，带着哭腔说，俺交代，俺全都交代。

范老五交代说，扫荡麻家台子的鬼子连夜撤走后，镇上只剩下两个小鬼子整天窝在炮楼里当缩头乌龟。奇怪的是，鬼子大队人马撤走后，很快又派了好多伪军过来，连大桥西头也加派了人手。现在驻守在镇上的伪军有五百多号人，镇上乌泱乌泱的全是伪军。这些人来后，把镇上的店铺和老百姓祸害得不轻。

范老五说，他所在的侦缉队，现在也被编入伪军，统一归县伪军司令许本中指挥。许司令不待见金队长，处处想法子挤对他，别看金光头在俺们面前吃五喝六，咋咋呼呼，好像挺有能耐的样子，其实就是个大怂包。他见了许司令就像老鼠见了猫，点头哈腰像个龟孙子。许司令派金队长，不，现在应该叫他金团长，来镇上指挥队伍。不知怎么的，小鬼子还是有点儿不放心，又逼着许司令来坐镇指挥。听说许本中正从县城里连夜往这儿赶。既然小鬼子逼着许司令来坐镇指挥，说明镇上最近可能有大行动，到底是什么大行动，俺不大清楚，也不敢细问。俺估摸着应该是要继续对周边村子的抗日分子进行大扫荡吧。那个啥，至于你们说的尹先生的人头，这个俺敢肯定，没错，还挂在据点前的木杆子上，只有两个伪军在看守。听说尹先生的身子被鬼子的狼狗吃了，俺没看见，也不知道是真是假，如果没有被狼狗吃掉，应该还在据点旁的死人堆里。

审问完范老五，秋队长招呼安子把他带下去，然后把李铁匠喊进屋里来。

秋队长埋怨李铁匠说，老李啊，你看你，脾气咋那么急啊，咋老是沉不住气呢。

李铁匠把头一扭，没搭腔。

张教导员打圆场说，我看这事啊，也不能全怪老李，范老五害死了那么多好兄弟，到现在还想抵赖求我们饶他一命，别说他看了急眼，我看了都来气，不过也好，老李这一闹腾，还真把范老五这老滑头吓坏了，要不他也不会这么快就软下来，把他知道的情况吐露出来。

李铁匠说，这句话，咱爱听，还是教导员会说话，小木匠你别不服气，要是你那些过命兄弟被范老五祸害死了，你肯定比咱还着急。

秋队长扑哧一笑说，好好好，刚才的话算我没说，咱说正事儿——范老五交代的情况，充分说明季小六同志搜罗来的情报是真的。

李铁匠一愣神说，你说啥，季小六同志，哪个季小六同志，不会是原先黑虎山上的六杆子小六吧？

秋队长说，正是他。

李铁匠眼睛一亮说，原来是六弟啊，他在哪儿？咱想见见他，山寨上打仗那会，他没在山上，咱差点儿把他忘了。

秋队长说，别急，你很快就能见到他，他现在带着几个民兵到河对岸摸情况去了，要是顺利的话，明天一早就会赶回来。

李铁匠一听，站起身就要往外走。张教导员笑着把他拦下，劝他说，别急嘛，季小六明天就回来了，你看这黑灯瞎火的，你去也不一定找见他。李铁匠想想也是，一屁股又蹲回座位上。

张教导员拿起铅笔头在草纸上快速地画了两下，随即把铅笔头往桌上一扔说，秋队长说得没错，种种迹象表明，我们先前的判断是对的，从牛耳山老和尚那里传来的消息也充分印证了这一点，随着战线的拉长，鬼子兵力严重不足，不得不从分散在各地驻守的兵力中抽一部分调往前方战场，这给我们狠狠地打击盘踞在本地的小股敌人，提供了很好的机会。

秋队长说，老和尚的话可信吗？他可是国军那边的人啊。

张教导员说，现在是国共合作时期，我们应该团结一切可以团结的力量，共同抗击日寇。

秋队长说，我不是那意思，我是说，老和尚这人城府很深，是根墙头草，我们得提防着他点儿。

张教导员说，我不大赞同你的看法。我觉得他这人跟金光头不一样，他曾给金光头干过勤务兵，后来金光头投降了日本人，他看不惯金光头的所作所为，不想当众人唾弃的汉奸走狗，毅然决然离开了金光头。这说明他还知道自己是中国人，对民族大义有着清醒的认识，要不是因为这个，国民党特务组织也不会把他收归门下。如果我没记错的话，那次兄弟部队把他的下线——那个捏糖人的黑脸汉子误当汉奸抓了，正是你去帮着求情放的人。

秋队长笑笑说，教导员不愧是喝过墨水的人，我说不过你，我听你的，接下来我们该怎么办，你说吧。

张教导员手托下巴来回转了两圈，说，这仗具体怎么打，得等季小六摸完情况回来再说，为避免打草惊蛇，我建议把范老五先放回去。

一直默默地听两人说话的李铁匠突然一拍桌子，把眼一瞪说，不行。

秋队长向张教导员使个眼色说，我也觉得现在放范老五回去，不是很妥当，范老五这家伙跟泥鳅一样滑，万一他出尔反尔，保不准会坏了我们的大事。

张教导员尴尬地笑笑说，我只是随口说说，看把你们给急的，既然你们都不同意，那——这事先放放吧，对了，老李，刚才听范老五说，黑虎山山洞里藏着不少枪支弹药和财物，有这回事吗？

李铁匠撇撇说，有倒是有，只是不知道有多少，东西呢，也没有范老五那浑蛋说的那么好拿，别说他把洞口炸毁了进不去，就算你能进得去，也不一定能打开里面的密室，密室设有机关，只有大杆子和他的干儿子打得开，可惜两人都蹬腿走了，连句话也没给咱留下。

张教导员说，那——这事也先放一放吧。

秋队长说，可以让地方上的人先盯着点儿。

张教导员说，好，这事你看着安排吧，时间不早了，我看今晚上就先到这儿吧，老李你去安子那屋睡吧。

秋队长点点头，招呼李铁匠离开，随他一边往外走，一边拍着他的肩膀说，老李啊，这会儿终于回家了哈，回去好好迷糊一觉，明早让剃头匠老孙好好给咱理一理头发，刮一刮胡子。

张教导员追着两人的背影说，还有我呢，可别忘了我这个教书匠啊，明早也让老孙给咱刮刮胡子。

秋队长送李铁匠来到安子住的小屋里，正要扭头离开，忽然想起一件事来。秋队长好奇地上下打量李铁匠几眼，嘿嘿笑着说，老李啊，你跟咱说句实话，你是不是有家口了？

李铁匠一愣神说，你说啥，有家口是啥意思？

秋队长说，就是已经娶妻生子了啊。

李铁匠说，尽胡说，没有的事。

秋队长诡秘一笑说，不会吧，连个相好的也没有吗？

李铁匠终于领会了秋队长的意思，生气地一瞪眼说，别哪壶不开提哪壶好不好，咱是有个相好的妹子，可惜没等咱把她娶进家门，她就被该死的金光头掳走了，唉，咱哪有你好啊，相好的妹子终于又回到了身边，听她一口一个木匠哥叫得那么亲热，咱就知道她早相中了你。

秋队长愣了愣，脸一红说，什么乱七八糟的，咋又扯到我身上来了，我可是好心好意提醒你，你可别想歪了，前些天我听妇救会的一位同志说，有个女人领着个小闺女来村里打听你的下落，我还以为她们是……

李铁匠打个激灵，一把抓住秋队长的肩头说，你说啥，那女人长什么样，那小闺女又长什么样，那小闺女的名字是不是叫杏儿？

秋队长扑哧一笑说，看把你急的，哼，这会儿小尾巴终于露出来了吧。

李铁匠说，少来这套，快说，她们到底长啥样。

见李铁匠急了眼，秋队长尴尬地笑笑说，我也没细问啊，这样吧，回头我帮你打听一下。

李铁匠说，去去去，快睡你的觉去，少来烦咱。说着，不由分说地把秋队长推出门去。

秋队长苦笑着摇摇头，一边悻悻地往外走，一边小声嘟囔说，犟驴，真是头犟驴。

李铁匠傻愣愣地站在门口，抬头望着黑蒙蒙的夜空，心头忽地涌上一股莫名的酸涩。突然被说话声惊醒过来的安子，打个激灵忽地坐起身来。

安子揉揉惺忪的睡眼，回头望望木桩子一样站在门口的李铁匠，声音有些沙哑地招呼他说，二伯，是你吗，快上炕睡吧，被窝早给你铺好了，油灯也一直给你亮着，那个啥，你要是肚子饿，桌上的碗里还有两小块地瓜，对付着先垫一垫。

李铁匠一愣神说，你先睡吧，小子。

安子哦了声，扑通倒头又睡。

李铁匠进屋吹灭油灯，一边摸索着脱鞋上炕往被窝里钻，一边打着哈欠问安子：臭小子，先别睡，咱想问你点儿事，队长和教导员谁官大？到底谁说了算？

安子嘴里像含了块热地瓜，呼呼噜噜地说，一般大吧，二伯你问这个干吗？

李铁匠说，不干吗，那咱再问你，你觉得凤儿好看，还是卫生员小孟好看？

安子咂巴咂巴嘴，没吱声。

李铁匠有好多话想对安子说，有好多问题想问他，但睡意正浓的安子不爱搭理他，只顾沉沉地睡去，没一会儿便打起了呼噜。这时的李铁匠却没了睡意，翻来覆去烙起了饼子。

第二十三章

夜里躺在炕上，翻来覆去怎么也睡不着的人，还有凤儿。这是个不大的小院，又破又小，但收拾得很干净。西墙根有棵碗口粗的枣树，西南角倚墙搭有一间简易的茅厕，大小跟看瓜的窝棚差不多，门口挂着灰布帘子。没有偏房也没有东西厢房，只有两间低矮的堂屋，门框上的对联一看就是往年贴的，残破褪色的残纸像毛刺一样翘起来，风一吹噗啦噗啦响，尚可依稀辨出两行字样：瑞雪兆丰年，红梅送春归。院中用木杆和麻绳搭满晾晒衣服的架子，使得本就很小的小院变得更加拥塞。跟秋队长和张教导员住的院落一样，这个小院也处于一处崖坡上面，石头垒的院墙很矮，墙面大都风化变黑，顶上有几处像是新补上去的，颜色明显比底部的墙面鲜亮。

站在小院中间，就能望见对面的山坡，山坡上有浓密的松林，松林中隐约可见有鸟儿贴着树梢在飞。松林往上是灰蒙蒙的山峰，上面缭绕着一层朦胧的雾气，与灰蒙蒙的夜空连在一起。飘满浮云的夜空上，依稀有星光在闪。小孟说，队伍上的战士大都住在村头的场院里、破庙里、祠堂里、戏台上，乡亲们看她是个女同志，又是个会给人瞧病，能救人命的活菩萨，特意把这个荒废的小院拾掇出来让她住。妇救会派了几个年轻妇女来给小孟帮忙打下手，晚上轮流跟她做伴。从今晚开始，凤儿成了小孟的新搭档。小孟说队伍上的人老家多半是本地的，有的家就在这村里，问凤儿有没有熟悉的人，有没有最想见的人，凤儿立马想到了小木匠，但羞于说出口，话到嘴边又咽了回去。

为了让凤儿睡得舒服些，小孟特意把凉了大半个冬天的火炕烧热。凤儿还是第一次睡这么暖和的火炕。她身上盖的蓝色小碎花被子虽不是新的，但很干净，很暖和，散发着熟悉的淡淡的棉香味。早就习惯风餐露宿的她，这会儿反而觉得有些不自在，只觉炕上暖烘烘的，小屋里暖烘烘的，身上也暖烘烘的。她感觉她的心也被烤得暖烘烘的，不安分地扑腾扑腾跳了一会儿，终于飘飘悠悠地飞起来，像长着翅膀的鸟儿，扯着朦胧的丝丝缕缕的雾色，在小屋里，在小院里，在深山里，在松林里，在夜空中，无声无息地飞来飞去，漫无目的地飘来荡去。

　　她隐约看到，屋子中央的小火炉架着一只黑乎乎的砂锅，用慢火熬着一服草药，升腾着袅袅的烟气和热气，砂锅盖一鼓一鼓地跳动着，发出咕噜咕噜的声响。屋里弥漫着草药特有的香味，那香味也像长了翅膀一样，随着她的念想飞来飞去，飘来荡去。她隐约看到，一只非常好看的背包挂在窗户边的墙上，包上面画着耀眼的红十字。她想起来了，那不是个简单的背包，而是小孟救人用的药箱。

　　她隐约看到，突然变大了的窗户上浮现出月亮朦胧的影子，月亮的影子晃了晃，倏地消失了。一张玲珑剔透的红色剪纸，随即从窗棂正中慢慢地浮现出来，剪纸图案像龙，又像一只单腿挺立、对着天空打鸣的公鸡。果真是只公鸡，她清晰地听到了它直入云霄的打鸣声，接着她又听到了好多熟悉的声音，咩咩的羊叫声，汪汪的狗吠声，马驹咴咴的叫声，和它在石头路上跑动时发出的清脆悦耳的嗒嗒声。

　　好不容易迷迷糊糊地睡过去，又被各种熟悉的声音唤醒的凤儿，从炕上一骨碌爬起身。她睁开惺忪的睡眼一看，天已大亮。小孟像是很早就起了床，正在院子里忙活着什么。屋内小火炉上的砂锅里熬着草药，墙上挂着带有红十字的药箱，窗户正中贴着一张红色的剪纸，上面金鸡独立的图案造型，跟她夜里看到的抑或梦到的样子，几乎一模一样。凤儿忙不迭地穿衣下炕，推门走出小屋。只见昨晚还空空的架子上，搭满了新洗的衣服和白色的纱布，其中就有她昨晚换下来的那身脏衣服。小孟站在架子中间，不时弯下腰去，从搁在地上的木盆里，搓起一条条新洗的皱巴巴的白色纱布，两手扯着仔细地抖开展平，整齐地搭在架子顶上。

凤儿忙跑过去帮她，嘴里一个劲儿地赔着不是：啧啧，俺那身脏衣服，叫花子都嫌臭，咋好意思让你帮俺洗呢，都怪俺睡得沉，天亮了都不知道。

小孟笑笑说，凤儿姐别客气，无非顺便搭把手的事，咱姊妹俩谁跟谁啊。

凤儿说，孟同志，你快歇着吧，你人金贵，正经活儿都忙不过来，以后这样的粗活就让俺来干吧，啧啧，看把你的小手冻得，通红通红的。

小孟说，没事，我们干革命，不能怕脏怕累，也不能怕流血牺牲，想想那些冲锋陷阵的战士，我们干这点活儿，又算得了什么。

两人正说着话，突然听到墙头上传来一阵嘿嘿的傻笑声。循声一看，只见几个后生歪歪扭扭地趴在墙头上，嬉皮笑脸地看她们忙活。几个后生穿着不一，有的戴着圆筒灰帽子穿黑棉袄，有的穿灰棉袄戴瓜皮黑帽，看打扮有点儿像八路，但看他们邋遢的模样和随随便便的样子，又跟衣着整齐、纪律严明的八路军战士有着明显的区别。凤儿看几个后生的模样有点儿面熟，却一时想不起在哪儿见过。

小孟好像跟他们并不陌生，嗔怪地白了他们一眼说，去去去，有啥好看的。

一个后生嬉笑着说，孟同志，你长得真水灵，真好看，可今儿个俺们不是来看你的。

小孟若有所悟地笑笑说，那也不行，万一把人看化了咋办？再看，小心你的眼珠子掉出来。

另一个后生嘿嘿一笑说，孟同志别吓唬俺，俺胆子小着呢，人又不是雪花，俺眼里又没冒火星，咋会把人看化呢。

听了后生的话，凤儿脸一红，羞涩地低下了头。

小孟看看局促不安的凤儿，朝几个后生挤挤眼，使个眼色说，去去去，少在这耍贫嘴，你们几个真是闲得慌，有这闲工夫，咋不去场院里出操啊，我可一早就听到他们在那练拼刺刀。

几个后生仍原样趴在墙头上，没有急着离开的意思。一个后生说，俺们刚来没几天，衣裳和枪都还没领齐呢，手里只有一根木头棍，咋练啊？对了，孟同志，俺想跟你打听个事，队长把俺们临时编入由村长领头的预备队，这预备队跟大队是一回事儿吗？是不是和你们不大一样啊？万一以后村里的人问起俺来，该咋说？

小孟扑哧一笑说，什么你们我们，都是一家人，都一样打鬼子。

后生说，那俺就放心了。

小孟说，那还不快走，该忙啥忙啥去，别耽误我们干活。

一个后生说，别急啊孟同志，俺们今儿个真不是来看你的，跟你实说了吧，俺们是从麻家台子来的，和栓子媳妇是一个村的，俺叫铁蛋，打铁的铁，鸡蛋的蛋，他叫二憨，看他傻了吧唧的样子，你一猜就知道他的名咋写，俺跟前的这小子叫猛子，再往那儿是二癞子，最那边的傻大个叫大柱……

凤儿一听，猛地抬起头来，眼中闪着泪花说，原来是你们啊。

见凤儿终于把他们认了出来，刚才还嬉皮笑脸的几个后生忽然觉得有些难为情，个个露出一脸尴尬的表情，支支吾吾答应着，目光躲躲闪闪的，一时都不知说啥好。

一个弓腰驼背的老头儿突然闯进院来，朝几个后生没好气地喊了声：你们几个臭小子做啥呢，没见孟同志正忙啊。喊声把几个后生吓了一跳。

一看老头儿气冲冲地走进院子，几个后生一哄而散。有的直接从墙头上出溜下去。有的直接从墙头上蹦下去。有的下了墙头又被什么东西绊倒，发出哎呀哎呀的尖叫声。有两人头扭得太急，脸对脸忽地碰在一起，发出砰的一声闷响。

小孟脱口喊了声：慢点儿，别伤着。接着嗔怪地看径直走进院来的老头儿一眼说，老山叔，看把他们给吓的，万一磕着伤着了，岂不是又要多费一些药水和纱布。

老山叔满不在乎地摆摆手说，没事，孟同志，您尽管放心，这帮臭小子皮实着呢，没那么容易伤着。

凤儿听老山叔的名字有点儿耳熟，忍不住抬头好奇地打量他。老山叔也不避讳，不等凤儿回过神来，就迫不及待地自我介绍起来。

老山叔说，俺和那几个傻小子都是从麻家台子来的，俺跟栓子的爷爷是没出五服的叔伯兄弟，细论起来，栓子应该喊俺大爷爷。

小孟说，老山叔，栓子是谁啊，他媳妇又是谁啊？

老山叔说，说来话长，孟同志您先忙，回头俺再跟您细说。接着对凤儿说，闺女你别多心，俺来找你没别的意思，只是想明明白白地告诉你，那天跑去村里祸害人的小鬼子，其实是俺不小心招引去的，跟你一点儿关系也没有。

突然听老山叔这么说，凤儿吃惊不小，傻呆呆地站在那里，被小孟扯了一下衣角，才打个激灵回过神来。小孟提醒她说，你陪老山叔去拉会呱儿吧，我这儿能忙开，忙不开的时候再喊你。

凤儿突然感到心里特别委屈，嗫着嘴随老山叔走出小院，顺石头走道来到围堰下的避风处。老山叔蹲下身，用袄袖子当抹布，擦擦墙根上的一块石头面，招呼凤儿说，闺女你坐下，听俺慢慢跟你说。

凤儿没有坐，也没有言语，背倚墙根站着，眼睛望着远处，一副心不在焉的样子。她的目光掠过屋顶，掠过树梢，隐约看到对面不远处的山坡上和梯田里，有几个蒙着头巾的妇女挥舞着锄头在刨挖什么，还有一个小男孩在放牛——牛在闷头吃草，男孩则仰躺在山坡草甸子上晒太阳。

老山叔摇摇头，只好自己坐下来，也不管凤儿愿不愿听，兀自絮叨起来。老山叔说，山娃娘朝你撒泼使气和四老爷子撵你走的事，俺都听说了。

凤儿眼睛看着远处，闷声说，都过去了，俺不想再提这事。

老山叔说，俺知道你心里有委屈，不好受，可话不说不明，理不讲不透，山娃娘找你胡搅蛮缠，是她的不对，可不能惯着她，由着她的性子胡来，唉，不过她这人也怪可怜的，好在山娃爹又捡了条命回来，家里总算又有了主心骨。

凤儿好奇地收回目光，歪头看看老山叔，又慌忙把目光移开。凤儿的一举一动都被老山叔瞧在眼里，老山叔知道她想继续听下去，接着前面的话头又絮絮叨叨地说起来。

老山叔说，也该山娃爹命不该绝，人常说好人有好报，这话说得一点儿没错。山娃爹像是有神灵护着身，眼看就要掉进火坑遭了大难了，却又奇迹般地逃过一劫。他去镇上帮麻二盘火炕，以为盘完炕就没事了，就可以领了赏钱回家过安稳日子，没承想麻二这个黑心肠的狗汉奸，死活不肯放他走。没过两天，鬼子就把他押走了，一块被押走的还有好几十个人。身边的人偷偷告诉他，说鬼子要押他们去车站，然后坐闷罐子火车去日本当劳工。山娃爹心想这下完了，听说小日本在很远很远的海那边，这一去也不知道能不能活着回来。他们被鬼子押着一路向北走，夜里宿在一个偏僻的村落里。村里人闻风躲进了山里，村里冷冷清清的连个狗影子也看不见。鬼子把搜刮来的粮食和几只活鸡拿到一户人家里，逼着山娃爹给他们烧火做饭吃。山娃爹赔着小心，刚把饭做好端上桌，就被鬼子不耐烦地一脚踢倒在地上。鬼子把他反绑着手扔进猪圈里。猪圈里很臭很脏，也看不到猪的影子。

又冷又饿又怕的山娃爹，熬到后半夜才迷迷糊糊睡过去。恍惚中，他见一个模糊的人影朝他走过来，冷不丁使劲推了他一把。他打个激灵睁眼一看，周围黑乎乎的啥也没有。他以为自己在做梦，刚要继续睡，猛然发现手上有了知觉，绑在上面的绳子，轻轻一挣就掉了。山娃爹吃了一惊，瞪大眼四下一看，就有了新发现，只见一只小黑猪蹲在他对面的墙角里，噘着嘴巴子看着他。他明白了，是小猪咬断绳子救了他。那小猪也不哼声，上来咬住他的裤脚死命地往上拽。山娃爹马上领会了小猪的意思，小猪这是让他赶快逃。他顺小猪示意的方向抬头一看，见猪圈顶棚上有个比碗口稍大点儿的窟窿，透过窟窿就能看到外面黑蒙蒙的夜空。山娃爹低头看看小猪，鼻子一酸，眼里就有了泪花。他伏下身，给小猪磕了个响头，然后攀上圈顶，从窟窿里钻出去。山娃爹解下腰带，想把小猪也一块救出来，趴在窟窿顶上往下瞅了好久，也没瞅见它的影子。恰在这时，他突然听到屋门响，一个鬼子从睡觉的屋里晃晃悠悠走出来，对着墙根哗啦哗啦地撒尿。怕鬼子发现，山娃爹慌忙爬下圈顶，跳到墙外。山娃爹仓皇跑出村子，一头扎进一片荒地里。四周黑漆漆的，分不清东西南北。山娃爹一时不知往哪儿跑，急得直冒冷汗，如果天亮他还跑不掉，他就惨了，被鬼子抓回去肯定要遭殃。

远处突然有亮光一闪，一只红灯笼从黑漆漆的夜色里忽地飘出来。红灯笼闪着微茫的红光，一闪一闪、一跳一跳地移动。山娃爹看那灯笼有点儿眼熟。他隐约记得，老地主家门口、麻二睡觉的屋门口、福来酒馆大门口，都曾挂过这样的红灯笼。山娃爹像突然发现了救命稻草一样，朝着红灯笼出现的地方，撒腿没命地追过去。说也奇怪，那红灯笼忽明忽暗，忽近忽远，无论他怎么使劲，就是撵不上它。山娃爹快走，它也快走，山娃爹停下，它也停下。听不到灯笼发出的任何声响，只听到他跑动时发出的咚咚的脚步声和呼哧呼哧的喘息声。他的喘息声很飘忽，脚步声很沉闷，不像行走在地面上，而像是行走在云里雾里。

他被红灯笼引领着，懵懵懂懂地往前走，走着走着，头就开始发晕，脚底开始发飘，身子一个劲儿地往下沉。他终于支撑不住，扑通倒在地上，昏睡过去。夜猫子的尖叫声再一次把他惊醒。他打个激灵睁眼一看，发现自己躺在一处荒废的石灰窑前，地上落满陈年旧灰，残灰在黑漆漆的夜色里泛着惨白的亮光。破窑位于光秃秃的半山坡上，窑顶上长满荒草，塌落的砖石堵塞窑口，仍有阴风从窑里透出来，瘆得他头皮直发麻。山娃爹猛然发现这地方有点儿眼熟，仔细一瞅，原来是离他家不远的邻村的一处废窑。山娃爹回味了一下先前发生的情形，恍惚记得是只红灯笼把他领到破窑口，那灯笼是不是由人提着，他始终没看清。

凤儿忍不住打断老山叔的话说，尽瞎说，没人提着它，它自个儿咋走，除非它长了腿成了精。

老山叔见凤儿终于开了腔，心里一热说，反正他是这样说的，是真是假咱就不知道了，那天夜里俺正睡得死，忽听院门板哗啦哗啦响，俺披上棉袄爬起身，点亮油灯照着亮，走到院门口，没好气地问了句：谁啊，大半夜的敲什么敲，破门板本来就不大结实，这一敲门垛子都让你晃荡毁了。

来人说，是俺，快开门啊老山叔。

听来人的声音有点儿像山娃爹，开门一看，果真是他。这家伙身上还背着个人，那人趴在他肩头上，好像睡着了。见门打开，他急火火地抬腿就要往里冲。俺急忙拦住他，说，山娃爹你咋回来了？慌慌张张的这是咋了？身上背的是啥人啊？你咋不回自个儿家，跑俺家来做啥？

山娃爹一头把俺撞开，一边背着人跌跌撞撞地往屋里跑，一边上气不接下气地说，对不住了老山叔，先让俺进屋再说吧，这人让小鬼子打了好几枪，留了好多血，只剩下一口气了，你也知道，俺家那娘们儿嘴巴不严实，所以才求到你门上，俺想过了，满村里只有你这儿最安全。

俺一听，马上明白了七八分，这当口，管不了那么多了，先救人要紧。

老山叔抬头看看凤儿说，闺女，你猜猜山娃爹背回来的那个人是谁？

凤儿说，俺咋知道。

老山叔说，是大名鼎鼎的尹先生——咱队伍上的领头人，山娃爹说，红灯笼把他领到破石灰窑口，他正犯迷糊呢，忽听到窑洞里有动静，他大着胆子扒开窑口钻进去一看，就发现尹先生硬挺挺地倒在地上。尹先生肩头上中了两枪，腿上中了一枪，血流了一大摊，棉衣被血浸透粘在身上，扒都扒不下来，俺和山娃爹费了好大劲儿，才把尹先生身上的血衣换下来，用烧酒帮他擦了伤口，接着用白布包扎好，又喂他吃了几口棒子面糊糊。手忙脚乱地忙完这一切，俺又不知咋办好了。俺想埋怨山娃爹几句，告诉他不该把这个烫手山芋扔给俺，可转念一想，又觉得他做得也没啥不妥，尹先生是帮咱打鬼子的大好人，老百姓谁见了都会搭把手。这样一想，俺就放宽了心，非但不怨恨山娃爹，反倒很感激他，感激他瞧得起俺，把这么重要的人物交给俺照看。山娃爹说得对，整个村里也只有俺家最安全，俺是个无牵无挂、一人吃饱全家不饿的老光棍，家里很少有人来，可山娃爹就不一样了，他怕小鬼子和麻二找他的麻烦，家里都不敢待，回家随便拿了点儿盘缠和干粮，连夜躲进山里去了。

俺把尹先生藏进俺家放地瓜的地窖子里，上面盖上一大垛棒子秸遮掩着。尹先生这一来，可把俺忙毁了，既要费心费力地照顾他，生怕他饿着睡不好伤口好得慢；还要在村里人面前硬装出啥事也没发生的样子，生怕麻二那个狗汉奸闻着味儿找过来。这人啊，往往越怕什么，越容易碰见什么。人触霉头的时候，喝凉水也会塞牙，放屁也会砸着脚后跟。俺觉得已经把尹先生照顾得够仔细了，可还是出了岔子。尹先生的伤势越来越严重，伤口化了脓，人也发起了烧。俺心里像着了火，又不敢轻易找郎中来看，就想着给他做点儿好吃的补补身子，兴许他就能挺过这一关。这天俺特意给他做了两个荷包蛋。

刚把碗端出灶房，忽听到墙头上有声音说，老山叔这是给谁做好吃的啊，你这老窝里不会藏着狐狸精吧。

俺吓了一大跳，手一松，碗掉在地上摔得稀碎，荷包蛋连带着汤汤水水洒了一大摊。俺循声往墙头上一看，肺都快气炸了，原来是麻秆这个狗杂种。

麻秆嬉皮笑脸地趴在墙头上，阴阳怪气地说，咋了，不会真让俺说中了吧。

俺气不打一处来，跳着脚骂麻秆：你这个鳖羔子，大白天趴在墙头上做啥哩，给你老祖宗喊魂啊，今天是俺老奶奶的忌日，俺本想煮两个鸡蛋给她上上供，这倒好，全让你这个鳖羔子弄瞎了，臭小子你等着，看俺不砸断你的狗腿。说着从墙根随手抄了把扫帚冲上去打麻秆，麻秆头一缩，不见了人影。这狗杂种，溜得倒挺快。

麻秆这一闹腾，可把俺急毁了，嘴唇上——他娘的，就起了燎泡了，不管麻秆有心还是无心，不管他有没有看到俺家里藏着人，说啥也不能让尹先生在俺家里待下去了，得赶紧给他找个安全的地方。俺琢磨来琢磨去，就想到了村南边土崖坡上的那个地窨子，那窨子是俺爷爷早年挖下的，已荒废多年，村里没人知道那地方——见过俺爷爷挖窨子的人早都没了。说干就干，当天夜里，俺就把尹先生藏进了那个地窨子里。人是藏好了，但俺心里还是老觉得不踏实，一是给尹先生送饭不方便，得趁天黑没人的时候去送。俺把饭藏在粪篓里，先漫山遍野地胡逛一通，再拐个弯儿把饭给尹先生送过去。以前俺没少起早贪黑外出拾粪，应该不会太引人注意。俺担心的是尹先生身上的枪伤，如果不抓紧找人治一下，恐怕会要了他的命。俺问尹先生，跟他一块儿打鬼子的人还有谁，还有没有人活下来。尹先生想了想说，跟他一块从柳树崖跑出来的同志还有大牛，但后来他和大牛跑散了，也不知道大牛现在咋样了。

凤儿闺女，你知道大牛是谁吗？——是小木匠的徒弟，以前跟小木匠学过木匠活，后来一直跟着尹先生干。跟小木匠一样，大牛的脑袋瓜也很灵，手也很巧，在咱这儿的木匠当中算是上数的，什么桌子橱子小板凳，轿子椅子木推车，没有他不会做的，他最拿手的绝活儿是打制轿子，那个啥，有关轿子的事，俺后边还会说到，先把俺找大牛的经过说一说。

老天保佑，大牛当时没有被鬼子打死，只是受了点儿皮外伤，没过两天就好了。俺在尹先生的指点下，费尽周折，终于打听到了大牛的下落。听说尹先生还活着，大牛喜得一蹦三尺高。大牛说，他也在千方百计地打听尹先生的下落，晚上做梦都会梦到他。听说尹先生的状况很不好，刚才还喜得蹦高的大牛，脸上又拧上了疙瘩。俺提醒大牛说，尹先生伤得很重，伤口化了脓，身子烧得像个火炭子，无论如何，不能再耽搁下去了，得赶紧找个会治枪伤的大夫给他瞧一瞧。大牛犯了难，说鬼子最近封锁得很严，镇上和县城根本去不了，要是能搞到消炎药就好了，有药吃着，最起码还能缓一缓。

俺对大牛说，那就另想办法嘛，实在不行，从下边村里找个郎中也行啊，弄不到消炎药，不会弄点儿草药啊。

大牛摇摇头说，关键是，这事不能走漏半点儿风声，要是让小鬼子知道了，郎中和大夫也会跟着遭殃。

俺气哼哼地说，火都烧上房顶了，你还在这儿前怕狼后怕虎，你不敢去找人帮他治，俺去，反正俺这把老骨头又不值几个钱。说着，俺扭头就要离开。

大牛忙拉住俺，一个劲儿地跟俺解释：老山叔，您老先别急，咱得想个妥帖的法子，要不然非但帮不了尹先生，反而会害了他。

俺打个愣怔说，这话咋说的。

大牛说，我还是那句话，一定要想个万全的法子，不能出半点儿纰漏。

木匠心细，做啥都这么磨叽。其实俺也是瞎着急，心里没正谱儿。大牛说的话也不是没有道理，万一出了岔子，这事可不是闹着玩的，保不准会白搭上好几条人命。俺让大牛想个万全的法子，得空俺也帮他好好琢磨琢磨。跟大牛见完面回来，俺开始紧着头皮琢磨这事，吃饭时琢磨，拾粪时琢磨，睡觉时也琢磨，三琢磨两琢磨，就想到了许家坡村的许老中医。

听说许老中医曾经给人医治过枪伤，只不过那枪伤跟尹先生的枪伤不大一样，是用打猎用的土枪打的。许老中医村里有个后生，没事总爱扛把土枪进山打猎，每次去都有收获，不是拎回几只野鸡，就是拎回几只野兔。这天天不好，下着毛毛雨，别人劝后生说雨天路滑不好走，别去冒险了。后生不听，非要去。结果猎物没打着，却把他自己给伤着了。雨天火药受潮，关键时候枪没打响，急了眼的他用随身带的铁棍插进枪筒子里捣，以为把里面的火药和铁砂子压实就能把枪打响。没想到他刚捣第一下，火药就突然间引爆了。从枪筒里喷出的焰火和气浪一下把他推出两丈多远。焰火把他喷得乌黑，铁砂子把他打得血肉模糊，他眨眼间变成了黑乎乎的血人儿。本以为后生这下没治了，没想到许老中医妙手回春，硬是把他从阎王那儿拖了回来。那么小那么多的铁砂子打进后生身体里，许老中医都有办法把人医治好，医治尹先生的枪伤更应该不在话下。俺把想法说给大牛听，大牛一听也动了心。

凤儿闺女，接下来发生的事，那个啥——就跟你牵连上了。俺和大牛正愁怎么样才能神不知鬼不觉地把尹先生送到许老中医那里，忽听说栓子那几天要娶亲，新媳妇恰好是从许家坡出的闺，俺使劲一拍大腿，有了主意。俺让大牛找几个靠得住的后生，把抬花轿送亲的活儿揽下来，打算送完亲回去时，拐个弯儿把尹先生捎回许家坡。别忘了大牛是会打造花轿的木匠，他揽这活儿并不难。大牛把那边打点好，俺这边也做好了准备。万事俱备，只欠东风。只要把尹先生弄到许家坡，事就成了一大半。

谱打得好好的，事也捂得很严实，没想到后来还是出了大乱子。自打和大牛把事敲定后，俺的心就一直揪揪着。那天早上俺天不亮就爬起来等着，眼皮一个劲儿地跳啊跳。天也不大好，阴沉沉的，飘了一阵雪花。看征兆就该知道那天会出乱子。俺太大意了，一心想着把尹先生弄出去，根本没往大的坏处想。等啊等啊，终于听到了吹吹打打的喜乐声，终于眼瞅着送亲的花轿进了村。俺松了口长气，跑到村南土崖顶上继续等。噼噼啪啪的鞭炮声和悠扬动听的喜乐声响过一阵后，又响起一阵噼里啪啦的声响，听那声音不像鞭炮声，俺正纳闷儿呢，忽见栓子家有火光在闪，还有黑烟呼呼地往上冒，街上有人影在乱跑，并能隐约听到哭爹喊娘的尖叫声和杂沓的脚步声。俺感觉不妙，正想跑过去看个究竟，忽见麻二那个狗汉奸领着一帮小鬼子，像群疯狗一样朝崖坡这边扑过来。

麻二和小鬼子显然是有备而来，一眨眼就扑到了崖坡上。俺想救尹先生已经来不及了。俺躲在崖坡顶上，眼睁睁地看着这帮狗杂种呜里哇啦尖叫着，把崖坡上的地窖子团团围住；眼睁睁地看着他们扒开窖子口上的棒子秸，一会儿朝里面喊话，一会儿朝里面打枪，一会儿朝里面放火，一会儿又朝里面放烟。俺急得直跺脚，本来尹先生伤势就重，只剩下半条命，哪经得住这么折腾啊。不行，得赶紧把小鬼子引开。

俺忽地一下蹦起身，跳着脚朝麻二和小鬼子大声喊叫：狗娘养的麻二，狗操的小鬼子，老子在这儿呢，来抓老子啊，来抓老子啊，麻二你这个狗杂种、狗汉奸，你吃里爬外，你丧尽天良，你不得好死……

麻二和小鬼子一看俺站在崖坡顶上喊叫，气急败坏地呜里哇啦尖叫着朝俺追过来，一边追一边朝俺放枪，子弹擦着俺的耳朵边飕飕地飞。

俺听到麻二在后面喊：太君说了，要活的，抓活的。

俺一边蹦蹦跳跳地跑，一边尖着嗓子继续骂：狗娘养的麻二，狗操的小鬼子，来抓老子啊，有本事来抓老子啊。跑出一段路，俺忽然感觉有些不对头，扭头一看，他娘的，原来只有四个小鬼子在追俺，麻二和大部分小鬼子仍待在地窖子那边没挪窝。俺一看傻了眼，一时竟忘了跑。

四个张牙舞爪的小鬼子端着明晃晃的刺刀，呜里哇啦尖叫着，眼看就要扑上来抓住俺的时候，忽然听到啪啪两声枪响，走在前面的一个小鬼子应声倒地。随即听到有人扯着嗓子朝俺喊：老山叔，快跑啊。是大牛。从远处飞跑过来的大牛迅速趴倒在一个土坎后面，一边朝鬼子打枪，一边催促俺快跑。俺又急又气，心想还跑个屁啊，尹先生要是有个三长两短，俺也没脸活了，还不如让小鬼子一枪打死了好。可是，老天爷偏偏不让俺死。正当俺心灰意冷站着发呆愣神的时候，忽然从旁边杂草丛里蹿出两个人影，像兔子一样飞跑上来，架起俺的胳膊就跑。原来是铁蛋和二憨这俩小子。没想到这俩小子力气还挺大，手像铁钳一样锁住俺的胳膊，架着俺就像拎着一只小鸡，发了疯一样向前猛跑，没一会儿就蹿出好几里。

在大牛的掩护下，在铁蛋和二憨的帮助下，俺侥幸从鬼子的枪口下逃了出来。可惜尹先生和大牛没有逃出来。身单力薄的大牛不幸被鬼子的子弹击中，倒在了血泊里。被折磨得奄奄一息的尹先生，被鬼子抓到镇上砍了头。还有栓子他爹，栓子他娘，山旺爷爷，山娃，铁蛋娘，老水家的儿媳妇，卖豆腐的老赵，拾粪的老刘，二丫家里的人，都被小鬼子祸害了。二丫一家好几口，最后只剩下二丫一个。二癞子被小鬼子的子弹打伤，伤口化了脓，没钱治，后来也差点儿丢了命。唉，都怪俺，没有仔细提防麻二那个黑心肠的狗汉奸，才招来了这么大的祸端。俺寻思一定是狗日的麻二偷偷盯上了俺和大牛，在紧要关头把小鬼子招了过来。当然，麻秆那个鳖羔子肯定也没少使坏心眼。村里被鬼子扫荡后，麻秆和麻二立马不见了人影，也不知死哪个旮旯儿里去了。兴许两人知道自己造了大孽，怕乡亲们找他们算账，赶忙找个地方躲起来了。有人说他们跟着翻译官躲进了县城，也不知道是真是假。

听老山叔说到这里，凤儿忍不住号啕大哭起来，眼泪像断线的珍珠，顺着她的脸颊，哗哗地往下流。老山叔一看，忙不迭向她赔不是：都怪俺，俺不该打你花轿的主意，让你也跟着受牵连，让你也差点儿丢了命，可事到如今，你就是打死俺也没用了，人死不能复活，时光不能倒流，日子不能倒着过，所以咱们还得向前看，得打起精神挺起腰杆子，决不能再任凭人家欺负，得想办法替死去的乡亲们报仇，不除掉那些狗汉奸，不把小鬼子赶走，以后这样的祸事还会发生，咱们老百姓的日子——就没个好。

听了老山叔的劝说，凤儿反而哭得更伤心。凤儿哭着说，呜呜，你说的那个大牛，十有八九是俺的救命恩人，呜呜，正是他把俺和二丫藏进了水井里，俺们才侥幸躲过了鬼子的屠刀……

第二十四章

　　李铁匠让剃头匠老孙给他刮了胡子，理了头发，人一下子精神了许多。秋队长说他至少年轻了十岁，张教导员说他原本就很年轻，先前只是让乱发和灰尘遮住了底子，没有显露出本色来罢了。秋队长和张教导员匆匆理完发，胡子也没顾上刮，就忙着处理队伍上的事务去了。李铁匠理完发，正笑嘻嘻地对着镜子反复端详自己焕然一新的模样，忽见安子急火火跑过来。

　　安子招呼他说，二伯，你咋还在这儿磨叽啊，又不是要当新郎官，穷打扮啥呢。

　　李铁匠说，去，少管咱，这没你说话的份儿。

　　安子说，好，那俺走了，耽误了大事你自己兜着。

　　李铁匠说，回来，有屁快放，那个啥，是不是你六叔回来了？咱可是挂挂了他一晚上，早上一睁眼就想见他。

　　安子说，六叔早回来了，但他这会儿没工夫理你，秋队长让俺来喊你去开会，哼，别臭美了，麻利的快去吧。

　　李铁匠问，开啥会啊，这么急。

　　安子说，紧急作战会议，要打大仗了。

　　李铁匠一听慌了神，胡乱套上棉袄，一边系着扣子，一边催促安子快走。

　　李铁匠随安子急火火地来到设在戏台后堂的会场，发现那里早坐满了人。几张黑漆方桌拼在一起，就是简易的会议桌。队上显然很少开这么大的会议，会场一看就是临时布置的，墙角堆放着唱戏用的锣鼓，墙上挂着花花绿绿的戏服，黑乎乎的屋梁上有个燕子窝，边上吊着几缕蜘蛛网。一帮人正叽叽喳喳讨论着什么，见人高马大的李铁匠从低矮的侧门钻进来，立马噤了声，目光不约而同地落在他身上，好奇地上上下下打量着他。突然间被这么多人盯着看，李铁匠有些难为情，下意识地摸了摸头和下巴，头晕晕的，身子也有些飘，秋队长喊他都没有听到。安子扯着他的衣角，把他领到上首条凳的一个空位上坐下。李铁匠一眼瞅见，上首桌面上摆放着一张地图，地图有半个方桌大小，上面画满像蜘蛛网一样的纹路。秋队长和张教导员正对着地图看来看去，小声商量着什么，见李铁匠过来，朝他笑笑算是打了招呼。李铁匠若有所悟地左右看看，终于把坐在他斜对面的季小六认了出来。季小六也比以前年轻了不少，精神了不少。两个人惊讶地互相打量一眼，心照不宣地笑着点了点头。秋队长见人到齐，站起身，手拍打着桌面上的地图，开始慷慨激昂地讲话。

秋队长说，我先向大家介绍一下季小六同志摸到的最新情况，现在镇上共有鬼子和伪军二百多号人，跟我们的人数差不多，我们抓来的那个汉奸交代说镇上的伪军有四五百号人，小鬼子只有两个，这家伙显然没有说实话，跟我们打了马虎眼，实际情况是，伪军人数并没有那么多，炮楼里至少还有八个小鬼子，季小六同志还侦察到了一个新的情况，那就是作恶多端的大汉奸，麻家台子惨案的罪魁祸首，敌伪朱庙镇政府维持会会长麻二，这些天一直躲在镇东头的夜来香客栈里，我们这次打击的目标主要是盘踞在镇上的伪军和鬼子，但像麻二这样的汉奸狗腿子也不要轻易放过。

张教导员补充说，我们这次的任务很艰巨，大家要做好充分的思想准备，千万不要麻痹大意，更不要有轻敌念头，虽说敌人跟我们的人数差不多，但他们的武器好，火力之猛出乎我们的想象，不过，大家也不要太担心，敌人看起来很强大、很凶猛，实际就是个纸老虎，为啥这么说，因为他们有一个致命的弱点，那就是多数伪军并不是真心实意为小鬼子卖命，队伍军心涣散，战斗力不强，兴许不等我们打到跟前，早就四散溃逃了，鬼子之所以逼县伪军司令许本中前来督战，就是这个原因。

秋队长说，哼，就算他许司令亲自上阵也白瞎，他为害一方，不得民心，他拢得住手下那帮兄弟的人，但拢不住他们的心，只要我们狠狠地捅他一家伙，立马就会打乱他们的阵脚。

张教导员朝秋队长点点头，示意他继续说下去。秋队长用手指着地图说，据可靠情报，鬼子从各个据点调集，准备南下增援的一队人马，将于今晚抵达猛龙河西岸，这伙鬼子的意图很明显，那就是跨过朱庙镇大桥，沿猛龙河东边的公路向北到辛村火车站集结，现在猛龙河上结了一层薄冰，鬼子携带了很多辎重，要去辛村，只能走大路和公路，也就是必须经过朱庙镇大桥。

秋队长用手比画了一下，握紧拳头猛地往桌上一捶说，离此最近的我军兄弟部队的一个连和国军的一个抗日先遣营，正火速赶往河西岸山上的伏击地点，我们的任务是，全力配合西岸的兄弟部队和友军作战，在摧毁朱庙镇敌人防御阵地，力争全歼守敌的同时，把朱庙镇大桥炸毁，截断西岸鬼子的退路，即使不能全歼西边来的这伙鬼子，也要把他们阻挡在猛龙河西岸。

张教导员紧接着说，今天是腊月二十三，是小年，按我们这里的风俗，过小年要包饺子，要辞灶，鬼子以为咱们今天忙着送灶王爷，没工夫招呼他们，他们想错了，咱们有的是时间和耐心对付他们，今天晚上咱们就好好地给小鬼子包顿饺子，送他们一个个上西天！同志们，柳树崖和麻家台子的乡亲，还有无数受尽鬼子、汉奸欺凌和压迫的父老，可都在眼巴巴地盼着我们替他们报仇雪恨，盼着我们早点端掉鬼子在镇上的据点和炮楼，咱们可不能让他们失望啊。

张教导员的话，引起一阵开心的笑声和热烈的掌声。

秋队长摆摆手，示意大家保持安静，接着把桌上的地图往前推了推，招呼大家尽量围拢过来，一手指着地图，一手比画着说，我们已跟河西岸的同志约定好，只要听到西岸的战斗打响，咱们这边马上投入战斗，下面我先介绍一下敌人阵地的大致情况。以朱庙镇大桥为中心，往西，在山口这儿有个岗楼和路卡，大约有两个班的伪军在把守。沿山路往西南，大约在山的这个位置，是我们的兄弟部队和友军设定的伏击地点。由于公路从桥西山口沿山坳七扭八弯地拐向西南方向，视线被山体遮挡，从东面看不到西山那边的战斗情况，只能通过听枪炮声来估摸。大桥东侧的桥头，在这儿，也有个路卡，这个路卡的防御工事比西边的那个要坚固，也大约有两个班的伪军在把守。桥东西北角，大约在这儿，是敌人炮楼的位置，把守炮楼的伪军加上小鬼子，总人数大约有一个排。大桥往东，一直到东边山脚下的三岔口，是镇上的主干道，敌人的据点，也就是伪军营房，设在路北侧靠近主干道中间位置的两个紧挨着的宅院里，除去外出执勤的伪军，正常情况下，到了晚上，这里大约有一个连的伪军在休息。主干道东头北面和南面斜岔口上，各有一个敌人的路卡，南面的是小路，北面的是大路，敌人的防御重点放在北面，在三岔口西北角，设有敌人的一个岗楼，岗楼和路卡上的伪军大约有一个排。另外，在镇主干道两侧和镇的外围，还布有一些零星的伪军岗哨，人数大约有两个班，还有大约两个班的伪军在镇上来来回回地巡逻。

秋队长介绍完敌人阵地的防御情况，接着部署具体的作战任务。秋队长摆摆手，示意大家回座位上坐好，目光来回扫了一圈，说，这仗怎么打，人马怎么安排，我和张教导员，还有赵连长、姜连长、季小六和安子等同志在开会前通了通气，初步拟订了一个作战方案，如果大家没有意见，就照此执行。根据我方所处的位置和敌人阵地防御情况，我方应该从南面兵分两路向镇上进行包抄，一路从东向西，沿镇主干道向西穿插进攻，先拿下三岔口，再往西攻打伪军据点。另一路沿河岸从西侧进攻桥头伪军阵地和鬼子炮楼。具体作战任务如下：安排长，你带领侦察排打头阵，把敌人的岗哨火速干掉，记住，一个都不能留；一连二连紧随其后，一连从东面包抄进攻，迅速拿下三岔口后，沿路向西攻打伪军据点，同时要尽量保护好尹先生的尸首；二连从西侧包抄进攻，负责攻打炮楼和守桥的敌人；一连和二连要互相策应，互相支援；季小六同志，你把你的人也分成两部分，分别配合赵连长和姜连长作战，看赵连长和姜连长的人冲进镇子后，你们也紧跟着冲进去，争取以最短的时间把汉奸麻二揪出来，然后把守住各个路口，防止敌人逃跑；我和张教导员带领警卫排随时增援你们；预备队和妇救会的同志负责运送补给和救护伤员。

一旁的人都领到了任务，唯独李铁匠傻愣愣地坐在那里，不知道自己该干什么。李铁匠脸上挂不住，冷不丁用手拍下桌子说，小木——老秋，你啥意思，你们都有任务，都有仗打，为啥偏偏把咱晾一边？

秋队长哈哈一笑说，老李你别急，我咋会把你忘一边呢，俗话说得好，好钢要用在刀刃上，老李你在镇上开过铁匠铺，如果我没说错的话，现在鬼子炮楼就建在靠近你铁匠铺的地方，你对那里的地形熟，我想交给你一个重要的任务——你带领爆破突击小分队，沿河边摸到大桥底下，无论如何，也要把大桥炸毁，炸不毁也要把它炸断。

李铁匠嘿嘿笑着说，这还差不多。

大家也忍不住随着他开心地笑起来。

秋队长提醒李铁匠说，你先别笑，有你哭的时候，桥可没那么容易炸掉，整座桥都处在鬼子炮楼火力点控制下，还有把守桥头的伪军也不都是吃素的，你可不能半路给我炮蹶子。

李铁匠说，炮楼和桥头不是由姜连长在打吗？只要姜连长揪住这伙狗杂种不放，他们就顾不上管桥下边，咱正好钻个空子。

秋队长说，这个不好说，小鬼子和许汉奸很狡猾，对桥下面肯定也有防备，老李你可要把眼睛瞪大瞪圆了，把炸桥方案提前考虑周全了，别到时先刨茅坑再拉屎，那样可来不及。

李铁匠皱着眉头想了想说，那——这桥没法炸。

一家人被他的话吓了一跳。

秋队长看看李铁匠，扑哧一笑说，咋了老李，这仗还没开始打，你就吓趴下了，这可不像你一贯的做事风格啊。

赵连长撇撇嘴说，大家都说你是个铁汉、硬汉，这个铁汉、硬汉的称呼可不是白叫的，得拿出点儿真本事来让大家瞧瞧。

姜连长附和：没错，是骡子是马得拉出去遛遛才知道。

张教导员朝赵连长和姜连长使个眼色，示意他们不要乱说话，然后盯着李铁匠，笑笑说，为啥没法炸，说说你的理由。

李铁匠闷声说，你们急啥嘛，咱没说炸不了，而是说不能炸，这座桥有年头了，俺爹还没出生就有它，听说早先人们建它时费了不少劲儿，两边乡亲过河都走它，炸毁了怪可惜的。

张教导员说，那你说该咋办。

李铁匠说，不一定非炸桥嘛，把路上挖上坑，用石头把路堵死也行啊。

秋队长摆摆手说，你的想法行不通，为彻底粉碎小鬼子的企图，阻断小鬼子的退路，炸桥是万不得已的做法，相信乡亲们会理解的，等赶跑了小鬼子，咱们再建一座更好的，别忘了，咱们大队里除了有木匠和铁匠，还有好几个经验丰富的老石匠呢。

李铁匠撇撇嘴说，老秋你先别吹牛打保票，炸桥你说了算，修桥你说话不一定算数，那个啥，非要炸桥也可以，你得答应咱两个条件。

秋队长说，有话尽管说。

李铁匠蹙着眉头想了想，说，这一嘛，怎么个炸法你得跟咱说清楚，这座桥属于单孔石拱桥，中间那么高，下面河水冻结了薄冰，人过不去，也没法顺梯子，咋放炸药包？这二嘛，炸它可能需要不少炸药，往哪儿去弄那么多炸药？

秋队长说，咋放炸药包我不管，你自己想办法，我啥都替你想了，还要你干什么！

李铁匠说，老秋你别急眼嘛，咱只是随口说说。

秋队长笑笑说，我没急眼，急眼的是你，炸药你放心，我已经让水娃子去准备了。

李铁匠眼睛一亮说，你说啥，水娃子，哪个水娃子，莫不是跟咱学打铁的那个水娃子？

秋队长说，别说，水娃子还真会打铁，只是，我没听他说有你这个师傅。

李铁匠眼一瞪说，他敢，他敢不认咱这个师傅，咱——拧下他的耳朵来。一句话，逗得众人哈哈大笑。

李铁匠傻愣愣地左右看看说，你们笑啥嘛，咱说的可都是实情，水娃子这个臭小子，跟咱学打铁那会儿，没少跑桥底下耍，也没少在桥头上像猴子一样爬上爬下地耍，有一回咱见桥中间挂着个东西，还来回地乱晃荡，眼看就要掉进河里的样子，咱跑过去仔细一瞅，原来是水娃子两手把着桥边在荡秋千！这小子，嘿嘿，跟孙猴子一样，能耐大着呢，有他在，不愁桥炸不了。

赵连长说，水娃子是孙猴子，那你不成唐僧了啊。一句话，又把大家逗得哈哈大笑。

任务分配完后，秋队长要大家抓紧分头准备，吃过晌午饭后开始行动，下午四点之前必须赶到指定地点。散会后，安子随李铁匠兴冲冲地往住处走。

安子咕嘟着嘴，小声埋怨李铁匠说，二伯，不是俺说你，你脾气也太熊了嘛，人家秋队长又没怎么着你，你咋老是跟他过不去啊，人家可是堂堂的一队之长，你动不动就跟他吹胡子瞪眼，一点儿情面也不讲，一点儿面子也不给，让他脸上挂不住，这样可不好。

李铁匠说，咋了，又戳到你哪根筋了？他是大队长，咱还是二杆子呢，你小子别听风就是雨，咱才没心思跟他瞎闹哩。

安子说，可是，你说话也太冒失了，火气也太冲了，老是让人家下不来台。

李铁匠说，咱打铁的就这脾气，有一说一，有二说二，心里想啥就说啥，你小子不爱听，可以把耳朵眼堵上。

正说着话，突然听到背后有人喊。回头一看是季小六，李铁匠脸上立马堆满笑，用拳头使劲捶了下他的肩膀说，小六你行啊，越来越有出息了。

季小六笑笑说，二哥，你近来还好吧，咱可是没有一天不挂记你和山上的兄弟。

李铁匠说，嗨，别提了，好歹咱兄弟俩又聚到了一起，对了，咱有话正想问你呢，小六你说，小木匠他这人咋这么死犟，好好的一座桥非要把它炸掉，让河西边的同志把那伙敌人干掉，干不掉咱们可以冲过去帮忙，正好来个两面夹击。季小六笑笑，没急着答话。

季小六把李铁匠拉到路边僻静地方，叹口气说，二哥，你有所不知，西边的情况其实并没有咱们想的那么乐观，这边的仗也没有那么好打。离河西伏击地点最近的是国军的一个抗日先遣营，再就是我军在齐山一带修整的一个连，咱们的人肯定能按时赶过去，但国军的人能不能及时赶过去就难说了。这个先遣营的营长，咱和他打过几次交道，是个很难缠的人，这人只想着保存实力，不想跟小鬼子硬拼，他虽然答应协同咱们作战，但肯不肯下血本就难说了。即便他真想打这一仗，也不会把人马全压上去，就怕他的人拖拖拉拉，没等赶到伏击地点，鬼子早跑没影儿了。到头来，能够打鬼子伏击的人，很可能只剩下咱们的那个连，他们经过了长途跋涉，又累又乏，武器装备跟小鬼子差了一大截，很难有效地伏击鬼子，更别说牵制住鬼子了。西边来的这伙鬼子才是真正的强敌，一旦他们跨过大桥，咱们这边就会陷入被动，全盘计划很可能要泡汤，所以秋队长和张教导员才坚持把桥炸掉，以便为咱们的主力部队赶过来围歼这伙鬼子赢得宝贵的时间。

李铁匠说，你们咋不早说啊，放屁老是放一半，留一半，不怕臭着自己啊。说完气呼呼地扭头就走。

水娃子照秋队长的吩咐，把炸药包准备好后，马不停蹄地来向师傅李铁匠报到。好多年没见师傅了，水娃子不免有些紧张。他闷头走到师傅住的小院外边，忽见安子急火火地从院里走出来。安子见水娃子过来，不由分说拉了他就走。

　　水娃子说，安子哥，你拉俺干吗，俺是来向师傅报到的。

　　安子嘘了声说，你师傅正在玩泥巴呢，他让俺在门口给他站岗，谁来了也不让进，刚才秋队长和张教导员来看他，也是远远地瞅一眼就走了，两人来的时候，脸色不大好看，走时倒是有说有笑的。

　　水娃子说，师傅脾气真是怪，他又不是三岁小孩，玩啥子泥巴嘛，眼看就要打仗了，他竟然还有这闲心。

　　安子说，他玩的可不是一般的泥巴，他把泥巴捏成桥的样子，一会儿用麻绳穿过来穿过去，一会儿又用小树枝在上面戳来戳去，还在地上挖了道沟，把沟里洒上水，再把泥巴桥放在上面，翻来覆去看个没完。

　　水娃子若有所悟地说，师傅真有两下子，看来俺没跟错人，安子哥，你这是要做啥去？

　　安子说，你师傅这尊神可不好伺候，把俺指使得团团转，一会儿让俺帮他看门，一会儿又让俺帮他淘换什么铁钩子、铁链子、铁环子、铁鼻子、长绳子、长木杆，谁知道他要搞啥名堂。

　　水娃子眼睛一亮说，俺明白他的意思，俺——这就帮你弄去。

　　冬天天短，日头落得早。吃过午饭，除了爆破小分队迟迟未动外，其他人马都动了起来，相继赶到山下朱庙镇东面和南面野坡里待命。大家趴在野坡杂草丛里，眼瞅着天色渐渐暗下来，渐渐黑下来。今天是小年，野坡里显得格外清冷，看不到鸟飞，也听不到鸟叫。远处的山峰呈青灰色，近处的山坡呈灰褐色。如果秋末初冬枯黄是山野的主色调，深冬的山野则变得更荒凉，更萧疏，色泽更黯淡，灰褐色成了主色调，灰褐色的泥土，灰褐色的树木，灰褐色的杂草，灰褐色的乱石，灰褐色的梯田围堰。随着天色渐渐变暗变黑，灰褐色的山野渐渐变得灰蒙蒙，继而变得黑蒙蒙，天空中也蒙上一层黑蒙蒙的雾色。大队临时指挥部设在朱庙镇东南一处隆起的土冈上。站在土冈顶上，便可以看清小镇和大桥的整个轮廓。泛着白光的猛龙河，随着西岸的山脉蜿蜒向北延伸，看不到尽头；河道往南不远则拐向西边，被黑魆魆的山脉挡住视线，像被山体突然切断了一样。猛龙河流到朱庙镇河道变窄变深，大桥就建在又窄又深的河道上，桥东三角形地带是小镇的所在。夜色笼罩下的山川大地，一片黯然死寂，只有猛龙河泛着朦胧的白光，只有小镇上依稀有灯光在闪。在黑魆魆的夜色里，朱庙大桥东边炮楼顶上射出的探照灯光，忽明忽暗，飘忽闪烁，显得格外诡异，格外刺眼。

安子带领的侦察排率先摸近小镇，进入临战状态。他们已将小镇外围敌人的防卫情况大致摸清，敌人在外围布的岗哨人数跟往常差不多，没有明显的变化。有变化的是小镇上点亮的灯笼比往常多了一些，小镇的街巷比往常亮堂了一些。今天过小年，小镇上多点几盏灯，没啥好奇怪的。镇上亮堂点好，更容易看清敌人和进攻的方向。照秋队长的吩咐，只要听到河西岸的战斗打响，安子他们立马发起冲锋。夜静得出奇，小镇也静得出奇。静只是假象，静中暗藏着刀光剑影，一场滔天战火正在悄无声息地酝酿。正当安子他们焦急地等待战斗信号的时候，从东南通向小镇的小路上，晃晃悠悠地走来一高一矮两个人影。借着小镇里透出的亮光，可大致看清两人贼眉鼠眼、鬼头鬼脑的样子。虽然两人穿着打扮像本地百姓，但步态和神态一点儿都不像老百姓。安子当机立断，手一挥，带着两名战士箭一般冲了上去。

两人每人提了包东西，一边摇头晃脑地往镇里走，一边骂骂咧咧地发着牢骚。高个说，真扫兴，酒刚沾上嘴唇，你他娘的就吵吵着往回赶。

矮个说，这还不是为你好啊，也不看看这是啥时候，要是让许司令知道了，不一枪崩了你才怪。

矮个话音刚落，忽见路边冲出几个人影，三下五除二把他们掀翻在地。几支黑洞洞的枪口分别对准他们的脑门和胸口。

两人挣扎着抬头一看，立马吓得面无血色，慌不迭地连声求饶：八路爷爷饶命，八路爷爷饶命。

安子蹲下身，眼睛瞪着两人，厉声说，别大声喊叫，要不然一枪崩了你们，快说，你们是干啥的？

矮个打着哆嗦，颤抖着声音说，小的明白，小的明白，俺们是金团长和胡参谋的手下。

安子问，哪个金团长和胡参谋？

矮个答，一说他们的外号你们肯定耳熟，金团长就是金光头，胡参谋就是瘦猴。

安子说，继续说。

猛然回过神来的高个抢着说，金团长和胡参谋见小队长一夜没回来，怕许司令知道了不乐意，特意打发俺俩去寻小队长，俺俩转了一圈没寻到，就回来了。

矮个磕磕巴巴地补充说，还有，范老五。

安子问，你们手里提的是什么？

高个说，是烧鸡、点心和烧酒，俺们买来准备孝敬金团长——不不不，是孝敬许司令的。

通过对两个伪军的突击审问，安子获知，伪军司令许本中昨天晚上已赶到镇上。许本中来后，马上对伪军的布防作了调整，把鬼子必经路口和大桥作为把守重点，对桥头的防御工事突击作了加固，并加派成倍的伪军驻守。据点里的伪军几乎倾巢出动。许本中严令驻守伪军片刻不离地待在防御阵地上，就算被屎尿憋死也不能离开半步。很显然，敌方人马主要集中在西侧桥头阵地和炮楼里。这样一来，从西侧包抄进攻的二连压力明显加大。

安子派人将情况火速报告给指挥部。秋队长当机立断，从一连抽出一个排去增援二连，同时要求一连迅速拿下三岔口和据点后，立即向西转入对桥头和炮楼的进攻。增援命令刚刚下达，忽见西山顶上有火光一闪一闪，西边的夜空也随着一闪一闪。闪光扯动夜色，波浪一样涌荡。紧接着传来一阵密集的枪声、隆隆的炮声和隐约的喊杀声。火光和枪炮声陡然划破夜空，撕裂夜色，仿佛整个夜空、山川和大地也随着抖动起来。炮楼上的守敌一看，慌忙把探照灯打到西岸山上，照亮的却只是空荡荡的山口和黑乎乎的山体峭壁。灯光胡乱晃了几下，又打了回去。随即就见炮楼上和敌人阵地上有人影来回地跑动，镇上也有人影慌乱地跑动，整个小镇瞬间陷于一片骚动和慌乱之中。镇上住户的灯光一眨眼灭了不少，并能隐约听到哐啷哐啷的关门和顶门的声音。宿在附近树上的麻雀被惊扰，叽叽喳喳地惨叫着，扑棱扑棱接连仓皇飞走。

枪炮声就是命令。听到西岸战斗打响，侦察排、一连、二连立即向敌人阵地发起冲锋。不少守敌正伸着脖子，眼望着西山发呆愣神，被战士们打个措手不及。有的伪军还没明白是咋回事儿，就被突然飞来的子弹击中，一头栽倒在地。有的吓得抱头鼠窜，有的索性扑通趴在地上，有的慌忙举枪进行还击。尖利的呼叫声，凄厉的惨叫声，噼啪的枪声，隆隆的爆炸声，子弹打在石头上、掩体上发出的啾啾声，掩体倒塌的轰隆声，树枝断裂的咔嚓声，炸飞的碎石土块砸落在地上的扑通声，各种声音响成一片，震耳欲聋。小镇眨眼间陷入一片战火之中，滚滚而起的硝烟转瞬弥漫了整个小镇上空。

从东侧包抄进攻的一连战士没费多少劲儿便拿下三岔口。守在那儿的伪军警惕性不高，以为小鬼子从西面过来，一时半会儿到不了这里，没必要急着迎接，听到西岸传来枪炮声，也没怎么太在意，甚至还有点儿幸灾乐祸，围在一起只顾看热闹。赵连长一个手榴弹扔过去，一下炸飞好几个伪军。几颗手榴弹扔过去，岗楼便轰然坍塌。没被炸死的伪军慌忙趴倒拿枪还击，有的没等把枪打响就被撂倒了，有的枪还没举起来，就被飞一般冲上去的战士擒住。战士们迅速打扫战场，准备向西挺进的时候，一颗子弹突然从岗楼废墟里飞出来，一名战士应声倒地。手疾眼快的赵连长对准废墟连开了多枪，随即一个箭步冲过去，用枪顶住一个血肉模糊的脑袋。趴在废墟里垂死挣扎的家伙，正是跟着金光头为非作歹多年的瘦猴，也就是现在的胡参谋，许本中对胡参谋抱有很大期望，特意派他来把守路口，殊不知这家伙是个色厉内荏的孬种，根本不经打。

赵连长让随后跟过来的民兵守住路口，带人火速向西进发。突然暗下来的街道又被忽闪的火光照亮。一阵紧似一阵的枪炮声，震得街道两边屋顶上的瓦片和碎土扑簌簌、哗啦啦地掉落，震得店铺前面挂着的一个个招牌胡乱摇晃，咔咔作响，震得门框上的对联残纸噗啦啦直响。一只被震落的灯笼歪倒在地上，转瞬被火舌吞噬，烧成灰烬。在远处忽闪的火光照耀下，白底黑字、胡乱摇晃的店铺招牌，在若隐若现、忽明忽暗的店铺门廊和空荡荡的街道衬托下，如招魂幡一样诡异吓人。向前跑不多远，就见前面一家店铺的门板被撞倒，隐约可见店铺里有人影在晃动。一只受惊吓的黑猫仓皇爬到店铺屋顶上，又被远处忽闪的火光和传来的枪炮声吓得抖作一团，发出绝望的惨叫声。急着去增援二连的一连战士们，如一道道箭影在街道上穿梭飞奔。这时，从两边店铺和宅院的窗户、墙缝和屋头上突然伸出一支支黑洞洞的枪口，对准飞跑的战士们开了火。一个个战士接连扑倒在地，倒在血泊里。赵连长脱口喊了声不好，大声喝令战士们赶紧躲避。战士们慌忙猫下腰闪到两边，一边四处找寻掩体躲避，一边向敌人还击。由于敌人躲在暗处，而战士们大多处在明处，面对突然飞来的子弹，一些战士躲闪不及，接连中枪。赵连长一看，不得不调整打法，让战士们分头清剿两边店铺和宅院里的敌人。赵连长一马当先，从一家宅院后墙翻出去，一个鱼跃又飞身钻入隔壁的窗户里，就地翻滚的同时，双手举枪朝屋顶连开数枪，一个顺烟囱爬到屋顶上打战士们冷枪的伪军，哎呀惨叫一声，从屋顶上骨碌碌摔落下来。

伏击一连的伪军终于被肃清。这伙伪军是许本中增派的巡逻队，就在赵连长他们攻打三岔口的时候，巡逻队刚好走到附近，一看不好掉头向西逃跑，跑出没多远，突然发觉不对头，西边的枪炮声也响成一片，于是慌忙冲进两边的店铺和宅院里躲藏。躲在暗处的伪军见八路军冲进镇里，沿街道向西飞跑，以为占得了先机，有便宜可赚，不顾一切地向战士们打起了冷枪。与伪军巡逻队的这次遭遇战，一连损失不小，战士们的鲜血染红了半条街面。在战士们与敌人激战的同时，紧跟在队伍后面的卫生员小孟，一看有战士受伤，不顾一切地冲上去救护伤员。预备队和妇救会的同志紧随其后。铁蛋、二憨、猛子、大柱、二癞子也在其中，他们有的用担架抬伤员，有的用门板抬伤员，有的背起伤员就跑。老山叔也不甘落后，冲上去背起一个伤员就跑，没跑几步便重重地磕倒在地上，他背着伤员奋力爬起身，接着又跑，直到随后跟过来的一个小伙子把伤员接过去，他才停下来大口大口地喘气。跟在小孟身后一眨眼跑没影的凤儿，学着小孟的样子，也冒死冲上去救护伤员，刚托起战士的头来，准备给他包扎伤口，忽见满头血污的战士头一歪，从嘴里咕嘟咕嘟冒出好多鲜血。不知所措的凤儿急得哇哇大哭，直到小孟跑过来一把将她拽开，她才如梦初醒，戛然止住哭声，飞跑着去救护别的伤员。

拿下三岔口后，季小六带领几个民兵火速冲进夜来香客栈里，径直奔向二楼东头老板娘住的房间里。麻二没在。房间里有些乱，凳子歪倒在地上，地上散落着几件女人和男人的衣服，还有一只女人的发卡，一个摔碎的镜子。床头边的梳妆台上，点着一支洋油大蜡烛。一个头发凌乱的女人蜷缩在床头，用被子遮住上身，不停地打着哆嗦。

季小六厉声问女人，麻二呢，快说。

女人抖缩成一团，紧张得说不出话来，眼睛不经意朝后窗瞥了瞥。

季小六见后窗窗户虚掩着，马上明白了七八分，上去一把推开窗户，向外望了望，一个飞身便跳了出去。季小六和随后跟过来的几个民兵迅速搜遍后院，没发现麻二的人影，又翻过院墙向外继续搜索。客栈后面是片荒坡，长满杂草，借着忽闪的火光四下巡睃，看不到有人影在跑动。季小六挥一下手，招呼几个民兵分散开，包抄着向前搜索。刚走出没几步，突然听到不远处有人冷不丁打了个喷嚏，随即就见火光一闪，一颗子弹呼啸着朝季小六脑门飞来，季小六本能地歪头一闪，顺势卧倒举枪还击。听到枪声，另外几个民兵迅速包抄上去。朝季小六打枪的正是麻二。麻二爬起身一边猫着腰仓皇逃跑，一边回头胡乱打枪，季小六瞄准他的大腿砰就是一枪。麻二身子摇晃了两下，扑通栽倒在地上。包抄的民兵迅速冲上去把他擒住。被擒后的麻二样子很狼狈，下身只穿一件短裤，上身只套一件女人的花褂子，脸上和身上沾满泥巴和草屑。惊慌逃跑的他连自己的棉衣都没来得及穿，窝在草窝里冻得直打哆嗦，不由自主地打了个喷嚏，正是这个喷嚏，暴露了他藏身的位置。

小镇西头的几家房舍被鬼子强行扒掉，使得桥东河岸的空地变得更大更开阔。敌人在桥头外围加了一道半圆形的铁丝网，一直延伸到河沟里。二连从提前剪掉的铁丝网破口里冲杀进去。跟三岔口的伪军一样，桥头阵地上的伪军一开始注意力也在西山方向，被突然冲杀过去的战士们打得胡蹦乱跳，鬼哭狼嚎，血肉横飞。但形势很快急转直下，炮楼上的探照灯突然打过来，紧接着从炮楼里射出数道火光，子弹呼啸着如雨点般打过来。桥头上回过神来的伪军急忙躲进掩体里，向二连的战士们疯狂地射击。子弹如冰雹一般打得河岸上的尘土扑哧直响，手榴弹炸起的碎石泥土像雨泼一样四下飞溅。战场上火光冲天，硝烟滚滚，弹如飞蝗，血光横飞。冲在前面的战士中弹扑倒，倒在血泊里。冲在后面的战士也跟着中弹扑倒，倒在血泊里。随后冲上去的战士不得不卧倒射击。战斗一时陷入胶着状态。相比战火冲天的河岸上来说，河沟和桥下还算平静。被枪炮声震落的碎土从岸边斜坡上扑簌簌滚落进河沟里，飞溅的碎石土块呼啸着雨点般砸进斜坡上的杂草里，砸进河边枯萎的芦苇丛里，砸破冰面咕噜咕噜落进河水里。一片白净的河面顿时变得千疮百孔。河面随着忽闪的火光一闪一闪，屹立不动的大桥也随着忽闪的火光一闪一闪。桥中间石面上刻的朱庙镇大桥几个字，也随着忽闪的火光忽明忽暗地闪烁，跟店铺前挂的招牌一样扎眼。

李铁匠带领的炸桥小分队钻过铁丝网，沿河边斜坡匍匐着向桥底靠近。眼看就要摸到桥底下的时候，忽听到对面桥头上有人大喊：桥下面有人，桥下面有人。随即就见探照灯光忽地打了过来。桥头阵地上的伪军机枪手闻声也把枪口掉转过来，随着枪口火舌喷出，一梭子子弹呼啸着接连打在冲在最前头的两位战士身上。后面的战士慌忙卧倒在斜坡杂草丛里，举枪朝敌人还击。两名中弹的战士骨碌碌滚下斜坡，扑通扑通跌进河边的芦苇丛里。

李铁匠喊了声快掩护咱，说着就要冲下去救人，不想又飞过来一梭子子弹，扑哧扑哧打在那两名战士身上。

李铁匠急红了眼，拿起枪就要往上冲，被水娃子和另一名战士死死拽住。一行人一边射击，一边倒退着往后撤。

出师不利的李铁匠火冒三丈，气呼呼地爬上岸，冲上去一把抓住姜连长的衣领，摇晃着说，你他娘的打的什么仗，连敌人探照灯都打不掉，连敌人机枪手都干不掉，害得咱白白死了两名兄弟。

姜连长拽着李铁匠猛地往地下一趴，躲过突然飞过来的一片碎石和土块，随即又忽地抬起头来，顾不上抹掉脸上的灰土，一手拽着李铁匠的肩膀，一手指着前面没好气地大声说，你朝我吼什么，你瞪大眼好好看看，看我这儿打得惨还是你那儿打得惨，敌人火力太猛，我组织了多次冲锋都被压了下来，炮楼上的探照灯离得远，咱们的枪根本打不到，唉，也不知道赵连长干什么吃的，到现在也没冲过来。话音刚落，突然听到从东面传来一阵喊杀声，随即就见炮楼顶上有人影一晃，神气了多时的探照灯终于耷拉下了脑袋。

姜连长一看，使劲推李铁匠一把说，看样子是赵连长他们打过来了，还愣着干什么，快去炸桥啊。李铁匠打个激灵，一个就地十八滚蹿到岸边，一个飞身又跳下斜坡。

李铁匠跳下斜坡，突然被人一把拽住，一看竟是张教导员带着警卫排的一部分人赶了过来。

李铁匠说，你咋来了？

张教导员说，先别管我，我掩护你，快招呼你的人往桥底下冲。

李铁匠说声好，手一挥，带人猫着腰快速向桥底下摸去。

张教导员一边让人用枪封住桥面，一边对着李铁匠的背影大声叮嘱说，老李，你一定要活着回来，我还有任务要你来完成呢。

李铁匠说，有话快说，过会儿就来不及了。

张教导员说，我跟我老婆孩子失散多年了，我想让你帮我找到她们，我老婆叫张柳氏，我女儿叫张巧玲。

李铁匠打个激灵，扭头朝张教导员咧嘴一笑说，咋不早说，这任务——没准——还得靠你自己来完成。说完，扭头义无反顾地向前冲去。

防守西桥头的几个伪军跑到桥面上，胡乱打了几枪又慌慌张张地跑了回去。西边山上的战斗还没有结束，这伙伪军不敢轻举妄动。在张教导员的掩护下，在姜连长的配合下，李铁匠终于带人摸到了桥底下。李铁匠躲在桥下，把身上带的几颗手榴弹全扔到了敌人桥头阵地上。随着轰隆轰隆几声巨响，一个血肉模糊的伪军直接被炸飞到桥下，像个破麻袋包一样扑通砸进河边的芦苇丛里。敌人桥头上的机枪被炸哑了，但很快又突突突地响了起来。侥幸没被炸死的伪军在前来督战的金光头威逼下，还在负隅顽抗，并连续向桥下扔了多颗手榴弹。手榴弹冒着火花，顺斜坡骨碌碌滚进河边的芦苇丛里，轰的一声，又轰的一声，炸飞的芦苇裹着泥巴，溅了李铁匠一身。有颗手榴弹直接飞进河里，炸起一簇巨大的水花，水花中有银白的亮光在闪，冰水裹着碎冰又溅了李铁匠一身。李铁匠感觉脸上痒得难受，像糊了个湿漉漉的东西，抹下来一看，竟然是一片被炸碎的鱼尾巴。

李铁匠气哼哼地问，谁还有手榴弹，快拿来！——炸死这帮狗日的。

水娃子提醒李铁匠说，师傅，先炸桥，炸桥要紧。

李铁匠一听也对，赶忙招呼人炸桥。

李铁匠一摆手，几名战士猫着腰飞跑着，把一根早就准备好的头上绑有炸药包的长木杆抬了过来。人高马大的李铁匠迎上去，把木杆前头高高地举过头顶，两手快速倒着往前送，水娃子等人在后面配合着他，很快把木杆伸到桥底下。桥下的河水很深，木杆长度有限，水面结的薄冰又不足以支撑木杆的重量，李铁匠他们只能将长木杆从河边斜着顶到桥底靠中间的位置。由于桥底石面呈弧形，木杆斜度太大，两头都找不到支撑点，颤颤悠悠的长木杆有好几次差点儿从几个人手里滑脱。岸上的战斗进入白热化。激烈的枪炮声和隆隆的爆炸声震得地皮都在抖动。不时有碎石、土块从桥头上飞下来，接连砸在李铁匠他们身上。一颗冒着火花的手榴弹骨碌碌滚到他们脚下，被一个眼疾手快的战士一脚踢开，但手榴弹爆炸掀起的巨浪还是把几个人推了个趔趄，几个人手把持不稳，使得木杆剧烈地颤动起来，只听咔嚓一声，木杆从中间生生地折断，前头呼哧一下砸进河里。

水娃子一看，跺着脚喊：师傅，师傅，这样不行，撑不住，撑不住。

李铁匠也急得直跺脚，没好气地瞪水娃子一眼说，那咋办？那咋办！

水娃子说，用下一招，用下一招。他说着麻利地从背篼中抖出一团头上拴有多爪铁钩的绳子。

水娃子退后几步，拉开架势，左手拽着绳子，右手拿着铁钩抡圆了嗖的一下扔出去。铁钩带着绳子，像游龙一样向桥上面飞去。在铁钩越过桥面的一刹那，水娃子猛地一抖绳子，那铁钩便稳稳地钩住了靠近桥中间的一根石栏杆。水娃子一个飞身，双手抓着绳子，像敏捷的猴子一样一眨眼就爬了上去。水娃子左手紧紧抓住头顶上面的绳子，用腿画着圈儿把下面的绳子缠在腿上，腾出一手从腰中解下早就预备好的一根铁链子，铁链子一头连着铁钩，一头挂着铁环。水娃子用牙咬住铁环，右手拿着铁钩绕过栏杆顺下来，然后将铁钩挂牢在链环上。

水娃子麻利地固定好铁链，回头大声吆喝李铁匠：师傅，师傅，快竖杆，快竖杆。

猛然醒过神来的李铁匠忙招呼人把随后抬过来的一根带炸药包的长木杆往水娃子脚底下送去。

把守西桥头的伪军突然发现桥面上有情况，想冲过去看个究竟，被张教导员他们集中火力打了回去。不知所措的伪军只能试探着，朝拴铁链子的栏杆上胡乱打枪。子弹打在栏杆上，打在铁链上，打在铁钩上，火星四溅，啾啾直响。这样打下去，铁链子很快就会被打断，水娃子急得直喊：快点儿啊，师傅。

李铁匠和几个战士手忙脚乱地把长木杆斜着竖起来，很快送到水娃子脚底下，水娃子用脚钩住木杆顶端使劲往上一挑，右手猛地抓住杆头，将杆头套在铁环上。李铁匠和几个战士顺着水娃子的劲儿把木杆斜着往前一送，终于把炸药包撑在桥底靠近中间的位置。有铁链子拉扯着，斜撑在桥底下的木杆牢稳多了。李铁匠松了一口气，招呼水娃子快下来。

水娃子喊：别管俺，快点火。

张教导员突然看见从西岸山口呼呼地蹿出一辆载满小鬼子的卡车，急忙朝李铁匠大声喊：快炸桥，西边的鬼子冲过来了。

李铁匠一听，慌忙点着洋火，引燃炸药包长长的引信。引信喷溅着火花，向上飞快地燃烧。李铁匠一挥手，让旁边的战士赶紧躲开，然后扯着嗓子朝水娃子喊：快下来，快跳下来！

水娃子像突然傻了一样，仍吊挂在桥边上不动。急了眼的李铁匠扑通跳进河里，用拳头，用胳膊肘，使劲砸着水面上的残冰，试图划开一条水道，去接水娃子。时间已经来不及了，李铁匠划出没多远，就见桥底下蹿出一个巨大的火球。随着山崩地裂般轰隆一声巨响，大桥轰然坍塌。载满鬼子的卡车刚好冲上桥面，随着坍塌的大桥一头扎进河里。炸飞的桥面、坍塌的石礅和扎进河里的鬼子卡车，在河面上砸起一片滔天巨浪。

张教导员望着硝烟弥漫、轰然坍塌的大桥，听八路军冲锋号嘹亮地吹响，听战士们的冲杀声直入云霄，眼角不知不觉流下两行热泪。

（全文完）